내 아내는
짐승

내 아내는
짐승

효진 장편소설

내 아내는 짐승

지은이 효진
펴낸이 이형기
펴낸곳 도서출판 가하

초판인쇄 2014년 7월 30일
초판발행 2014년 8월 4일
출판등록 2008년 10월 15일 제 318-2008-00100호

주소 서울 영등포구 양평로 67, 1209 (당산동5가, 한강포스빌)
전화 02-2631-2846 **팩스** 02-2631-1846

www.ixbook.co.kr

ISBN 979-11-5682-225-7 03810

값 9,000원

프롤로그

엘리베이터에서 훤칠한 미남이 내렸다. 초조한 듯 주변을 두리 번거리던 그가 너스 스테이션을 발견하고 다가왔다.

"이세아 환자의 병실은 어딥니까?"

간호사가 환자의 병실 호수를 가르쳐주자 남자는 긴 다리로 성 큼성큼 너른 복도를 가로질렀다. VIP 병동은 유난히도 적막했다.

남자는 간호사가 알려준 병실 호수 앞에서 멈췄다. 문 옆, 이세 아의 이름표를 확인한 그가 막 노크를 하려던 참이었다. 병실 안에 서 시끄럽고 둔탁한 소음들이 연속적으로 들려왔다. 가구를 부수 며 단체로 뛰어다니는 듯한 소리였다.

뭐지?

석주는 헛기침을 하며 문을 노크했다.

"하석주입니다."

병실 안쪽이 쥐죽은 듯 고요해지더니 누군가가 외쳤다.

"혀, 형부? 드, 들어오세요!"

처제 무아의 목소리를 듣고서야 문을 연 석주는 병실 안의 당혹 스런 풍경과 마주했다.

처가 식구들이 환자복을 입은 아내를 둘러쌌다. 그들은 전부

백 미터 달리기라도 한 듯 벌게진 얼굴로 씩씩댔다. 그들 주변의 소파와 탁자들은 모두 저만치 밀려나갔거나 거꾸로 뒤집혀진 채였다.

이 상황은 대체 뭘까?

석주의 시선이 아내, 세아에게로 향했다.

세아의 교통사고는 어제였고 그녀의 페라리가 폐차될 만큼 심각했다. 헌데 안정은커녕 머리를 산발하고 씩씩대며 서 있는 아내를 발견하자 석주의 걱정만이 앞섰다.

"왜들 그러고 계십니까?"

석주의 질문에 모두가 그를 돌아보았다.

세아가 그를 바라보는 시선은 정말 이상했다. 그녀는 석주의 잘 빠진 이탈리아제의 블랙 정장과 그 아래 숨은 단단한 육체를 해부하듯 꼼꼼히 훑어보았다.

그녀가 마침내 입을 열었다.

"이 사람 누구야?"

순간 석주의 머리가 멍해졌다. 세아의 가족들은 마치 뭉크의 절규처럼 입을 벌리며 소리 없는 비명을 질렀다.

"장난치지 마. 이세아."

석주의 경고에도 세아는 오히려 경계심을 드러내며 뒷걸음질 쳤다. 한껏 일그러진 표정의 무아가 이 상황을 설명했다.

"그, 그러니까. 혀, 형부. 어, 언니가 기억상실증이라는데요?"

석주는 기가 막혀 할 말을 잃었다.

석주가 아내 세아와 이혼을 기념하기 위해 만나고 헤어진 것이 지난주 토요일이었다. 일요일은 그녀와 변호사들과 함께 법원 앞에서 이혼 기념촬영을 했다. 월요일엔 세아와 함께 이혼서류를 제출

내 아내는
짐승

할 예정이었으나 대신 그녀의 교통사고 소식을 접했다.

세아의 가족들이 세아의 병원을 한 차례 옮긴 통에 석주가 그녀를 찾아온 것이 현재, 화요일.

그런데 뭐?

"세아가 기억상실증……?"

석주의 혼잣말에 얼굴이 이미 허옇게 질려 있는 장인과 장모님, 처제가 머리를 끄덕였다. 느닷없는 두통이 석주의 머리를 직격해왔다.

"그러니까……, 이건……."

차라리 몰래카메라나 질 나쁜 연극이라면 좋겠다. 허나 이혼을 줄기차게 요구해온 쪽은 세아였다. 그녀의 이혼선언에 처가식구들은 만세삼창을 부르고 환영하며 집 앞에 이혼축하 플랜카드를 내걸었다. 그 대망의 이혼일이 바로 어제였는데 아내가 기억상실증을 연극할 필요가 없었다!

그깟 돈? 처가는 위자료를 거부할 정도로 돈이 넘쳐났다!

"이, 이보게. 하, 하 서방."

멘탈이 붕괴한 표정의 장인이 떨리는 목소리로 말을 이었다.

"그, 그러니까 하, 하 서방. 세, 세아가 임신했다네."

석주의 몸이 굳었다.

……뭐? 세아가 임신?

석주는 너무 놀라 장인의 표정에 어린 절망감조차 읽지 못했다.

장인이 애원했다.

"서, 설마 세아가 다른 놈 애를 임신해서 이혼한다고 했었나. 설마 자네가 애 아버지인 건 아니지? 혼혈 따윈 용납할 수 없으니, 차라리 다른 사람 애라고 말해주게나."

석주의 한숨만이 깊어졌다.

"장인어른. 혼혈이라니 무슨 말씀이신지는 모릅니다만. 세아가 임신한 게 맞는다면 백 퍼센트 제 아이입니다."

석주는 세아의 임신을 미리 알았다면 이혼을 유보했을 거란 말은 하지 않았다. 그가 던진 말만으로도 장인과 장모는 이미 패닉 상태였으니까!

장인이 놀라 따져 물었다.

"대, 대체 왜 자네 앤가! 별거를 육 개월 전부터 했잖나!"

"별거와 상관없이 계속 같이 살았습니다. 하루도 빠지지 않고 꼬박꼬박."

"그럼 별거가 아니잖아!"

"신혼집에서 나와 세아의 오피스텔에서 살았으니 최소한 신혼집과 별거를 한 건 맞습니다."

순간 장인과 장모의 얼굴이 새하얗게 질렸다. 장인은 격분한 나머지 석주의 멱살을 잡으려들었다.

"이혼한다면서 왜!"

"아버지, 진정하세요!"

흥분한 장인의 옆구리를 처제가 팔꿈치로 예리하게 찔러 날렸다. 어린 시절 킥복싱을 했다던 처제의 솜씨에 장인이 날아가 벽에 부딪혀 신음했다. 우당탕 쾅쾅. 소리가 꽤 요란했으나 장모나 처제는 그쪽을 보지도 않았다. 철인 같은 장인이 옆구리를 문지르며 벌떡 일어났다. 무아가 외쳤다.

"아버지, 죄송해요! 그런데 언니는 그러고도 남아요! 언니는 뚝

내 아내는
짐승

심 하나는 끝내주는 개과잖아요! 저요, 언니 오피스텔에서 형부 너무 자주 봤어요!"

"왜 그걸 이제 말해! 그래도 다른 사람이 있었을지도 모르잖아! 다른 짐승이라도 좋아! 아니, 인간이 아니면 더 좋다고! 저 자식은 맘에 안 들었어!"

이것이야말로 진정한 수간(獸姦)의 세계인가? 개와 짐승이 휙휙 날아다니는 대화에 석주는 또 한 번 한숨을 쉬었고, 무아는 더욱 단호해졌다.

"아버지, 장녀를 너무 과대평가하시는 것 같은데 언니 왈, 형부가 밤일 겁나게 잘한댔어요. 편리한 전남편을 두고 왜 다른 놈과 바람을 피운대요? 관리할 능력의 문제가 아니라 귀찮아서 안 할 거라고요!"

장인과 장모님 앞에서 민망한 발언이었으나 무아의 말은 틀린 데가 없었다. 석주도 긍정했다.

석주와 세아는 대외적으론 별거를 선언하고 같이 살았다. 이혼을 결정하고도 같이 잤고 섹스했다. 그들은 잠자리에 있어선 최고의 궁합을 자랑했다.

"저기, 잠깐만!"

지금까지 소외되어온 이야기의 주인공, 이세아가 팔짱을 낀 채 자신의 가족과 석주를 응시했다. 그녀가 석주를 손가락질했다.

"저기, 그러니까 제 가족 분들? 저 남자가 제 남편이었단 거죠?"

"언니는 어제 이혼소장을 낼 예정이었지. 아마 계획대로라면 이분은 전남편이 되었을 거야."

무아의 부연설명에 세아가 심플하게 부정했다.

"이혼을 못 했으니 지금은 혼인관계?"

모두가 고개를 끄덕였다. 세아가 다시 자신을 가리켰다.

"나는 거기에 임신했고."

모두의 재궁정에 세아가 귀여운 입술을 삐죽거렸다.

"그럼 이세아는 전남편 예정의 남자와 계속 같이 살았단 거네. 어쨌든 불법 아니잖아."

"하, 하지만 이, 이혼할 건데."

무아의 목소리가 기어들어갔다. 모두가 아직은 납작해서 임신한 티가 나지도 않는 세아의 배를 바라보았다.

세아가 말했다.

"그럼 아기 없애야 해?"

"그건 아니지!"

그녀의 가족들 전부가 도리질을 치고 표정들이 오묘해졌다. 세아는 부끄럽지도 않은지, 제 환자복을 들어 제 평평한 복부를 빤히 바라보았다.

"애기, 있는 거 맞아?"

세아의 농담 같은 말에 고지식한 장인은 헛기침을 했고 장모님은 세아의 머리에 꿀밤을 먹었다.

"이것아! 아버지 앞에서 품위 없이 왜 이래!"

"아버지, 누가?"

무아도 끼어들었다.

"엄마, 언니 뇌세포 죽을 거야. 머리는 때리지 마! 기억 더 안 돌아오면 어떻게 해!"

"아니, 텔레비전에서는 때리면 맞아서 돌아오지 않았니? 우린

내 아내는
짐승

짐승이라 그깟 뇌세포 몇 마리 죽는다고 해도 안 죽어!"

상황은 더욱 혼란스러워졌다. 세아는 정말 맞으면 기억이 돌아올까 싶은지 제 머리를 때릴 적당한 도구를 찾아 하이에나처럼 병실 안을 돌았다. 장인어른은 혀를 차며 긴 한숨만 뿜어냈고 무아는 휴대전화로 기억상실증을 검색했다. 장모님은 발만 동동 굴렀다. 처가 가족들이 단체로 망가지는 모습을 보며 석주는 혀를 찼다.

석주에게 낯설기만 한 처가 식구들은 아내의 사고 후유증에 놀라 이성적 판단력이 마비된 것처럼 보였다.

"일단 의사와 상의해야 하지 않습니까?"

석주의 한마디에 세 가족들이 빛의 속도로 병실을 뛰쳐나갔다. 병실에는 어느새 세아와 석주만이 남았다. 세아는 석주를 바라보며 커다란 눈을 뱅글뱅글 굴렸다.

"사고는 어떻게 된 거야? 페라리 반파했다며? 사고는 강남에서 났는데 왜 일산까지 실려 온 거야?"

"음. 글쎄요."

"몸은 괜찮아?"

눈치를 살피던 세아가 조심스럽게 고개를 끄덕였다.

"그런 것 같아요. 머리가 띵한 것만 빼면."

기억이 없다는 것만 빼면 분명 이세아가 분명한데, 임신이라니?

석주로선 세아가 지독한 건강체여서 사고 후에도 멀쩡한 것은 납득이 갔다. 헌데 임신은 너무 갑작스러워 실감조차 나지 않았다.

"아기는……, 어떻게 할 거야?"

"음. 잘 모르겠는데요."

"농담하는 거 아냐."

"농담처럼 들려요?"

팔짱을 끼고 있는 세아의 표정은 심각하기만 했다.

"여기서 제일 머리 아픈 건 나라고요! 내가 누군지도 모르는데 남편에 아이까지 있어!"

"아이, 낳을 거야?"

"글쎄요. 있는지도 모르겠는데 있으면 낳는 게 나을까요?"

석주는 너무 당혹스러워 대답하지 못했다. 세아가 다시 물었다.

"이세아라는 여자는 애를 낳고 싶어 했나요?"

"글쎄. 그런 이야긴 한 적 없지만 아이를 싫어하진 않았어."

"그럼 기억이 돌아올 때까지 함부로 지우면 안 될 것 같은데. 전 이세아가 아니잖아요."

기억을 잃은 이세아와 전남편 예정의 석주가 이세아의 이야기를 해대는 이상한 상황이었다. 석주의 머리가 다 지끈거렸다.

"저기 그런데, 이젠 어떻게 해야 하죠? 전남편 씨."

세아는 괴상한 호칭으로 그를 부르다 조막만 한 인상을 웅그렸다. 볼록 튀어나온 귀여운 이마가 그의 시선을 끌었다. 그녀가 그를 향해 발돋움을 하며 또 물었다.

"그런데 이름이 뭐예요?"

그가 대답했다.

"하석주."

"음. 저는 이세아라고 하는 모양이에요. 만나서 즐거웠어요, 하석주 씨."

세아가 손을 내밀었다. 그들은 힘차게 악수를 했다. 석주는 미스터리해진 데다 낯설기까지 한 세아, 그의 아내를 관찰했다. 그리고 깨달았다.

아내는 기억상실증에 걸렸다. 거기에다 임신! 오, 신이시여!

그들은 바로 어제 이혼하려던 커플이었다!

1화. 이혼해주세요

하석주와 이세아의 결혼식은 정확히 11개월 전의 일이었다.

하석주는 재벌 K그룹 하현록 회장의 삼남이며 이세아는 건축학계의 유명인사 이현축 교수의 장녀였다. K그룹은 계열사들이 많지는 않지만 그 하나하나가 알짜배기 기업으로 유명했다. 이현축 교수도 돈을 갈퀴로 긁어모은다는 소문의 어마어마한 부자였다.

그러나 두 집안은 격이 맞지 않는다는 두루뭉술한 이유로 자식들의 결혼을 반대했다.

두 남녀는 그것을 용납하지 못했다. 특히 여자 쪽에 목을 매던 하석주가 부모를 무시하고 결혼을 강행했다. 여자, 이세아는 하석주보다는 소극적인 태도를 보였지만 딱히 결혼을 반대하지는 않았다.

두 사람의 결혼식은 화려했다. 결혼 이후 두 남녀는 양가와 형식적인 연락을 취하며 그들의 생활에 간섭하지 말라 선을 그었다. 이번엔 여자 쪽이 더 심했다. 석주는 결혼 이후 장인과 장모를 대면한 적이 없었다.

두 사람은 행복했다.

그러나 행복한 결혼생활은 6개월도 채 되지 않았다.

어느 날 그가 퇴근을 하고 돌아왔을 때였다.

내 아내는
짐승

평소라면 생글거리며 그를 맞아야 할 세아가 나오지 않았다. 그를 위해 그녀가 핵실험을 하듯 어질러놓았어야 할 부엌도 말끔했고 음식 냄새 하나 풍기지 않았다.

세아는 어두워진 거실 한가운데 앉아 심각한 표정으로 그를 기다렸다. 거실의 탁자 위에는 서류 한 장이 놓여 있었다.

"세아야, 어디 아파?"

세아는 싸늘한 시선으로 그를 올려다보았다.

"우리, 이혼해요."

예상한 적도 없는 돌발 상황에 석주는 말 그대로 당황했다.

"대체 이러는 이유가 뭐야?"

세아가 조용히 이혼서류를 내밀었다.

"왜 이혼해야 하는 건데? 난 싫어."

"여보."

"이혼해야 할 이유가 없다고. 난 안 해!"

그것이 시작이었다. 세아는 막무가내로 이혼을 해달라 졸랐고 석주는 이혼하지 않겠다 버텼다. 두 사람은 격하게 싸웠고 결혼 6개월째, 그녀는 집을 나갔다.

그리고 결혼 10개월 차. 양쪽 집안에서 고용한 변호사들을 대동한 남녀가 마라톤 회의를 벌여 결혼 해소 방법을 논의했다. 좀처럼 결론을 내리지 못하던 회의는 남자의 극적인 양보로 이혼을 결정하게 되었다.

이후 4주간의 이혼 협의 과정 동안 두 남녀는 격렬하게 충돌했다.

"이런 식이라면 이혼 안 해!"

"뭐라고요? 언젠 이혼을 해준다며?"

이혼을 결정했다는 남자는 온갖 이유로 이혼을 저지하기 위해 노력했고 여자도 남자가 치사하고 변덕스럽다며 남자의 말에 사사건건 꼬투리를 잡았다. 결국 두 사람은 이혼 협의 전쟁을 벌였고 양측 변호사들은 말 많은 두 부부를 위해 전담서기까지 대동해 백과사전 급의 이혼서약서와 이혼소장을 작성했다.

부부는 기억력이 좋았고 사소한 것에 꼬투리를 잡으며 따지길 좋아했다. 변호사들은 그들이 이혼하기 싫어서 몸부림친다 생각했지만 그 말을 꺼내진 않았다. 어쨌든 부부는 대한민국에서 비싼 로펌 변호사들의 수임료를 낭비하며 그들의 재산을 분할했다. 이 과정에서 남자 쪽이 열성적이었는데 대부분의 협의는 신혼살림을 분할하는 데 소요되었다.

예를 들면 창틀의 무지개 색 장식품의 색깔별 분할 문제나, 연애 시절 남자가 사준 명품 백의 중고 시세에 따른 처리 방안 등등. 신부 측 선물로 온 비싼 난은 신부가, 난이 담긴 명품 도자기는 신랑이 가져가는 식이었다. 추후 그 난이 말라죽었음이 밝혀지면서 두 사람의 이혼 협상은 파토가 날 뻔했다.

수없는 난관을 거쳐 변호사들은 두 로펌에 길이길이 남을 이혼서약서 혹은 이혼협상대백과를 완성하고 한숨을 쉬었다.

철저한 살림 배분이 끝난 뒤에도 두 부부의 분할 목록에 포함되지 않은 것들은 몇 가지 있긴 했다. 두 사람이 쓰던 침대와 커버, 이불 일체. 결혼선물 몇 가지와 안방 입구에 달린 커다란 결혼사진이었다.

부부가 뜨거운 사랑을 나누었던 비싼 수입 침대, 부부에게 필요

내 아내는
짐승

없어진 몇몇 결혼 선물들은 중고가구업체가 가져가기로 했다. 그에 따른 수익금은 독거노인들을 위해 기증될 예정이었다. 같은 세트인 시트커버, 침대에 딸린 침구류 역시 마찬가지였다. 그 외 그들이 쓰지 않는 물건들은 이미 수거된 상태였다.

두 사람의 웨딩 앨범을 소유한 것은 여자 쪽이었다. 여자 쪽의 취미는 사진 모으기였기에 남자는 그녀의 행동을 묵인했다. 하지만 두 사람의 신혼집에 걸려 있던 대형 웨딩 액자의 처리는 애매했다.

남자는 재혼을 대비해 실패한 결혼의 증거를 그들 모두 가질 필요가 없다고 주장했다. 둘은 젊었고 재혼은 늘 열린 가능성이었기 때문이다. 그들의 사진을 타인이 훼손하는 것을 싫어하는 여자가 웨딩 액자의 처리를 자청했다.

그리고 뒤늦게 그 웨딩 액자를 가지러 가는 사람은 역시, 남자 쪽이었다.

남자는 고요한 VIP 병동의 라운지를 지났다. 아내가 입원한 병동은 사람이 많지 않아서인지 고요하다 못해 싸늘한 기분이었다.

병원에서 나오던 길, 그는 갑갑한 넥타이를 느슨하게 풀었다. 마음이 산란해 종잡을 수 없었다.

남자는 아내와 커플 차로 산 페라리에 올라 시동을 걸었다. 바람이라도 쐬지 않으면 미칠 것 같았다. 결국 내키는 대로 서울 시내를 정처 없이 돌아다닌 그가 마지막으로 향한 종착지는 아내와 그가 살았던 장소였다.

신혼집, 한때 그들의 러브 펜트하우스.

결혼을 결정한 시점에서 매물을 구하지 못해 2년 계약으로 들어온 펜트하우스였다.

펜트하우스는 전망이 좋았다. 거실의 통유리 창에선 서울의 정경이 한눈에 내려다보였다. 이곳에서 세아는 바지런히 집을 꾸몄다.

수입 원목 가구들과 안정감 있는 연녹색의 러그. 바닥에선 늘 반지르르한 광택이 났다. 포인트가 되는 거실의 붉은 칸막이벽에 기대어 그녀는 제가 인화한 사진들을 건 벽을 구경하길 좋아했다. 그녀의 화분들은 베란다에서 큰 키를 자랑하며 햇볕을 쬐었고 너른 집 안 어딘가에선 세아의 이국적인 장식품들이 튀어나와 화초들과 조화를 이루곤 했다.

그녀가 사라지고, 그녀가 아끼던 모든 것들이 빠져나간 이곳엔 이제 어떤 온기도 남아 있지 않았다. 이곳은 그저 텅 빈 공간이었다.

"후. 아무것도 없네."

석주는 거실을 내려다보는 커다란 웨딩 액자를 떼어냈다. 그것을 마지막으로 펜트하우스엔 그들 결혼에 대한 어떤 증거도 남지 않았다.

거실에서 보이는 서울의 풍경은 아름다웠지만, 그게 전부였다.

너무 급하게 결혼 스케줄을 잡고 해치웠던 까닭이었을까. 집을 고르다 보니 전 주인의 취향이 그대로 반영된 펜트하우스를 선택해서였을까.

열심히 이곳을 꾸미긴 했지만 세아는 이곳에 정을 붙이지 못했다. 최고의 전망에 백 퍼센트 대리석 바닥, 실용적이지만 값비싼 수입 원목가구에 깔끔하고 흠잡을 곳 하나 없는 이 공간의 어디가 불만이었던 걸까.

내 아내는
짐승

석주는 펜트하우스를 돌아보며 빠뜨린 것이 없는지 살폈다. 집의 장점인 너른 테라스도, 볕이 잘 드는 전망 좋은 거실도 모두 싸늘했다. 네 개의 기둥이 박힌 커다란 침대가 자리하고도 남았던 안방도 그들이 남긴 흔적은 없었다.

"허무하네."

석주는 인상을 쓰며 펜트하우스를 돌았다.

석주는 이곳저곳에서 그와 세아의 환영을 떠올릴 수 있었다. 부엌의 싱크대 위에서, 식탁 위에서 벌이던 정사. 달밤 너른 테라스에서 그가 품었던 알몸의 세아. 그녀가 야경을 등지고 그를 향해 다가오던 순간을 기억했다. 그녀를 가볍게 안아 올려, 석주는 이 모든 곳에서 그녀를 취했다. 특히 그들은 침대에 기둥이 있는 것을 아주 좋아해 기둥에 끈을 고정해 즐기기도 했다.

세아의 몸은 따스했다. 그는 절정에 달한 뒤, 그녀의 몸 안에 머무르는 것을 좋아했다. 그녀의 안에 제 남성을 파묻고 세아의 온몸을 쓰다듬는 것이 좋았다. 그녀와의 섹스만큼은 지나칠 정도로 중독적이었다.

적어도 세아는, 침대에서만큼은 그를 놓지 못했다. 그놈의 페로몬이 어쩌고저쩌고 하면서 취한 기분이라고 했었지. 그녀의 크고 탄력 있는 가슴을 주무르며 그녀를 정복하는 느낌은 미치도록 좋았다. 결박당한 채 그녀가 자신을 지배하는 느낌조차 미치도록 좋아했다.

섹스 하는 만큼은 서로가 솔직해지는 시간이었다.

「나…… 이혼해도 이건 포기 못할 것 같아…….」

가쁜 비음으로 내쉬던 그녀의 목소리. 희열에 들뜬 그 목소리가 그를 따라다녔다.

달콤한 허니문은 짧았다. 지금 생각해보면 신기루 같은 기억들이다. 그 뒤의 일들은 어떻게 되었던가?

세아는 이혼을 막무가내로 원했다. 이혼을 위해서는 어떤 말도 서슴지 않았다.

「서류상의 이혼일 뿐이에요. 이혼 뒤에도 같이 살아도 상관없어요.」

석주는 당연히 이해할 수 없는 일들투성이였다. 세아의 말은 전혀 논리적이지 않았다.

「무슨 말이 그래? 그럼 지금의 생활과 다를 바 없잖아. 대체 이혼을 하려는 이유가 뭔지나 알자!」

「당신은 몰라도 돼. 하지만 이혼하지 않으면 사라져버릴 거예요!」

「이세아.」

「난 당신이 이혼서류에 도장만 찍어주면 돼요. 위자료도 재산분할도 다 필요 없어요. 그냥 당신이 사인만 해주면 돼요.」

세아의 얼굴은 정말 절실했다. 돌이켜 생각해보면 공포에 질린 것 같기도 했다. 아무리 어르고 달래고 설득하려 해도 말을 듣지 않았다.

별거를 위해 그녀가 독립하자 석주는 그녀의 오피스텔을 차지하고 그녀를 몸으로 설득하려 했다. 차라리 사랑하는 다른 남자가 있었다면 이해가 갔을 것이다. 그녀에겐 그런 상대는 없었고 석주 이외에 다른 사랑을 찾고자 하는 욕망도 없었다.

심지어 그녀는 이런 말도 했다.

「이혼만 해준다고 약속하면 평소와 같을 거예요. 당신과의 동거

내 아내는
짐승

도 좋아요. 섹스는 마음껏 해도 돼.」

「이미 그러고 있잖아.」

「이혼 안 해주면 당신 내쫓아버릴 거예요. 섹스도 동거도 다 없을 거라고요! 그러니까 이혼만 해주면 돼요. 헤어지자는 거 아니에요.」

석주는 신경질을 냈고 그녀의 물건들을 부숴보기도 했다. 몸으로 눌러 그녀를 섹스로 길들여보려고 한 적도 있었다. 세아는 그가 부리는 온갖 강짜를 다 받아주면서 늘 이렇게 말했다.

「이혼만 해주면 돼요.」

그렇게 몇 달. 감정적인 싸움에 진절머리가 난 석주가 서류상의 이혼에 동의했다. 이혼 기념으로 그녀의 집에서 나와 임시로 호텔에 짐을 풀기도 했다. 하지만.

이혼을 결정한 뒤에도 석주는 세아를 사랑했다. 그녀의 외모와 몸매뿐 아니라 그녀의 강철 체력과 엉뚱함까지 전부.

세아는 이세아라서 좋았다. 그는 처음 만난 순간부터 그녀에게 꽂혔고 그녀를 숭배할 정도였다. 그녀가 돈을 밝히는 속물이었다면 돈으로 제 곁에 묶어둘 수 있어서 좋았을 것이다. 하지만 그녀는 위자료는커녕 아무것도 원하지 않았다.

그리고 이혼. 어쨌든 그는 이혼에 동의했다. 그리고 그녀는 이혼을 위해 법원으로 오다 사고를 당했다. 그는 웨딩 액자 속의 다정한 그들을 빤히 바라봤다.

"……이 상황을, 어떻게 받아들여야 하는 거지?"

누구도 답이 없었다. 그저 튜브톱 웨딩드레스를 걸친 세아는 지독하게 아름답기만 했다.

웨딩 액자를 들고 나가려던 그는 마침 현관 옆에서 고장 난 청소기를 발견했다. 무언가의 생각이 머리를 스치고 지나갔다.

세아가 별거를 요구하며 이 집을 나간 뒤에도 그녀의 오피스텔에서 이혼 문제로 얽혀살며 아옹다옹하며 살을 부대끼고 산 부부였다. 심지어 그녀는 기억을 잃었고 제 아이를 품은 상태다.

"고장 난 건 고치면 되고 사이가 나쁘다면 화해하면 되겠지. 하지만, 이제 뭘 하면 되는 거지?"

액자를 소중히 품은 그가 펜트하우스를 나와 엘리베이터에 올랐다. 엘리베이터 속 거울에 비친 석주는 피곤해 보였지만 여전히 훤칠하고 남자다운 얼굴이었다. 조금 날카롭지만 다정한 눈매, 올곧은 코, 강직한 입술, 부드러운 턱선. 그것이 한데 어우러져 그의 외모는 여전히 수려했다. 몸 또한 맵시 하나 흠잡을 곳 없이 완벽했다.

적어도 이세아가 사랑한 하석주는 거기에 있었다. 그가 자신만만하게 웃었다.

거울 속에서 시선이 마주친 아래층 여자가 얼굴을 붉혔다. 석주의 자신감은 더 커졌다.

그가 주차장에서 페라리에 웨딩 액자를 싣고 출발할 무렵이었다. 석주의 호주머니에서 벨소리가 울렸다. 발신자는 그의 아버지였다.

"무슨 일입니까?"

- 새아기 사고 났다는 소식 들었다. 지금 올 수 있겠느냐?

"알겠습니다."

석주는 손목시계로 시간을 확인했다. 러시아워 이전이었으니 아직은 차가 막히지 않을 터였다. 그는 서둘렀다.

내 아내는
짐승

석주의 본가는 하나의 거대한 성채를 이루고 있었다.

정원을 지나 집 안으로 들어가다 그는 눈살을 찌푸렸다. 예전 프랑스 디자이너가 해준 인테리어 대신 새어머니란 여자의 조악한 색채 취향이 반영된 로비가 그를 기다리고 있었다. 들어가자마자 금칠을 해둔 듯 번쩍이는 벽은 그의 취향이 아니었다.

응접실까지 이어지는 인테리어 역시 싸구려 드라마 세트장을 연상시켰다. 프랑스에서 직수입한 번쩍이는 거실의 샹들리에는 무도회를 하기엔 적합해 보였고 그 아래는 이탈리아제 조각품과 청나라 시대의 화병들, 새어머니의 취향대로 주기적으로 바뀌는 최신 가구들이 천박한 부조화를 이루었다.

"석주 왔니?"

그의 이름을 반갑게 불러대는 새어머니 임만희는 도발적인 호피무늬의 원피스를 입고 웃는 낯이었다. 마흔이 넘는 나이에 짙은 화장, 보톡스로 주름 하나 없어 보이는 여자의 기이한 얼굴이 거슬렸다.

"저녁 먹고 갈 거지? 너무 오랜만이라 기쁘단다."

임만희 여사의 천박한 콧소리를 무시한 석주가 곧장 서재로 향했다.

"내 말 듣고 있니?"

여자가 그를 따라와 끈질기게 말을 걸었지만 석주는 그녀를 본체만체했다. 석주는 서재의 문을 두들겼다.

"들어오너라."

서재 안은 독서를 좋아하는 하 회장의 장서들로 가득 차 있었다.

그 아래 편한 윙 체어에 앉아 독서 중이던 하 회장이 고개를 들어 석주를 바라보았다. 가벼운 골프웨어 차림의 하 회장은 백발이 성성했지만 얼굴과 긴 체구는 석주와 판에 박은 듯 닮아 있었다. 날카로운 눈빛 역시 무뎌지지 않아 그의 나이를 쉽게 짐작할 수 없게 했다. 그는 아직도 기백만큼은 대단한 K그룹의 총수였다.

젊은 시절 미남이었던 하 회장은 여자들에게 인기가 좋았다. 두 번의 결혼을 하고 두 아들을 얻은 뒤 그는 석주의 모친 박정숙과 결혼했다. 임만희는 하 회장의 네 번째 여자로 제가 낳은 아들과 함께 이 집의 안방을 차지했다.

하 회장이 읽던 책을 덮으며 석주에게 소파에 앉으라 손짓했다.

"새아가의 상태는 어떠냐?"

"생각보다는 괜찮습니다."

"현장 사진을 보니 꽤나 사고가 심각했더구나."

석주도 끔찍한 사고 현장의 사진들을 떠올렸다.

화물트럭 운전자가 DMB에 정신이 팔려 신호대기 중이던 세아의 페라리 후미를 들이받았다. 그녀의 차는 공회전을 하며 가로수를 들이받고 반파했다. 차가 휴지조각처럼 일그러진 가운데 운이 좋게도 세아는 차 밖으로 튕겨져 나왔다.

잊고 있었던 사고의 전말을 떠올리며 석주의 간담이 서늘해졌다.

세아는 죽을 수도 있었다.

그의 아이와 함께…….

세아가 이 세상에 없을지도 모른다, 상상한 것만으로, 끔찍했다.

"왜 그러냐? 어디가 안 좋은 게냐?"

석주가 식은땀을 훔쳐내었다.

"아무것도 아닙니다."

"새아기가 다른 병원으로 이송되었다기에 심각한 건 아닌가 걱정했다. 병원 이름이 호성이라고 했나, 처음 들어보는 병원이더구나."

"장인어른의 주치의가 있는 병원이라고 들었습니다. 걱정했는데 시설이 크고 나쁘지는 않더군요."

출입구를 찾을 수 없는 병원이나 성향이 괴팍한 의사가 문제가 아니었다. 이상한 건 그녀의 정신과 기억이었다. 세아는 이혼을 하러 법원으로 향하던 중 사고를 당했다. 석주는 그 사실을 되씹었다.

"그럼 너희들 이혼은 어떻게 되는 거냐?"

"생각하시는 대롭니다."

하 회장이 혀를 찼다. 석주는 서재를 채운 명화와 고루한 서적들의 책꽂이를 응시했다.

"이혼하지 않으려 잔머리를 굴린 건 네놈이겠지. 새아기가 너무 좋다고 덤빈 것도 네 쪽이고."

석주는 부정하지 않았다.

"네놈 입장이야 어떻든 그 집안도 이혼만큼은 양보하지 않을 게다. 사고는 안된 일이다만 그 집에서 이혼을 취소할 만한 사유도 되지 않고. 이혼을 요구한 건 새아기였다."

"헌데……. 아내가 기억상실중입니다."

"뭐?"

하 회장이 할 말을 잃었다.

"이 사고는 어쩌면 제게 하늘이 준 기회라고 생각합니다. 전 아버지와 달리 평생 이세아 하나만 볼 겁니다. 이 여자 저 여자 옮겨다니는 일 따위 없습니다. 여자 눈에 피눈물 흘리게 할 일도 없고요."

하 회장이 눈살을 찌푸렸다.

"그게 새아가도 원하는 일이냐?"

석주는 대답하지 않았다.

"새아가가 몸이 괜찮아지면 데려오너라. 한번 얼굴이나 보자."

"바깥에 있는 그 여자 덕분에라도 데려오는 일은 없을 겁니다."

"그럼 온 김에 저녁이라도 먹고 가려무나. 어차피 지금 너 호텔에 있는 거 아니냐?"

석주는 세아의 오피스텔을 나온 뒤 호텔에 기거하고 있었다. 아버지에게 일거수일투족을 감시당하는 기분에 인상을 쓴 그가 가벼운 목례를 하고 문을 열었다. 그와 동시에 문 안쪽으로 귀를 바싹 붙이고 있던 누군가가 석주의 힘에 발라당 뒤로 넘어갔다.

새어머니 임만희가 아무렇지 않게 일어나 자신의 엉덩이를 털었다. 석주의 이마에 실주름이 졌다.

"이젠 엿듣는 게 취미입니까?"

"그런 적 없어."

석주는 붉은 입술을 삐죽 내미는 새어머니를 응시했다. 석주는 자신의 어머니를 내쫓고 이젠 자신의 인생마저 흔들고 싶어하는 여자가 마냥 미웠다.

"네 처 사고 났다며? 그럼 이혼은 언제 하니?"

내 아내는
짐승

새어머니란 여자가 우연과 필연을 가장해 떠밀어내던 여자들이 떠올라 몸서리가 쳐졌다.

이 집은 그의 집이 아니었다. 세아가 있는 곳만이 장소와 상관없이 그의 집이었다.

세아만이 유일한 그의 가족이었다.

"저녁 먹고 가야지!"

새어머니의 만류를 뿌리치고 그는 본가를 나섰다. 그 여자에게 잠깐 붙들렸던 팔뚝에 잠깐 오물이 붙은 더러운 기분이 들었다.

사흘 전의 일이었다.

석주는 세아와 함께 법원 앞에서 만났다. 그 자리에는 이혼 당사자인 하석주와 이세아, 그리고 두 사람의 변호사들. 그리고 포토그래퍼가 함께했다. 그들 부부는 마지막으로 이혼 기념촬영을 하기로 미리 약속을 해놓은 상태였다.

석주와 세아는 예복을 연상케 하는 점잖은 정장 차림이었고 실제로도 세아는 결혼식 때 장만한 예복 중 하나를 입었다. 물론 그들의 복장은 '결혼예복'이 아니라 '이혼예복'이라는 차이가 있을 뿐이었다.

석주는 전날 밤 잠을 설쳤지만 세아는 완벽해 보였다. 화장도 머리도, 옷매무새도. 그들의 이혼으로 홀가분한 쪽은 세아인 듯싶어, 석주는 더욱 분한 마음까지 들었다.

「서글프지 않아?」

「왜요?」

「이혼이라는 거 이렇게 쉬울 줄 몰랐거든.」

그녀는 말없이 빙그레 웃기만 했다.

「다 잘될 거예요.」

그렇게 그들은 몇 장 안 되는 사진을 찍었다. 우습기도 하고, 이혼 전문 변호사들에게서조차 전례가 없는 일이란 농담을 듣기도 했다.

석주는 아직 그때의 포토그래퍼와 연락을 해보지 않은 상태였기에, 그들의 사진이 어떤 표정을 짓고 있는지는 알지 못했다.

본가에서 나와 한참을 달리던 석주가 한적한 도로 가장자리에 차를 댔다. 그는 제 휴대전화의 앨범을 클릭해 그날 찍은 세아와 자신의 커플 사진을 확대했다. 사흘 전 그의 휴대전화로 찍은 커플 사진은 이것이 유일했다.

"하아."

이상하게도 그 사진 속의 세아는 지독하게 무표정했다. 예쁘장하지만 표정이 없는 인형.

그녀가 바란 이혼이 코앞이었는데, 왜 기뻐하는 기색이 아니었을까. 자세히 들여다보면 그녀는 울 것 같기도 하고 슬픈 것 같기도 한 애매한 표정이었다. 어쩌면 석주가 너무 많은 의미를 부여하는 건지도 몰랐다.

하지만 분명한 것은 하나.

"세아야, 난 네가 없으면 안 될 것 같다."

석주는 문득 그녀가 보고 싶었다. 분명 낮에 세아를 보고 왔음에도 그 얼굴이 아릿하고 흐릿한 기분이라 지워지기 전에 그녀를 봐야만 했다.

물론 제 변호사에게 전화를 걸어 통보를 하는 것도 잊지 않았

내 아내는
짐승

다.

"이혼, 재고합니다. 아니, 이혼은 없습니다."

상대가 뭐라고 하건 말건 석주는 전화를 끊었다. 이젠 세아를 보러 갈 차례였다. 그는 병원이 있는 일산 쪽으로 핸들을 돌렸다.

석주는 병원 근처를 30분 넘게 헤맸다. 분명 병원은 보였지만 들어가는 출입구가 좀처럼 보이지 않아 주변을 뱅글뱅글 돌고만 있었다. 내비게이션에도 병원 이름을 검색하면 지도나 가는 길이 똑바로 표시가 되었지만, 정작 병원으로 들어가는 입구 자체를 찾을 수가 없었다.

여우에 홀린 기분이었다. 주변의 행인들에게 물어보아도 병원에 대해 정확히 아는 사람은 없었다.

그는 작은 골목에서 나오는 차 한 대를 발견하고 후진했다. 그 차가 나온 입구 쪽을 유심히 살피던 그는 골목의 끝이 병원 후문 쪽과 이어져 있다는 사실을 깨달았다. 후문 쪽 주차장에 차를 댄 뒤에 병원으로 들어가는 건 식은 죽 먹기였다.

병원 입구를 찾아 헤매는 동안 세아를 위해 산 수제 햄버거는 싸늘하게 식었다. 햄버거와 음료수가 든 봉지를 바라보던 석주가 VIP 병실이 있는 10층으로 향했다. 그녀는 우울할 때 수제 햄버거 먹기를 좋아했으니 이걸 먹고 기분이 풀리기를 바랐다.

평일 밤의 병원은 고요했다. 분명 응급센터까지 갖춘 제법 큰 시설의 병원이었으나 그 고요함이 막막할 지경이었다. 누군가 훔쳐보는 느낌이 들기도 했지만 돌아보면 아무도 없었다. 석주가 세아의 병실까지 가는 동안 사람 그림자 하나 찾아보기 힘들었다.

마치, 무언가에 홀린 기분 같았다.

석주가 병동의 보안센터를 지나 너스 스테이션을 스쳐갈 때였
다. 수다를 떠는 간호사들의 목소리가 들렸다.

"자기 정체 모르는 그 환자 말이야, 이제 어떻게 되는 거야?"

"글쎄. 우리야 모르지. 그 부모가 굉장히 충격이 크다는 것 같았
지만."

"왜 아니겠어. 한국 희귀종이잖아. 육식종들은 환경오염 덕에
개체수가 많이 줄어서 걱정이겠더라."

이상한 대화였다. 석주가 그들을 지나치자 도란도란 이어지던
대화가 중단되었다. 석주는 너스 스테이션을 지나쳤다. 석주의 흐트
러진 외모를 본 간호사들의 눈이 한껏 휘어져 웃는 모양이 된 것도
무시했다.

VIP 병동은 병원 특유의 냄새가 나질 않았다. 인테리어마저도
극단적인 미니멀리즘을 강조하다 보니 심플하다 못해 휑한 느낌마
저 들었다.

하지만 병원답지 않은 부조화가 오히려 석주에겐 안도감을 더했
다. 세아는 병원을 싫어하고 갇히는 것도 싫어한다. 회복력이 괴물
수준이지만 회복이 되기 전에 먼저 뛰쳐나가고 싶어 할 것이다. 병
원스럽지 않은 이곳이 그녀의 회복을 위해서는 더 나았다.

세아의 병실을 노크하자 무아가 불쑥 얼굴을 내밀었다.

"어라, 형부. 또 오셨어요?"

"세아는?"

"언니 자요. 잠든 지 얼마 안 돼서 깨우기가 그래요."

"그럼 얼굴만 보고 갈게."

무아가 불만 어린 표정을 내보이려 하다 코를 벌름거렸다.

"손에 든 건 햄버거?"

석주는 무아에게 햄버거 봉지를 떠맡겼다. 햄버거 뇌물과 석주를 번갈아 바라보던 무아가 마지못해 그를 안으로 들여보내주었다.

낮에 엉망이었던 병실은 가구들이 원위치 되어 있었고 세아는 침대에 얌전히 누워 잠든 채였다. 침대 위의 미등만이 세아의 핏기 없는 얼굴을 비춰주고 있었다.

"으음. 안 좋은가 보군."

"아무래도 사고가 사고니까요. 강철 체력이라고 해도."

무아가 어깨를 으쓱했다.

석주는 세아에게서 눈을 떼지 못했다. 평소의 이세아답지 않은 가녀리고 약한 모습이었다.

"저 모습에 속지 마요. 저건 눈속임이니까."

석주는 그 말을 무시했고 무아가 한숨을 쉬었다.

"언니가 그렇게 좋아요?"

"응."

"그럼 이혼은 어떻게 할 거예요?"

"안 해."

고민할 시간도 없이 석주는 단칼에 대답했다. 무아는 눈을 뱅글뱅글 돌렸다.

"힘들걸요? 언니 기억 돌아오면 어쩌려고. 게다가 언닌, 형부랑 같이 못 가요."

"왜?"

석주가 돌아보자 무아는 햄버거 포장을 벗기며 어깨를 으쓱했다.

"그런 게 있어요."

석주는 묘한 기분에 사로잡혔다.

내 아내는
짐승

2. 그 여자, 이세아

기억의 시작은 충돌의 순간이었다.

요란한 충격이 등 뒤를 덮쳤다. 입에서는 쌍스러운 욕설이 튀어나왔다.

머리보다는 몸이 먼저 반응했다. 그녀는 핸들을 최대한 돌렸지만 차가 멋대로 미끄러지고 있었다. 눈앞의 가로수 잎들이 휙휙 스쳐지나가는 듯했다. 나무가 지나칠 정도로 가까웠다. 온몸의 솜털이 바짝 곤두섰다.

위험해! 여기서 나가야 해!

그녀가 탄 차가 멋대로 공회전하고 있었다. 찰나가 영원처럼 느껴진 순간, 그녀는 후미에 바짝 붙은 트럭 한 대를 보았다.

운전석 문이 덜컹거렸다. 생각할 겨를도 없이 그녀는 안전벨트를 할퀴듯 뜯어내고 문짝을 발로 차냈다. 그와 동시에 그녀는 차 밖으로 몸을 던져 굴렀다. 등을 동그랗게 말아 배를 감싸는 것도 잊지 않았다.

인간이라면 낼 수 없는 스피드와 괴력. 그때는 그걸 인지하지 못했다. 살아야 한다는 본능뿐이었다.

그녀가 탔던 페라리는 긴 타원의 궤적을 그리며 가로수와 정면으로 충돌했다. 트럭이 이어 급브레이크를 밟아대는 소리도 들려왔다. 그 충돌음으로 귀가 멍멍해졌다. 끼이이이익, 콰아앙!

차가운 콘크리트 바닥을 데굴데굴 구르던 여자는 머리를 들었다. 고개를 돌리자 제가 타고 있던 차가 코 푼 휴지처럼 찌그러져 있는 것이 보였다. 비싼 페라리를 샀지만 역시 트럭에는 이기지 못했다.

아아, 돈 아까워. 그녀가 철퍽 바닥에 쓰러졌다.

귀찮아, 그냥 쉴래.

그리고 모든 것이 어둠에 묻혔다.

그녀를 깨운 것은 시끄러운 목소리들이었다.

"······아이고, 세아야!"

"여보, 진정해!"

"세아 안 죽었다고! 제발 그만 진정해!"

"내가 진정하게 됐어요! 그러게 그놈에게 시집을 보내는 게 아니었다고! 독립한다고 해서 독립시키는 게 아니었다고요! 아니, 저것이 쓰러진 것 자체가 문제라고! 보통 인간이었다면 죽었어!"

"엄마 진정해! 언니 환자야, 환자라고! 언니가 아무리 강철 체력이라도 지금은 일단 환자야!"

자고 싶은데 너무 시끄러웠다. 일어나야 할 것 같은데, 눈이 너무 뻑뻑하고 온몸이 두들겨 맞은 것 같았다. 졸린데 목이 말랐다. 머리가 핑핑 도는데 힘이 없고, 통곡소리에 잠도 잘 수 없었다.

괴로워하던 그녀가 억지로 무거운 눈꺼풀을 들어 올렸다.

제가 누운 철제 침대와 시트가 보였다. 놀라 손을 들자 병원 로

고가 박힌 환자복 소매가 보였다.

침대에서 떨어진 병실 입구 쪽에서 세 사람의 목소리가 연이어 들려왔다. 파렴치한 사위, 인간, 짐승, 등의 알 수 없는 단어들이 뒤섞인 대화가 핑퐁처럼 오고갔다. 아오오오, 컹컹컹컹, 그들의 이야기는 그녀의 귀에 이렇게 들린 것 같기도 했다.

"저, 저기요!"

그녀의 모기만 한 목소리는 세 사람의 시끄러운 목소리에 금방 묻혔다.

아놔. 그녀는 좌절했다. 머리 아픈데 울려, 그만 좀 떠들라고!

게다가 맙소사, 화장실도 급했다! 미치겠어!

세상이 샛노랗게 변해가던 참이었다.

짧은 노크 두 번과 함께 핑크 카디건을 입은 백의의 간호사가 병실 앞에 모습을 드러냈다. 간호사는 수다 중인 세 가족을 보며 목소리를 높였다.

"그만 좀 떠드세요! 환자 절대 안정인 거 몰라요?"

순간 쥐 죽은 듯 고요해진 병실의 아늑함이 너무 좋아서, 그녀는 환호했다. 간호사 언니, 나이스 샷! 그 모습에 놀란 간호사가 세 가족을 밀치며 그녀에게 다가왔다.

세 가족들도 어느새 입을 떡하니 벌리고 있었다. 그들이 동시다발적으로 말문을 터트리려는 순간 그녀가 먼저 외쳤다.

"화장실요!"

간호사가 코앞의 문을 가리키며 활짝 열자, 세 사람이 놀라 벽에 다닥다닥 붙었다. 침대에서 화장실까지 3미터. 그녀가 비호처럼 날아 화장실로 골인했다.

아슬아슬하게 용변을 보는 것까진 좋았지만 그 뒤가 문제였다. 물을 내리고 뒤처리를 하고 손을 씻는 것만으로도 이미 모든 체력이 소진된 듯했다. 지독한 현기증에 그녀는 벽을 짚었다. 화장실을 나온 뒤에도 문제는 여전했다.

"세아야!"

"언니 깬 거 맞구나!"

세 가족이 그녀를 에워싸고 다가왔다. 정장을 입은 중년 부부와 발랄해 보이는 이십대의 딸 한 명. 낯이 익은 얼굴들이었지만 기억이 나지 않는 데다 그들이 자신을 압살시킬지도 모른다는 불안감만이 앞섰다.

세아는 대체 누구야? 화장실로 다시 숨을까?

"세아야!"

너무나도 격한 포옹을 당하기 직전. 그녀는 최선을 다해 외쳤다.

"잠깐만! 당신들 누구예요!"

순간 3인의 가족과 간호사가 일시에 굳었다.

"환자 분, 지금 뭐라고?"

"세아야?"

"언니?"

"딸, 그게 무슨 말이냐?"

모든 말들이 동시다발적으로 터져 나왔다. 그중 스키니 진에 금관을 쓴 해골 티셔츠를 입은 이십대 여자가 그녀의 얼굴 앞에서 손가락을 흔들어댔다.

"이거 몇 개?"

"세 개."

그녀는 눈앞에서 흔들거리는 손가락을 쳐냈다. 머리 아프다고. 아놔.

"오늘 며칠이게?"

날짜를 모르는 바보도 있나. 그녀가 입을 열었다가 멍해졌다. 오늘이 며칠인지 생각하니 머리가 빠개지는 듯 아파왔다. 날짜와 연도의 개념은 있었지만 정작 떠오르는 건 없었다. 아니, 머릿속이 백지였다.

"언니, 교통사고 났던 거 기억나?"

교통사고. 한 줄기 기억이 플래시백이 되어 스쳐지나갔다. 자신은 차에 타고 있었다.

"등 뒤에서 트럭이 와서 박았어."

그 사고로 자신이 입원했다.

입원의 이유가 명쾌해지자 세아는 눈 앞에서 알짱대는 여자가 거슬렸다. 낯이 익지만 기억에는 없는 얼굴이었다.

"그런데 너, 누구야?"

잠시 비정상적인 침묵이 흘렀다. 눈앞의 여자가 식은땀을 훔쳐냈다.

"세, 세아 언니, 장난치지 마."

언니? 세아는 날 말하는 건가? 그녀는 그제야 제법 커 보이는 제 가슴을 내려다보았다. 큰 가슴, 제법 마른 체구로 보아 여자가 맞다. 주변은 병원. 저는 교통사고로 입원했다.

그리고 저를 바라보는 중년 남녀와 그들의 딸. 익숙한 얼굴들인 것 같긴 한데?

"저기, 그런데 누구?"

거듭된 질문에 세 가족의 얼굴이 일그러졌다. 그녀는 명품가방을 든 우아한 중년 부인과 명품제 슈트를 입은 근엄한 반백 머리의 중년 남성을 응시했다. 고상한 그들이 트럭을 몰던 가해자의 가족이라는 생각은 들지 않았다.

그리고 깨달았다. 그녀는 자신의 이름도 몰랐다. 헐.

"당신들 누구?"

"세아야?"

"그게 제 이름인가요?"

여우를 연상시키는 가늘고 갸름한 세 가족의 얼굴이 한데 모여 입을 쩍 벌렸다. 이후 이어진 그들의 반응은 참으로 격정적이었다. 중년 부인은 울었고 반백 신사는 탄식했고 해골 티의 이십대 여자는 영혼을 상실한 표정이었다. 더더욱 당혹스러운 건 세아라 불린 자신이었다.

"음, 그러니까 기억상실?"

세 사람의 표정 전부가 뭉크의 절규를 완성했다.

"아아. 그렇구나."

세아는 그제야 자신의 기억상실증을 인정할 수 있었다.

기억이 없고 이름과 나이 전부 떠오르지 않았으니 기억상실증임을 인정하는 건 숨 쉬는 것만큼이나 자연스러웠다. 여기에 출생의 비밀까지 더해지면 완벽한 드라마 소재감인데. 세아가 혼잣말을 하며 침대로 돌아간 사이, 눈물범벅이 된 세 가족이 얼굴을 들고 되물었다.

"아참, 너 우리가 무언지 기억하니?"

내 아내는
짐승

"언니, 우리가 짐승인 건 알아?"

세아는 그들의 정신 상태를 의심하며 머리위로 뱅글뱅글 손가락을 돌려 그렸다. 미쳤어요?

"아오오!"

"컹컹."

억울한 듯 항변하는 세 사람이 더 괴상한 소리를 냈다. 그리곤 다시 머리를 맞대어 쑥덕거렸다.

"아무래도 병원을 옮겨야겠어."

"어느 병원이요?"

"당연히 주치의가 있는 병원이지!"

"호오. 주치의라니 돈은 많나 보네요."

"그거라면 걱정 없다!"

호언장담한 그들의 말처럼 그 뒤의 일들은 일사천리로 진행되었다. 단지 몇 번의 통화를 한 것뿐인데 세아는 한 시간도 되지 않아 일산의 대형병원으로 이송되었다. 그 병원에 도착해선 쉴 새 없이 검사를 받아야 했다.

그녀가 입원한 VIP 병실은 생각한 것보다 훨씬 컸다. 극단적으로 심플함을 추구했지만 인테리어는 고급 내외장재로 꾸며져 흠잡을 곳은 없었다. 대형 평면 텔레비전이나 노트북, 심지어 취사도구나 조리 시설까지 있어서 작은 아파트 그 자체였다.

세아의 주치의라는 사십대의 의사가 밤늦게 병실을 찾아왔다. 하얀 가운을 걸친 금테 안경의 꼬장꼬장한 의사는 다른 의사들까지 대동해 결과를 정중히 통보해왔다.

"이세아 환자 분께서는 임신 중이십니다."

의사의 말은 신중하고도 조심스럽기 짝이 없었으나 세 가족들의 반응은 충격 그 자체였다. 세아만이 멀뚱하게 그 결과를 받아들였다.

의사들은 세아가 기억하지 못하는 그녀의 사고와 현재 상태에 대해 친절하게 설명해주었다. 아마 그녀가 VIP 병실 입원 환자라 의사들이 지나칠 정도로 친절한 것 같기도 했다.

"기억이 나시지 않으신다니 간단히 설명하지요. 트럭 운전사의 부주의로 난 경미한 사고입니다. 환자 분은 그때 위기상황에서 탈출해야 한다는 생각 때문에 튀어나와 목숨을 건지셨고요. 물론 회복력이 좋으시고 워낙 건강체인 만큼 사소한 찰과상을 제외하면 멀쩡하십니다. 더 검사를 해봐야겠습니다만, 임신하신 아이의 건강 상태도 크게 문제는 없는 것 같습니다."

넋을 빼고 있었던 세아의 모친이 입을 열었다.

"그럼 퇴원해도 되나요?"

의사들은 경악했다.

"네? 아무리 그래도 교통사고입니다! 환자는 산모고요! 절대 안정해야죠!"

"경미한 사고라면서요? 쟤 이세아는 금방 일어날 겁니다."

"그래도 이건 아닙니다. 교통사고 후유증은 두고 봐야 합니다."

의사들의 반박에도 세 가족들은 계속 구시렁댔다. 그 가족들은 의사가 퇴장하고도 병실의 푹신한 소파를 차지한 채 머리를 맞대고 쑥덕거렸다. 떠날 기색이라곤 전연 없었다.

세아는 억지로 잠을 청했지만 저절로 들려오는 세 가족들의 대화는 참으로 괴상망측했다.

내 아내는
짐승

"언니에게 우리가 인간이 아니라고 어떻게 설명해요?"

"그러게 말이다."

"어차피 보름밤이 되면 알 텐데."

"그전에 혼혈인 애는 어떻게 해요? 아니, 임신 기간은 또 어떻게 해?"

대체 무슨 소리들일까. 세아는 생각하는 것을 그만두었다. 그리고 처자기로 했다. 못 들은 거다! 못 들은 거라고! 그녀는 곯아떨어졌다. 그러다 문득 아이 아버지가 누군지 모른다는 사실을 떠올렸다.

세아가 눈을 뜬 것은 다음날 아침이었다.

그녀의 가족을 지칭하던 세 사람이 병실 여기저기에 널브러져 잠들어 있었다.

그 가족들이 웬 조선 시대를 배경으로 무명 한복을 입고 푸른 들판을 함께 뛰노는 꿈을 꾸었던 터라 머리가 뒤숭숭했다. 세아는 개꿈인가를 의심하며 그녀는 찌뿌듯한 몸을 폈다.

화장실로 간 세아는 자신의 모습과 대면했다.

갸름한 얼굴선과 흰 피부, 큰 눈을 비롯한 선명한 이목구비. 화장기 없는 민낯임에도 제법 참하고 고운 미인형으로 보였다. 얼굴보다 마음에 든 것은 몸이었다. 적당한 키에 운동으로 다져진 마르고 균형 잡힌 몸. 군살은커녕 탄력이 넘치게 올라붙은 몸에 가슴이나 엉덩이는 보기 좋을 정도로 컸고 어깨나 쇄골, S자 라인을 그리는 허리선은 예술이었다. 임신했다는 복부는 아직 납작해 태도 나질 않았다.

세아가 욕실에서 느긋하게 샤워를 하고 나왔을 때 그녀의 부모님은 없었다. 바쁜 두 사람을 대신해 남아 있던 여동생 무아가 환자식을 챙겨주었다.

적당히 아침을 챙겨먹은 뒤엔 교통사고 때문에 불편해진 몸을 기지개 켰다. 뭉쳐진 어깨뼈들이 일시에 펴지며 따닥따닥 소리를 내었다. 그것만으론 시원하지 않은 세아가 자연스럽게 떠오른 몇 가지 요가 동작들을 취했다.

사실 요가를 하기엔 침대 위는 좁고 불편했기에 계속 자세를 바꿔야만 했다.

"언니, 기억 돌아왔어?"

몸을 여기저기 비틀며 움직이자 무아가 되물었다. 세아는 도리질을 치며 엎드리는 자세를 취했다. 몸을 역으로 활처럼 휘며 몸을 젖힌 그녀의 정수리에 그녀의 두 발바닥이 닿았다. 몸을 둥글게 굴리며 어떤 자세를 취할까, 그녀는 고민했다.

그렇게 한참 침대 위를 굴러다니며 이런저런 요가 자세를 취할 때였다.

"저기, 언니."

세아는 고개를 들어 이무아를 응시했다. 무아는 세아의 이목구비와 닮아 있었지만 가무잡잡한 피부 덕에 남방계 미인으로 보였다. 마침 송 여사가 문을 열고 들어오자 세아와 송 여사를 번갈아 보며 무아가 입을 뗐다.

"아 엄마도 왔네. 잘됐어. 언니는 아예 모를 것 같아서 내가 연락했어."

"뭘?"

내 아내는
짐승

"형부에게 말이야. 형부도 언니 여기 있는 거 알아야 할 것 같아서."

무아의 형부라면 제겐 남편이라는 걸까? 세아는 남편에 대해 기억나지 않았다. 송 여사는 무아의 등짝을 커다란 손바닥으로 철썩철썩 후려갈겼다.

"왜 안 시키는 짓을 하고 그래! 그놈이랑 세아랑 이혼할 사이잖아!"

"아직 이혼 안 했잖아! 형부도 언니 걱정할 거라고!"

"하 서방 따위 걱정하지 말고 너나 걱정해! 아니, 네 언니나 걱정하라고!"

"걱정하고 있으니까 부르는 거잖아. 형부 나중에 오후에 온대! 서너 시쯤에 올 거고 아버지도 맞춰서 올 거랬어."

"아버지는 또 왜 불렀어?"

"형부 온다고 그 시간에 공강이시라고 온다고 했단 말이야!"

무아의 울먹울먹한 소리를 안주삼아 세아는 앞뒤로 길게 다리를 찢었다. 침대의 머리에 다리 끝이 부딪히는 게 불편해졌다. 머릿속에 각인된 서커스 동작 같은 요가 행위를 반복하며 세아는 아직도 싸우려는 제 가족들을 귀찮아했다. 절대 안정해야 하는 환자 옆에서 소음공해는 대체 뭐람. 싸우는 가족들 옆에서 세아는 투덜거리며 환자복을 입고 활 자세니 아치 자세니 하는 동작들을 순차적으로 반복했다. 헌데 제 남편이라니? 어떤 사람일지 상상조차 가질 않았다.

한바탕 운동을 마친 뒤였다. 제 모친 송순임과 동생 이무아가 나란히 세아의 옆에 섰다. 단단히 기합을 넣은 무아가 그들 가족의 대외적인 프로필을 읊었다.

"언니도 알아야 할 것 같아서. 일단 가족들에 대한 기본 정보는 있어야 할 거 아니야. 일단 아버지 이현축은 대외적으로 오십칠 세. 건축학과 교수님이셔. 어머니 송순임 여사는 오십육 세로 가정주부. 이세아는 일 년 전 결혼한 뒤로 대외적인 활동을 줄였어. 현재는 이혼 직전. 나 이무아는 대학 졸업한 뒤 아직 백조."

"흐음?"

"언니는 일 년 전쯤에 결혼했고 결혼 육 개월 만에 남편 하석주와 별거 시작. 그래서 신혼집에서 나와 오피스텔에서 살았어."

송순임 여사도 말을 거들었다.

"네 남편. 그러니까 그 하 서방은 성격이 밴댕이 소갈딱지에다 나쁜 놈이다! 알았니? 절대 그놈하고 가까이하지 마."

뭔가 악에 받친 송순임 여사가 말을 쏟아내려던 찰나, 무아가 그녀를 밀어내고 다시 상석을 차지했다.

"엄마는 잠깐만 있어봐요. 하여간 언니는 오피스텔에 거주했고 이혼을 위해 최고의 로펌을 고용해 이혼 준비를 해왔어. 그리고 모든 협상이 끝나고 바로 어제가 대망의 법원 가는 날이었는데!"

"사고가 났다?"

무아가 신나게 고개를 주억거렸다. 옆에서 송 여사는 계속 하 서방이 나쁜 놈이라며 거들었다. 아무래도 이세아가 재결합이라도 하면 곤란한 건가. 어쨌든 송 여사나 이무아가 그 세아의 남편을 좋아하는 기색은 없었다.

그 뒤엔 세아도 바빠 하 서방이니 자신의 남편에 대해 생각할 겨를이 없었다.

오전 내내 정신과 의사와의 긴급 면담, 교통사고 후 의무적으로 찍었던 MRI 검사의 재독이 이루어졌다. 세아의 기억상실을 고려해 다들 말을 아끼는 분위기로, 보호자인 송 여사와 의사들은 개인 면담을 갖는 것 같았다.

그렇게 점심시간이 되어 밥을 먹고 휴식시간을 가지려던 찰나, 세아의 아버지 이현축 교수가 들이닥쳤다.

밤을 새우며 치열한 고민이라도 한 듯 그의 눈에는 핏발이 잔뜩 서 있었다. 이 교수가 세아를 보자마자 냅다 소리쳤다.

"딸아! 난 순혈이 아닌 네 뱃속 아이를 혈족으로 인정할 수 없다!"

세아는 눈을 댕그랗게 떴다. 당최 뭔 소린지 이해할 수 없었다. 대신 무아가 발끈했다.

"그래도 우리 혈족이라잖아요! 혼혈은 생기기 힘들다면서요! 저 아긴 천문학적인 확률 사이에서 생긴 거라고요!"

"알 게 뭐냐, 그래도 반쪽은 절대 용납 못 해!"

세아는 이해가 가지 않는 대화를 무시하기로 했다. 하지만 이 교수는 집요했다.

"세아야! 그러게 내가 그 결혼 반대한다고 했잖니! 멋대로 뛰쳐나가더니 감히 반쪽 아이를 임신해?"

세아는 불안을 감지했다. 이글거리는 눈빛의 이 교수가 세아를 향해 다가왔다. 세아는 그의 살기를 감지하고 저절로 배를 감쌌다. 없던 모성 본능도 마구 돋아날 지경이었다.

설마, 패서 유산을 시키겠다는 건가. 설마.

그때 이 교수가 펄쩍 뛰어올랐다. 엄청난 도약력에 세아는 비명을 지르며 마구잡이로 뛰어다녔다.

"안 서! 이 잡것!"

"사, 사, 사람 살려!"

"둘 다 진정해요!"

어쨌든 VIP 병실은 네 가족이 잡고 뛰고 말리고의 술래잡기를 하기에도 충분히 넉넉한 공간이었다. 세아는 살기 위해 뛰어다니다 손에 잡히는 것을 마구잡이로 던져대었다. 우당탕탕, 소리는 마냥 시끄러웠다.

"자, 잠깐! 스, 스톱! 누, 누가 와요!"

무아의 말에도 세아는 한참이나 이 교수와 대치했다. 어째서 일이 이렇게 된 건지 알 수 없었다. 그녀가 씩씩거리며 호흡을 골랐다.

그리고 누군가가 병실 문을 노크했다.

"하석주입니다!"

무아가 뭐라고 한 건지는 기억나지 않았다. 다만 병실로 들어온 것은 키가 크고 세련된 검은 정장의 남자였다. 수려한 얼굴에 야성미까지 넘치는 섹시한 남자는 무엇 하나 흠잡을 곳 없이 완벽해 보였다. 세아마저도 남자가 흩뿌리는 페로몬에 정신이 아득해지는 기분이었다. 하지만 그와 마주한 세 가족들의 표정이 참으로 괴괴했다.

세아는 남자에게서 좀처럼 눈을 떼지 못했다. 기억은 없지만, 저런 타입이 자신의 이상형이라는 건 분명했다. 그리고.

"이 사람 누구야?"

남자가 고개를 돌려 세아를 응시했다. 굳어 있나 싶었지만 남자는 포커페이스였다.

내 아내는
짐승

"장난치지 마, 이세아."

무아가 중간에서 말을 가로채어 설명했다.

"그, 그러니까 혀, 형부. 언니가 기억상실증이라는데요."

세아는 그제야 그 남자가 자신의 남편이란 사실을 깨달았다. 기억상실을 곱씹던 남자가 새하얗게 질려 망부석이 되었다. 그 남자 이상으로 패닉 상태로 보이는 이 교수도 이렇게 말하고 있질 않은가.

"세아가 다른 놈 애를 임신해서 이혼한다고 했나? 설마 자네가 애 아버지란 건 아니지? 혼혈 따윈 용납 못 하니 차라리 다른 사람 아이라고 말해주게나!"

남자는 빠른 속도로 정신을 수습하고 대꾸했다.

"장인어른. 혼혈이라니 무슨 말씀이신지 모릅니다만, 세아가 임신한 게 맞다면 백 퍼센트 제 아이입니다."

이후 이어진 남자의 말이 압권이었다.

"신혼집에서 나와 세아의 오피스텔에서 살았으니 최소한 신혼집과 별거한 건 맞습니다."

세아는 진심으로 생면부지의 남편 쪽을 응원하고 싶어졌다.

무아가 아버지의 옆구리를 팔꿈치로 찔러 치명상을 입혔다. 더 정확히는 아버지란 사람이 날아가 우당탕 쾅쾅 벽에 부딪혔다. 헌데 아프지도 않은지 아버지 이현축이 옆구리를 문지르며 벌떡 일어났다. 여동생 무아가 외치고 있었다.

"아버지, 죄송해요! 그런데 언니는 그러고도 남아요! 언니는 뚝심 하나는 끝내주는 개과잖아요! 저요, 언니 오피스텔에서 형부 너무 자주 봤어요!"

"왜 그걸 이제 말해! 그래도 다른 사람이 있었을지도 모르잖아! 다른 짐승이라도 좋아! 아니, 인간이 아니면 더 좋다고! 저 자식은 맘에 안 들었어!"

또 짐승 타령이다. 세아는 중간중간 자신의 이전 인격체인 이세아란 여자에게 애도의 뜻을 표했다. 이세아의 성생활과 프라이버시 따위 아무도 지켜주지 않았다.

"아버지, 장녀를 너무 과대평가하시는 것 같은데 언니 왈, 형부가 밤일 겁나게 잘한댔어요. 편리한 전남편을 두고 왜 다른 놈과 바람을 피운대요? 관리할 능력의 문제가 아니라 귀찮아서 안 할 거라고요!"

그리고 지금껏 소외된 세아가 모두의 시선을 한눈에 받았다. 세아는 마치 자신의 대답을 기다리는 듯한 가족들의 발언에 기꺼이 동참하기로 마음먹고 모두를 손가락질했다.

"이쪽은 내 생물학적 가족들이고 저 남자가 내 남편이었다는 거지?"

"언니는 어제 이혼소장을 낼 예정이었지. 아마 계획대로라면 이분은 전남편이 되었을 거야."

세아는 심플하게 그것을 부정했다.

"어쨌든 지금은 혼인관계란 거고?"

모두가 고개를 끄덕였다.

"그리고 나는 임신했고."

세아는 환자복을 들어 제 납작한 복부를 응시했다. 여기에 정말 애가 있긴 한 건지 감이 오질 않았다.

"애기 있는 거 맞아?"

내 아내는
집승

부친 이 교수가 헛기침을 했고 모친은 세아의 뒤통수를 후려갈 겼다. 세아의 아픔이 채 가시기도 전에 무아가 외쳤다.

"엄마, 언니 뇌세포 죽을 거야. 머리는 때리지 마! 기억 더 안 돌아오면 어떻게 해!"

"아니, 텔레비전에서는 때리면 맞아서 돌아오지 않았니? 우린 짐승이라 그깟 뇌세포 몇 마리 죽는다고 해도 안 죽어!"

세아의 머리를 후려갈기려 눈을 희번덕거리던 세 가족에게 남자가 입을 열었다.

"의사와 상의를 해봐야 하지 않습니까?"

단순하고 명쾌한 해답에 가족들이 뛰쳐나갔다.

결국 세아는 자신의 남편이란 남자와 함께 병실에 남았다. 기억은 없지만 왜 그녀가 이 남자를 남편으로 골랐는지는 알 것 같았다.

키도 크고 잘생긴 데다 무려 풍기는 페로몬이 끝내줬다. 등짝을 보자, 이건 닥치고 덮쳐야 돼, 란 느낌이었다. 물론 그 페로몬을 의식하자 남자와 함께 있는 이 공간 자체가 어색했다.

세아는 남자의 이름조차 몰랐다. 헌데 자신은 이 야성미 넘치는 남자와 같이 잠을 잤고 아이를 만들었다. 이혼의 사유는 모른다. 기억이 있는 이세아가 어떻게 했을지도 감이 오지 않았다.

세아는 고민에 빠졌다. 남자가 물었다.

"아이, 낳을 거야?"

"글쎄요. 있는지도 모르겠는데 있으면 낳는 게 나을까요?"

세아는 고민하다 다시 질문했다.

"이세아라는 여자는 애를 낳고 싶어 했나요?"

"글쎄. 그런 이야긴 한 적 없지만 아이를 싫어하진 않았어."

"그럼 기억이 돌아올 때까지 함부로 지우면 안 될 것 같은데. 전 이세아가 아니잖아요."

아니, 세아로 불리고 있긴 하지만 세아란 기억이 없으니 그럴 수밖에.

남자와의 대화는 여전히 어색했다.

"그런데 이름이 뭐예요?"

"하석주."

세아는 그와 악수를 했다.

이세아와는 어떻게 만났나요? 당신은 뭐 하는 사람이에요? 이 교수와 송 여사가 돈 좀 있어 보이던데 처가를 등쳐먹으셨나요? 묻고 싶은 것들이 목구멍에서 치솟아 올랐지만 세아는 묻지 않았다.

하지만 한 가지만은 확실히 인정할 수 있었다.

기억을 잃기 전, 이세아의 취향은 존중할 만했다. 남자는 키스하고 싶은 멋진 입술의 소유자였다.

다음날도 다음날의 해가 떠올랐다. 세아는 깨어나 눈을 뜨기 무섭게 오늘은 무엇을 하며 시간을 때워야 하나 심각하게 고찰했다. 그녀가 병실의 톤 다운된 벽지를 노려보며 눈싸움을 하던 도중이었다. 일찌감치 병원에 와서 진을 치고 있던 무아가 입을 열었다.

"아참, 언니. 간밤에 형부가 왔었어."

"그래?"

세아가 자는 사이 남편 하석주가 밤에 몰래 왔다간 모양이었다. 그녀는 병실 안에 희미하게 남아 있는 음식 냄새를 맡았다.

"그 남자가 햄버거 사왔니?"

무아가 움찔했다. 세아는 환기를 위해 블라인드를 걷고 창문을 열었다.

"냄새 아직도 진동을 해. 햄버거 먹으려면 나가서 먹지. 아니면 날 주든가."

"먹는 동안 꼼짝도 하질 않던데 뭘!"

세아는 제가 너무 오랫동안 잠을 자는 기분이었다. 사고 이후의 충격 때문일까?

"그런데 그 남잔 여기 다시 왜 왔대?"

무아가 모르겠다는 듯 어깨를 으쓱했다. 세아는 아무렇지 않게 넘겼다.

"뭐 그 남자가 오면 다시 물으면 되겠지."

중요한 건 자신이 이세아이고 임신했다는 사실이었다.

구급대원이 현장에서 수습해 왔다는 가방에서 나온 소지품들 전부가 그녀가 이세아임을 증명했다. 지갑 속에는 이세아의 주민등록증과 신용카드, 그녀의 이름이 적힌 스케줄러가 있었다. 이세아의 이름은 어디에나 차고 넘쳤다. 세아가 당장 알 수 없는 건 휴대전화에 걸린 비밀번호뿐이었다.

세아가 휴대전화의 비밀번호를 궁리하는 사이 무아가 물었다.

"헌데 언니, 이 병원에서 언니 유명인사인 거 알아?"

"왜?"

무아는 호기심에 눈을 반짝였다.

"이족(異族)이 교통사고를 당해 기억상실증에 걸린 전대미문의 케이스잖아. 게다가 언니 몸은 철인 중의 철인. 짐승 오브 베스트."

손가락을 치켜 올리며 칭찬하는 무아를 보자 세아는 그게 욕인지 아닌지 의심스러웠다. 게다가 이족? 짐승 오브 베스트? 그거 자신을 말하는 거 맞나?

회복이 빠른 건 세아도 인정했다. 사고는 심각했으나 다친 것은 경미한 수준이었다. 회복이 지나치게 빨라 자신이 교통사고 환자는 맞는 지 스스로도 의아할 지경이었으니까. 사고 후유증은 찾아보기 힘들어졌고 기억상실증을 제외한 외상은 없었다.

그 기억상실의 원인도 사고 때문에 뇌진탕 등의 증세를 동반한 게 아니라 심인성. 사고 때문이 아니라 사고와 겹쳐진 스트레스로 기억을 스스로 차단한 게 아닐까. 그녀의 주치의가 멋대로 추측했다.

이세아가 30세라면 그 30년이 그대로 포맷된 상태. 조금씩 떠오르는 기억이 있긴 했지만 흐릿하고 단편적인 조각들이라 도움도 되질 않았다. 남편과 결혼생활에 관한 기억들 역시 한 톨도 떠오르지 않았다.

현재는 기억상실로 괴롭다기보다 병원에 갇혀 있어서 미쳐가고 있었다. 세아는 아마 평소 방정맞았거나 가만히 있지 못하는 성격인 모양이었다. 세아가 폐소 공포증에라도 걸린 듯 병실 안을 뱅글뱅글 돌고 있노라니, 무아가 잠시 자리를 비웠다 돌아왔다. 무아는 냅다 돌돌 말린 요가매트를 던져주었다.

"이거나 해. 이거 사느라 주변 요가 학원을 샅샅이 뒤져서 사온 거라고. 나한테 감사하다고 해."

"어? 고맙다?"

머리를 긁적이며 고맙다는 말을 한 세아가 요가 매트를 빤히 바라보았다. 일단 매트가 생겼다. 그걸 자연스럽게 바닥에 깔았다. 무

내 아내는
짐승

얼 따라 요가를 하나 궁리하던 그녀에게 무아가 VIP 병실에 비치된 컴퓨터의 대형 모니터를 가리켰다.

"인터넷에 요가 동영상 많을걸? 언니 자주 보고 있던데."

세아는 자연스럽게 유투브에서 요가를 검색했다. 까무러칠 정도로 많은 검색 결과에 눈이 휘둥그레졌다. 긴 것부터 짧은 것까지, 온갖 국적의 요가 강사들이 쏟아내는 비디오들은 어마어마했다. 그중 세아는 제법 몸이 튼튼해 보이는 미국인 여자의 동영상을 골라 재생시켰다.

그걸 관찰하던 무아가 물었다.

"할 만해?"

"그런 것 같긴 한데."

사고로 뻣뻣해진 몸을 푸는 데만 해도 시간이 꽤 걸렸다. 세아는 한참이나 굳은 몸을 끙끙대며 풀었고 전반 후반 해서 한 시간에 가까운 가벼운 요가 동영상을 따라했다. 강도는 그리 세진 않았지만 운동을 며칠 안 했다고 몸이 뻣뻣하게 굳어진 건 문제였다.

아, 그런데 내가 운동광이었던가? 임신 중인데 이렇게 운동해도 되나?

세아는 제 상태에 대해 고민하기 시작했다. 분명 임신 초기에 격한 운동을 삼가야 한다고 들은 것 같은데 의사나 간호사에게 물어봐도 아무도 세아를 말려주지 않았다. 아니, 체력을 위해 멋대로 하란다.

어쨌든 요가 동영상을 따라 운동하는 건 나쁘진 않았다. 사실 혼자서 처박혀 요가나 하는 게 낫다고 생각할 정도였다.

뭔가 답답해져 산책을 하고 돌아오면 그때마다 기분이 사뭇 이상했다. 간호사나 환자들이 모두 그녀를 조용히 지켜보며 관찰하는 기분이랄까. 의사들과 간호사들이 자신을 보며 쑥덕거리고 놀리는 것 같고, 간혹 시선이 마주친 환자와 그 보호자들마저도 세아를 신기해하는 느낌?

어쨌든 그녀가 이 병원의 유명인사라는 무아의 말은 맞았던 모양이다. 밖에 나갈 때마다 쏟아지는 시선이 장난이 아니었다. 기분 탓이라기엔 정황이 너무 뚜렷했다.

"언니 뭐가 이상해?"

"아니, 나 계속 쳐다보는 것 같아서."

"언니 유명인사라고 했잖아. 안 그래도 특이한 종족인데 더 특이한 환자 케이스가 되었어."

소파에 둥지를 튼 형상의 무아는 이런 대답을 하기 일쑤였다. 세아는 점점 제가 이상한 환자가 아닐까 고민하기 시작했다.

그 고민이 절정에 달한 것은 입원한 지 나흘째 되던 목요일이었다.

세아는 정신과 의사와 상담을 하기 위해 상담실이 있는 5층으로 향했다.

안정감을 주기 위해서인지 상담실은 연한 연녹색의 벽지와 꽃, 목재 가구들이 자리한 소박하고도 편한 분위기였다. 은은한 아로마 향이 풍기는 가운데 의사는 그녀를 편한 상담 의자로 안내했다.

상담 의자에 기대어 휴식을 취하는 그녀에게 의사가 질문해 왔다.

"기억은 나십니까?"

"아뇨."

내 아내는
짐승

"그럼 본인이 인간이라고 생각하세요?"

"네?"

그녀는 가운을 입고 둥글둥글한 얼굴에 커다란 안경을 쓴 중년 의사를 쳐다보았다.

"인간이 아니면 뭔데요?"

"……심각한 상태시군요."

"네?"

병원은 심각할 정도로 너무나 이상했다! 이 병원이 정상이 아니었다!

어이없이 짧은 정신과 상담을 마친 세아가 병실로 돌아왔다. 의사를 바꿔야 한다는 생각도 했지만 그냥, 미스터리한 병원을 이해하는 걸 포기하기로 했다. 어쨌든 지금은 배가 고픈게 먼저였다. 먹은 것 같지도 않은 병원식을 떠올리자 화부터 치밀었다.

"언니, 고기가 먹고 싶지 않아?"

심지어 제 곁을 지키는 무아마저 그녀를 부추겼다. 고기. 세아는 저절로 입맛을 다셨다. 고기가 먹고 싶다! 건기 없고 건강해질 것 같은 병원식 대신 맛 좋은 고기!

"병원 나가서 치킨 뜯고 싶다."

"언니 근데 병원 나가도 돼?"

세아는 고민했다. 그렇다고 기억도 없는데 섣불리 움직이는 것도 애매했다.

"으으. 라운지라도 갔다 올까?"

같은 층을 돌거나 병원 밖을 산책한다고 해서 그 답답한 기분이 사라지는 건 아닐 터였다. 기억이 없다는 자체가 그녀를 더 답답하게 만드는 것 같았다.

　그날 저녁, 퇴근 후 하석주가 찾아왔다. 물론 운이 나쁘게도 먼저 와 있던 이 교수가 눈을 부라리며 침입자인 하석주와 대치했다. 두 남자 모두 세아 따위 안중에도 없었다.

　"이 자식! 여기 또 왜 왔어!"

　"아내 보러 왔습니다."

　세아는 흥미진진하게 두 사람의 격돌을 지켜보았다.

　세아는 남편 하석주의 직업이나 나이, 성격에 대해선 알지 못했다. 어떻게 만나 결혼을 했고 이혼을 하려한 이유조차 더더욱 몰랐다. 허나 그녀가 알 수 있는 건 남자의 잘생긴 외모와 자신만만한 태도. 그리고 그가 그녀의 가족들과는 썩 사이가 좋아 보이지 않는다는 것 정도였다.

　특히 부친 이 교수는 하석주를 몸서리칠 정도로 싫어했다. 지금도 이 교수는 소리를 지르고 있었다.

　"네놈이 어떻게 꼬박꼬박 병원에 들어오는 거냐! 이 병원은 더럽게 찾기 어렵게 만들어놨거늘!"

　"입구가 있으니까 들어오지요!"

　"그건 됐고, 기억이 있든 없든 이혼시킬 거네!"

　"저와 세아는 부부 사이입니다!"

　"부부? 기억이 없는데 무슨 부부?"

　"제 아내고 제 아이니까 제가 지켜야죠!"

　"뭘 지켜? 한입거리 같으니라고! 강철 체력 세아가 오히려 널 지킬 수 있을 거다. 썩 꺼져! 난 이 결혼 처음부터 반대했고 지금도 반

내 아내는
짐승

대야!"

"그럼 왜 반대하시는지 알아야겠습니다!"

"오냐! 오늘 날 잡았다!"

체력과 맷집이 있어 보이는 하석주도 이 교수가 멱살을 잡자 금방 끌려 나가고야 말았다.

"어?"

은근히 남편 하석주를 응원하던 세아는 어처구니가 없었다. 문득 생각해보니 아버지 이 교수의 맷집이나 힘은 장난이 아닌 것 같았다.

"아버지 힘 세네?"

"형부보다 확실히 더 힘 세. 형부 따위야 아버지 못 이기지."

무아의 화끈한 대답에 세아는 하석주와의 대면을 깔끔하게 포기했다. 바깥에서 하석주가 대꾸하며 소리치는 게 얼핏 들리긴 했지만 그것도 아버지의 목소리와 고함에 묻혀 금방 들리지 않게 되었다.

그러다 세아는 문득 궁금해졌다. 하석주는 너무 준수했고 성격도 나빠 보이지 않았다. 그런 그가 제 부모와 대립하는 이유가 뭔지, 이혼의 사유는 무엇인지 마냥 궁금해졌다. 정확히 그녀의 가족들 전체는 이세아와 하석주의 결혼 자체를 반대해 온 것 같았지만.

세아는 과일 깎는다며 과일과 처절한 난투극을 벌이는 무아에게 시선을 돌렸다.

"가족들이 결혼에 반대한 이유는 뭐야?"

히끅히끅. 무아가 느닷없이 딸꾹질을 시작했다.

"설마 이 몸이 이혼하려던 거랑 같은 이유는 아니겠지?"

딸꾹질 소리가 더 격해졌다. 세아는 한참을 추궁했지만 무아가 합죽이가 되자 심문을 포기하고 말았다.

이세아의 남편 하석주는 끈기가 고래심줄 같은 남자였다. 그는 그녀의 병실 근처에서 제지당하다 쫓겨나기도 했고 병실로 전화를 하다 그녀의 부모님의 욕설을 듣기도 했다.

하석주의 회사와 병원이 그리 가깝지는 않았던 모양인지 그는 평일 오후 습격에 실패했다. 결국 석주가 그녀를 찾아온 것은 토요일의 늦은 오전이었다.

세아의 부모님은 미룰 수 없는 부부동반 모임에, 무아는 매점에 간식을 사러 내려간 참이었다. 혼자 있던 세아는 병원의 감금 생활에 폭발 직전으로 분노가 하늘까지 닿을 기세였다.

똑똑. 문을 노크하며 하석주가 병실 안으로 불쑥 침입했다.

"안녕, 이세아."

"안녕, 석주 씨."

빙그레 웃는 남자는 캐주얼한 블랙 배색 셔츠에 깔끔한 회색 바지를 입었다. 넥타이도 없이 단추 몇 개를 느슨히 풀어헤친 모습에 세아는 저절로 눈이 갔다. 슬쩍 보이는 남자의 쇄골도 뇌쇄적이었고 그 싱그러운 웃음만큼이나 미모도 업그레이드 한 듯싶었다. 저조했던 세아의 기분도 상승되었지만 문제는 그녀의 몰골이었다.

하석주가 올 줄 알았다면 비비크림이라도 바르고 멀쩡한 옷이라도 차려입는 것인데. 자신이 궁상스럽게 느껴졌다. 하필이면 민낯에 무릎이 튀어나오기 직전의 환자복이라니.

석주는 병실 안으로 들어와 또 누가 있나 주변을 유심히 살피는

내 아내는
짐승

듯했다.

"장인어른은?"

"오늘 모임 있으시다고 병원에 늦으실 거라던데."

"오케이. 내가 이 시간 맞추느라고 고생했단 것만 알아줘."

"네?"

세아는 문득 사라진 무아를 떠올렸다. 가족들 중 누군가가 하석주와 내통한다면 그건 하석주에 대한 경계심이 가장 작은 이무아뿐이었다.

석주는 그들뿐이라는 사실을 거듭 확인한 뒤, 병실로 흡수되듯들어와 소파 위에 자리를 잡았다. 세아는 그에게 무슨 말을 꺼낼지고심했다. 잘 지냈어요? 왜 왔어요? 떠오르는 말들은 진부했다.

"……아침 먹었어요?"

"먹고 왔어. 시간이 이러니까."

벌써 11시가 넘어 있었다. 세아는 묘한 긴장감에 머리카락을 배배 꼬았다.

"어색해?"

"조금요."

남자는 입가에 묘한 미소를 걸었다.

"당신이 좋아하는 거 기억나서 사왔어."

하석주가 내민 건 베이커리 상자였다. 상자 안에는 달콤한 파스텔 빛깔의 마카롱들이 가지런히 정렬되어 있었다.

"초콜릿도 아니고 이런 걸 좋아했다고요?"

세아는 기억을 잃기 전 자신의 취향을 의심하기 시작했다.

"이건 후식에 한입거리잖아요. 밥 먹고 입가심용."

"아아. 세아는 고기를 좋아했어."

시원시원하게 말하는 남자는 성격도 좋아 보였다. 하지만 그가 어떤 사람인지 가늠이 가지 않아 세아는 그를 빤히 바라보았다. 멋쩍어진 그가 세아의 시선에 제 얼굴을 더듬었다.

"뭐 묻었어?"

그녀가 도리질을 치자 석주는 핑크색 마카롱을 내밀었다.

"안 먹어? 먹여줄까?"

세아는 망설이다 도리질을 했다.

"후식이잖아요. 점심 먹고 먹어야 하니까 나중에 먹을게요."

"그래? 먹고 싶은 건 없어? 입덧은?"

"아직."

남자는 궁금한 게 많았던 모양이었다.

"아, 입덧은 아직. 애기는 건강하대요."

석주는 꽤나 안도한 얼굴로 고개를 끄덕이며 마카롱 상자를 정리했다.

"처제가 언제 올지 모르겠네. 비는 시간 알려달라고 연락했더니 뇌물을 많이 요구하더라고."

휘파람을 불며 매점을 가던 이무아를 떠올리며 세아는 한숨을 쉬었다. 그사이 남자는 마카롱 상자를 냉장고에 넣었다. 움직이는 남자의 뒤태를 감상하며 세아는 군침을 삼켰다. 참으로 믿음직하게 너른 어깨와 멋진 역삼각형의 몸은 달라붙고 싶고 만지고 싶은 충동을 일게 했다. 세아는 그의 등을 향해 스멀스멀 다가가려던 손을 단속하며 몸을 배배 꼬았다.

세아는 대화 주제를 고민하다 하석주가 아이 아버지임을 떠올렸다.

"저, 저기요. 사진 볼래요?"

"무슨 사진?"

세아는 침대 옆 서랍장에서 산모 수첩을 꺼냈다. 거기에 붙여놓은 초음파 사진을 보여주자 석주가 세아의 옆에 찰싹 달라붙었다. 아기 초음파 사진을 뚫어져라 보는 석주의 표정이 너무나 심각했다.

"여기에 애가 어디 있다는 거야?"

"거기 검은 거."

"전부 시커먼데."

"아니, 그 옆에."

"여기?"

"그 중간쯤에 까만 거요."

"너무 작은데."

"작은 게 당연하죠. 아직 콩알도 안 된다던데."

해독 불가능한 사진을 한참이나 뚫어져라 보던 하석주가 진지하게 되물었다.

"그런데 얘, 나 닮은 것 같지 않아?"

점으로도 보이지 않는 초음파 사진을 다시 관찰하며 세아는 더욱 심란해졌다. 이 남자, 팔불출이었다.

초음파 사진을 진지하게 관찰하던 석주는 세아가 여분으로 받아온 초음파 사진 하나를 확인하고 불쑥 가져갔다.

"이거 나 가져도 되지?"

세아의 눈이 휘둥그레졌다.

"왜요?"

"세아하고 내 아이잖아."

왜 그런 당연한 걸 묻느냐며 툭툭거리던 석주가 세아의 산모 수첩을 뒤척거리더니 수첩 하단에 자신의 이름과 휴대전화 번호를 휘갈겼다.

"내 전화번호도 잊어버렸을 거고. 아참, 휴대전화는 사고로 망가졌나? 계속 전화가 안 되던데."

세아는 침대 옆 서랍에서 자신의 휴대전화를 꺼냈다. 사고 당시 가방 안 깊숙이 있던 터라 파손되지 않고 멀쩡했다.

"무아 거랑은 기종이 같아서 사용법은 대충 알았는데요."

"그럼 뭐가 문제야? 무아 통하지 말고 연락은 내게 직접 하면……."

"이거 비밀번호 모르겠어요."

"아."

석주는 관자놀이를 누르더니 익숙하게 휴대전화의 전원을 켰다. 비밀번호 네 자리를 누르자 전화가 깨어났다. 세아는 환호했다.

"전화 자동 잠금 안 되게 비밀번호 없애줘요."

"……."

석주는 그녀의 요구를 따라 주면서도 툴툴거렸다.

"이세아. 내가 휴대전화 잃어버리지 말라고 비번 걸어줬던 거 기억 안 나? 하여간 칠칠맞긴."

너무 친숙한 구박에 세아는 고개를 갸웃거렸다. 경계를 푼 쪽은 그녀가 아니라 그가 먼저였다. 심지어 그의 흐트러진 모습에 덮치고 싶어 진건 그녀만의 충동일까?

"아, 호르몬이 꽤나 변덕스럽네요."

"무슨 소리야?"

남자는 그녀와 자연스럽게 대화를 하고 있었고, 그녀는 이 상황이 못내 어색했다. 그녀는 기억을 잃어서 남자에 대해 아는 것은 하나도 없었다.

"저 남편 씨. 할 말이 있어요."

"뭐야? 나 남편 씨가 아니라 그냥 하석주라고. 석주 씨라고 불렀어."

"네, 석주 씨."

세아는 얌전하게 그의 말을 반복했다.

"제 이름 이세아 말고 그냥 다른 걸로 불러주면 안 돼요? 적응이 안 돼서요."

하석주는 해독 불가능한 미지의 생물을 만난 듯한 표정을 지었다.

"대체 무엇으로?"

"그냥 A나 B 같은 걸로 불러줘요. 아, A가 편하겠네요."

"알파벳 에이? 왜 그거야?"

세아는 설명을 덧붙여야 했다.

"무아도 저도 이씨이니까 미스 리, 미세스 리라는 건 웃기잖아요. 결혼한 기억도 없지만 이혼할 거라는데 굳이 미스나 미세스 따지는 것도 웃기고 스캔들 기사에 보면 실명 대신 A양 B양 하고 이니셜 기사 뜨잖아요. 제 이름이 세아라고 하니까 아는 당연히 A."

"세아는 S로 시작해. 약자로 하자면 S양이잖아."

석주의 올바른 지적에 세아는 지고 싶지 않아 고개를 저었다.

"그건 안 돼요. 변태처럼 들리잖아요. 사디즘같이. 에이가 마음에 안 들면 미시즈 에이라고 불러도 돼요."

남자는 어이가 없다는 듯 고개를 돌렸다.

"그냥 에이라고 불러줄게."

"으음 욕같이 들리지 않아요? 차라리 성 떼고 이름만 부르면."

"왜 그렇게 변덕스러워?"

"기억이 없잖아요. 기억이 있던 이전 버전의 이세아와 구분하고 싶었거든요. 저랑 그 여잔 다른 사람 같아서."

"같은 사람이야."

하석주의 확신에도 세아는 자신할 수 없었다.

"뭐 같은 사람일지도 모르겠지만 난 포맷 버전이거든요."

"포맷?"

"말 그대로 게임하다가 세이브 파일 다 날아가버리고 없는 초기화 상태라는 거죠."

하석주는 그대로 말문이 막힌 듯 잠시 입을 벌렸다. 그의 표정이 이상하건 말건 세아는 기억이 있었던 예전 자신의 취향을 존중했다. 이 남자는 정말 덮치고 싶게 생겼다. 몸은 섹시했고 목소리마저 근사했다. 말 그대로 취향적격. 말 그대로 본능적으로 끌리는 상대다.

세아는 그들의 연애사가 궁금해졌다.

"섹시남씨. 왜 이세아랑 결혼했어요?"

남자가 일말의 고민도 없이 대답했다.

"좋아하니까?"

"그것 말고는?"

"재미있고 요가 할 때 섹시하기도 하고. 나 말고도 팬들도 많잖

내 아내는
짐승

아. 아, 무엇보다 나랑은 궁합도 아주 잘 맞지. 가장 큰 이유는 하석주가 이세아를 무척이나 사랑해서고."

궁합과 사랑에 꽤나 만족스러워하는 남자의 말 중에 뭔가 걸리는 것이 있었다.

"요가 할 때 섹시하단 건 뭐예요? 팬은 또 뭐고?"

"당신 요가 강사잖아. 학원도 있고."

세아는 저도 모르게 입을 벌렸다. 제가 요가 강사라니 놀랄 노자였다. 어쩐지 요가를 하지 않으면 몸이 뒤틀려 괴로운 느낌이 들더라니.

여전히 이세아는 하석주에 대해 아는 것이 없었다. 하지만 지금 이 상황에서 가장 골치아픈 사람은 하석주란 사실이었다. 이혼하기로 했는데 아내가 기억상실증에 임신까지! 세아는 남자를 위로하기로 마음먹었다.

"교통사고 때문에 상황이 난처해진 거죠?"

"뭐?"

"이혼해야 하는데 제가 이 상태가 되어서 곤란해진 거잖아요. 그러니까 이혼은 진행하기로 해요. 퇴원하는 대로 법원 가면 될 것 같은데요."

세아의 복부를 바라보는 그의 인상이 점점 살벌해졌다.

"그럼 아이는?"

"음. 어떻게 하는 게 좋을까요?"

석주의 눈꺼풀이 부르르 경련을 일으켰다.

"설마, 지우진 않을 거지?"

"왜 지워요?"

"……안 지우면 됐어. 내가 아이 아버지란 거 똑똑히 기억해. 이세아. 뭘 하든 당신 가족들 마음대로 안 될 거야. 이혼도 절대 해주지 않을 거니까."

"……왜 안 해줘요?"

대화의 무한한 도돌이표 같았다. 이혼을 하려 했으니 사이가 나빴던 게 아닌가? 아이가 생겼다고 이혼을 안 할 거라면 왜 이혼을 하네 마네 했던 걸까. 세아는 혼란스러워졌다. 마침 타이밍도 좋게 무아가 병실로 들어와 말을 받아쳤다.

"형부. 언니와 작성한 이혼합의서 쪽에는 아이 문제는 없는 걸로 아는데요. 아기를 낳든 지우든 저희 쪽에서 알아서 할게요. 그러니 재혼 마음껏 하시고 양육비도 필요 없으니 그래주세요. 신경 쓰이시면 친권 양육권 포기각서 써주시면 좋고요."

속사포처럼 다다다, 말을 내뱉는 무아의 말에 일순간 세아도 질렸지만 틀린 말은 없어서 고개를 끄덕였다. 석주는 그 말을 곱씹더니 소파에 주저앉아 단추 하나를 더 풀어냈다.

"난 정말 그때도 지금도 당신을 모르겠어."

"기억상실증이라서 나도 나 몰라요. 어쨌든 이혼하려고 했던 거니까 이혼하는 게 낫지 않아요?"

물끄러미 그녀를 바라보던 석주가 폭탄을 터트렸다.

"이혼은 안 해. 절대 안 해!"

무아가 경악해 컹, 하고 묘한 감탄사를 내뱉었다. 세아 역시 당황해서 무아를 향해 손짓발짓으로 어떻게 할까 물으려던 참이었다.

그때 세아의 배에서 꼬르르륵, 뱃고동이 울려 식사시간이 되었음을 알렸다.

내 아내는
짐승

"이세아 배고파? 먹고 싶은 거 있어?"

남자의 돌변한 분위기가 우습기도 했지만 세아는 일단 나중에 생각하기로 했다. 마침 오전에 요가로 진을 빼서인지 배도 고프고 힘도 없었다.

"고기, 고기가 먹고 싶어요."

이혼도 안 해준다는데 고기부터 뜯어먹어야겠다. 그녀는 심지어 홀몸도 아니었다.

무아가 피식거리며 신나게 외쳤다.

"형부, 나도 고기요! 병원 앞에 맛있는 삼겹살 집이 있대요! 오늘은 삼겹살 먹고 다음엔 한우 사줘요! 우린 육식종이라니까요!"

육식종이 뭔지 모르겠지만 그들 자매가 고기를 사랑하는 건 맞다. 일단 배고픈데 고기부터 먹고 생각하자. 세아는 옷을 챙겨 입고 그들과 함께 병원을 나섰다.

3. 그 남자의 생활

여자의 온몸은 달콤하다.

그리고 그는, 자비롭고 공평한 미식가다.

침대 위, 그녀가 단 숨을 가쁘게 내쉬며 꿈틀거렸다. 어둠 속에서 그녀의 알몸이 하얗게 빛났다. 그녀가 몸부림칠 때마다 그녀의 보얀 허벅지가 그의 뭉툭하게 솟아오른 남성을 스쳤다.

「석주 씨.」

여자가 두 팔을 벌렸다. 달콤한 초대다.

석주는 그녀의 풍만한 가슴에 얼굴을 묻었다. 그가 뜨거운 한숨을 그녀의 가슴골 사이에서 뱉어냈다. 그 간지러움에 그녀가 몸을 가늘게 떨었다.

심장 위의 살결. 그곳에 입김을 불어넣으면 세아는 지독한 간지러움을 탔다. 석주는 뜨겁게 쿵쿵 뛰는 그녀의 심장 위로 키스했다. 그녀의 맥박이 거세어졌다. 그가 옆으로 누워서도 봉긋하게 퍼진 가슴을 두 손으로 끌어 모아 잔뜩 쥐었다. 그가 이와 손가락으로 지분거리고 괴롭혀 온 유두가 잔뜩 성이 나 뾰족하게 솟아올라 있다. 그가 웃었다.

여자의 가슴은 두 개다. 엉덩이도 두 쪽. 손과 발도 두 개, 다리와

내 아내는
집승

팔도 두 개. 눈과 콧구멍도 두 개. 다만 입과 성기는 하나씩.

신은 공평하게 입으로 키스하고 두 성기로 결합한 채 나머지 두 개의 부분이 한데 엉켜 있는 모습을 상상했을 것이다. 그리고 그는 어쩌면, 전생에 솔로몬쯤 되지 않았을까 스스로 자신했다.

석주는 공을 들여 그녀의 가슴을 애무했다. 양쪽 다 공평하게. 똑같은 모양으로 똑같이 뾰족하게 솟아나 그를 자극하도록.

몽글몽글하게 솟은 가슴이 그의 손 안에서 이지러진다. 두 개의 사발을 엎어놓은 동그란 가슴은 크고 탄력이 있었다. 그가 본 가장 완벽한 자연산 가슴이라 그 탄력이 경이롭기까지 했다. 석주는 그 봉긋한 두 가슴을 흡입하고 삼켰다. 다른 오른손으로 가슴을 거머쥐었……?

갑자기 감촉이 느껴지지 않아 당황했다. 전세가 역전되었다.

하얀 얼굴, 달콤한 나신의 세아가 석주의 위에 올라앉았다. 자세가 바뀐 건 언제였을까? 하지만 아까의 연장선상이었다. 그의 침으로 뒤범벅된 그녀의 알몸이 달빛을 받아 반짝거렸다. 그녀의 습하게 젖은 다리 사이가 슬쩍슬쩍, 그의 남성 위를 스치며 애간장을 타게 했다. 석주는 움직일 수 없었다. 그녀를 위해 더 높이, 날갯짓하고 도약하듯 그녀의 안으로 들어가고 싶지만 그렇게 되질 않았다.

몸이 제대로 움직여지지 않았다. 결박당한 채 그녀의 노예가 된 기분이었다.

그를 지배하는 오만한 여왕님이 된 세아가 마치 사탕을 빨 듯 제 엄지를 빨더니 그 엄지로 석주의 입술을 꾹 눌렀다. 그녀가 느릿느릿하게 알몸으로 그의 몸 위에 엎드렸다. 실오라기 하나 걸치지 않은 서로의 알몸이 맞닿은 감촉은 감동적이었다.

「석주 씨도 맛있어? 알아?」

「그래.」

「그러니까 돌기둥. 빨리 안 넣어?」

잠깐만 이건 뭐? 돌기둥? 내가 그 이름으로 부르지 말랬지, 이세아!

그는 잠에서 깼다.

시끄러운 벨소리가 고막을 자극했다. 석주는 잠에서 깨어나 수면 안대를 벗어던졌다.

시끄러운 전화기를 향해 손을 뻗은 그가 수화기를 낚아채었다. 새벽 5시 30분의 모닝콜이었다.

습관적으로 침대 옆을 더듬던 석주가 쳇, 하고 한숨을 쉬었다. 세아가 없다. 그 허전함 때문에 그는 뒷머리를 긁적였다.

"빌어먹을."

간밤 꾼 꿈의 열기가 가시지 않은 모양이었다. 그의 뭉근하게 부풀어 오른 분신은 직립해 수그러들 줄 몰랐다. 제 남성을 감싸고 달래줄 세아의 손이 필요했다. 그녀의 페니스에 애칭까지 붙여주며 친히 애정을 베풀었던 그녀. 그 애정을 다시 받을 길이 요원하니 석주는 제 남성이 처량하기만 했다.

"에휴. 너도 외롭냐? 젠장, 망할."

석주는 아침부터 찬물 샤워를 했다. 룸서비스를 주문한 그는 호텔 수영장으로 향했다. 한 시간 정도 수영을 하고 돌아온 그가 객실로 돌아와 식사를 했다. 혼자 먹는 밥은 맛이 없었다.

기계적으로 식사를 끝냈을 무렵, 충전이 완료된 휴대전화가 눈

내 아내는
짐승

에 들어왔다. 휴대전화에는 미처 확인하지 않은 문자가 여러 건 들어와 있었다. 이혼의 경과를 알리라거나 예쁘고 어린 섹스파트너를 소개시켜주겠다는 지인들의 메시지가 불쾌했다. 그중 압권은 새어머니가 보낸 맞선 주선 메시지였다.

하석주가 이혼한다는 소문이 파다하게 퍼진 모양이었다. 그는 메시지들을 몽땅 삭제하고 휴대전화의 바탕화면에 깔린 세아의 사진을 응시했다.

"굿모닝, 이세아."

마음 같아선 호텔 대신 세아의 오피스텔로 돌아가고 싶었다. 하지만 장인과 장모님이 허락할 리 없었다. 석주는 지금껏 처가에 소홀해온 자신을 후회했다. 결혼 후 처가를 방문한 적도 없고 따로 전화를 걸어 그분들을 살뜰히 챙긴 적도 없으니 최악의 사위가 아니던가. 그분들의 반응이 이해가 갔지만 아쉽긴 했다.

석주는 지난 며칠 전까지 세아의 작은 오피스텔에서 그녀와 아옹다옹하던 기억들을 떠올렸다. 오피스텔은 작았다. 하지만 작고 좁아서 그녀가 도망갈 곳도 없고 더 가까워지는 기분이었다.

차라리 그때로 돌아갈 수 있다면 좋을 텐데.

석주는 휴대전화의 메시지함을 습관적으로 뒤졌다. 세아가 보낸 메시지는 없었다.

이세아, 제발 연락 좀 하자.

세아를 보고 싶어서 몸이 달아오른 건 석주 쪽이었다. 하루에 세 번 이상 꼬박꼬박 문자를 보내고 전화를 걸어도 세아는 무시했다. 그가 사준 고기를 먹을 땐 사랑스러웠지만 병실로 돌아간 뒤엔 그를 돌아보지 않았다.

옷장 안에 남아 있던 와이셔츠와 양복을 걸친 석주는 여분의 넥타이가 없다는 사실에 당황했다. 세아의 나른한 목소리가 들려오는 것 같았다.

「당신은 화사한 게 좋아. 노타이로 가슴팍을 풀어헤친 것이 가장 섹시하지만, 넥타이를 한 모습도 좋아. 진한 원색들은 당신 얼굴을 돋보이게 해.」

그녀는 이혼 기념선물로 넥타이들을 잔뜩 선물해주었다. 그중 그녀가 가장 심혈을 기울였다는 건 그녀가 직접 수를 놓았다던 공단 넥타이였다. 그 넥타이 하단에 꼬리 아홉 개를 가진 하얗고 귀여운 구미호 캐릭터가 있었던 것들이 기억났다. 구미호 넥타이 역시 그의 다른 짐과 함께 세아의 오피스텔에 남아 있을 것이다.

"후."

깔끔한 객실을 둘러본 그가 출근 준비를 서둘렀다. 7시 45분. 아직 여유가 넉넉했다. 하지만 세아가 없다는 이유만으로 그는 뭐든지 내키지 않았다.

"하아."

석주는 길게 한숨을 뿜으며 세아의 휴대전화로 메시지를 날렸다.

- 깼어? 아침 먹었나? -

문자를 발송한 후에야 그는 후회했다. 좀 더 상냥하게 말했어야 했나. 세아는 답이 없었다.

그 전화기만을 물끄러미 응시하던 그가 조금은 구김이 간 슈트를 걸쳤다. 넥타이는 뭘로 해야 할지 깜깜했다.

이후 그는 주차장에서 시간을 때웠다. 새로 익혀야 하는 중국어 교재 시디를 틀자 뭐라고 쏼라쏼라 말하고 있지만 귀에 들어오지 않았다. 시동을 걸고 회사까지 느릿느릿 차를 몰았지만 그날따라 신호가 막히는 일도 없어 금방 도착했다.

회사의 지하주차장에 차를 대고 엘리베이터로 올라가려던 길. 서류 가방을 꺼내 들던 그가 결혼반지가 없이 허전한 왼손 약지를 바라보았다.

석주는 왼손을 포켓에 찔러 넣고 유유히 제 사무실이 있는 12층으로 향했다. 엘리베이터에서 그를 흠모하는 여직원들과 짧은 눈인사를 나눈 뒤 그는 복도를 가로질렀다. 여직원들은 그가 사라질 때까지 자리를 뜨지 못했다.

석주는 자신을 보좌하는 강 비서와 인턴 직원이 출근 전이라는 것을 확인하고 사무실 안으로 들었다. 실용성을 중시한 그의 사무실은 노란색과 초록색이 한데 얽힌 회사의 로고와 어울리도록 밝고 화사하게 꾸며져 있었다. 석주는 탕비실에서 원두커피를 내리며 아침을 시작했다.

세아가 입원했다는 사실을 제외한다면 평소와 다를 바 없는 아침.

그는 제 사무실에서 서울의 풍경을 응시하며 커피를 비웠다. 아침 뉴스를 살피고 미뤄진 결재서류를 간단히 훑어보던 차였다.

석주는 뭔가 잊고 있었던 허전함에 인상을 구겼다. 무엇을 잊고 있었더라?

똑똑.

깡마르고 핏기 없는 여자가 석주의 사무실 문고리를 붙잡고 가쁜 숨을 골랐다. 그녀가 식은땀을 훔쳐냈다.

"저, 이사님. 헤, 헬로우."

"강지우 비서도 안녕."

석주가 강 비서를 보며 애매하게 웃었다. 그는 강 비서의 캐주얼한 차림과 손에 들린 종이백을 응시했다. 백에는 오늘 그녀가 입을 옷가지와 신발, 화장품 케이스 등이 들어 있을 터였다.

"오늘 애가 유치원에 안 간다는 거 같이 싸우다 늦었네요. 이사님은 일찍 출근하셨네요."

"뭐 그렇게 됐어."

늦잠 자는 마누라를 깨워 밥 먹일 일이 없어서 일찍 출근했지. 그 마누라는 기억상실증인데 임신해서 병원에서 절대 안정이래. 그런데 병원에서 요가 매트 깔아놓고 요가 하고 있어. 그녀의 요가 강의를 들으려고 간호사들이 기웃거려. 그런 말들을 죄다 생략한 그가 특유의 살인 미소를 되돌렸다.

조금 날카로운 속 쌍꺼풀의 눈매 덕분에 수려하면서도 날카로운 이미지이지만 웃기만 하면 달고 부드러운 얼굴로 변한다고 해서 살인 미소.

허나 오랜 시간을 같이해온 강 비서는 예민한 촉을 세운 채 반응했다.

"오늘따라 웃음이 더 헤프시네요. 넥타이는요?"

"오늘은 흐트러진 남자가 콘셉트라서."

"사모님은 언제 퇴원이시래요?"

"글쎄?"

석주보다 다섯 살이 많은 강 비서는 가끔 가족이나 누나란 느낌이 들 때가 있었다. 그녀가 나른하게 한숨을 쉬었다.

내 아내는
짐승

"아참, 사모님 입원하신 병원이라도 알려주세요. 나중에 면회라도 가게."

"곧 퇴원할 것 같은데 세아가 지금 임신 초기라서 퇴원 후엔 친정에서 당분간 있기로 했어."

강 비서의 얼굴에 미소가 어렸다.

"어머나. 축하해요. 그럼 이혼은요? 안 하시는 거죠?"

석주는 고개를 끄덕이자 강 비서는 웃으며 밖으로 나갔다. 그녀가 세아 씨에게 축하 문자라도 보내야겠네, 라는 혼잣말이 들렸다.

가끔은 세아가 잔뜩 흩뿌린 거미줄들이 반짝이며 보이는 느낌이다. 강 비서의 일만 해도 그렇다. 실제 세아와 강 비서가 만난 것은 손에 꼽을 정도였다. 그 외엔 전화통화가 전부였을 테지만 그들은 서로의 근황을 즐겁게 나누었다. 그건 세아를 아는 다른 사원들도 마찬가지였다.

하석주에게 결혼은 고작 1년도 되지 않았다. 이전, 그녀와의 불타는 연애는 6개월.

그녀와 함께한 지 정확히 18개월째.

석주가 그녀와 함께한 것은 군대를 갔다 온 시간보다는 훨씬 짧았다. 하지만 그의 33년 인생에 세아는 너무 깊이 배어든 느낌이었다.

그녀를 떠올린 석주가 간밤의 야한 꿈을 떠올리며 한숨을 쉬었다. 오늘도 그에겐 왠지 긴 하루가 될 것 같았다. 석주는 책상 서랍 깊숙이 넣어둔 결혼반지를 꺼내어 꼈다.

이세아와 이혼이라고? 천만에, 내가 호락호락 그녀를 놓아줄 것 같아? 어림없는 소리지.

석주는 피식 미소 지었다.

재벌 2세, 사주의 막내아들. 동시에 ㈜청아의 사내 이사이자 부사장. 그것이 하석주에게 내려진 직함이었다. 소주 생산 업체명을 연상하게 만드는 이 회사는 식품업계를 주름잡는 중견 알짜기업이었다. 석주의 형들은 아버지의 계열사들 중 하나인 건설회사와 패션업체를 차지했다.

석주는 아버지가 사장 자리에 앉혀준다는 것을 마다한 채 ㈜청아의 2인자로 군림했다. 석주는 회장이나 사장이니 하는 총 책임자로서의 번듯한 직함은 싫어했다. 그는 회사의 총 책임을 지는 것보단 자신보다 능력이 좋은 전문 경영인에게 회사를 맡기고 회사가 잘 굴러가는 것을 관리 감독하는 쪽이 좋았다. 석주는 전략기획팀이나 식품연구부, 홍보부를 돌며 직원들의 사기를 높이고 때로는 갈구는 것을 즐겼다. 그것이 그의 적성에도 맞았다.

자칭 타칭 회사의 섹시 아이콘이기도 한 그였으니 끊임없는 자기관리와 패션 센스를 발휘하는 것도 괜찮았다. 어쨌든 ㈜청아에서 하석주를 모르면 간첩이었다.

잠깐 일손을 멈춘 석주가 피곤한 눈두덩을 짓눌렀다. 전자결재로 올라온 서류와 보고서를 살피던 그가 세아를 떠올렸다.

이 망할 여자는 아직도 연락이 없었다. 또 휴대전화를 꺼놓은 것인가. 아니면 비밀번호를 까먹은 건가.

석주가 신경질적으로 책상을 두들겼다. 마침 전화가 울렸다.

- 강 비서입니다. 임만희 여사께서 전화 요청해 오셨는데요?

임만희. 그의 빌어먹을 새어머니. 석주의 이가 절로 갈렸다.

내 아내는
집승

"끊어."

- 휴대전화로 이사님의 전화가 되지 않는다고 하십니다.

"그 여자 번호는 스팸으로 돌린 지 오래됐다고. 바쁘다고 해."

- 알겠습니다.

임 여사의 목적이란 빤했다. 재벌가에서 제 수족으로 삼을 만한 멍청한 여자들을 그에게 붙이려 하거나, 혹은 자신의 친인척을 그의 짝으로 만들어 임 여사 자신의 발언권이나 상속지분을 높이려는 속셈일 터였다. 임만희는 재벌가의 여자들을 골라 수도 없이 그의 앞에 내놓더니 이젠 제 사촌여동생을 그에게 붙여주려 하고 있다.

세아 대신 임만희의 사촌여동생? 곱씹을수록 석주의 불쾌함이 더 커져갔다.

책상 위에 올려둔 휴대전화가 진동했다. 새어머니의 메시지라면 당장이라도 삭제하려고 한 그의 움직임이 멎었다.

발신자는 세아, 그의 아내였다.

- 저ㄴ 하 헤뇨 -

"전화해요?"

그는 세아가 휴대전화를 낑낑대며 만지작거리던 모습을 떠올렸다. 기억을 잃더니 문자를 치는 법도 잊었나? 그런데 요가는 왜 잘도 하고 있지?

석주는 그녀에게 전화를 걸었다. 한참 만에 세아의 목소리가 되돌아왔다.

- 여보세요?

"세아?"

수화기 너머의 목소리가 석주임을 확인한 그녀가 안도했다.

- 다행이다. 남편 씨라서.

"음. 무슨 일 있었어?"

- 꺼놓기도 뭐해서 전화기를 켜놨는데 충전도 시켜주고요. 그런데 문자랑 전화가 한 번씩 들어오잖아요. 난 그 사람들이 누군지 모르는데, 그래서 잘 안 받아요.

"그럼 내 전화는 왜 받았어?"

- 아는 사람이 남편 씨밖에 없잖아요.

왜 그걸 묻느냐는 목소리. 그녀에겐 당연한 일이겠지만 석주의 입가에 드리워진 미소는 사라지지 않았다.

"문자는 왜 그 모양으로 넣은 거야?"

- 자꾸 남편 씨가 귀찮게 전화랑 문자하니까 한 거예요. 난 이게 휴대전화란 걸 알지만 이 기계에 대한 사용법은 익혀가는 중이라고요. 뭐 이딴 기계가 다 있어?

"포맷된 상태라 그거지?"

- 흥. 잘 알고 있네요.

잠시 세아가 무아와 무언가의 이야기를 하는지 감이 멀어졌다. 전화가 끊긴 건가. 석주는 다급히 그녀의 이름을 불렀다.

"여보세요? 세아?"

이내 세아의 하소연이 되돌아왔다.

- 난 이 빌어먹을 기계의 키패드 따위 갈아 마셔버리고 싶으니까 용건이 있으면 차라리 전화해요. 이따위 문자 배열 난 용납할 수 없어! 이 문자 배열 만든 인간 세종대왕을 무시하는 거라고. 분명 외국 거죠?

한참이나 휴대전화의 제조사를 저주하던 그녀가 돌연 석주에게

내 아내는
짐승

말했다.

- 오늘 병원 올 거예요?

"좀 늦겠지만 갈게."

세아가 친히 청하는데 약속이 있더라도 깨고 가야 한다. 시간이 없으면 만들어야 했다. 석주의 마음이 조급해졌다.

- 급한 일 있으면 안 와도 돼요.

"가긴 갈 거야. 당신 오피스텔에 짐 가지러 가야 해서 조금 늦을 지도 몰라. 늦어도 아홉 시쯤에는 도착할 거야. 뭐 생각나는 거 없어? 집에서 필요한 건?"

- 잠깐. 오피스텔이라는 건 이세아의 오피스텔? 거기서 내가 뭘 했었다고요?

"집이니까 살았지."

뭔가 어이없어하는 콧방귀 소리가 되돌아왔다.

"먹고 싶은 게 있거나 한 거 없어? 필요한 건? 기억은 돌아왔고?"

- 한 가지씩만 물어요. 그리고 그 외 질문 모두 노 코멘트.

기억을 잃기 전에도 잃은 뒤에도 세아의 세계는 참으로 확고했다. 그 정신세계가 남들과 다른 게 문제였지만 적어도 그녀는 허튼 짓은 하지 않았다.

"아참. 사진첩이나 뭐 필요한 것들 가져다줄까? 카메라는?"

- 그런 것도 키워요?

아아, 이세아는 기억상실증이었지. 석주는 제 멍청함을 탓했다.

"당신이 애지중지하던 것들이었어."

세아는 고민하는 것 같더니 선뜻 이렇게 말했다.

- 뭐든 맘대로 가져와요.

그 말을 마지막으로 전화는 이미 끊겨버리고 없었다. 하지만 석주의 입가엔 한껏 미소가 번져 있었다.

마침 노크 소리와 함께 강 비서가 삐죽 고개를 내밀었다.

아침의 화장기 없는 수더분한 모습은 어디 갔는지 그녀는 바늘 하나 들어가지 않을 만큼 깐깐한 비서의 모습으로 변해 있었다. 깔끔한 청색 정장에 화장까지 마무리한 그녀는 콧잔등 위의 안경 때문인지 사감선생 같기도 한 인상이었다.

그녀가 금방 석주의 왼손 약지에서 반지를 발견하고 배시시 웃었다.

"어머, 이사님. 결혼반지 다시 끼셨네요. 잘 생각하셨어요. 그런데 사모님이 다시 순순히 재결합한다고 해요?"

"안 하면 하게 만들어야지. 이런 상황이라 웃기지만 사실 새로 연애하는 기분이 들어."

석주의 실없는 웃음이 더해지자 강 비서는 낯선 듯 그를 빤히 응시했다.

"내 얼굴에 뭐 묻었어요? 강 비서?"

"아니요."

눈치가 귀신인 강 비서는 석주의 변화를 체감했다.

하석주는 잘생긴 데다 야성적인 매력까지 가진 남자였다. 몸이나 얼굴이 모두 날렵하고 날카로운 인상이라 인상을 쓰면 한없이 험악해지는 것이 특징이었다. 헌데 지금 핑크빛 아우라를 풀풀 휘날리며 헤픈 웃음을 날려댔다. 세아와의 연애 시절이나 신혼 초기가 딱 저랬다.

내 아내는
짐승

"사모님 연락이라도 오셨나 봐요."

고개를 신나게 주억거리던 하석주가 강 비서를 향해 문득 되물었다.

"아참, 임신한 여자들은 뭘 먹고 싶어하지? 아, 그리고 세아가 임신한 건 본가엔 당분간 비밀이야."

"아암요."

강 비서는 입에 지퍼 채우는 시늉을 하다 되물었다.

"임신하면 사람마다 먹고 싶은 게 달라요. 그런데 세아 씨 입덧은 해요?"

"아직 안 하는 것 같은데."

"입덧도 사람마다 다르더라고요. 거의 안 하는 사람도 있고 유난스런 사람도 있고. 뭐 본인에게 물어보는 게 제일 빠르겠죠."

석주는 나중에 짬을 내어 임신과 육아에 대한 책을 사들여 탐독해야겠다 생각했다. 임신한 세아가 임신을 자각하지 못하다 보니 그가 나서야 한다는 생각만이 앞섰다.

"아참. 그런데 애기 옷이나 아기용품들은 어디서 사야 하지? 태교에 좋은 음식이나 요리 같은 건 뭐가 있어?"

"한 가지씩 물으세요."

"세아나 나를 닮았으면 예쁘겠지. 이왕이면 딸이면 좋겠는데. 아들이라도 나나 세아를 반쯤씩 빼면 멋진 놈이 될 거야. 여기 봐. 멋지잖아."

석주는 두서없이 중얼거리다 제 지갑 속에 잘라 넣어놓은 초음파 사진을 보여주었다.

그 어두운 음영 속에서 아이가 어디 있는지 알 순 없었지만 강 비서도 웃으며 맞장구를 쳐주었다.

　퇴근 후 석주는 세아의 오피스텔에 들렀다.

　사고 이후 무아가 딱 한 번 들렀다던 오피스텔은 참으로 휑했
다. 그리 오래 집을 비운 것도 아닌데 사람이 없어진 공허한 분위기
가 떠돌았다. 석주는 베란다 한쪽에서 말라죽어가는 화분들에게
물을 퍼다 준 뒤 집 안을 둘러보았다.

　집 안 어딘가에 세아가 가끔 피운 아로마 향초의 내음이 남아
있었다. 하지만 집 안을 가득 채웠을 세아의 야성적 에너지는 모조
리 증발하고 없었다.

　석주는 침실과 드레스 룸을 차례로 살폈다. 그의 기억과 별반
달라지지 않은 공간이었다. 드레스 룸에는 그와 그녀의 옷 일부가
잔뜩 엉켜 걸려 있었다.

　석주는 당분간 그가 입을 여벌 양복과 짐을 챙겼다. 잘 다려져
개어진 말끔한 셔츠, 세아가 정렬해둔 속옷과 넥타이, 손수건, 이
집에 두고 갔던 두어 개의 시계들까지.

　세아의 몫으로는 그녀가 입을 간단한 셔츠와 그녀의 손때 묻은
앨범, 카메라를 챙겼다. 나머지는 무아가 챙길 거라 생각했기에 애
써 손을 대지 않았다. 세아는 그녀의 물건들을 마구잡이로 흩트려
놓는 걸 좋아하지 않았었다.

　석주는 물건들을 챙긴 뒤엔 꼼꼼하게 문단속을 하고 곧장 병원
으로 향했다. 가던 길, 그녀를 위해 먹을거리를 두서없이 구입하기
도 했다. 거기에 세아의 앨범과 미러리스 카메라까지 더해지니 양손
이 무척이나 묵직했다.

세아의 병실 문 앞에서 잠시 석주는 자신의 행동을 돌이켜보았다.

성공적인 이혼 싱글남이 될 거라 생각했는데 왜일까? 세아의 기억상실증은 완벽한 터닝 포인트였다.

"음."

헌데 왜 세아는 줄기차게 이혼을 요구해 왔던 걸까?

그는 근본적인 이유를 전연 알지 못했다.

"어, 형부. 안 들어가고 뭐 해요?"

하늘거리는 꽃무늬 원피스를 입은 무아가 손에 병원 담요를 들고 있었다. 석주는 병원을 지겨워하는 기색이 역력한 무아를 살폈다.

"처제, 세아 기억이 좀 돌아오는 것 같아?"

"아뇨, 전혀."

무아가 낮게 한숨을 쉬었다. 사실 세아는 집안의 반대를 무릅쓰고 석주와 결혼한지라 한동안 처가 식구들과 사이가 소원했었다.

"오늘 세아는 뭘 했지?"

"요가도 하고 또 기억을 되살리는 여러 가지 행위예술을 했죠."

무아가 시큰둥하게 대꾸하며, 킁킁 음식냄새를 맡았다.

"형부, 언니가 요즘 고기를 너무 밝혀서 채소를 먹고 싶은 건 알겠는데요. 지금 언니에게 필요한 건 고기 중에서도 날고기예요. 본인은 피 냄새를 별로 좋아하지 않는다 말하겠지만 주면 잘 먹을 거예요. 보름쯤 되면 본색이 드러날 테고. 병원에서도 그걸 걱정하고 있다고요. 하긴, 형부는 이런 말 하면 못 알아듣겠지만."

전혀 이해할 수 없는 말에 어디서부터 꼬투리를 잡아야 할지 알 수 없었다. 석주는 병실 문을 열었다가 우아하게 꽃들과 난투를 벌이는 세아와 눈이 마주쳤다.

가만, 그런데 병실에서 저런 걸 해도 되나? 무아가 등 뒤에서 해설을 했다.

"언니가 제 치마 보고 기억을 되살리겠다며 꽃꽂이를 했어요. 그 꽃들을 병실에 들이는 것도 한바탕 곤혹을 치렀죠. 그나마 일반 병동이랑 중환자실 있는 층이었으면 어림도 없었어요. 이 병원 환자들이 얼마나 후각이 예민한데. 병실이 그나마 비싸서 용인된 거지."

석주는 세아의 버릇을 떠올리며 암담해했다. 그녀는 가뭄에 콩 나듯 한 번씩 꽃꽂이를 해대며 괴상한 역작을 창조하곤 했다. 그 꽃꽂이 작품명들도 괴상했는데 '붓꽃 덮밥', '에델바이스의 김치앙상블', '황금 똥다발', '안개꽃 화장실에 가다' 등등의 이름을 갖고 있다.

세아는 글러브와 안전장갑, 방진용 마스크, 보호용 안경 등을 착용한 완전무장 차림으로 제 작품을 가렸다. 그녀가 마스크를 벗으며 의기양양해했다.

"이제 막 완성한 참이었어. 남편 씨도 왔네요."

세아는 슬그머니 자리를 비켜 제가 만든 역작을 보여주었다.

"이거 어때요?"

아름다움과 괴악함과 중력을 무시한 모습에 무아와 석주 모두 할 말을 잃었다. 그나마 빠르게 정신을 수습한 무아가 잽싸게 석주의 손에서 카메라를 빼앗아 들고 촬영했다. 이전보다 더 끔찍하게 업그레이드 했으니 요가 스튜디오의 메인을 장식해야 한다며 호들갑을 떨었다.

내 아내는
짐승

수반 위에 꽃들이 있는 걸로 봐선 꽃꽂이는 맞았다. 하지만 뭔가 총체적 난국이었다. 꽃꽂이의 피카소적 재해석이나 초현실주의란 말이 어울릴 만큼 새빨간 장미들은 괴상하고 역동적인 구조를 이루고 있었다. 세아는 뿌듯해했다.

"멋지지 않아요?"

석주는 '안개꽃 화장실에 가다'란 작품을 떠올렸다. 리얼한 변기 모양의 화병에 풍성한 안개꽃다발을 꽂은 모양을 최악이라 여겼거늘, 그것 보다 더 충격적인 조형미의 장미 다발이라니.

석주의 한숨에 꽃더미가 붕괴했다. 꽃꽂이의 장렬한 최후를 보던 세아도 고개를 저었다. 꽃 치우기 담당인 무아는 울상이었다.

"이걸 언제 다 치워. 병실에서 언니 뒤치다꺼리나 하다니 초원에서 질주나 하고 싶다."

한탄하던 무아가 꽃 냄새를 참을 수 없다며 코를 막더니 잽싸게 움직였다.

환기를 위해 창을 열고 꽃들을 빠르게 몇 겹의 비닐로 쓸어 담았다. 그 모든 꽃의 잔해들을 껴안더니 이내 병실 밖으로 퇴장했다. 수반까지 가져나간 통에 병실에는 꽃꽂이의 흔적이라곤 아무 것도 남지 않게 되었다.

석주와 세아만이 병실에 남았다. 석주는 여전히 떨떠름한 기분이라 헛기침을 했다.

"왜 꽃꽂이를 한 거야?"

"이세아에게 플로리스트 자격증도 있다고 해서요."

세아가 어깨를 으쓱했다. 석주는 '기억이 돌아올까 봐 이것저것 해봤는데 그중 하나가 꽃꽂이였다.'는 말로 자체 해석했다. 세아에겐 광범위할 정도로 자격증들이 많았고 그중 하나가 화훼장식기능사 자격증이었다.

석주는 말을 어떻게 꺼낼까 고민하다 제가 멍청히 들고 있던 음식들과 앨범을 내려놓았다.

"고기를 좋아하는 건 알지만 이것저것 골고루 먹어야 할 것 같아서 여러 가지로 사왔어. 아 그리고 이 앨범은 당신이 찍은 것들 중 간추려 만든 거야."

세아는 심드렁한 표정으로 앨범들을 넘겨보았다. 세아와 석주가 어딘가로 여행을 가 나란히 웃으며 찍은 사진들이 많았다. 기억이 없으니 사진들도 의미가 없어서 그녀는 흥미를 두지 않았다.

"배고프지 않아요, 남편 씨?"

석주는 그제야 제 뱃속에서 들리는 뱃고동 소리를 인식했다.

"아아, 배고파."

세아는 다시 침대에서 내려와 짐승 같은 반드르르한 검은 눈으로 그가 사온 먹을거리들을 관찰했다.

"처제, 무아 말로는 신선한 고기를 좋아할 거라던데."

"마블링 싱싱한 쇠고기가 당겨요. 언제 한번 목장에 가서 소 골라줘요."

음? 으으음? 모, 목장?

석주의 머리를 혼란스럽게 만든 세아가 휘파람을 불며 야식을 맛보았다. 거기에 무아가 편승했다. 그 자매들은 석주가 사온 죽에는 관심도 없었고 통닭에 환장했다. 무아도 제법 가녀린 체구였건만 신나게 먹을 것을 흡입하며 서글픈 표정을 지었다.

"나중에 초원을 신나게 달려야 할 것 같아."

내 아내는
짐승

"서울에는 초원 없어."

"아냐, 있어. 공원 야간개장. 안 되면 러닝머신 위에서 초원 이미지를 틀어놓고라도 달려야지. 아. 서글퍼."

기억이 없어도 묘하게 죽이 잘 맞는 자매였다. 그런 자매들을 쳐다보며 석주의 시선이 말간 세아의 얼굴에, 환자복 아래 숨겨진 몸매에 고정되었다. 무아만 없으면 한 손에 쥐이는 세아의 가슴을 조물락거리며 희롱하고 싶은데 안 되는 걸까. 석주는 저도 모르게 침을 꿀꺽 삼켰다.

세아와 마지막으로 섹스를 한 게 언제였더라? 2주 전? 3주 전?

눈앞에 이세아가 있으니 손만 뻗으면 되는데. 섹스를 안 해도 될 거라는 말은 패스. 세아와 3주씩이나 하지 않고도 참을 수 있는지 그 스스로 의아해졌다. 벌써 하반신에 힘이 실려 움직이기도 불편해졌다.

그 기색을 눈치 챈 무아가 빤히 그를 응시하며 초승달 모양으로 눈웃음을 쳐댔다. 그것이 꼭 간사한 여우를 연상시켰다.

"형부, 몸이 달았네요."

아예 직구를 던지는구나. 석주는 소파에 힘없이 기대서도 엉큼한 생각을 멈추지 않았다. 무아가 제안했다.

"자리 비켜드릴까요?"

"얼마나?"

"오래는 못 비워요."

간드러지게 웃는 무아가 손을 내밀어댔다. 석주는 지갑을 뒤적거리며 수표 한 장을 꺼냈다.

"이거면 돼?"

"언니 몸조심하라고 했으니까, 덮치는 건 안 돼요. 간만 봐요. 전 십 분 뒤에 돌아올게요."

저것이 장난치나! 10분이 뭐야. 두 시간은 비워줘야지.

발끈하며 그가 몸을 일으키자 무아가 촐랑촐랑 병실을 빠져나 갔다. 하늘이 준 기회를 놓치면 안 된다. 석주는 슬그머니 세아의 침대 옆으로 다가갔다. 그를 올려다보는 세아의 표정은 무슨 일이 벌어질지 짐작도 못 하는 것 같았다.

"흐음. 남편 씨 얼굴 뜯어보니 좀 무서운 데도 있네요."

"응."

하지만 석주의 존재에 익숙해진 듯 세아는 아무렇지도 않은 듯 싶었다.

"할 말 있어요? 아, 뱃속 애기 꼬물이라고 부르기로 했는데 태명 이 별로예요?"

"아니, 그것보다."

에라, 모르겠다. 석주는 달아오른 제 몸이 급했다. 세아를 품에 안은 그가 그녀의 입술을 탐했다. 그녀가 눈을 부릅뜨려 하자 석주 는 그녀의 눈을 가린 채 벌려진 분홍색 입술 사이로 제 혀를 밀어 넣었다.

약간 마른 입술 안의 혀가 굳어 있다. 그녀의 몸을 제 흥분한 몸에 밀어붙였다. 너무 좋아. 미치도록 좋아. 당장이라도 그녀의 몸 에 들어가고 싶어서 미칠 것 같았다. 그는 게걸스럽게 세아의 입안 을 휘젓고 그녀의 타액을, 혀를, 잇몸과 이를 탐했다. 자신 안에 가 둬진 세아는 너무 연약하게 파르르 떨었다. 평소의 짐승 기질은 어 디로 갔는지 몰라도 순진해진 세아의 소심한 바르작거림이 그를 더

달뜨게 했다.

이런 모습의 가녀린 세아는 난생처음이었다. 헌데 이것 또한 너무나 환장하시도록 좋았다.

아오, 미치겠네! 이걸 어떻게 맛만 봐!

세아가 어찌할 줄을 모르고 얼어붙어 있었다. 평소처럼 화답하면 좋을 텐데, 자신을 끌어안고 제 남성을 탐욕스럽게 잡아주면 좋을 텐데.

혼자 기뻐 날뛰며 주체하지 못할 욕망에 젖어 있던 그는 세아가 화답하지 않자 더 다급해졌다.

그는 그녀의 손을 붙잡아 제 부푼 남성 위를 눌렀다. 그의 입술 아래 막혀 있던 세아가 놀라 히이익, 하는 괴상한 소리를 냈다.

"헉!"

왜 놀라는 거야, 대체. 세아랑 얘랑 얼마나 친한데.

"세아, 하진 않을 거니까 애 좀 달래줘. 제발."

석주는 제 남성을 바지 밖으로 꺼내며 애원했다. 그리고 세아의 손을 이끌어 제 남성 위에 포갰다. 그의 남성이 세아의 손 안에서 꿈틀 꿈틀 용트림했다.

"헉!"

세아의 손안에서 느껴지는 압박감이 미치도록 좋았다. 석주도 저도 모르게 흥분의 신음을 냈다. 그의 남성이 세아의 하얀 두 손 안에서 더 커졌다.

"만져줘, 제발."

그녀의 손을 제 남성에게로 인도하며 석주는 그녀의 입술을 탐하려 했다. 헌데 세아가 옆으로 고개를 돌렸다. 입술 대신 마구 그녀의 목을 핥으며 먹으려 해대자, 세아가 마구 몸부림을 쳤다. 그의 남성이 그녀의 손안에서 빠졌다. 허전하다. 아니, 좀 더 해줘야지!

석주는 비이성적으로 몸이 달았다. 돌아버릴 것 같았다. 이건 정말 간만 본 거잖아!

그 순간 믿을 수 없는 힘으로 세아가 침대 위의 그를 밀쳐냈다. 순간 바닥에 나자빠진 채 그는 신음했다. 꼬리뼈와 엉치뼈 쪽이 얼얼했다. 제 남성이 무사한 건 천만다행이었다.

"야, 이 짐승!"

그녀가 외쳤다. 석주는 제가 변태가 된 기분이었다.

"이 개시키야!"

눈물까지 그렁그렁해 세아가 외쳐댔다. 석주는 제 꼬리뼈를 매만지며 겨우 바지를 수습했다. 해갈되지 않은 욕망 때문에 몸이 달아올랐지만, 싫다는 세아를 억지로 덮칠 위인은 아니었다. 아니, 덮치고 덮치지 않고를 떠나 이건 무진장 억울한 상황이었다.

"짐승은 이세아였어! 날 먼저 덮친 건 이세아잖아! 일 년 육 개월 전 나 먼저 덮친 건 그쪽이라고! 만난 첫날에 먹혔어! 그것도 뿌리까지 죄다!"

"거짓말!"

세아가 울며 소리쳤다. 석주가 답답해서 가슴을 두드렸다.

한참이나 계속된 대치 상황을 마무리한 건 무아였다. 무아가 벌컥 문을 열며 들어와 울음범벅인 세아를 끌어안고 항변했다!

"형부, 이게 무슨 짓이에요! 울음소리가 나서 날아왔기에 망정이지!"

"아, 아니 그게."

내 아내는
짐승

"기억이 없다고 하잖아요! 지금 언니는 백치라고요! 백치! 자기가 짐승인 것도 모른다고! 악!"

아내가 짐승? 아니, 짐승인 건 맞지만 왜 처제가 짐승이라고 하지? 석주는 무아의 발광에 혼이 빠져나간 기분이었다. 세아마저도 어느새 울음을 그치고 무시무시하게 날뛰는 무아를 훔쳐보았다. 무아는 제 언니를 가리키며 석주에게 경고했다.

"형부, 당분간 십 미터 접근 금지예요."

하석주, 이혼을 결정한 이래 인생 최대의 성적 위기를 맞이했다.

4. 이세아의 식욕과 성욕에 관하여

세아는 눈을 뜨며 저도 모르게 한숨을 내뱉었다.

지긋지긋한 아침이다. 벌써 몇십 년째의 아침이더라?

몇십 년째? 제가 그렇게 나이를 많이 먹었던가?

세아는 제 머리맡의 휴대전화를 눌러 시간을 확인했다. AM 06:11. 밥이 나오려면 한 시간은 더 있어야 한다.

높은 미색 천장을 올려다보던 세아는 눈이 뻑뻑하다는 걸 깨달았다. 창가의 하얀 커튼을 걷은 그녀가 가습기를 작동시켰다. 빛이 쏟아들고 있다.

어머니도 여동생도, 그들이 붙인 간병인도 없이 혼자. 병실 안은 꽤나 고즈넉했다.

입원도 2주차로 접어들었다. 병실은 여전히 끔찍한 감옥 같았지만 생면부지의 간병인이 그녀의 하나하나를 참견하고 감시하는 것보단 혼자 있는 게 차라리 나았다. 이젠 혼자 아침도 챙겨먹을 수 있었고 아침 회진 때 보호자들이 없어도 의사들의 방문은 아무렇지도 않았다.

가끔 의사와 간호사들이 이상한 헛소리를 해댔고 병원 환자들이 동물 코스프레를 하며 노는 것 같았지만 그걸 무시하기에 이르렀다.

아무래도 병원에 너무 오래 있었나 보다. 좀이 쑤셔 미칠 것 같았다.

공중제비를 신나게 해대고 싶은 걸 보니 잠을 더 자기는 글렀다. 세아는 결국 요가나 하기로 했다. 기억은 없지만 몸은 움직이던 버릇이 있어, 하루라도 운동을 쉬면 기름칠을 하지 않은 기계처럼 뻑뻑해졌다.

세아는 유튜브에서 찾아낸 요가 동영상 중 하나를 재생시켰다. 세계 각국의 트레이너와 강사들의 비디오 중 제법 운동 강도가 높았던 지라 시작한 지 30분도 되지 않아 땀이 비오듯 흘렀다.

몸 풀기 요가를 한 뒤엔 샤워를 했다. 그 뒤 아침식사가 나오자 세아는 기분 좋게 식사를 하려했다가 하얗게 얼어붙었다.

왜 반찬들 중 하나가 버섯볶음인 것일까?

자신은 왜 버섯볶음을 보고 자연스레 하석주의 그것을 연상한 걸까?

이세아는 유부녀였다. 거기에 임신까지 했다. 남편이라던 하석주와의 섹스는 수도 없었을 것이다.

세아는 애꿎은 베개를 손으로 쳐댔다. 그녀는 기억을 잃어서 정신적으로 순결해졌다! 그런데 제 발칙한 페니스를 보여주고 쥐게 해주다니!

이혼한다고 해놓고 기억도 없는 마누라를 덮치고 싶냐? 그런데 내가 뭐 자기를 만난 첫날 잡아먹어? 짐승이라서 잡아먹는다고? 짐승 타령도 억울한데 진짜 짐승의 분노를 보여주랴?

한 서린 외침이 그녀의 안에서 뱅글뱅글 맴돌았다.

"하석주 이 개노므 시키!"

그놈의 하석주가 코빼기도 비치지 않은 지 사흘째. 끼니때마다 생존을 알리며 그녀의 근황을 묻던 하석주는 그녀를 덮치려 했던 그날 이후 연락조차 하지 않았다. 이세아가 민망함을 무릅쓰고 전화를 시도했지만 그걸 부재중으로 돌려주시는 센스까지 발휘했다.

부득부득 이를 갈던 세아는 어느 순간 침대 위로 널브러졌다.

"왜 그런 놈을 남편으로 골라서! 왜 자꾸 생각나게 해!"

눈앞에 그놈의 얼굴과 버섯볶음이 둥둥 떠다니는 듯했다. 미치지 않고서야 왜 그런 게 계속 떠오르느냔 말이다!

세아는 달아오른 볼을 감싸 안았다. 하석주와 키스하던 순간이 계속 뇌리에 떠올라 울고 싶어졌다. 지배당하고 압도당한다는 느낌의 키스. 순식간에 자신의 내부까지 질척거리게 만든 키스가 둥둥 떠올랐다. 그 충격에서 벗어나기도 전에 압도한 놈의 심벌! 남근 씨! 그 귀두가 제게 뜨거운 몸을 부딪쳐 오며 머리를 까딱이며 인사를 해오던 순간이 떠올랐다. 그녀는 그걸 뜨겁게 쥐었다!

자학 아닌 자학을 하며 세아는 괴로워했다. 이럴 줄 알았으면 더 신나게 주물러볼걸! 키스 더 해달라고 졸랐어야 했나? 아니, 내가 왜 이런 생각을 하는 거야?

"이게 임신호르몬 때문이야. 변덕스런 호르몬 때문이라고."

납득하긴 어렵지만 위안은 되었다. 모든 게 임신호르몬 과잉 때문이다.

"그런 남자는 덮쳐달라는 거지. 아암."

세아는 저도 모르게 입맛을 다셨다. 하석주는 섹시했다. 얼굴이며 몸짓이 야한 게 아니라 페로몬 그 자체다. 어쨌든 하석주는 매우

위험한 존재임이 틀림없다!

"하아."

괴로워하던 세아가 텔레비전을 켰다. 짤막한 아침 뉴스가 지나가고 드라마가 시작될 시간이었다. 진주 왕관을 쓴 해골 티셔츠를 입은 무아와 고운 정장을 빼입은 모친 송 여사가 엇비슷한 시각에 도착했다. 회진시간이 되어 그들은 의사와 이야기를 나누고 돌아오더니 세아에게 다음날의 퇴원을 알렸다. 드디어 지긋지긋한 병원에서의 해방이었다.

세아의 임신이나 컨디션도 정상이니 퇴원을 해도 무리는 없었다. 교통사고 보험처리나 손해배상 쪽은 상대의 과실이 명백했고 이 교수의 변호사가 진행하는 터라 세아가 신경 쓸 일도 없었다.

세아는 전남편 개놈의 휴대전화로 문자를 넣었다.

- 나, 내일 퇴원한대요. -

무아를 시켜 맞춤법까지 또박또박 맞춰 보냈다. 놈은 대답이 없었다.

세아는 격분해 병실을 뒤엎을 뻔했다.

하석주가 나타난 것은 그의 퇴근 시간 무렵이었다.

똑똑. 하석주는 병실 문을 노크하고 멋대로 들어왔다. 짐을 싸던 세아는 태연히 병실 안으로 들어온 남자를 흘겨보았다. 짙은 네이비 색 슈트를 완벽하게 소화한 남자는 전력질주라도 한 듯 가쁘게 숨을 몰아쉬었다. 아직 그녀가 떠나지 않았다는 사실에 안도한 눈빛이었다.

"아, 아직 퇴원하지 않았네."

세아는 등을 돌려 요가 매트를 말았다.

"내일 퇴원한다고 했어요."

세아는 퉁명스럽게 말을 흘렸다. 석주가 한숨을 쉬었다.

"늦어서 미안."

"안 와도 될 뻔했네요. 지금껏 연락도 안 했으면서."

"내 연락, 기다렸어?"

반색하며 방긋 웃는 남자가 어느새 그녀의 앞에 있었다. 세아는 그를 올려다보며 기막혀했다. 심지어 석주는 양팔을 벌려 그녀를 포옹하려들었다.

"내 예쁜 마누라, 이세아."

"스톱. 거기까지."

석주의 포옹을 밀어낸 세아가 뒤로 물러났다. 그녀가 접촉을 거부한다는 것을 깨달은 석주가 적당한 습도와 쾌적한 기온이 유지되는 병실을 둘러보더니 소파 위에 자리를 잡았다. 그의 시선이 요가 매트 위에 머물렀다.

"여기서도 동영상 보며 요가 하네? 이세아다워."

"이세아다운 게 대체 뭔데요?"

세아는 저도 모르게 시비조가 되었다. 이건 전부, 하석주가 꿈에서 자신을 괴롭힌 대가였다.

그걸 아는지 모르는지 석주가 어깨를 으쓱하더니 대답했다.

"요가 매트 하나 좋은 거 사서 인도까지 들고 갔다 그랬지. 인도를 꽤 오랫동안 오가며 요가 배우고 왔다고 들었는데."

나름 파란만장한 이십대를 보냈구나, 세아가 제 인생에 경탄할 무렵 석주가 되물었다.

내 아내는
짐승

"퇴원하면 친정으로 갈 거지?"

세아는 고개를 끄덕였다. 일단 세아를 무시하고 퇴원 이야기가 진행되긴 했지만 친정에 가기로 암묵적으로 이야기가 된 상태였다. 세아와 무아는 독립해서 각자 따로 살고 있는 상태로 세아는 자신이 6개월쯤 살았다는 오피스텔에 대한 기억이 전연 없었다.

"오피스텔로는 안 가볼 거야?"

"오피스텔?"

"결혼해서 살던 펜트하우스에서 나와서 세아의 요가 스튜디오에서 가까운 오피스텔에서 별거 시작했잖아."

오피스텔에 요가 스튜디오. 세아가 모르는 것들이 또 증식하고 있다. 왠지 가만히 있는 걸 못 참겠더라니 이세아는 사방에 일을 마구 벌이고 다니는 스타일이었나 보다. 세아의 표정이 심각해졌다.

"아참. 임신 초기인데 요가 해도 되는 거야?"

뒤늦게 그녀의 임신과 운동을 결부한 석주가 되물었다. 세아는 침대에 기대며 흐느적거렸다.

"위험하진 않으니 운동할 수 있으면 해도 상관없다던데요. 몸이 괜찮으면 컨디션 조절해서 하래요. 뭐 안 움직이면 더 스트레스니까 해야 할 테고. 아이는 너무 건강하고."

"아아. 당신은 에너지가 흘러넘쳤지. 적당히 소비하긴 해야 해. 어쨌든 안심이네."

"누구 놀려요?"

석주는 안도하며 다시 물었다.

"운동을 하든 안 하든 먹고 싶은 건? 아직 입덧 안 해?"

"밥은 또 왜? 나만 보면 밥 사준단 말만 해요?"

"당신 친정 가면 당분간 얼굴 못 볼 거잖아."

그의 이유는 타당했다. 세아는 납득하면서도 저를 식충으로 아는 건지 괜스레 석주가 원망스러웠다. 보기만 하면 밥을 사준다는 말을 하는 것 같은데.

"한우 사줄게."

하지만 세아의 입에 잔뜩 침이 고였다.

"나도 나도! 나도 한우 먹고 싶어!"

무아도 어디선가 귀신처럼 튀어나와 엉겨 붙었다. 하석주가 긴 한숨을 쉬었다.

하석주가 그들 자매를 데려간 곳은 병원에서 차로 10분 정도 거리의 꽤 유명한 고급 한우 식당이었다. 유명한 맛집이지만 그만큼 가격대도 비쌌다.

식당에서 나오던 길. 두 자매가 나란히 포만감에 둥글게 솟아오른 배를 두들겼다. 두 자매의 얼굴엔 황홀한 고기에 대한 감동이 잔뜩 서려 있었다.

한우식당의 산지 직송 한우가 너무 신선해 세아와 무아는 냄새를 맡는 것만으로도 절로 군침을 삼켰다. 메뉴판을 보며 이성을 잃더니 주문을 하며 실성 조짐을 보였고 막상 고기가 나오자 그 자매들은 아귀로 돌변했다. 그녀들은 육회에서부터 구이까지 부위별로 골고루 메뉴판을 섭렵하다 보니 시간이 가는 줄도 몰랐다.

그 피해자는 식당에서 계산한 카드 영수증을 받아든 하석주뿐이었다. 그는 병원에 돌아와서도 계산서를 넋 놓고 바라보았다. 도저히 그 계산서에 찍힌 금액은 늘씬한 자매들이 먹었다고 보기엔

내 아내는
짐승

믿을 수 없는 금액이었다.

석주가 계속 툴툴거렸다.

"셋이서 먹었는데 씨름부 회식 비용이라니. 아니, 그것도 이것보단 작겠군."

세아는 제가 그렇게 많이 먹었다는 걸 인정하고 싶지 않았다. 하지만 한 끼 식사비치곤 좀 과하게 비용이 나오긴 했다. 그래서 무아에게 물었다.

"저 남자 돈 많다며? 그 식비가 아까워?"

"돈 잘 버는데. 그 정도 식사 비용은 껌 값."

한숨을 쉬던 하석주가 끼어들었다.

"아무리 그래도 최고급 미식가 레스토랑도 아니었는데 셋이서 백오십만 원이 뭐야!"

무아가 투덜거렸다.

"형부 쫀쫀해."

"무아가 제일 많이 먹었어!"

"언니가 제일 비싼 고기 많이 먹었다고!"

괴상한 폭로가 이어지는 사이 석주는 미간에 주름을 세우며 소파에 기대 앉았다.

세아 역시도 그의 모습이 기억을 잃기 전 이세아가 만든 미니 앨범 속 사진과 비슷하다는 걸 깨달았다. 그녀의 시선을 의식한 석주가 말했다.

"찍을 거야? 찍고 싶으면 찍어."

"흐음. 많이 찍혔던 거예요?"

"세아는 사진 찍는 걸 좋아했거든. 아, 사진도 대체로 잘 찍었고."

"그럼 무슨 활동 같은 거라도 했어요? 사진 쪽으로? 아니면 블로그 같은 공간이나 SNS 같은 곳에 올린다거나?"

석주는 고개를 가로저었다.

"찍기만 했어. 가끔 앨범 같은 걸 만들긴 했지만 일부러 인터넷엔 올리지 않는다고 했는데?"

"왜요?"

그도 그녀도 딱히 해답을 찾지 못했다. 세아가 양해를 구하고 다시 무아의 롱 티셔츠와 레깅스에서 환자복으로 갈아입고 온 참이었다. 왜 사진을 그만큼 찍었나 무아에게 물어볼 참이었는데 무아는 가방을 챙겨 도망치려 하고 있었다.

"언니, 나 급한 술 약속이 생겼는데 나가면 안 될까?"

무아는 석주를 돌아보며 손을 싹싹 빌었다.

"형부. 언니 좀 부탁할게요. 이 근처에 친구들이 있다고 해서 얼굴만 보고 올게요."

"그렇게 해, 처제."

석주의 말이 떨어지기도 전에 무아는 이미 내빼고 없었다. 세아는 하석주 하나만 믿고 줄행랑친 무아가 괘씸해 이를 갈았다.

"저기요, 남편 씨. 저 혼자 있어도 문제없어요. 남편 씨는 집에 가서 잠 편하게 자요."

"내가 있는 게 불편해?"

"별로 불편한 건 없지만 여기서 자려면 피곤해요. 무아도 적당히 마시다 들어올 테니 그냥 가요."

"그래도 있을 거야."

"하지만."

"내가 싫어?"

석주는 대놓고 물었다. 세아는 다시 망설였다. 뭐가 기억이 있어야 싫다 좋다 대답을 할 거 아닌가. 고민하던 세아가 잔뜩 부른 배를 두들기며 되물었다.

"그럼 산책해도 돼요?"

"너무 늦지 않았나?"

"배가 너무 불러서. 좀이 쑤셔요. 답답하기도 하니까."

"그러지. 근데 나보고 처제가 얼마 전에 접근 금지 어쩌고 말하지 않았어?"

세아는 코웃음을 쳤다. 분명 무아가 그런 말을 했었지만 한우 앞에서 차릴 체면 따위 무아에겐 없을 것이다. 세아에게도 고기가 중요했지만 무아는 고기 앞에서 이성을 잃었다.

"답답하니까 나가요."

세아는 석주를 재촉해 병원 앞을 돌기로 했다.

병원은 제법 큰 규모였지만 응급센터가 있는 고로 산책할 공간이 부족했다. 7층에도 옥상정원은 있었지만 세아는 그곳에서 나는 담배 냄새를 싫어했다. 결국 세아와 석주는 산책을 핑계 삼아 병원 주변을 뱅글뱅글 돌았다. 세아가 쓸 모포와 카디건을 챙긴 석주가 그녀의 뒤를 그림자처럼 따라왔다.

"기억상실은 어때?"

5월말. 밤공기가 조금 쌀쌀했기에 석주는 그녀의 어깨에 카디건을 덮어주었다. 모포까지 친절하게 둘러주려는 그의 행동에 세아는 난감해졌다.

이세아의 내외적 조건이야 어쨌든 남자는 참으로 잘나 보였다. 무아는 그가 재벌 2세라고 했다.

큰 키에 잘생긴 얼굴, 친절한 성격이나 패션 센스에 돈까지 많은 남자. 그가 이세아를 좋아하는 게 눈에 뻔해 보여서 세아가 왜 이런 남자와 이혼하려 했는지 자신을 이해할 수 없었다. 행복하지 않았던 걸까? 복에 겨웠던 걸까? 아니면 남자가 잘못을 저지르기라도 했나.

"하석주 씨, 여자들에게 인기 많죠."

"많아."

"이혼 정말 안 해줄 거예요?"

"안 할 거야."

"그럼 이혼사유는 뭐였어요?"

"글쎄, 성격 차이일까?"

대부분의 이혼사유가 성격 차이로 귀결되지만 석주의 말은 의문형이었다. 게다가 그녀와 그는 이혼 전에도 계속 함께 살았다고 알고 있었다. 그렇다면 사이가 나쁘진 않았을 텐데. 왜 이혼하려 했을까.

"단순히 성격 차이 말고 이혼하려 했던 이유요. 뭔가 틀어졌다면 사소한 계기나 동기가 있을 텐데요."

앞서 걷던 그의 그림자가 멈춰 섰다. 석주의 진지한 얼굴엔 웃음기 하나 없었다.

"그건 내가 이세아에게 묻고 싶었던 거야. 당신이 어느 날 이혼해달라고 했지. 이유는 몰라. 우린 계속 싸웠고 그러다 당신이 집을 나갔어."

내 아내는
짐승

하나도 기억나지 않는 이야기다. 그들의 그림자들이 가로등 아래에서 길게 드리워졌다.

"당신을 책망하고 싶은 생각은 없어. 하지만 이혼은 안 해. 당신 기억이 돌아오지 않는 이상 이유를 모를 테지만."

멈춰 있던 그림자들이 움직이기 시작했다. 세아는 제 앞을 지나쳐 성큼성큼 걷는 그의 뒤를 따랐다. 기억은 없지만 마냥 미안해졌다. 본능적인 감이었지만 남자는 거짓말을 하고 있지 않았다. 그가 바람을 피운 것 같지도 않았다. 그렇다면 왜 이세아는 이혼하려 했을까, 왜?

풀리지 않는 난제였다.

"그것보단 차라리 다른 얘길 하자, 이세아. 궁금한 거 없어?"

화단에 놓인 정원석 하나를 구둣발로 슬쩍 차대며 하석주가 빙그레 웃었다.

"나 당신에 대해서 하나도 몰라요."

"뭘 알고 싶은데?"

그런 질문이라면 세아에게도 석주에게도 안전했다. 세아가 알고 싶어 하는 것들이기도 했다.

"학교 어디 나왔어요?"

"S대. 말하지만 기부입학 아니라고."

"알았어요. 그럼 과는?"

"화학과."

그녀의 예상과 달리 너무 뜻밖이었다. 세아는 심각하게 턱을 쓸었다.

"음. 실험실보단 모델학과나 폼생폼사 학과가 더 잘 어울려 보여요. 군대는 해병대예요? 힘 잘 쓸 것 같아서 잘 어울릴 것 같은데."

"나 공군이었는데. 아, 참고로 비행기는 몰지 않아. 공군이라고 다 파일럿 아니야."

"네."

"당신이 그렇게 되물었으니까."

모든 것이 의외인 남자였다. 석주는 이후 세아가 질문하지도 않았는데 혼자 대답했다.

"내 나이는 삼십삼 세. 이세아와는 세 살 차이야. 우리가 결혼한 지는 일 년이 안 됐어. 작년 유월에 했거든."

만난 지 1년 6개월, 6개월 만에 결혼해 결혼한 지 1년 미만. 별 거는 6개월 차.

돈이 많다 한들 요가 강사라는 이세아와 재벌 2세라는 하석주의 접점은 없어 보였다. 심지어 대학도 고등학교도 같지 않았다. 아는 사람으로 연결된 케이스도 아니라고 했다.

"그럼 처음엔 어떻게 만난 거예요?"

"글쎄. 어떻게 만났을까. 당신도 생각해봐. 이제 돌아갈까?"

석주가 손을 내밀었다. 세아는 정중한 신사 모드가 된 그의 에스코트를 받으며 다시 병실로 돌아왔다.

마침 드라마가 할 시간이라 어색함을 감추기 위해 텔레비전을 켰다. 헌데 후반부로 접어든 드라마는 대뜸 남녀 주인공의 키스신을 롱컷으로 찍어 방송 중이었다. 세아는 그 뒤 이어진 엔딩과 마지막 화 예고까지 감상했다. 드라마가 끝나고 텔레비전을 끄자 적막만이 찾아왔다.

미칠 듯이 어색하다. 세아는 식은땀을 흘렸다. 기억을 잃은 부

내 아내는
짐승

인이 남편에게 할 대사가 있었으면 좋을 것 같다고 생각했다. 키스
해달라고 해야 하나? 남근 씨를 다시 구경시켜 달라고 졸라야 하는
것인가.

그녀는 병실의 가습기를 체크하는 하석주의 뒤 라인을 감상하
며 물었다.

"그런데 이름이 진짜 석주예요?"

"신분증 까?"

"아니, 정말 그 이름의 뜻이."

"돌기둥 아냐!"

그런 질문을 많이 받았는지 하석주가 발끈했다. 그의 처참한 표
정을 응시하며 세아는 머리를 긁적거렸다. 야한 기분이 들기도 하는
데, 석주라는 이름이면 응당 돌기둥으로 해석해야 하는 것이 아니
던가.

"돌기둥이 아니고, 품위 있고 우아하게 링가라고 말하는 건 어
때요?"

"링가? 그게 뭐?"

들어보긴 했는데 당장 기억이 나지 않는 듯 석주가 말을 되물었
고 세아는 그에게 또박또박 각인시켰다.

"R. I. N. G. A. 그 남근 숭배 사상의 링가 말이에요. 인도식으
로 남자 남근을 링가라고 하던가."

"이세아! 내 이름 갖고 장난치지 말랬지!"

석주의 얼굴이 시뻘게졌다. 그래서 세아는 더욱 궁금해졌다. 돌
기둥보다 남근과 링가가 더 안 야한 거 아닌가?

세아의 시선이 자동적으로 석주의 바지춤으로 향했다. 그녀가

저도 모르게 헛숨을 들이켰다. 그가 가리고 있지만 성이 난 그의 하반신은 도드라진 부피만 해도 엄청나 박수를 칠 뻔했다.

"오, 대물이시네요?"

"이세아!"

이젠 홍당무가 된 남자가 제 부푼 거시기를 수습하느라 애쓰는 모습이 세아의 눈에도 참으로 안쓰러웠다.

어느새 석주는 화장실로 뒷걸음치고 있었다. 세아가 뚫어져라 노려보며 다가가자 어쩐지 그가 그만큼 도망가는 것 같았다.

호오? 어머, 재밌어라.

"거기가 발칙하시네요. 아니면 솔직하다고 해드려야 할까요?"

"왜 따라오는 거야!"

세아는 즐거운 기분이 들었다. 세아는 여전히 뚫어져라 그의 남성을 훑었다. 그 부피감이 참으로 신기한데 어쩐지 친숙한 기분도 들었다.

"거기 애칭 많이 붙여줄 수 있는데. 존슨 씨나 돌기둥이나 링가나 하석주 주니어나, 거시기한 것. 어느 걸로 불러드릴까요? 어떤 애칭이든 쟨 다 좋아할 것 같은데."

"됐어!"

"발기부전이나 성기능 장애는 아닌 것 같은데 그렇게 쉽게 서요? 설마 조루?"

"야!"

석주는 발끈하며 따지려다 세아가 따라가려 하자 급히 화장실로 투신했다. 그래서 세아는 더 궁금해졌다. 왜 화장실로 도망치는 걸까? 며칠 전엔 대놓고 보여주고 손에 강제로 쥐어 줬는데. 다시 보여줘도 닳는 거 아니다!

　세아는 그가 미처 잠그지 못한 문을 벌컥 열려고 했다. 다급히 바지를 내리려던 그가 시뻘게진 채 문을 자신의 몸으로 밀어 닫으려고 했다.

　"이세아, 이 짐승! 얼른 물러서지 못해!"

　"흥분한 거 맞아요?"

　"들어오지 마!"

　강한 힘으로 세아는 머리를 비죽 들이밀었다. 기억이 없으니 호기심만이 왕성해졌다. 내려가려는 바지를 수습하며 울 것 같은 표정의 하석주가 다급히 외쳤다.

　"시, 십 미터 접근 금지! 이젠 안 잡아먹힐 거야! 절대!"

　세아의 호기심이 더욱 왕성해졌다. 화장실 문을 부술 수 있을 것 같은 기분이 들어 발을 들어 찼다. 하석주가 화장실 문을 버티고 적극 봉쇄했다.

　세아는 결국 혀를 베에, 내밀며 자신의 침대로 퇴각했다.

　치사하다, 치사해! 그때 보여주고 만져주게도 해줬는데 또 보여주면 덧나? 치사해서 안 본다. 그녀는 토라져 이불을 뒤집어썼다. 나중, 화장실에서 나온 석주가 그녀의 이름을 부르건 말건 상관하지 않았다.

　다음날은 또 다음날의 해가 떠올랐다.

　퇴원 후 세아가 가게 된 친정은 무려 일산의 병원에서 두 시간 가까이 걸리는 서울 위성도시인 K시의 바른마을이었다. 바른마을은 야트막한 산자락을 끼고 앉은 전원주택들이 자리한 곳으로 세아의 부모님은 그들이 직접 디자인한 저택에 거주했다.

송 여사가 아이디어를 주고 이현축 교수가 설계한 저택은 특이
하진 않지만 주변 경관과 자연스레 어우러졌다. 거기에 독립된 별채
와 지하실 등이 덧붙어 규모는 꽤 컸다. 그중 세아의 방은 베란다를
낀 2층 동편에 자리했다. 베란다나 창문 쪽에서는 집 뒤의 작은 숲
을 볼 수 있었다.

"여기가 세아, 네 방이란다."

송 여사의 말에 세아는 낯선 시선으로 제 방을 바라보았다. 매
트리스 하나와 박스더미, 먼지 쌓인 가구가 몇 개 자리한 게 전부였
다. 온기가 없는 방에는 누군가의 체취마저도 일절 없었다. 마치 방
은 누구도 사용하지 않은 새것 같았다.

"여기 살펴봐도 되나요?"

"그러렴. 뭐 필요한 거 있니?"

"없어요."

"그럼 내려가 있으마. 혹시 필요한 것 있으면 이야기하렴. 부족
한 게 있으면 나중에 적어서 사도록 하자꾸나."

송 여사가 1층으로 내려간 뒤 세아는 방을 뒤지기 시작했다. 일
단 먼저 화장대나 서랍장을 열어보았지만 그 안엔 옷도 없고 물건들
도 들어 있지 않았다. 몇 년간 자신이 다른 곳에 거주했음을 감안
해도 흔적이 너무 없었다. 결국 세아의 시선이 층층이 쌓인 박스들
에게로 향했다.

박스 안의 물건들은 이세아의 것이었지만 최근 것들은 아니었
다. 고등학교와 대학시절의 책과 노트, 졸업앨범들이 박스들마다 주
를 이루었다. 많이는 15년 전 혹은 5년 전의 사진이 발견되었지만 그

내 하내는
집승

사진에서도 딱히 현재와의 차이를 느낄 순 없었다. 박스를 뒤져봐도 일기나 개인적인 메모가 남아 있지 않아서 감흥도 일지 않았다.

"흐음."

마지막 박스에선 고등학교 교복이 발견되었지만 역시 떠오르는 기억은 없었다.

세아는 결국 소득 없는 추적을 중단했다. 찾으면 찾을수록 자신이 이곳에 머물렀던 적이 없음을 자연스럽게 깨달았다. 익숙한 환경이 아니니 제가 기억을 찾을 확률도 낮았다.

정신적 요양을 위해서라면 이곳의 환경은 최적이긴 했다. 하지만 너무 갑자기 부모님께 떠밀려 오다 보니 짐을 제대로 가져온 것이 없었다. 병원에서부터 끌고 온 요가매트는 싸구려라 불편했고 요가복 대용으로 입을 옷도 없는데다 무엇보다 제가 입고 지낼 옷가지도 없었다.

그것뿐인가. 그녀에게 바른마을은 너무 심심했다. 무아는 주말에만, 주중에는 아버지가 출근하고 어머니 송 여사도 집을 비우기 일쑤. 세아의 방에선 인터넷도 잘 터지지 않아 병원에 있을 때보다 더 심심했다.

세아는 결국 혼자 놀다 지쳐 하석주와의 통화를 손꼽아 기다렸다.

- 이세아, 잘 살아 있어? 몸은 어때?

세아가 푸념했다.

"심심해요. 돌기둥 씨 보고 싶어요."

켁켁, 석주가 요란하게 헛기침을 했다. 세아는 그를 떠올리며 저도 모르게 입맛을 다셨다. 하석주도 하석주가 사줬던 맛있는 한우도 동시에 떠올랐다. 어느 게 먼저인지는 모르겠지만 남편의 튼튼한 등짝을 만지고 싶은 건 사실이었다.

- 나도 세아가 보고 싶어.

하석주, 애칭 돌기둥 씨. 그 남편의 목소리는 참으로 시원시원했다. 그 남편님은 제법 할 말이 많은 듯 재잘거리며 세아가 모르는 많은 것들을 이야기했다.

- 장인어른 댁 불편하지 않아? 통원치료도 해야 한담서? 장모님 운전 안 하실· 거고 무아는 거기 안 살 거고. 하긴 무아가 있어봤자 면허 정지 상태일 테니 애매하다. 당신 운전은 아직 곤란하고. 차 보내줄까?

"왜요?"

- 왜긴 왜야? 병원 치료 받아야지. 거기서 일산 병원까지 왕복 네 시간은 걸릴 텐데? 당신도 거기 들어가면 움직이기 불편하다고 별로 안 좋아했잖아.

멍하니 듣고 있던 세아가 그제야 뭔가를 깨달았다. 이 집에는 무아와 자신의 체취가 전혀 묻어나지 않았다. 아니, 그것보다는 새집 특유의 냄새가 압도적으로 풍겼다. 그런데 제가 그렇게 후각이 예민했던가?

"나 여기 산 적 없죠?"

석주는 별로 고민도 하지 않고 대꾸했다.

- 맞아. 세아의 부모님이 거기로 이주한 지 이 년이 채 안 된 걸로 알아. 세아랑 무아는 서울에 남았고. 가끔 주말이면 갔던 것 같아.

그런 거라면 이곳, 부모님 집에 세아의 현재 짐이 없는 건 이해가 갔다. 그녀의 짐은 대부분이 서울 오피스텔에 있을 테니까.

석주가 갑자기 화제를 바꿨다.

내 아내는
짐승

- 처음에 기억나? 헌데 장인어른과 장모님이 하신 말씀 뭐야? 혼혈이 어쩌고 하던 말.

"아. 나도 모르는데."

- 아무리 생각해봐도 혼혈이라는 말이 걸려서. 도저히 이해가 안 갔거든.

세아의 가족들은 분명 초반에 혼혈에 대해 이야기했다. 하지만 그 뒤 대놓고 말을 꺼내지 않았다. 물어본다 한들 그런 말은 하지 않았다며 잡아뗄 것이 뻔했지만 숨기는 건 분명히 있었다.

- 기억은 돌아오는 것 같아?

"전혀요."

- ……병원 예약일은 언제지?

세아가 달력을 살폈다. 모레 날짜에 빨간 동그라미가 쳐져 있었다.

"모레요."

- 왕복 네 시간 걸려 왔다 갔다 하지 말고 하루 먼저 오피스텔 가 있으면 어때? 청소가 문제라면 사람 보내서 미리 해두면 되고.

석주의 제안이 꽤 그럴싸해 세아는 제가 걸치고 있는 송 여사의 큰 옷을 매만졌다.

"여기서 계속 있을 거면 이것저것 짐을 더 챙겨 와야 해요. 옷도 부족하고. 여긴 요가 하고 싶어도 동영상도 잘 안 나와요. 와이파이 신호가 약한가 봐."

- 그럼 서울로 와. 오피스텔 정리하다 보면 기억이 돌아올지도 모르잖아?

"저기요 남편 씨. 기억도 나지 않는 내 공간에 누가 손대는 거 싫어요."

- 그럼 청소는?

"내가 할 거예요. 어쨌든 고마워요, 돌기둥 씨."

- 그 이름 부르지 마!

"그럼 링가? 남근을 인도식으로 부르는……"

- 됐어, 끊어!

난폭하게 전화가 끊겼다. 세아는 제 휴대전화를 쥐고 실없이 웃었다. 그리고 눈을 빛냈다. 서울에 있는 오피스텔이라고 했지?

옷도 가져오고, 오피스텔 정리도 해야 한다. 짐을 정리하다 보면 기억이 돌아올지도 모른다. 이런저런 변명들이 먹혀 세아는 부친의 출근길에 동행해 오피스텔에 갈 수 있었다. 기사를 불러 어머니가 동행한다는 것도, 석주가 사람을 보내 오피스텔까지 실어다 준다는 것도 세아는 거부했다. 물론 오피스텔의 위치와 비밀번호를 몰랐기에 무아와 동행해야만 했다.

부친이 세아를 오피스텔 근처에 내려주자 미리 와 있던 무아가 세아를 안내했다. 그 무아는 평소와 달리 검은 정장 재킷에 무릎 위까지 오는 슬림한 펜슬스커트 차림으로 무척이나 바쁜 기색이었다.

"무슨 일 있어?"

"아, 언니 미안. 나 오늘 면접이야. 바로 가봐야 할 것 같아, 미안."

"아니, 괜찮아."

"언니 사는 호수와 그 비밀번호는 휴대전화로 문자 보냈어. 까먹으면 곤란하니까 다시 말해줄게."

무아는 오피스텔 호수와 비밀번호를 거듭 알려주곤 자리를 떴

내 아내는
짐승

다. 세아는 무아를 배웅한 뒤 오피스텔 안으로 들어왔다.

오피스텔은 지어진 지 얼마 되지 않은 신축건물이었다. 여자들이 꽤 많이 사는지라 보안은 철저해 보였다. 입지 조건이나 전망 역시 나쁘진 않았다. 그녀가 거주하는 층은 8층이었다.

세아는 오피스텔에 들어와 제 공간을 꼼꼼하게 살폈다. 부모님의 집보다는 확연히 제가 살았던 고시라는 느낌이 강했다.

오피스텔은 투룸이었다. 두 개의 방과 화장실과 거실, 작은 베란다가 자리한 공간으로 돈을 들여 내부를 개조하거나 인테리어를 따로 뜯어고친 흔적은 없어 보였다. 그리고 제 생활의 흔적들이 여기저기에 널려 있었다.

거실에는 책장과 밝은 베이지색의 소파 하나, 그 외 컬러풀한 소품들이 있었다. 공간 자체는 밝아 보였으나 바닥에 깔린 얼룩무늬 러그는 더워 보였다. 그 옆으로 요가 매트가 말려 뒹굴었고 베란다의 그늘에는 요가복 몇 벌이 매달려 있었다.

두 개의 방 중 하나는 주 침실. 하나는 드레스 룸.

세아는 일단 옷을 갈아입기로 하고 드레스 룸에 들어갔다. 룸에는 행사용 정장과 캐주얼룩, 그리고 요가복과 운동복들이 깔끔하게 나뉘어져 있었다.

세아는 제 몸에 맞는 티셔츠와 반바지로 갈아입었다.

"일단 청소부터 할까?"

방치된 사이 집 안에는 먼지가 쌓여 있었으므로 당장 청소를 해야 직성이 풀릴 듯했다. 세아는 옷방 구석에 있던 청소기를 꺼내 청소에 전념했다.

청소에 열중하다 보니 시간이 가는 줄 몰랐다. 끼니 때를 놓친 세아는 송 여사가 챙겨준 도시락을 먹고 반찬들을 냉장고에 정리해 넣었다.

세아에겐 전문가용 카메라가 여러 대였다. 카메라들마다 메모리가 포맷되어 내용물을 알 순 없었다. 핑크색 노트북에는 그 사진들이 잘 분류되어 저장된 듯했으나 사진을 재가공해 어딘가에 올렸거나 편집한 흔적은 발견하지 못했다.

"흐음?"

전문가의 필이 풍기는 고해상도의 디지털 사진들을 보며 세아는 의문에 잠겼다. 사진 부업을 했나 싶었지만 컴퓨터를 뒤져봐도 누군가에게 의뢰 받았다거나 활동한 내역이 없었다. 블러그나 트위터 계정을 따로 사용한 흔적도 없었다. 인터넷 즐겨찾기에도 조회수가 높은 요가 동영상이나 식이 조절법 등의 링크가 전부였다.

세아는 기록을 남기지 않는 성격이었을까? 기록에 남기지도 않을 거라면 사진은 왜 이렇게 많이 찍은 것일까.

세아는 내친김에 휴대전화를 꺼내 입원한 사이에 온 문자들을 확인했다. 별다른 것은 없었다.

고개를 들며 한숨을 내쉬던 세아가 베란다 너머, 옹기종기 모인 화분들을 발견했다. 몇 개가 되지 않는 화분들은 아직 싱싱하게 살아 있었다.

"음?"

입원 기간이 3주씩이나 되었는데 화분들이 살아 있어?

무아가 들렀다가 와서 줬나?

세아는 의문을 품으며 시들시들해 보이는 화분 몇 개에 물을 주고 오피스텔을 탐색했다. 요가에 썼을 법한 음악들과 요가나 필라

테스에 관한 책들이 잔뜩 발견되었다. 요가 강의를 위해 휘갈긴 강의록 같은 것이 끼어 있기도 했다. 개인적인 메모나 스케줄 노트, 심지어 가계부 같은 것들도 발견하기 어려웠다.

"끄응."

고민하던 세아는 잠시 낮잠을 잤다. 그 뒤 간식을 먹고 집 안 탐색에 나섰다. 그러곤 이세아의 것이 아닌 물건들을 집 안 곳곳에서 잔뜩 발굴해냈다.

거실에서 경제 잡지와 넥타이핀, 남자 양말 한 짝을. 욕실에선 푸른색 칫솔과 남성용 가운, 면도 크림과 면도기들을. 안방에서는 남성용 화장품과 남성용 시계, 커프스단추, 넥타이핀들, 남자 속옷들이 나왔다. 옷방에도 커버를 씌워놓은 탓에 보지 못했던 남자 양복들과 넥타이, 와이셔츠, 남자 옷들이 다수 발견되었다.

취향과 디자인, 심지어 사이즈로 보건대 그것의 주인은 단 한 명, 하석주였다. 세아는 한숨을 쉬었다.

고개를 돌리던 세아의 눈이 베란다의 싱싱한 화분들에 머물렀다.

"물 준 범인이 그 남자였나?"

하석주의 물건 일부를 거실 탁자에 늘어놓던 세아의 표정이 심각해졌다. 별거를 했다는데 왜 하석주의 물건이 잔뜩 있는 걸까? 이혼을 하려 한 건 맞나?

하석주와 이세아의 사이는 생각보다 좋은 것 같았다. 심지어 자신과 그 사이에는 아이까지 생겼다. 이걸 어떻게 해석한다지?

세아는 한참이나 끙끙대다 머리를 비웠다. 고민해봤자 기억도 없는데 해답이 나올 리도 없었다. 하석주의 물건들을 다시 정리한 뒤 세아는 하품을 했다. 잠깐만 눈을 붙였다가 무아나 송 여사에게 연락할 생각이었다.

그러다 안방 침대에 기대기 무섭게 푹 잠이 든 모양이다.

온몸이 뜨거웠다.

누군가 제 몸을 잔뜩 애무해 달아오르게 한 것 같았다.

세아는 제 침대 옆에 선 남자를 올려다보았다. 남자의 몸과 얼굴은 완벽한 역광이라 그림자로 보였다. 하지만 그 낯익은 체취와 너르고 안온한 어깨를 가진 건 하석주뿐이다.

「당신이 왜 여기 있어요?」

세아가 물었다.

「우리가 아까 뭘 했는지 기억 안 나?」

남자의 목소리는 상냥했지만 동시에 장난기가 섞여 있었다.

「뭐, 뭘?」

남자가 불쑥 침대에 주저앉으며 시트를 내렸다. 세아의 몸은 놀랍게도 나신이었고 진득한 정사의 흔적들이 새겨져 있었다. 봉긋한 유실과 목과 쇄골에 걸쳐 붉은 키스마크들이 잔뜩 번져 있었다. 특히나 누군가에게 물어뜯긴 듯한 가슴은 마구 아렸고 다리 사이의 은밀한 부분도 지독하게 쓰렸다.

이건 대체 무슨?

「뭘 했는지는 기억이 안 난단 말이지?」

납작한 복부를 지나 검은 숲 아래로. 다리 사이의 습지로 내려간 그의 손이 불쑥 세아의 조갯살을 만졌다. 그 사이로 숨은 동굴과 젖은 핵을 자극하며 남자가 웃었다.

내 아내는
짐승

「거봐, 아직도 젖어 있잖아.」

젖어 있다. 그의 손가락이 그녀의 내밀한 살덩이들을 스치고 더듬었다. 그 감각만으로도 그녀의 내부에서 뜨거운 액이 울컥 쏟아져 나왔다. 그의 손가락이 가볍게 장난을 계속할 수록 제 다리 사이가 점점 젖어들고 있었다. 마치, 둑이 터지기라도 한 듯 제 안에서 무언가가 쏟아져 흘렀다.

「너무 뜨겁고, 들어갈 때마다 너무 좁아.

석주의 손가락이 젖은 꽃잎을 헤치며 안으로 깊숙이 침투했다. 입구를 슬쩍슬쩍 자극하는 것만으로도 모자랐던 지 세아의 질은 남자의 손가락을 탐욕스럽게 집어삼켰다.

그의 손가락이 그녀의 몸 안에서 움직였다. 그의 은밀한 내벽을 훑고 자극하고 힘차게 드나들고 있다. 단지 손가락이 움직일 뿐인데도 입에선 옅은 신음이 흘러나왔다.

뜨거워, 당신이 날 휘저어줘.

하석주가 필요해.

남자가 다가왔다. 순식간에 알몸이 된 남자가 세아를 제 몸 위로 끌어당겼다. 세아는 이미 준비가 되어 있었다. 그녀의 몸이 나비처럼 사뿐히 내려앉았다. 남자로 성난 제 페니스 위로 그녀의 동그란 엉덩이를 받쳐들고 제 몸 위로 내려 꽂았다. 그와 함께 연결된 그녀의 몸이 바닥으로 추락했다. 제 몸과 연결된 그의 남성이 한없이, 깊게 결합되었다. 세아는 비명을 지르며 신음을 내었다.

남자가 그녀의 허리를 잡고 들어올렸다가, 다시 그녀의 허리를 움직였다. 위로 상승했다가 다시 추락한다. 그것이 불규칙적인 리듬을 타고 반복되었다. 결합마저도 깊었다. 서로의 살과 살이 뜨겁게 마찰하며 야릇한 소음마저 발산했다.

남자는 기꺼이 자신을 내주었다. 세아는 그를 송두리째 집어 삼켰다.

희열에 들뜬 남자의 얼굴은 유난히도 또렷했다.

잔뜩 메마른 입술을 핥으며 그녀는 깨어났다. 꿈과 현실이 아직은 구분이 가질 않았다.

이마에서 미열이 났다. 온몸이 잔뜩 뜨거워졌다.

바깥을 보니 벌써 저녁, 어둑어둑해진 시간. 식욕이 아니라 성욕이 등천을 치는 밤.

"눈앞에 있으면 정말 덮쳐버리고 싶은데."

저도 모를 본능에 휘둘려 세아는 입맛만을 다셨다. 눈앞에 하석주가 있으면 당장이라도 침대에 눕혀서 먹어버리고 싶은데.

제 입안에서 뾰족한 송곳니가 돋아난 것 같지만 아무래도 좋았다.

불도 켜지 않은 어두운 거실 쪽에서 벨소리가 울렸다. 세아는 한걸음에 칠흑 같은 공간들을 유유히 지나쳐 거실 탁자에서 울리는 휴대전화를 집어 들었다.

하석주. 그의 전화였다.

"여보세요?"

- 세아? 오피스텔이야?

"네."

- 어디 아파? 목소리가 좀.

"그냥 자다 일어나서."

하지만 미열이 났다. 몸이 뜨겁다. 하석주가 필요하다. 아니, 남자가 있으면 덮치고 싶긴 하겠지만 그녀의 식욕을 돋게 하는 건 하석주뿐이다. 제발 와줘. 와서 당신의 몸을 바쳐줘.

"당신이 여기 화분들에 물 줬어요?"

- 그래. 영양제도 줬어. 말라죽을 것 같았거든.

세아는 점점 가라앉는 기분을 느끼며 소파에 기댔다. 하석주가 필요했다.

- 기분이 정말 좋지 않은가 보네. 그쪽으로 가던 길인데 나중에 갈까?

"아니, 와요. 당장! 내 몸 뜨거우니까 당장 오라고!"

뭔가 우당탕 쾅쾅, 하는 소리가 들린 것 같았다. 하지만 세아는 그 소리를 무시했다.

- ……뭔가 잘못 들은 것 같은데. 괜찮아? 이세아, 대답해. 배가 고픈 거야?

당신이 고픈 거다, 이 멍청아. 세아는 몸을 가눌 기운도 없이 흐느적거리며 소파에 기댔다. 여전히 전화기를 댄 귓가에서 기분 좋은, 하석주의 목소리가 들려왔다.

- 세아는 배고프면 힘이 없어. 그러니까 운동하고 난 뒤엔 뭐라도 좀 먹어. 하여간 귀찮게 한다니까, 이세아.

하석주에겐 그녀의 기억이 커다란 문제가 아니다. 세아는 제 혀를 다셨다.

문득 무언가가 상상됐다. 손이 많이 간다며 그녀를 향해 툴툴거리던 하석주가 그녀를 껴안아 일으키며 달래는 모습을. 그의 단단한 품을. 기억을 잃기 전 그녀는 분명 그렇게 껴안기는 것을 좋아했다. 그의 포옹은 섹스만큼이나 황홀했다.

"와요. 하석주 씨 보고 싶어."

- 나, 덮치고 싶은 게 아니고?

"덮쳐줄 테니까 어서 와요."

그것은 오만한 명령. 하석주가 껄껄거리며 웃었다.

- 이제야 이세아답네. 갈게. 알아서 덮치라고.

미열에 시달리며 세아는 통화를 마무리했다. 그리고 제 손안에서 다시 진동하며 빛나는 휴대전화를 바라보았다. 여동생 무아의 전화였다.

받을까? 귀찮은데.

세아는 한참이나 그걸 내버려뒀다. 그리고 전화가 끊기자마자 수없이 뜬 부재중 전화의 숫자에 기함했다. 대체 몇 번을 건 건가? 배터리가 얼마 남지 않았을 정도였다.

그때 무아의 문자가 바쁘게 날아들었다.

- 언니 집에 있지! -

- 집에 있으면 대답해! -

- 집에 있으면 절대 누구한테 문 열어주지 마. 밖에 나가면 절대 안 돼! -

- 나가면 기네스북감이야! -

- 나가면 동물원 원숭이! -

- 바보! -

무아뿐 아니라 송순임과 아버지 이현축에게서도 문자들이 어지럽게 쏟아졌다.

- 딸아, 보름밤이다. -

내 아내는
짐승

- 너 힘을 다루지 못하잖니. -

- 그냥 어디 짱박혀 있어! -

"뭐지, 이건?"

뭔가 생각을 할 찰나도 없이 하석주의 문자가 다시 날아들었다.

- 가고 있어. 곧 도착. -

"음?"

곧이어 무아가 전화를 했다. 받자마자 무아가 냉큼 소리쳤다.

- 그 인간! 하석주 냄새가 나! 근방에 다가오고 있지! 그놈 오겠다고 한 거야? 오지 말라고 해! 와도 절대 문 열어주지 마!

대체 무슨 일인 거지? 세아는 전혀 이 사태를 감 잡을 수 없었다. 그것보다 몸이 뜨겁고 머리가 혼미해 죽을 것 같았으니까!

몇 분 후였다. 전화를 가만히 끊고 기다리는 내내 세아의 머리는 마냥 어지러웠다. 일어나려고 보니 몸이 뜨거워 그대로 주저앉고 말았다.

내가 왜 이러지? 내가 왜?

점점 머리가 아파졌다. 몸은 후끈 달아오르는 듯 가렵기까지 했다. 그리고 5분쯤 지났을까.

초인종 소리가 울렸다. 곧 석주의 목소리가 들렸다.

"세아야. 나야. 문 좀 열어줘."

그녀가 문을 열기 위해 일어난 순간, 근처에서 무아의 냄새가 강하게 풍겼다. 세아는 저도 모르게 코를 벌름거렸다. 아니나 다를까, 현관문 쪽에서 무아가 강하게 소리를 질렀다.

"어, 언니! 절대로 문 열어주지 마! 오늘 보름이야!"

게다가 현관문 쪽에서 대치하는 듯 요란한 바람소리가 들렸다.

설마 무아가 주먹질이라도 하고 있는 건가. 세아의 눈이 동그래졌다. 저 대사는 대체 뭐지? 보름밤이 왜?

습격은 무아가 먼저인 듯 했다. 무아를 피하려는 석주의 목소리가 화가 나 있었다.

"처제, 이거 뭐 하는 짓이야!"

"들어가지 마요!"

"내 물건 가지러 왔어!"

현관 앞에서의 대치가 시끄러웠다. 난투극이라도 벌이는지 복도쪽에서 와장창, 하는 소리나 쿠웅, 하고 벽이 울리는 소리도 들렸다. 무아의 살벌한 발길질 소리일까. 세아의 간담마저 서늘해졌다. 제 동생이긴 했으나 그 파워와 파괴력은 성인 남자들을 가볍게 날리기에도 충분했다.

"이세아! 문 열어!"

콰앙! 석주가 현관문을 때렸다. 세아는 저도 모르게 귀가 울리는 기분이라 머리를 감쌌다. 소리가 너무 시끄럽다. 냄새가 평소보다 너무 진했다. 제 몸이 뜨겁다. 말로는 설명 못 할 기분이 제 몸을 들뜨게 했다. 게다가 하석주의 냄새가 너무 강했다. 그 남자의 페로몬에 질식할 것 같은 기분이었다.

아아, 내 몸이 어떻게 되어가고 있는 거야?

유난히도 예민해진 청각과 후각 때문에 세아는 괴로워했다. 목소리들이 머릿속에서 쩌렁쩌렁 울려 퍼지는 기분이었다. 코를 벌름거리면 문 밖의 하석주 냄새가 너무 심했다. 아니, 그를 원해서일까. 온몸이 너무 예민해져 옷에 살갗이 스치는 것만으로도 너무 괴로웠다. 가슴이 마구 브래지어를 밀어내고 있는 것 같았다.

내 아내는
짐승

너무 시끄러워. 저 목소리들이 너무 울려. 듣고 싶지 않아.

일단 제 귀를 틀어막아야 한다는 생각에 제 얼굴 옆을 더듬던 세아가 계속 제 뒤통수와 머리를 만지작거리며 새파랗게 질렸다.

귀가 사라졌다!

대신 그녀의 머리 위로 털이 나고 뾰족한 짐승 귀가 돋아나 있다!

"이, 이게 뭐야!"

세아는 제 머릿속을 지배하던 야스러운 장면들을 모조리 날려 버렸다.

뒤이어 그녀는 간질거리는 제 엉덩이 쪽을 돌아보다 까무러칠 뻔했다. 만개한 꽃도 아닌데 신나게 머리를 쳐든 반투명한 꼬리뭉치, 꼬리다발들!

"꼬리? 꼬, 꼬리?"

그것도 여러 개. 아니, 꼬리들 단체!

"내 정체는 뭐야!"

세아는 하늘을 노려보았다. 초저녁인데도 환하게 하늘 위를 수놓은 보름달. 그녀가 컹, 하고 보름달을 향해 짖었다.

맙소사, 나 인간이 아니래!

5. 그들의 첫만남, 그리고 검진일

하석주가 이세아를 처음 만난 때는 1년 6개월 전이었다.

그들의 첫 만남은 참으로 특이했다.

석주는 그들이 조우한 레스토랑의 상호명은 떠올리지 못했다. 하지만 일류호텔 주방장이 차렸다는 로맨틱한 분위기의 레스토랑은 드라마의 배경으로 등장한 탓에 제법 유명한 데이트 장소라고 했다. 당시 석주의 데이트 파트너, 그의 쉰 번째 맞선녀는 그곳으로 그를 인도했다.

석주의 두 형들은 일찍 결혼해 자리를 잡았기에 하 회장은 석주역시 빨리 결혼하길 원했다. 그 와중에 새어머니 임만희는 제가 고른 여자를 석주의 짝으로 붙여 그를 휘두르고 싶어 했다. 그녀는 재벌가의 여자들이나 신분 상승을 원하는 미모의 여자들을 마구잡이로 맞선 상대로 골라 그에게 보냈다. 하 회장은 또 어떻게 구워삶았는지 이번 맞선까지 펑크내면 석주의 주식을 박탈하고 회사를 임만희의 아들에게 넘겨버리겠다는 경고까지 떨어졌다.

애인이 있어서 맞선을 보지 않겠다는 핑계도 통하지 않았다. 무엇보다 석주는 제가 일하는 회사가 임만희의 멍청한 아들에게 넘어가는 꼴은 볼 수 없었다. 데이트 딱 한 번. 석주는 그렇게 자신과 타협했다.

그렇게 만난 여자는 흔한 강남의 성형미인이었다. 심지어 보톡스의 붓기도 덜 가라앉은 얼굴이었다.

"안녕하세요, 하석주 씨."

여자의 이름은 기억조차 나지 않았다. 심지어 초면에 여자가 하는 이야기라곤 명품과 성형외과 이야기뿐이었다. 심지어 여자가 직접 예약했다던 핫한 레스토랑의 이야기에서도 마찬가지였다. 여자는 그렇게 한참이나 재잘거렸다.

"여기 이 레스토랑이요. 드라마에 등장했는데, 그때 여주인공이 무얼 들고 나왔는지 아세요? 시가 천만 원짜리 가방을 들고 나왔더라고요."

50년이 넘는 독특한 양식의 건물을 개조해 만든 레스토랑의 내부는 미로처럼 얽혀 있었다. 예약석으로 가기 위해선 웨이터가 그들을 안내해야만 하는 구조였다. 석주는 웨이터를 따라가다 한 여자와 정통으로 시선이 마주쳤다.

순간 묘한 전율이 몸을 타고 흘렀다. 그의 발걸음이 자동적으로 멈췄다.

단정한 크림색 원피스를 입은 단아한 미인. 석주를 보자 지루해하던 여자의 얼굴에서 생기가 되살아났다. 석주가 그녀를 향해 입을 열려던 찰나였다.

"석주 씨, 뭐예요?"

앞서 가던 석주의 맞선녀가 되돌아와 짜증을 내었다.

이 여자를 원해서 만나는 게 아니다. 석주는 맞선녀의 존재를 치워버리고 싶었지만 이 상황은 말 그대로 개떡 같았다. 그가 불쾌하게 인상을 써대려던 순간이었다.

"석주 씨. 그년 누구예요?"

느닷없이 끼어든 여자의 목소리에 잠시 모두가 얼어붙었다. 석주는 저도 모르게 여자를 돌아보았다.

단아한 얼굴을 한 세아의 대사는 참으로 강렬하고 살벌했다. 그녀가 아무렇지도 않게 석주를 향해 말을 내뱉었다.

"내가 다른 계집애랑 데이트 하면 죽여버린다고 하지 않았나요?"

맞선녀가 마구 그를 노려보았다. 석주는 묘하게 두 여자 사이에서 샌드위치처럼 낀 기분이 되었지만, 세아의 앞을 보고 그 상황을 이해했다.

세아의 앞에는 근육만 비대하게 키운 느끼한 제비족 스타일의 남자가 앉아 있었다. 석주의 옆에도 만만찮은 성형미인이 자리했다. 석주는 제게로 향한 여자의 도발에 대응하기로 마음먹었다.

그가 턱짓으로 근육남을 가리켰다.

"저 자식은 누군데? 피장파장 아닌가?"

"뭐예요?"

석주는 냉큼 여자를 붙잡아 일으켰다. 연극을 시작했으니 어설프지만 끝을 내야 했다. 그것이 이 이상한 현실에서 우아하게 도피하는 방법이었다.

"짐 챙겨. 여기서 싸우기 민망하니 밖에서 나가 싸우자고."

세아는 끌려 나가는 듯 백과 재킷을 챙겼다. 그녀의 앞에는 손도 대지 않은 파스타가 식어가고 있었다.

그들의 모습을 넋 놓고 바라보던 석주의 맞선녀가 반항했다.

내 아내는
짐승

"잠깐만 석주 씨! 저 여자 뭐예요? 당신 여자친구라도 되는 거예요?"

세아의 데이트남도 함께 외쳤다.

"세아 씨. 그 남자 아는 남잡니까!"

석주는 세아를 방패삼아 그녀의 팔을 들어 보이며 말했다.

"제 여자친구 맞습니다."

석주의 맞선녀가 더 당황했다.

"그, 그럼 맞선 왜 보기로 한 거예요!"

"싫다는데 아버지 때문에 억지로 끌려나온 겁니다. 애인 있다고 말하지 않았던가요? 그래도 무시하고 억지로 나오라고 한 건 그쪽 아닙니까? 그리고 세아 너! 맞바람 피우지 말라고 했지! 나가서 얘기하자고!"

상황은 작위적이었다. 하지만 초면인 세아와 석주가 그렇게까지 호흡이 잘 맞았다는 걸 그 자리의 누구도 눈치 채지 못했다. 고개를 숙인 세아가 순순히 그의 손에 끌려 나왔다. 심지어 그녀는 저를 붙잡으려는 데이트남에게 '사귀는 사람 있다고 했잖아요.'라는 말을 확인 사살까지 시켰다.

얼이 빠진 맞선녀와 근육남을 남겨두고 나오던 길, 그는 레스토랑의 주차장에 세워둔 스포츠카의 문을 열었다.

"일단 이곳을 탈출합시다."

석주도, 그때의 세아도 조금 미친 것 같았다.

"쫓아오기 전에 얼른 도망가죠. 따라오는 것 같네요."

세아의 냉랭한 말에 석주는 고개를 돌렸다가 레스토랑 입구까지 헐레벌떡 쫓아 나오는 그들의 데이트 상대를 목격했다. 놀란 그가 시동을 걸고 차를 출발시켰다. 세아는 안전벨트도 매기 전이라 좌석에 머리를 박을 뻔했다.

　레스토랑을 벗어난 차는 몇 분을 더 달리다 외진 골목 쪽으로 들어와 잠깐 멈춰 섰다.

　"더 따라오진 않겠지?"

　세아와 석주는 그제야 서로를 빤히 바라보다 박장대소했다. 말 그대로 초면. 어이없는 상황의 연속에 눈물을 짜낼 만큼 웃어대다 가 그제야 통성명을 했다.

　"이세아입니다."

　"하석주라고 합니다."

　"이런 경험 많으세요?"

　석주는 빙그레 웃었다. 어떻게 대꾸해야 할지 난감한 상황이었 다. 세아는 살짝 콧잔등을 찡그리더니 그의 체취를 맡았다.

　"인간이에요?"

　"네?"

　"보통 사람하고는 뭔가 다른 것 같아서요."

　"진부한 작업 멘트로군요."

　하지만 석주의 기분은 꽤 좋았다. 이 여자가 처음 볼 때부터 뭔 가 있었다. 아마도 첫눈에 반했다는 게 이런 느낌이려나?

　이세아는 내적 외적으로도 꽤 완벽해 보였다. 단아하고 귀여운 외모에, 자세히 보면 섹시한 몸매까지 겸비한 여자. 거기에 목소리 마저 고왔다.

　"어쨌든 세아 씨 고마워요. 그 맞선녀 지켜줬거든."

　"석주 씨? 저도 고마워요. 친구가 중간에 다리를 놔서 소개를

내 아내는
짐승

시켜주긴 했는데 애인이 있다는 말도 안 통하고, 자기가 헬스트레이너라고 하면서 운동하는 이야기만 해대다 보니 죽는 줄 알았네요."

과연, 석주는 고개를 끄덕였다. 그러다 어떤 생각이 들어 빙그레 웃었다.

"그럼 세아 씨와 나, 사귀는 사이가 된 건가? 아, 나보다 어린 것 같은데 반말 까도 되려나?"

"맘대로 해요. 그리고 나, 석주 씨 마음에 든 것 같으니까 사귀어도 상관없을 것 같은데요."

세아는 시원시원했다. 석주는 점점 더 그녀가 마음에 들었다. 세아는 시간을 체크하더니 되물었다.

"파스타가 질색이라서 안 먹었는데. 아, 배고파. 족발 먹고 싶은데 갈래요? 혹시 술은 좋아해요?"

하하, 석주는 웃었다. 솔직하고 돌발적인 여자가 마음에 들었다.

"족발집이 싫다면 껍데기는 어때요? 곱창은?"

어느 여자도 그와 처음 만난 날 족발이나 곱창을 먹자고 제의한 적은 없었다. 여자는 진지하게 '꼼장어?'라고 되물었다.

"당신처럼 생긴 남자가 내 이상형이라는 거 알아요?"

여자는 숨김없이 시원시원했고 석주도 그것이 좋았다.

"세아 씨. 전 여자들에게 인기는 좋은 편입니다. 외모는 되니까."

이후 족발집으로 자리를 옮긴 그들이 거나하게 주문을 했다. 여자 이세아는 텔레비전 속의 아나운서 뺨치는 우아한 모습으로 깡소주를 맨손으로 따고 족발을 물어뜯고 뼈를 잘도 발라 먹었다. 석주는 그 옆에서 국내 최고 대학의 화학과 출신답게 폭탄주를 제조하며 여자의 수발을 들었고 그들은 의기투합했다.

그 마지막 장소는 호텔이었다. 석주는 그날 그녀에게 잡아먹혔다. 뿌리까지 완전히!

그들은 그 밤을 보낸 뒤 사귀기로 결정했다.

그리고 1년 6개월 뒤, 현재.

「당장! 내 몸이 뜨거우니까 당장 오라고!」

세아의 그 한마디에 석주는 미친 듯이 속도를 냈다.

제가 들은 게 진짜일까? 아니, 저런 대사는 왜 한 걸까? 아내가 몸이 뜨겁다는데 가줘야지!

오피스텔까지 최단시간에 도착한 그의 마음은 초조했다. 당장 세아를 봐야 했다. 그녀의 오피스텔이 있는 층까지 올라가는 시간만 해도 아까울 지경이었다.

그렇게 세아를 보기 직전!

석주는 벼락처럼 나타난 처제 이무아가 오피스텔 문을 사수하며 말 그대로 '으르렁'거리는 초유의 사태와 목도했다. 무아의 눈에 핏발이 잔뜩 선 것 같은데 눈이 노랗게 빛난 것도 같고 긴 송곳니가 언뜻 보인 것 같기도 했다. 모든 게 눈의 착각일 것이다.

석주는 오피스텔 문 뒤의 상황에 귀를 기울였다. 분명 안에서 움직이는 소리가 났다. 심지어 무아도 귀를 쫑긋거리더니 고래고래 소리를 질렀다.

"어, 언니! 절대로 문 열어주지 마! 오늘 보름이야!"

석주는 현관문을 가로막으며 저항하는 무아를 보자 마구 화가 났다.

"처제, 이거 뭐 하는 짓이야!"

"들어가지 마요!"

"내 물건 가지러 왔어!"

변명 아닌 변명을 댔지만 이무아는 난폭했다. 석주가 서류 가방으로 무아를 걷어내려 했지만 무아는 그를 향해 덤벼들었다. 그를 때려눕히려는지 주먹을 불끈 쥐고 제가 아는 모든 무술을 동원하려 애를 썼다.

무술의 귀재라는 이무아의 강력한 발이 아슬아슬하게 석주를 스쳐 지나갔다. 이무아의 발이 휙휙 회전할 때마다 엄청난 소리가 났다. 무아의 발이 석주 대신 걷어찬 오피스텔의 벽이 쿠웅쿠웅, 멋대로 오피스텔 전체를 진동하기에 충분했다. 석주는 대한민국 건축법의 현실을 개탄하기에 이르렀다.

맙소사, 이렇게 약하게 건물을 지어도 되는 거냐! 여기가 삼풍백화점이냐! 동시에 석주는 자신의 회피 속도에 경의를 표했다! 세아와 석주가 신혼여행을 떠난 날, 임만희의 아들이 무아에게 수작을 걸려다 전치 4주가 되었던 것이 떠올랐다!

"이세아! 문 열어!"

석주가 무아를 피하며 현관문을 쾅쾅 때렸다. 그 뒤 날아온 무아가 현관문을 쿠웅, 또 발로 걷어찼다.

조용히 합시다! 좀! 밖에 나가서 싸워요!

옆집에서 항의하는 소리가 들렸지만 석주는 무아를 피하기에 바빴다.

문을 열었다가 두 사람의 난투극을 관전하게 된 옆집이 문을 닫으며 비명을 질렀다. 그와 동시에 세아의 오피스텔 안에서 자지러지는 비명소리가 들려왔다.

"이, 이게 뭐야!"

세아의 비명소리에 무아와 석주 모두 피하고 때리려던 행동을 멈췄다. 어느새 무아는 사색이 되어 있었다.

"악! 벌써! 보름달이!"

"보름달이 뭐?"

무아가 단정하게 갖춰 입은 검은색 정장 단추를 마구 풀어헤쳤다. 유난히도 야성적으로 보이는 무아가 무척이나 섹시해 보이는 건 석주의 착각이었을까.

"늦었다."

누군가 그렇게 말했던 것 같았다.

그리고 한참 만에 세아의 오피스텔 안에서 소리가 들렸다.

"드, 들어와요!"

세아가 문을 열어주지는 않았다. 눈살을 찌푸린 무아가 잠시 코를 벌름거리며 킁킁 냄새를 맡더니 조심스럽게 비밀번호를 해제하고 문을 열었다. 아까와는 사뭇 다른 무아의 태도에 석주는 의아했다.

현관을 열고 들어갔을 때 거실은 캄캄했다. 무아가 왜 불을 켜지 않는 걸까 고민하던 찰나, 느닷없이 석주에게로 검은 인영 하나가 후다닥 날아들었다. 이불을 뒤집어쓴 거대한 날다람쥐 같은 형상의, 사람? 아니, 짐승이라기엔 너무 거대했다. 그것이 일순간 석주에게 찰싹 달라붙어 그의 입술을 물어뜯었다.

놀란 그가 입을 열기 무섭게 누군가의 혀가 입안으로 들어왔다. 공격적인 여자의 혀가 그의 안을 휘젓고 야만적으로 달려들었다. 입안에서 누구의 것인지 모를 피 맛이 섞였다. 여체와의 짧은 접촉과

내 아내는
짐승

정신없는 농염한 키스 하나에 석주의 몸이 후끈 달아올랐다. 이건, 세아다. 세아가 왜? 말 그대로 뜯어 먹히는 기분이었다.

석주는 그녀를 놓칠세라 키스에 열렬히 화답했다. 얼마나 이걸 바랐는지 모른다. 제게 달라붙은 그녀의 몸이 얼마나 따스하고 유혹적인지, 그가 얼마나 이걸 바라왔는지.

달콤한 비음이 그녀의 입안에서 그의 입안으로 메아리쳤다. 두 사람의 호흡과 숨결, 서로의 타액이 뒤섞이는 소리가 음란하게 어둠 속으로 퍼졌다. 그 소리에 석주가 흐릿하게 눈을 떴다. 저를 덮치는 여자의 몸을 한데 껴안으려 한 순간.

정신이 든 여자가 번쩍 눈을 뜬 것과 동시에 그의 몸에서 후다닥, 떨어져나갔다. 저를 덮치고 있던 따스한 온기가 사라져 석주는 정신이 얼얼했다.

"저기, 이제 불 켜도 돼요?"

무아의 목소리에 석주는 찬물을 뒤집어쓴 기분이었다. 그리고 불이 켜졌다.

거실 벽에 붙어 민망해하는 무아와, 거실 한가운데 이불을 뒤집어쓰고 앉아 있는 세아. 두 자매를 번갈아 살피던 석주가 민망해하며 헛기침을 했다. 석주의 물어뜯긴 입술이 아니었다면, 현실이라 믿기 어려운 순간.

석주는 세아가 심상치 않다고 생각했다.

어둠 속에서 덤벼들었던 용감무쌍함은 어디로 보냈는지 지금 세아의 상태는 이상했다.

긴 치마를 입고, 심지어 얇은 담요를 머리부터 뒤집어쓰고 얼굴만 내민 모습이었다. 감청색 긴 치마와 붉은 담요가 그녀의 하얀 얼굴과 대비되었다. 아까, 그녀의 몸이 유달리 뜨거웠던 것도 같은데.

"세아, 어디 아파?"

그녀는 식은땀을 흘리는 것 같기도 했고 그대로 주저앉아 움직이지 못하는 것 같기도 했다.

석주는 한숨을 쉬며 그가 들고 있었던 먹을거리를 내려놓았다. 그 봉지 안이 뒤섞여 음식들이 제 형상일지는 자신할 수 없었다.

"맛있는 냄새."

무아가 군침을 흘리며 그의 봉지로 달려들기 직전이었다. 석주는 무아를 힘껏 밀어내며 한숨을 쉬었다.

"처제. 세아 먹으라고 사왔어. 그런데 아픈 것 같은데. 지금 당장 병원이라도 가야지."

"병원 안 가도 돼요. 언니 나을 거예요, 금방."

"하지만."

"안 가도 된다니까요!"

무아의 신경질 섞인 대답에도 석주는 미심쩍었다. 세아는 지독한 건강체여서 자신과 함께 살면서 흔한 감기 몸살을 앓은 적도 없었다. 지금 그녀는 임신 때문에 좋지 않은 걸까? 세아는 여전히 움직이지 않았기에 석주의 걱정은 커졌다.

"거실에 있느니 침대로 가는 건 어때? 힘들면 옮겨줄 수도."

"괜찮아요. 손대지 마요. 것보다 뭘 사온 거예요? 언니, 배고파서 저런 걸지도 모르잖아요."

석주는 세아를 살폈다. 세아가 아까보다 안색이 좋아져 고개를 주억거렸다.

먹으면 낫는 걸까 궁리하며 석주는 제가 사온 것들을 펼쳐놓았다. 백화점 식품관에서 두서없이 쓸어 온 요리들은 무아와의 난투 극으로 인해 뭉개지고 일그러져 있었다. 치킨 샌드위치, 피자와 샐러드, 고기 도시락, 매콤한 국수, 핫도그 빵. 치킨 샌드위치와 핫도그 빵에선 알맹이들이 탈출을 했고 피자는 떡이 되어 있었고 샐러드는 터졌으며 국수는 양념이 샜다. 먹는 것에 지장이 없어 보이긴 했지만 형상을 잃은 음식들을 살피며 석주의 한숨만이 깊어졌다.

"나중에 제대로 사줄게. 이거 말고 먹고 싶은 건?"

무아가 끼어들어 대답을 가로챘다.

"쇠고기 육회! 언니도 좋아해요!"

"……참고하지. 그럼 싫어하는 건?"

"다우너 소요!"

석주는 어떤 반응을 보여야 할지 망설였다. 하지만 무아가 군침을 흘리며 먹는 와중에도 세아는 앉은 자리에서 엉덩이 한 번 떼지 않았다.

"세아, 정말 괜찮아?"

"괜찮아요."

세아는 조금 괜찮아진 듯 보이긴 했다. 헌데 무아가 그를 당장 쫓아내려 안달이었다.

"언니 몸이 좋지 않은 것 같은데 형부 가시면 안 돼요?"

"뭐? 하지만."

"언니 얼굴 봤잖아요. 음식은 저랑 언니랑 나눠서 먹을게요."

"하지만 키스를 해 온 건."

"언니 기억 잃었잖아요. 정상 아닌가 봐요. 그러니까 오늘 밤에 좀 푹 쉬게 하고 내일 봐요. 네?"

석주는 세아를 살피고 싶었지만 세아가 너무 불편해하는 것 같아 자리를 털고 일어났다. 그와 동시에 두 자매의 얼굴에 서리는 안도감이 참으로 불쾌했다. 이세아에게 휘둘린 기분이랄까. 아직 그의 몸은 식지 않아 이곳에서 나가고 싶지 않았다.

한참이나 미적거리다 겨우 일어난 그가 현관 입구에서 벗어던진 구두를 신다 자매를 돌아보았다. 그때 장인의 말이 머리를 스쳐 지나갔다.

"그런데 처제, 세아. 왜 장모님과 장인어른이 짐승 타령에, 세아가 임신한 아기가 혼혈이니 뭐니 하는 말들을 하는 거지?"

"글쎄요?"

석주의 질문에 세아와 무아, 두 자매의 얼굴이 사색으로 변했다. 심지어 세아의 목소리는 떨리기까지 했다.

"모, 몸 좋을 때 다시 보는 게 조, 좋겠어요."

뭔가 조짐이 심상치 않았다. 석주는 여전히 나가지 못하고 미적거렸다.

"으음."

"안 가요?"

세아의 재촉에 그는 세아의 등 뒤에서 살랑이며 움직이는 꼬리를 본 것 같았다. 단 일순간, 아주 짧은 찰나. 어쩌면 몸이 좋지 않은 건 세아가 아니라 그일지도 몰랐다. 사람에게 꼬리가 있다니, 그것도 하나가 아니라 여러 개라니 말이 안 되잖아. 그것도 다름 아닌 그의 아내, 이세아에게!

"다시 올게."

황급히 인사를 남기며 석주는 그 자리를 떠났다. 오피스텔을 빠

내 아내는
짐승

져나오던 그는 세아의 오피스텔 책장 사이에 숨어 있던 어떤 생뚱맞은 책 제목 하나를 떠올렸다. 요가와 필라테스, 생활체육 교재들 사이에서 어울리지 않는 괴상한 책 하나.

'한국 구미호의 역사와 유래.'

왜 그것이 오래도록 기억에 남았는지는, 며칠이 지나도 이해하지 못했다.

다음날은 세아의 검진일이었다. 석주는 그녀의 불안한 상태가 떠올라 병원에 동행하려 했지만 오전과 오후 신상품 전략회의와 주주 총회 등에 관한 중요한 회의들이 연달아 잡혀 움직일 수 없었다.

석주는 결국 자신 대신 강 비서를 보내기로 했다. 남자이거나 미혼인 직원들보다는 세아와 안면이 있고 아이도 있는 강 비서가 적임자였다.

"귀찮겠지만 부탁해."

강 비서가 웃으며 고개를 끄덕였다.

"회의 자료는 정현욱 씨에게 넘겨줬으니 같이 참석하시면 될 거예요. 전 사모님 정기검진에만 갔다 오면 되는 거죠?"

"느긋하게 점심까지 해결하고 와. 세아가 어제 몸이 좋지 않아 보였으니 먹고 싶은 게 있으면 같이 먹고 오고. 그 참에 강 비서도 몸보신하고 오라고."

석주는 순순히 제 카드를 강 비서에게 넘겼다. 강 비서가 의아해했다.

"사모님 어디 아파요? 어디가?"

"아마도 몸살이라던가?"

"하긴 날씨가 변덕스럽잖아요. 곧 장마철도 올 거고. 여름감기 걸린 사람도 많더라고요."

"그렇겠지."

석주는 머리를 끄덕였다. 아암, 꼬리라니 내가 잘못 본 게지.

"뭐 임신했을 땐 감기약도 먹기 꺼려지니 가벼운 감기도 오래가기도 하고 그렇죠. 일단 갔다 올게요. 사모님 뵙고 오면 저도 연락할게요."

"그렇게 해."

석주는 강 비서에게 전화를 잘 받지 않는 세아의 휴대전화 번호를 비롯해 무아의 것과 병원 주소까지 알려주었다.

"세아는 아마 처제랑 같이 동행할 거야. 병원이 내비게이션 찍어도 찾기 어려우니 참고하라고."

"알겠습니다."

강 비서가 나가고 그는 회의에 참석했다. 엿가락처럼 늘어지는 회의에 그가 강 비서의 메시지를 확인한 건 점심시간을 막 지날 무렵이었다. 40분 전쯤 도착한 강 비서의 메시지는 간단했다. 검진을 마치고 나온 자매와 만나 점심을 먹는다는 문자였다.

석주는 세아에게 전화를 했다가 그녀가 받지 않자 강 비서에게 연락했다. 강 비서는 꽤나 활기차게 대꾸했다.

- 사모님 일행이랑 방금 전에 헤어졌어요. 따로 차를 타고 오셔서 점심만 먹었네요.

"세아 상태는 어때?"

- 아기 초음파 사진도 봤는데 아기가 작아서 뭐라 속단하기 이르더군요. 뭐 세아 씨는 활기차 보이던데요.

내 아내는
짐승

"세아 아프지 않았어? 어디 아프다거나, 열이 있다거나."

- 아뇨. 전혀요.

석주는 안도했다. 그래, 어제저녁은 그가 아마도 제정신이 아니었던 모양이다.

"그래? 점심은 뭐 먹었는데?"

- 두 자매 분 드시고 싶어 하는 국밥이랑 수육이요. 저도 곧 회사로 복귀할게요.

"급할 것 없으니 천천히 와. 세아가 전화기 꺼놓은 거면 처제에게 전화할 거니까 걱정 말고."

- 알겠습니다.

석주는 세아의 몸이 괜찮아진 것이 다행이라고 생각했다. 그래도 어젯밤의 상태는 미심쩍었다. 그녀는 타고난 건강체였고 매달 음력 보름 때를 제외하고는 아픈 적도 없었다.

잠깐만, 음력 보름? 확실히 그때는 각방을 썼었다.

"왜지? 왜 하필 음력 보름이지?"

몸이 뜨겁다고 했던 세아의 말, 그녀의 저돌적인 키스. 세아에게 물어뜯긴 입술은 아침이 되자 작은 흔적밖엔 없었지만 입술이 닿았던 감각만은 여실했다. 왜 키스했냐고 물어보고 싶었지만 세아가 휴대전화를 꺼놓았던 터라 통화 불가. 결국 석주는 무아에게 전화를 걸었고 세아와는 또 통화를 하지 못했다. 세아가 자신을 피하는 것 같았다.

세아가 이혼을 요구한다 한들 그녀와 계속 살 수 있을 거라 자만했다. 하지만 임신했다 해도 기억이 없는 세아가 그를 받아들여야 할 이유는 없다. 기억이 없는 그녀는 자신을 사랑하지 않는다.

강 비서는 돌아왔다가 아이가 아프다는 소식에 조퇴를 신청하고 퇴근했다. 별것 아닌, 있을 수 있는 일인데도 석주는 강 비서의 다급한 모습에 심란해졌다. 세아도 얼마 전 사고를 당했으니까.

그날 오후 내내 일이 손에 잡히지 않고 있었다. 마침 강 비서 대신 비서실에서 차출된 신출내기 정현욱 비서가 그의 방을 노크했다.

"손님이 오셨습니다."

"누구?"

키가 멀대 같이 큰 젊은 남자 정 비서는 눈이 즐거워서인지 반달을 그렸다. 정 비서를 밀치고 들어온 것은 시스루 소재의 검은 블라우스에 미니스커트를 입어 각선미를 잔뜩 뽐내는 여자였다. 붉은 립스틱을 바른 여자를 발견한 석주의 얼굴이 처참하게 일그러졌다.

"누가 들어오라고 했지? 여긴 잡상인 출입금지야."

여자가 손을 흔들었다.

"별로 크지도 않은 회사에서 그런 거 따져서 뭐해요. 오랜만이에요, 나 잊은 거 아니죠?"

석주는 대답하지 않았다.

"임선혜를 잊었을 리는 없을 텐데요."

"이모를 잊을 리가 있나."

느닷없는 이모란 말에 여자의 입매가 비뚜름해졌다.

"어떻게 내가 당신 이모가 되나요? 만희 언니는 당신 아버지와 혼인신고를 하지 않았다고요."

"하지만 새어머니의 사촌 여동생이면 이모뻘 아닌가?"

"호적상으론 남남이죠. 그러니 가능성은 충분하잖아요. 당신과

내 아내는
짐승

나."

임선혜가 화려한 큐빅이 붙은 손톱으로 석주와 자신을 손가락질했다. 손톱뿐인가, 그녀는 알이 큰 화려한 반지들을 덕지덕지 끼고 있었다. 석주는 늘 스킨 톤이나 수수한 색으로만 정리를 하던 세아의 깔끔한 손을 떠올렸다.

"아무리 내가 미쳤어도 새어머니의 사촌 여동생에게 관심을 두진 않아."

"이봐요, 하석주 씨. 내가 상관 없다잖아요."

"나가."

"만희 언니도 상관없다고 했다고요!"

새어머니의 사촌 여동생. 결혼 전 쉰 번씩이나 맞선을 주선하려했던 것도 모자라 세아와 그를 이혼시키고 새어머니가 들이미는 여자. 석주는 몸서리를 쳤다.

임만희는 석주의 친모를 쫓아내고 그 자리를 차지했건만 그게 전부였다. 하 회장은 그녀와는 혼인신고를 하지 않았다. 석주의 형들에게도 영향을 끼치지 못한 여자는 상대적으로 나이가 적은 석주를 노렸다. 석주는 괘씸한 임선혜를 향해 불을 뿜었다.

"임만희가 어떻게 구슬렸는지 몰라도 난 불륜을 저지를 생각 없으니 꺼져!"

"무슨 말이에요? 이혼했잖아요!"

여자는 파르르 떨었고 석주는 코웃음을 쳤다.

"누가 이혼했다고 그래? 나가."

그는 비서를 시켜 임선혜를 강제로 끌고 나가게 했다.

"하석주! 미친 거 아니에요? 그 여자 기억상실증이라면서요. 그럼 정신병자란 거잖아요. 미친 여자랑 이혼 왜 안 해요? 어떤 미친 게 태어나려고요? 아니, 애초에 석주 씨 아이 아닐 수도 있잖아요!"

석주는 싸늘하게 웃었다.

"그 천박한 입 더 놀려봐. 죽여줄 테니까."

"뭐, 뭐야!"

"정 비서. 끌고 나가. 잡상인은 출입금지야."

"당신, 후회할 거야!"

"맘대로 해봐."

표독스런 여자가 끌려 나가고 사방이 조용해졌다. 석주는 순간 강 비서가 그리워졌다. 자신의 눈썰미 좋은 강 비서가 저런 천박한 임선혜 따위 이곳에 들일 리 없을 텐데.

임선혜를 상대한 그 잠시의 시간조차 아까웠다. 어쩌면 세아와 그들의 이혼에 대해 말을 흘린 건 실수한 건지도 몰랐다.

아니, 그전에 세아를 만나야 해.

석주는 망설이다 전화를 걸었다. 그녀가 전화를 받지 않아 문자를 날렸더니 세아는 약속시간과 장소를 지정했다.

그의 퇴근과 맞물리는 저녁 7시. 그녀의 오피스텔 옆 건물의 커피숍.

석주는 조금 이른 퇴근을 하려다 문득 결혼식 때의 그녀를 떠올렸다.

장미와 알스트로메리아, 유채꽃이 뒤섞인 컬러풀한 부케를 들고 어깨를 드러낸 전통적인 튜브톱 스타일의 웨딩드레스를 입었던 여자는 너무 아름다웠다. 그의 아내가 되기 위해 세아가 그에게로 걸어온 순간, 그는 온 평생을 다해 그녀만을 옆에 두리라 맹세했다.

내 아내는
짐승

여자는 그에게 평생의 짝이었다.

유럽으로 간 신혼여행에서도 그 사실을 절실하게 깨달았다. 이후에도 이어진 전국 식물원 투어와 매 계절마다 간 제주도 여행에서도 그 사실을 뼈저리게 느꼈다. 너른 장소를 선호하는 그녀는 야외에 나올 때마다 그를 보며 환하게 웃었고 늘 이렇게 말했다.

「사랑해요, 석주 씨 사랑해요.」

그 말이 석주의 뇌리에 사무쳤다.

그의 생활에 세아는 너무 깊게 박혀 그 쐐기를 뽑아낼 수 없을 것 같았다. 이세아가 없는 자신의 생활 따위 이제 상상조차 가질 않았다.

"왔어요?"

세아는 무릎 위까지 오는 하얀 레이스 원피스 위에 얇은 카디건을 걸친 차림이었다. 피부 화장을 하고 립글로스를 바른 듯 어제보다는 훨씬 생기 있어 보였다. 석주의 시선이 그녀의 도톰하고 윤기나는 입술에 머물렀다.

그녀가 따스한 레몬차를 주문한 뒤 석주와 마주 보았다. 차가나올 동안 그녀는 말이 없었지만 어제 이불을 뒤집어쓰고 제 입술을 물어뜯으려 한 여자와는 마치 다른 종류의 사람 같았다. 게다가 뭔가를 결심한 듯 결연해 보이기까지 했다.

"저녁은 먹었어?"

불안감을 억누르며 석주는 질문했다.

마침 차가 나온 것이 다행이었다. 세아가 대답하기 전 그는 그들이 주문한 차를 가지러 자리를 비워야 했다.

그는 아이스커피를, 그녀는 따스한 레몬차를 앞에 두었다. 레몬차로 목을 축인 그녀가 제가 가져온 커다란 에코백에서 두툼한 파일첩 하나를 꺼내 내밀었다. 낯익은 그들의 이혼계약서. 석주의 간담이 서늘해졌다.

"여기 자잘하고 쓸데없는 이야기들은 많던데 아기에 대한 언급은 없더라고요."

세아가 지적한 대로였다. 아기에 대한 조항이라곤 변호사들에 의해 삽입된 형식적인 문구가 다였다.

'이혼을 진행하거나 이혼 후 두 사람의 아이가 생겼을 경우, 양육권과 양육비에 대해서는 쌍방 간 추후 합의하기로 한다.'

석주는 냉랭해진 세아를 응시했으나 그녀가 무얼 요구할지는 생각하고 싶지 않았다.

"일단 이혼은 진행하고 아기에 대해서는 계약서대로 추후 의논하는 게 좋을 것 같아서요. 임신 초기엔 유산도 잘 된다니까 아이가 제대로 태어날 수 있을지 없을지도 모르잖아요?"

"병원에서 무슨 일 있었어?"

"아무 일도. 아직은 너무 작아서 확인하기 어렵다고 하더군요."

이후 세아의 말이 청산유수처럼 이어져 그가 끼어들 틈이 없었다.

"하석주 씨가 이혼을 원하지 않는다고 하기에 생각해보니 아기 때문일 수도 있다는 결론에 도달했어요. 최악의 경우 아이를 뺏긴다면 난 억울할 테고요. 아이가 태어난다는 전제하에 호적에 생부로 이름을 기재하고 양육비 지급이나 주말 교섭권 정도는 양보할 수 있을 것 같아요."

석주의 머리가 지끈거렸다. 이혼도장을 찍지도 않았고 그들의 아기는 초음파 사진에 나오지 않을 정도로 너무 작았다! 석주가 소유욕을 느끼는 건 아기 때문이 아니었다. 그건 이세아 때문이었다!

거기에 세아는 의미심장한 말을 던졌다.

"만약에요. 기억을 잃지 않았을 때의 이세아가 반드시 하석주와 헤어져야 하는 이유가 있었다면 납득하겠어요?"

"이유를 모르니 대답하지 못해. 당신은 알아?"

세아가 낮게 한숨을 쉬었다.

"어떻게 말해야 할진 모르겠는데, 이혼해야 할 이유는 알 것 같더라고요."

"그러니까 뭐?"

"설명하기 힘든데, 간략하게 요약하자면 내가 짐승이라잖아요!"

"짐승? 무슨 짐승?"

"이백 년 묵은 구미호요."

"……."

석주는 얼이 빠져 머리를 흔들었다.

"지금 나 놀리는 거지?"

자신의 아내가 정신병원에 가야 하는 건 아닐까. 석주는 심각하게 고민했다. 혹여 누가 훔쳐듣기라도 할까 경계를 늦추지 못하고 주변을 두리번거리기까지 했다.

"일단 자리를 옮기자."

"어디로요?"

"세아의 오피스텔로. 곤란해?"

"알았어요."

고민하던 세아가 자신의 오피스텔로 석주를 이끌었다. 마침 무아는 자리에 없었다.

세아는 그가 따라오는지 확인하지도 않고 소파에 턱하니 자리를 잡았다.

"처제는?"

"혼자 있고 싶다고 했어요. 충격이 커서."

"무슨 충격?"

석주는 그녀가 조금, 혹은 꽤나 넋이 나간 상태 같다고 생각했다. 그녀가 미간을 찌푸렸다.

"음. 어떻게 설명해야 할지, 말해도 좋은 건지 모르겠는데. 하여간 내가 짐승이었다네요."

"하아."

내 아내가 미쳤습니다. 아니면 이혼하려고 미친 척하는 중입니다. 어느 쪽일지 그는 심각하게 고민했다. 어제 키스한다고 덮칠 때부터 이상하다 싶었다. 분명 어제는 제정신이 아닌 게 맞았다.

"짐승이라면 증거라도 있어?"

문제없다는 듯 세아가 고개를 주억거리며 말갛게 웃어 보였다.

"그거라면 뭐. 나 꼬리 여러 개였어요."

"꺼내보시든가."

세아는 한참이나 기합인지 용을 쓰는 것 같았다. 홍당무처럼 얼굴이 달아오르는 것 같고 엉덩이 쪽에 힘을 주려는 것 같더니, 다시 한참의 시간이 지났다.

"……똥 마려운데요."

"……갔다 와."

내 아내는
짐승

세아는 힘을 주려다 말고 혼잣말을 했다.

"분명히 꼬리가 있었는데 왜 안 나오지?"

"……."

화장실 앞으로 도도도, 움직이던 세아가 그를 돌아보며 물었다.

"나 꼬리 여러 개던데 본 적 있어요? 그래도 같이 살았다면서
요."

"없어. 화장실에나 갔다 와."

석주는 깊은 시름에 잠겼다.

드디어 내 아내가 미쳤습니다! 아오!

6. 이세아의 정체는 무엇일까요?

보름밤. 달이 원형을 그리는 밤.

사방에 음기가 넘실거리는 밤.

인간들 사이에 숨어 사는 반인반수들은 발정을 하고 때로는 태초의 모습을 드러내기도 한다.

……라는 걸 믿을 것 같냐?

세아는 한껏 반항했다. 원래라면 믿고 싶지 않았다. 하지만 증거가 눈앞에 있다!

"이세아는 구미호야."

세아는 무아의 말에 제 엉덩이 쪽에서 뻗치는 하얗고 반투명한 꼬리들을 응시했다. 하나, 둘, 셋, 넷, ……일곱인가 여덟인가? 꼬리들이 너무 많아 세다가 포기했다.

무아는 분위기를 내기 위해 형광등을 끄고 거실의 어둠 속에서 소리 없이 활보했다. 소리도 내지 않고 나비처럼 가볍게 움직이는 무아의 움직임과 무아의 등 뒤로 뻗친 꼬리들이 세아의 눈에도 선명하게 보였다.

평소에도 시력은 좋았지만 지금은 어둠 속에서도 모든 것들의 윤곽이 선명하게 눈에 들어왔다. 베란다 너머로 까마득히 먼 빌딩 숲도 코앞에 있는 듯 보였다.

"시력도 무서울 정도로 좋아진 데다 후각이나 청각도 좋아진 거 같은데?"

무아가 인정했다.

"언니, 이건 일시적이야. 보름밤에만 이렇게 돼. 오늘은 또 생각보다 달이 커."

"음기 충만한 보름밤에 이렇게 된다는 거야?"

무아가 고개를 끄덕여 동의했다. 날개처럼 펼쳐진 무아의 꼬리들은 생각보다 예뻤지만 부피감이 커서 오피스텔의 거실이 좁아 보였다. 무아의 눈이 어둠 속에서 노랗게 빛났다.

"언니, 많이 혼란스럽겠지만 원래 보름밤에는 다들 이렇게 변해. 게다가 우리는 피가 짙은 구미호 순혈족이라서 보름밤에는 변이하기 마련이야."

"그럼 몸이 뜨거운 건?"

"언니, 음기가 너무 충만해서 그렇지 뭐. 심지어 임신했으니 임신한 암컷은 호르몬이 다르잖아. 난 아직 별론데, 성체가 덜 되어서 그런가 봐."

순혈족이 무언지 아직은 아리송했지만 이제야 세아가 임신했을 때 가족들 전부가 혼혈을 울부짖으며 패닉이 된 것, 지나칠 정도의 좋은 시력과 후각이나 반사 신경 등이 이해가 가능해졌다. 물론 제가 발정한 것은 인정하고 싶지 않았다.

세아가 고개를 주억거리다 무아를 돌아보았다.

"그런데 너랑 나랑 가족인 거 맞아? 피를 나눈 혈연인 거 맞느냐고."

"송순임 씨도 현축 씨도 아버지 어머니 맞아."

무아의 말에 세아는 부모님과 자신의 나이를 애써 묻지 않기로 했다. 해독 불가능한 꿈속에 저와 어린 무아, 부모님들이 한복자락을 나부끼는 기억이 있더라니! 제가 짐승, 반인반수라는 것만으로도 충분히 버겁다!

하지만 애초에 이세아의 부모가 결혼을 반대한 이유는 알 수 있었다. 세아와 석주는 자식을 낳을 수는 있겠지만 이건 애초에 종(種)이 다른 결합이었다. 이를테면 사자와 호랑이 같은 타 종족이 한 쌍을 이루는 것 같달까.

무아가 설명했다.

"언니가 연애를 해도 결혼까지 할 거라곤 생각하지 않았어. 성체가 되어서 고른 상대가 인간이라니! 하석주가 아무리 페로몬을 풀풀 날려도 유혹에 굴복할 줄이야! 이백 년 나이 허투루 먹었다고!"

"거기까지만 해. 머리 아프니까. 게다가 나, 아직 기억 돌아오지 않았어."

세아는 손을 흔들어 무아의 말을 막았다.

이제야 겨우 구미호란 것을 깨닫고 인식하려는 찰나, 다른 것들까지 감당할 여력이 되지 않았다. 게다가 제 나이가 이백 살이라니! 내가 구미호라니!

머리를 긁적이던 세아가 문득 구미호의 전설을 떠올렸다.

"그럼 나 사람 간 먹어야 해? 간을 많이 먹으면 사람이 된다든가."

"안 먹어!"

무아가 발끈하며 설명했다.

"사람 간은 안 먹어! 물론 생간이 생식에도 좋지만 우린 어디까지나 인간의 간을 좋아하지 않아. 싱싱한 간이라면 좋아할 뿐이지. 그 차이를 알겠어? 우린 인간의 간을 먹진 않지만 지방간이나 간경화 같은 질병이 있는 간은 진짜 싫어해. 덧붙이자면 하석주 씨의 간도 무지 건강해! 냄새만 맡아도 알 수 있어!"

세아는 고개를 끄덕였다. 하석주는 간뿐 아니라 거시기도 건장하고 건강했다. 참고로 하석주가 지방간이었다면 원래 이세아가 골랐을 리 없다. 세아가 다시 무아에게 물었다.

"아참. 나 이백 살이라고 했어?"

"맞아. 언니는 이백 년 쯤 묵었지."

"그럼 넌?"

세아의 질문에 무아가 새침하게 꼬리 중 하나를 말아 올렸다.

"나야 언니보다야 어리지. 백팔십 년쯤 됐어."

무아의 갸르릉대는 목소리가 기분 좋게 들렸다. 세아는 콧방귀를 뀌었다. 200년이나 180년이나 그게 그거지.

고개를 돌린 세아가 자신의 무성한 꼬리다발들을 응시했다. 하석주가 치마를 안 들쳤던 게 다행이었다.

몸이 뜨겁다는 이유로 발정 난 것처럼 덤벼들어 키스하다니. 만약 그가 자신을 제대로 껴안기만 했어도 짐승 귀나 꼬리다발을 만지고 말았으리라. 그런 걸 떠올리니 간담이 서늘해졌다.

제 뾰족 솟은 귀와 풍성한 꼬리들. 그것을 반복해서 만지던 세아는 금방 울상이 되었다.

숨기려고 해도 이것들이 사라지지 않는다!

"이거 사라지지도 않고 들어가지도 않아. 어떻게 해?"

"보름밤이 끝나고 달이 질 때쯤 사라져. 아마 언니 그 꼬리들은 새벽쯤엔 희미해져서 아침이면 없을 거야. 그러니까 언닌 그전에 힘을 다루는 법을 배워야 해."

무아가 순혈 구미호의 상징이라는 금빛 눈을 반짝이며 설명했다.

"세상에는 말이야, 언니. 이족들이란 게 있어. 사람의 형태를 하고 있지만 사람이 아닌 것. 이해하자면 반인반수 같은 거."

"늑대인간 같은 거?"

"늑대인간들을 포함해 인어, 뱀파이어, 묘족, 토족, 우리들 구미호까지. 언니가 상상 가능한 모든 짐승들이 반인반수일걸? 사실 그간 언니가 기억이나 자각이 전혀 없어서 말할 수가 없었어. 심지어 반인반수들이 귀나 꼬리를 내밀고 병원을 활보해도 언니는 코스프레 하는 거라며 무시했잖아. 그런데 어떻게 말해."

"아아. 거긴 반인반수 전용 병원이었던 건가."

무아가 신나게 머리를 끄덕였다. 세아는 듣고 있기만 해도 머리가 지끈거렸다. 심지어 설명을 하다 말고 무아는 바쁜 일이 있는지 엉덩이를 잔뜩 들썩거렸다.

"너 바쁘니? 놀러 나갈 거면 빨리 나가, 정신없어."

자신이 구미호라면 구미호를 받아들이고 혼자 순응할 시간이 필요했다. 세아에겐 그랬다.

"알았어. 나 급한 일이 있어서. 하여튼 형부가 다시 돌아와도 문 열어주지 마. 꼬리는 자고 나면 사라질 테니까. 그전까지 여기 오피스텔에 처박혀 있어."

경고를 날린 무아가 느닷없이 베란다 쪽으로 나가 오피스텔의 창문을 벌컥 열어젖혔다. 그러다 방충망을 발견하고 맨손으로 은색 방충망 창틀을 우그러뜨리며 열었다.

"헐."

무아는 세아의 경악에도 아무렇지도 않게 웃었다.

"언니, 미안. 방충망은 나중에 물어줄게. 나 나가면 문 닫아."

"그런데 여긴 팔 층인데?"

"우리에겐 그 정도쯤은 상관없어."

무아가 바깥으로 몸을 던져 사라졌다. 세아는 제 꼬리를 돌아보면서도 귀신에 홀린 기분이었다. 세아는 제 점프력을 확인하려고 폴짝 뛰었다.

쿠웅!

세아는 머리를 천장에 부딪혀 바닥으로 똑 하고 떨어졌다. 그런데도 아픈 구석 하나 없다. 세아는 멍하니 입을 벌렸다.

아침이 되었다.

새벽까지 잠을 설치다 동틀 무렵 잠깐 잠이 들었던 세아는 일어나자마자 제 꼬리뭉치와 귀가 전부 사라졌다는 것을 깨달았다.

탐스러운 꼬리들을 만지고 물어뜯는 난동을 피우지 않았다면 꼬리가 있었던 사실을 꿈으로 받아들였을 터. 심지어 그녀가 뜯어낸 꼬리털 일부가 그녀의 몸에 묻어 있었다. 사실 꼬리털뭉치를 뜯어낼 때는 교통사고를 당했을 때보다 더, 오지게 아팠다.

"구미호는 진짜였나 보네."

세아는 옷방에 있는 전신거울에 제 모습을 비춰보았다.

세아의 짐승 귀와 아홉 꼬리는 사라져 있었지만 입안의 송곳니와 눈동자의 노란 광채는 아직 남아 있었다. 이것 역시 시간이 지나면 원래대로 돌아올 터였다.

자신이 반인반수, 구미호라는 사실을 알았을 때의 충격은 컸다. 하지만 보름밤 정체를 자각하자 이상했던 모든 것들이 납득이 갔다.

음력 보름의 강한 음기는 반인반수와 그녀의 야성을 일깨웠다. 세아의 꼬리가 갑자기 자라난 것도 몸이 뜨거워져 발정 증상을 보인 것 전부 다!

마침 휴대전화의 알림음이 울렸다. 체크해보니 병원의 오전 진료시간을 알리는 문자였다.

세아는 무아에게 전화를 걸어 함께 병원으로 동행했다. 병원으로 가던 길, 세아는 몇 번이고 자신이 구미호란 사실을 되새겼다. 하석주는 인간이다.

그래서, 아이는 인간과 구미호와의 혼혈이었다.

세아가 도착한 일산의 병원.

입원을 하고 검진을 오는 것은 이번이 두 번째. 세아가 구미호임을 자각하고 난 뒤의 진료는 이번이 처음이었다.

제가 반인반수, 구미호임을 자각하고 도착한 병원에는 말 그대로 신세계가 펼쳐졌다.

병원은 온갖 반인반수들이 넘쳐났다. 사람의 모습을 하고 있지만 반인반수들인 존재들이 과반수. 병원에는 온갖 짐승 족들의 체

내 아내는
짐승

향으로 넘실거렸다. 심지어 소아과 쪽에는 꼬리와 귀를 숨기지 못한 반인반수 족들의 어린 꼬맹이들이 절대 다수였다.

산부인과 진료실 앞에는 귀엽고 어린 토끼들의 모습이 캐릭터화 해서 붙어 있었다. 별 의미를 두지 않았던 그림이었지만 세아의 산부인과 담당의를 보자마자 알 수 있었다. 그녀는 다산으로 유명한 토끼 족의 암컷으로, 천 년 전부터 반인반수들의 산파로 일해온 가업을 이어왔다고 했다.

세아는 유치원에 온 것 같은 기분이 드는 명랑한 파스텔 톤의 진료실 인테리어를 살피며 여의사를 응시했다. 의사가 세아의 차트를 심각하게 관찰 중이었다.

"이세아 환자 분이 인간이라고 생각하시다니 이걸 어떻게 설명 해야 할지 모르겠네요. 보통 보호자 분들께만 귀띔해드리는 것도 본인이 아니니 한계가 있고. 게다가 이세아 환자 분의 남편은 인간이시네요?"

아, 이제 무슨 말인지 알겠다. 세아는 이해했고 무아가 끼어들었다.

"언니가 어제 보름밤이라 구미호인 걸 자각했어요."

"오오. 기억은 없으시다 해도 구미호인 걸 아셨다면 이제 숨기지 않아도 되겠군요."

여의사는 지금껏 입이 근질근질했었는지 쉴 새 없이 말을 퍼부었다.

"가임기의 암컷 구미호를 보는 게 얼마나 희귀한 경우인지 모르실 겁니다. 저만 해도 구미호 임신 환자가 처음이거든요. 맹수들은 초식계와는 출산 메커니즘이 다른데 특히 수명이 긴 구미호들은 순혈 늑대와 비슷하지요. 아마도 임신 기간은 최소 이 년에서 삼 년 사이인데 초반 아기의 성장은 더디다 칠 개월이 넘어서면 빠르게 자랍니다. 피검사를 해보니 대충 임신 육 개월 정도 되신 것 같은데, 아이가 인간과의 혼혈이라면 곧 빠르게 자라시는 걸 볼 수 있을 거예요. ……임신 중 유의사항에 대해서는…….”

여의사의 말을 흘려들으며 세아는 넋이 빠졌다.

임신한 지 6개월쯤 되었을 거라고?

“잠깐만! 그럼 임신한 건 언제부터 알 수 있나요?”

“음. 짐승들은 예민하고 특히 육식계는 사소한 몸의 변화에도 민감하죠. 가임기 암컷이라면 금방 알 수 있었을 겁니다.”

세아는 더 멍청해졌다. 초음파 사진을 추가로 찍고 몇 가지 검사와 유의사항이 일러지는 가운데 무아만이 즐거워 보였다.

“흐음. 그래도 애기가 아직 작아서 다행이네. 형부에게 보여줘야 하는데 초음파에 꼬리라도 찍히면 난감하잖아?”

“그게 문제가 아닌데.”

“그럼 뭐?”

“임신 기간 이삼 년이면 이 상태로 일 년 이상 있어야 하는 건데 임신한 지 반년은 됐다잖아!”

“언니 수명 이백 년이야. 그런데 그게 뭐?”

무아는 여전히 천진난만했다.

“이세아가 하석주에게 이혼을 요구한 이유, 임신 같은데?”

“아, 그러네.”

무아도 멍청히 고개를 끄덕였다. 세아의 기억은 여전히 오리무중이었지만 이혼의 사유는 확실해졌다. 반인반수들의 아기나 유아

내 아내는
짐승

들은 꼬리나 귀를 감출 수 없다는 말까지 듣자 더 심란해졌다. 심지어 여의사는 그들의 대화 중간중간 끼어들기도 했다.

"그나저나 희귀한 구미호 임신 환자도 모자라 아이가 인간과의 혼혈이라니 이건 학회에 연구서를 써야 할지도 모를 아주 희귀한 케이스입니다."

"희귀하다니요?"

세아가 물었고 토끼 족 여의사는 방긋방긋 웃어 보였다.

"말 그대로 희귀한 케이스죠. 더 정확히는 백 년에 한 번 있을까 말까 한 천문학적 확률의 케이스랄까. 인간과의 혼혈을 낳는 구미호들 중엔 순혈이 없습니다. 이세아 씨 같은 순혈이 인간과의 아이를 가질 확률은 거의 불가능에 가깝지요."

이런저런 여의사의 설명이 이어졌지만 세아의 심란함만이 더 깊어졌다.

병원에서 나오던 길, 석주의 비서가 병원을 찾다가 그들에게 연락을 취했다. 석주 대신 왔다는 비서는 세아가 멀쩡한 것을 확인하고서야 안도했다. 그녀와 병원 근처에서 가볍게 점심을 먹고 헤어졌다. 세아는 계속 생각에 잠겼다.

자신이 아직 구미호란 사실에 적응이 가질 않아 마냥 혼란스러웠다. 하석주를 대면할 용기도 나지 않았다.

인상이 좋고 서글서글한 강 비서는 친숙하게 굴었지만 세아는 그녀의 말을 건성으로 들었다. 그러곤 제 오피스텔로 돌아왔다. 무아가 바쁜 사교 생활을 위해 다시 약속을 잡고 나가는 것이 외려 반가울 정도였다.

혼자가 된 세아는 오피스텔에서 무아가 어제 맨손으로 우그러뜨린 방충망을 바라보았다. 이건 몰래카메라가 아니다. 자신은 구미호였고 하석주의 아이를 임신했다. 그것도 임신하기 어렵다는 천문학적 확률의 인간과 구미호의 아이를.

세아는 화장실 거울 속에서 제 모습을 빤히 바라보았다. 오피스텔을 다시 뒤지면 제가 구미호란 단서를 잡을 수 있을지도 모른다는 생각이 스쳐갔다.

세아는 제가 구미호란 것을 찾기 위해 오피스텔을 다시 헤집고 다녔다. 하지만 그녀가 찾아낸 거라곤 제 냄새가 나는 스웨터 한 벌과 책 한 권뿐이었다. 구미호의 꼬리털을 섞어 짠 스웨터, 한국 구미호 보존협회 편찬의 '한국 구미호의 역사'.

세아는 다시 오피스텔을 뒤졌다. 책장의 맨 하단에서 백과사전에 필적하는 이혼서약서도 발견한 건 그때였다. 신혼살림을 분할하려 집 안을 측정하고 변호사와 서기까지 동원해 작성한 치열한 흔적들을 보자 한숨만이 나왔다.

"대체 왜 만든 거야, 이걸? 왜 한 거야?"

혀를 차던 세아는 제가 이혼에 필사적이었다는 사실을 깨달았다.

200년이란 세월. 제가 구미호치고는 어린 편이라 해도 어쩌면 결혼은 즉흥적인 게 아니었을까. 인간과 아이가 생길 확률도 없는 순혈의 구미호 암컷이었으니 피임 걱정 따위는 하지 않았겠지.

구미호 가족들의 반응을 보자면 이세아는 임신한 적이 없는 듯했다. 개체수도 적은 순혈의 암컷이 하필이면 2세로 혼혈을 낳는다면? 이세아는 공포에 사로잡힌 건지도 몰랐다.

"후."

내 아내는
짐승

세아는 제가 하석주보다 170년은 연상이라는 사실을 되새겼다. 그리고 이제 어떻게 한다? 그녀는 손톱으로 이혼서약서를 찌르며 고민을 거듭했다.

세아는 그녀의 옷방에서 꺼낸 레이스 원피스와 긴 카디건을 입었다. 산뜻해진 기분으로 엷은 화장을 하며 기합을 넣었다.

하석주를 만나러 나가던 길. 가져갈 이혼서약서 파일첩을 커다란 에코백에 넣어 나갔다.

그의 퇴근 시간, 그녀의 오피스텔 근처 카페. 그녀는 따스한 레몬차를 주문하고 그와 마주 보았다.

"밥은 먹었어?"

상냥하게 말을 건네어 오는 양복차림의 하석주는 언제 보아도 참 섹시했다.

겉모습만 번드르르했다면 좋았을 텐데. 페로몬까지 끝내주지. 거기에 자상하고 자신을 좋아해주기까지 한다. 이러다 이혼을 못할지도 모른다.

세아는 제 결심이 변하기 전, 두툼한 이혼서약서를 내밀었다. 석주의 안색이 변했다.

"일단 이혼은 진행하고 아기에 대해서는 계약서대로 추후 의논하는 게 좋을 것 같아서요. 임신 초기엔 유산도 잘 된다니까 아이가 제대로 태어날 수 있을지 없을지도 모르잖아요?"

석주는 잠시 말문을 잃었다.

"병원에서 무슨 일 있었어?"

"아무 일도. 단지 아직 너무 작아서 제대로 확인하기 어렵다고 하더라고요."

석주는 충격을 받은 듯 심란해 보였다. 하지만 월령에 비해 아이가 작은 건 맞았다. 구미호의 자식은 무척 느리게 자라니까. 세아는 그 말을 꾹꾹 눌러 담았다.

기억을 잃은 이세아가 이혼을 하려 했던 건 그 비밀을 지키기 위해서다. 어쩌면, 하석주 앞에서만큼은 인간이고 싶었던 걸까?

"하석주 씨가 이혼을 원하지 않는다고 하기에 생각해보니 아기 때문일 수도 있다는 결론에 도달했어요. 최악의 경우 아이를 뺏긴다면 난 억울할 테고요. 아이가 태어난다는 전제하에 호적에 생부로 이름을 기재하고 양육비 지급이나 주말 교섭권 정도는 양보할 수 있을 것 같아요."

세아가 타협 가능한 건 그 정도가 전부였다. 아이는 앞으로 9개월이 지난다 해도 태어난다는 보장이 없었다. 태어난다 한들 성장도 더딜 터. 모든 게 엉망진창이었다.

"만약에요. 기억을 잃지 않았을 때의 이세아가 반드시 하석주와 헤어져야 하는 이유가 있었다면 납득하겠어요?"

"이유를 모르니 대답하지 못해. 당신은 알아?"

순간 그녀는 솔직하게 대답해버렸다.

"설명하기 힘든데, 간략하게 요약하자면 내가 짐승이라잖아요."

"짐승? 무슨 짐승?"

"이백 년 묵은 구미호요."

"지금 나 놀리는 거지?"

석주의 목소리가 너무 컸다. 누군가 들은 것 같진 않았지만 석주는 누군가 들었을까 조심스럽게 주변을 살피고 있었다. 그가 자

내 아내는
짐승

신을 짐승이나 반인반수로 믿을 거라곤 생각하지 않았다. 하지만 그는 그런 일말의 가능성조차 고려하지 않았다.

"일단 오피스텔로 가서 얘기하지."

세아는 고민하다 그를 자신의 오피스텔로 데려왔다. 그녀가 소파에 기대앉자 그녀를 빤히 바라보던 남자가 찜찜한 듯 물어 왔다.

"짐승이라면 증거라도 있어?"

증거야 많지. 세아는 흔쾌히 대꾸했다.

"그거라면 뭐. 나 꼬리 여러 개였어요."

"그럼 꺼내보시든가."

세아는 엉덩이 쪽에 잔뜩 힘을 주었다. 한참을 그렇게 힘을 주다 보니 잔변감이 아랫배 쪽에서 뭉쳐서 전달되었다.

"……똥 마려운데요."

으아아, 민망해! 그 이후의 대화가 이어졌지만 세아는 그 대화들을 모두 머릿속에서 지우기로 했다. 꼬리를 꺼내려다 화장실에서 커다란 변을 출산한 멍청한 구미호로 각인되고 싶지 않았다.

세아는 그 뒤 구린 냄새를 빼기 위해 한참을 노력해야 했다. 그 냄새가 가실 즈음. 그녀가 밖으로 나와 꾸벅꾸벅 조는 하석주에게 단언했다.

"꼬리는 안 나오지만 난 구미호예요! 이백 년 묵은!"

소파에 한쪽 턱을 괴고 비스듬히 기대앉은 그의 모습은 남성지 화보의 한 컷 같았다. 그가 나른한 목소리로 중얼거렸다.

"세아야, 우리 손 잡고 정신과 가자."

"구미호라니까!"

"응."

"그래서 우리 아이가 혼혈이라니까!"

"응. 응."

"아이가 꼬리 갖고 태어날지도 모른다니까!"

"그래, 그래."

석주가 스르르, 옆으로 널브러지듯 잠에 빠졌다. 세아는 답답해서 제 가슴을 두드렸다.

석주는 좁은 소파 위에서 팔다리를 불편하게 늘어뜨린 채 미동도 없었다. 곯아떨어진 남자의 눈가엔 짙은 그늘이 선했다. 겉모습에 신경 쓰는 남자가 옷이나 얼굴이 엉망이 된 것도 모르고 실신하듯 늘어진 모양새도 불쌍했다.

뭐라고 먹일까 고민했지만 적당한 먹거리가 없었고 석주의 단잠을 깨우고 싶지도 않았다.

세아는 고민하다 하석주를 공주님 안듯이 안아들고 안방으로 향했다. 남자의 팔다리가 길다 보니 제법 요상한 모양새가 연출되었지만 옮기는 데에는 문제가 없었다.

세아는 그를 침대에 내려놓고 이불을 덮어주었다.

그녀의 시선이 그의 말갛고 도톰한 입술로 향했다.

꼬리가 나온 그날 밤. 그가 해준 키스는 무지 좋았었는데. 지금도 맛보고 싶은 욕망만이 간절해졌다.

석주를 덮칠까 말까. 고민하던 세아는 침대에서 떨어져 나왔다.

아서라, 자게 내버려두자.

찰방거리는 물이 제 몸을 간질였다.

이곳은 욕실, 나무로 된 커다란 욕조 안. 제 몸을 감싸고 있는 남자의 강한 팔이 보였다. 늘어진 제 몸을 등 뒤에서 받치고 있는 건 든든한 남자의 품이었다.

「일어났어?」

젖은 머리카락이 옆으로 치워졌다. 남자의 입술이 그녀의 귀에 뜨거운 바람을 불어넣으며 목덜미를 핥았다. 전기적 자극에 의해 몸이 부르르, 저절로 경련했다. 그녀의 손이 욕조 가장자리를 짚자 남자의 짓궂은 손이 그녀의 양 가슴을 쥐었다. 너무 애무당한 가슴은 약간의 자극만으로도 뜨겁게 욱신거렸다. 붙잡힌 가슴만큼이나 문제인 것은 아랫도리였다.

그들은, 연결되어 있었다.

몸을 조금만 틀어도 깊게 연결된 서로의 몸이 인식되었다.

결합이 너무 깊었다. 서로 연결된 채 물 속에 함께 있는 것만으로, 묘하게 침몰하는 기분이었다.

「수영 좋아해?」

남자의 그윽해진 목소리만큼이나 제 몸 안에 남아 있는 남자의 존재가 점점 자라났다.

「잠깐만.」

남자의 불기둥이 그녀의 안에서 빠져나갔다. 세아는 그 틈을 타 욕조를 탈출하려 했지만 남자의 팔이 그녀의 허리를 휘감아 잡아당겼다. 탈출은 봉쇄되었다. 그녀는 남자의 품 안에 갇혔다.

그뿐이랴. 그의 손이 그녀의 부어 있는 여성 사이를 찔러왔다. 그녀의 클리토리스를 가볍게 스치며 자극하는 그의 손가락의 영민한 움직임에 세아의 입에서는 저도 모를 신음이 세어 나왔다. 남자의 낮은 웃음소리가 욕실 안을 울렸다.

그의 손 하나가 그녀의 뜨거운 여성 속을 들락거리는 동안 나머지 한손이 그녀의 날씬한 등을 쓸어 내려갔다. 그 손은 마지막으로 엉덩이 골 사이에 머물렀다.

손이 빠져나갔다. 그녀는 허전함을 도저히 참을 수 없었다.

「석주 씨 빨리!」

그녀의 애타는 재촉에 석주의 페니스가 그녀의 안으로 진입했다.

삐걱삐걱. 나무 욕조가 그들의 리듬에 따라 울었다. 세아는 나무에 이마를 댄 채 뜨거운 한숨을 토해냈다. 남자는 아직도 밀려들고 있다. 제 가느다란 날개 뼈에 깃털 같은 키스를 남기는 남자의 입술에, 세아는 머리를 돌렸다.

하나로 연결된 몸, 자신을 보며 웃는 하석주의 잘생긴 얼굴.

세아는, 최대한 유연하게 몸을 비틀어 남자에게 키스했다.

분명 사랑하지만 오래 갈 거라고 생각하지 않은 불같은 관계. 그래서 애욕밖에 남지 않은 사이였을까.

아니면 섹스로밖에 애정을 표현할 길이 없었던 걸까?

……멍하니 세아는 눈을 떴다. 그녀는 혼자 침대에 누워 있었다.

그녀는 정신이 완전히 돌아오길 기다렸다.

하석주를 떠올리자 몸이 다시 뜨거워졌다. 팬티가 촉촉하게 젖어 그녀를 음란하다 놀려대는 것 같았다.

"하석주."

세아는 하석주의 흔적을 찾아 두리번거렸다. 새벽 내내 침대에서 달게 잠을 자던 남자가 사라지고 없었다.

그녀는 남자의 흔적을 쫓아 오피스텔을 뒤졌다. 욕실에는 남자

내 아내는
짐승

가 남긴 샤워코롱의 잔향과 물기만이 남아 있었다. 식탁 위에는 그가 차려놓은 토스트와 에그 스크램블, 메모 한 장이 동봉되어 있었다.

깨워줘서 고마워.
밥은 차려놓고 갈게. 나중에 봐.
—석주가.
P.S. 남근이라고 부르지 말 것.

"고마워요, 남근 씨."

세아는 석주가 차린 아침식사를 했다. 그 뒤엔 석주에게 고맙다는 짤막한 메시지를 날렸다. 통화를 할까도 싶었지만, 조금은 이른 시간이었다.

그 뒤엔 부모님이 전화를 걸어 와 긴 통화를 해야 했다.

— 세아야, 너 괜찮니? 정말?

"괜찮다니까요."

— 너, 기억도 없잖아. 차라리 이쪽에 내려와 우리랑 같이 있는 게 좋지 않아? 너 홑몸도 아니니 차라리 우리가 널 보호해주는 게 좋을 것 같은데.

"제 나이가 이백 살이라면서요? 구미호로 쳐도 성인 아닌가요?"

— 뭐, 그렇긴 하다만.

송 여사는 말을 흐렸다. 세아가 구미호임을 자각한 이후, 이 교수와 송 여사는 무척이나 걱정이 많은 듯했다.

— 정말 거기서 혼자 괜찮겠어? 내가 지금이라도 갈까?

"어차피 여기 어머니가 계실 방도 없는걸요. 그냥, 전 여기 있는 게 마음이 더 편해요. 제 살림들도 있고."

- 그렇기야 하다만, 그래도 서울은 공기가 나쁘잖니.

"병원도 종종 다녀야 하는데 거긴 너무 멀어요."

- 아, 반찬 필요하면 보내줄까?

"괜찮아요."

세아는 불안감을 드러내는 제 부모 구미호들을 한참이나 달랜 뒤 무아와 함께 찾아가겠다고 약속을 하고 전화를 끊었다.

세아는 그 뒤, 한참이나 천장을 올려다보았다.

자신은 인간이 아닌 구미호다. 호적상의 이름은 이세아, 하석주의 아내.

그리고 그의 아이를 임신했다.

제 정체를 알게 된 이후에도 제 삶이 드라마틱하게 변화하진 않았다. 심란해져 한참이나 납작한 배를 노려보던 세아가 청소를 하기 시작했다. 먼지를 털고 환기를 하고, 설거지와 청소, 빨래까지 모조리 해치우자 이젠 더 이상 할 집안일도 없었다.

"이제 뭘 하지?"

그녀의 시선이 거실 한쪽에 돌돌 말린 요가 매트로 향했다. 드레스 룸에 걸린 요가복 중 한 벌을 꺼내고 거실에 요가 매트를 깔던 그녀가 문득 한 가지 사실을 떠올렸다.

제 명의로 된 요가 학원이 있다고 하질 않았던가?

세아는 시간을 확인했다.

아직 아침 10시도 되지 않은 시각. 움직이기엔 충분했다.

그녀는 곧장 무아에게 전화를 걸었다.

내 아내는
짐승

"무아야, 내가 운영했다던 요가 학원 어디에 있니?"

택시를 타고 찾아간 요가 스튜디오는 세아의 상상 이상으로 컸다.

큰 사거리의 대형 건물 5층 전부를 임대해 남녀 탈의실과 대형 샤워실까지 갖췄다. 심지어 큰 요가홀마저 일반반과 심화반 두 코스로 나뉜 상태였다.

세아가 스튜디오에 들어서자 한 사람이 인사를 해왔다.

"어서 오세요."

약간 긴 두상에 단발, 생글거리는 웃음이 인상적인 여자였다. 세아 또래로 보이는 여자는 요가 나시티와 요가 팬츠 위로 가벼운 카디건 하나를 입고 있었다.

그녀가 반달 모양의 눈을 뜨고 세아와 마주했다가 입을 떡하니 벌렸다.

"오, 원장? 세아야, 너 왜 이제 와?"

"어? 어."

"사고 소식 들었어. 무아가 전화 주긴 했는데 당장 문병가려고 해도 너 절대 안정해야 한다고 해서 참았는데 이젠 괜찮아, 응?"

속사포처럼 이어진 말에 귀가 시끄러웠다. 세아는 저를 친숙하게 대하는 여자의 말을 흘려들으며 문득 그녀의 냄새를 맡았다. 보통 인간과는 다른 체향이 풍겼다.

"너, 종족이?"

"뭐긴 뭐야, 늑대인간이지."

빙긋 웃으며 화답하던 여자의 표정이 변했다. 그녀가 무언가를 깨달았는지 무릎을 쳤다.

"아, 맞다. 너 기억상실증이라고 했지. 임신했다고도 하고. 너 이쪽 동네에 소문 파다해."

"소문?"

세아의 머리가 지끈거렸다. 단발 여자는 아무것도 아니라는 듯 손을 저었다.

"일단 원장실 가서 이야기하자. 나 오전 수업 하나 끝났으니까 오후까지는 수업 없어. 그리고 너도 기억 없다니까 까먹었겠네. 난 여기 부원장, 송지수. 그리고 너랑은 이십년 지기 친구."

"난 이세아."

세아는 벌써 지수가 친숙해진 느낌이었다. 지수는 밝고 활기찼다.

"이세아. 온 김에 수업이나 하겠어?"

"그건 곤란할 것 같은데. 기억이 없어서 말이야. 몸이나 풀러 왔는데."

"아아. 그럼 좀 있다가 수업 하나 시작할 거야. 일반반이지만 같이 듣고 감각 빨리 찾으면 되겠네."

세아가 옷을 갈아입자 지수는 세아를 수업으로 이끌었다.

세아는 여전히 체력이 좋고 유연했다. 늦은 오전의 수업을 한 탕 뛰고도 힘이 넘쳤다. 운동을 하니 잡생각이 없어져 더 좋긴 했다.

요가 부스에서 샤워를 하고 나왔을 때였다. 지수가 말했다.

"이세아 원장님. 가방에서 계속 뭐가 울려. 전화가 많이 오는 것 같던데."

"흐음?"

세아는 젖은 머리를 대충 수습하고 회원들과 인사를 했다. 나중 전화기를 확인해보니 기억에도 없고 등록되어 있지 않은 낯선 전화 번호가 부재중 전화 37통을 기록하고 있었다.

기분 나쁜 예감이 스멀스멀 등을 타고 흘렀다.

"모르는 번호니까 무시할래."

세아는 전화기를 모른 척했다. 집요하지만 모르는 전화에 신경 쓸 만큼 한가하지도 않았다.

지수와 오전 강사와 함께 점심을 먹은 세아는 이후 스튜디오로 돌아와 지수와 함께 학원에 대해 의논했다. 세아의 사고 이후 지수 가 세아의 몫까지 겸해서 뛰고 있는 데다 요가 스튜디오는 신경 써 야 할 것들이 너무 많았다.

스튜디오는 강의 시간마다 사람들로 북적였다. 세아가 당장 수 업은 할 수 없다 해도 스튜디오엔 원장 세아를 필요로 하는 일들이 너무 많았다.

세아는 자신이 운영했다던 요가 스튜디오에 대한 지수의 설명을 정신없이 듣고 있었다.

"세아야, 그런데 전화 계속 오는 것 같은데?"

세아는 가방 속에 든 휴대전화를 꺼내 확인했다. 부재중 통화 13건과 문자 25건이 추가되어 있었다. 배터리는 절반 이상이 소요 된 채였다.

그때 전화벨이 다시 울렸다. 고민하던 세아가 결국 전화를 받았 다.

"여보세요?"

퉁명스런 목소리가 수화기 너머에서 튀어나왔다.

- 전화를 받긴 하네. 이세아. 너 시어머니 전화를 이제야 받니?

"누구시라고요?"

느닷없이 시어머니라니. 뒤통수 제대로 맞은 기분이었다.

- 무슨 말이니? 시어머니가 전화한 것도 무슨 이유가 있어야 하니?

세아는 시댁에 대해 들은 기억이 없었다. 무엇보다 세아의 휴대전화에 전화번호가 없는 상대라면 사이가 좋지 않거나 상관할 상대가 아니란 뜻이다. 거기에 편집증적인 전화 테러라니.

세아가 되물었다.

"제가 얼마 전 사고를 당해서 기억이 없는데, 초면에 시어머니라고 주장하시는 분의 말을 어떻게 믿죠?"

- 너 왜 이렇게 시건방져진 거지?

"글쎄요?"

휴대전화의 여자는 마구 헛기침을 하더니 덧붙였다.

- 기억이 없든 말든 그건 내가 상관할 바는 아니고 시할아버지 제삿날이야. 네가 와서 제사를 챙겨야 하지 않겠니? 너 아직 석주와 이혼 안 했다며?

다박다박 따지는 여자의 목소리에선 신경질이 묻어났다.

"가야 하나요?"

- 오라면 닥치고 올 것이지. 왜 그렇게 토를 달아? 기억이 없으니 주소도 모르겠구나. 불러주마. 세 시까지 오렴.

여자의 통보에 세아는 시간을 확인했다. 2시를 갓 넘은 시간. 당장 출발해도 도착할까 말까였다.

- 아, 그리고 내가 불러주는 거, 네 차로 장도 좀 보렴.

내 아내는
짐승

"사고로 폐차했고 거기가 어딘지도 모르는데요. 가는 방법도 모릅니다. 교통편이 어떻게 되나요?"

숨이 끊어질세라 주소를 불러대던 시어머니 쪽이 할 말을 잃었다.

- 그, 그럼 너 지금 어디야! 당장 차 보낼 테니 대기하고 있어!

휴대전화는 다시 난폭하게 끊겼다.

옆에서 본의 아니게 전화를 경청하게 된 지수가 호기심에 눈을 반짝이고 있었다.

"미안한데 전화통화 하는 거 다 들었다? 정말 시어머니가 제사 지내러 오라고 하디?"

"응."

"하지만 그 시어머니인가. 하석주 씨 새어머니로 알고 있고 사이가 정말 나쁘던데? 너 명절 빼고 따로 인사 간 적 없어. 하석주 씨가 다 중간에서 끊었거든."

기억이 없는 탓에 세아는 지수의 이야기를 경청해야만 했다.

"내 시댁이라는 곳, 어떤 곳인지 알아?"

지수가 어깨를 으쓱했다.

"잘은 모르지만 가는 거 별로 안 좋아했어. 가는 날은 청담동 며느리 룩 같은 걸로 곱고 참하게 화장해서 조신한 척했지. 가서 성격 죽이고 온다며 아주 얌전떨고 왔다고 했는데. 차라리 네 남편에게 전화해보는 건 어때?"

석주에게 전화를 걸었지만 회의 중인지 받지 않았다. 사무실의 전화번호를 따로 알지 못했기에 세아는 갈까 말까 고민하다 쓸데없는 오기를 발동했다.

"차를 보내주신다는 데 편하게 갔다 오지 뭐."

세아가 눈을 반달 모양으로 만들며 웃었다. 지수가 가는 한숨을 더했다.

7. 시월드 오픈

세아를 데리러 온 차는 그녀가 전화를 끊은 지 정확히 한 시간 뒤, 요가 스튜디오 앞에 도착했다.

세아는 아침에 운동을 나왔던 편한 옷차림에 화장도 하지 못했다. 말 그대로 헐렁한 원피스 형 상의에 7부 레깅스에 운동화를 신은 차림이었다.

"막내 사모님. 모시러 왔습니다. 타시죠."

어딘가에서 본 듯한 검은 양복의 운전기사가 뒷좌석의 문을 열어주었다. 세아는 드라마에서나 본 듯한 재벌가의 풍경인가, 막연히 생각했다. 시댁에 돈이 많다는 이야긴 얼핏 들었지만 시어머니가 운전기사가 딸린 리무진을 보내올 줄은 몰랐다.

"잘 갔다 와."

지수가 건물 아래까지 와서 그녀를 배웅하며 손을 흔들어주고 있었다. 세아는 콧방귀를 꾸미며 일단 차에 올랐다.

한 시간 쯤 달려 도착한 곳은 서울 외곽의 부촌이었다. 으리으리한 전원주택들 사이에서도 하석주의 본가는 가장 압도적인 크기와 웅장함을 자랑했다.

세아는 기사가 안내하는 대로 완벽한 정원수들의 정원을 지나 현관 앞에 다다랐다. 현관을 지나 집 안으로 다다르자 최고급 대리석의 바닥재가 이어졌다. 살롱이나 특급 호텔 로비를 연상시키는 복도를 지나 도착한 금빛 응접실은 눈부실 지경이었다.

저질스럽고 천박한 영화 세트장 같은 응접실의 상석. 윙체어에 기댄 사모님이 세아를 흘겨 보았다.

선명한 진홍색 쉬폰 원피스에 나이를 알 수 없는 팽팽한 얼굴에 풀 메이크업을 한 여자. 미인이라 해도 괴팍한 인상에 너무 향수 냄새가 짙어서 세아는 아미를 찡그렸다. 구미호의 예민한 후각으로는 견디기 힘든 독한 향이었다.

여자는 세아의 캐주얼한 차림과 민낯을 위아래로 훑어보며 코웃음을 쳤다.

"오랜만이구나. 헌데 꼴이 그게 뭐니? 인사하는 것도 잊었니?"

"댁은 누구세요?"

"임만희. 너의 시어머니지."

"너무 젊어 보이셔서 놀랐어요."

세아의 앞뒤 잘라먹은 발언이 그리 기분 나쁘지 않은지 여자가 간드러지게 웃었다.

"난 석주의 새어머니. 그이가 젊은 여자를 좋아하거든."

세아는 얌전한 척 조신하게 눈을 내리깔았다. 그게 오히려 임만희의 마음에는 들었던 모양이다. 그녀가 부엌 쪽을 손짓했다.

기다리고 있었던 듯 붉은 원피스의 젊은 여자가 퉁명스럽게 와서 말을 던졌다.

"오늘 시할아버님 제사시니 도와야 하는 거 아시죠?"

"그런데 누구세요?"

내 아내는
짐승

세아는 눈앞의 젊은 여자의 정체를 파악하려 했다. 하석주에겐 나이차가 있는 두 형들이 있고 그 형들이 아내와 자식을 두었다는 걸 알고는 있지만, 이 여자는 이십대로 보였다. 석주의 혈육이라기 보단 오히려 젊은 시어머니와 판박이었다.

"혹시 제 동서이신가요?"

"허! 내가 그렇게 늙어 보이나, 진짜 기분 나빠."

손사래를 치던 붉은 원피스가 빠르게 말을 이었다.

"댁의 그 동서들은 전부 바빠서 저녁때쯤 올 거예요. 그러니까, 일 없는 사람이 와서 눈도장 찍고 일해야 하는 거 아니에요?"

세아는 저를 비웃는 듯한 젊은 시어머니와 붉은 원피스를 응시 했다. 제가 깔보였고 만만해 보이는 느낌이었다. 제 얼굴이 예쁘지 만 수수하게 생겨먹어 호구로 뵈는 탓일까. 세아는 심각하게 고뇌했 다.

"저 사고 난 지 얼마 되지 않아서 무리하면 곤란해요. 게다가 저 임신 초기인지라."

임신이라는 말에 두 여자가 움찔했다. 그러곤 날선 말들을 되돌 렸다.

"임신이 유세니?"

"맞아요. 누구나 다 하는 임신이잖아요?"

세아는 모든 걸 뒤엎고 싶었지만 참았다. 적어도 지금이 나설 타이밍은 아니었다.

푸념을 가장한 시어머니 임만희의 잔소리가 이어졌다.

"명절 때만 와서 입 발린 말로 잘도 어머니, 어머니 비위를 맞추 더니 기억이 없어져서 싹수도 없어진 모양이구나."

세아는 고개를 갸웃거렸다. 석주와 세아가 결혼한 지 고작 1년. 그중 반년 가까이 별거니 이혼이니 했을 터였으므로 실제 그와 함께 명절에 찾아왔던 건 기껏해야 두어 번이 전부였을 터였다. 기억이 없긴 했지만 이 시댁에 제가 자주 왔을 거라는 생각은 들지 않았다.

무엇보다, 손가락으로 꼽을 횟수로 방문했다면 가면을 쓰기엔 충분했을 터.

세아를 향해 임 여사가 소리쳤다.

"너 지금 임신해서 일하기 싫다고 핑계 대는 거 아니니?"

"시어머니."

"어디서 지금 바락바락 대들어? 지금 네가 시어머니를 우습게 아니? 어디서 하극상이야, 하극상이!"

"......"

"얼른 가서 일해!"

세아는 일단 머리를 숙이고 후퇴했다. 고분고분하게 부엌에 들어가긴 했지만 문제는 그다음이었다.

요리를 하는 건 문제가 아니었다. 다만, 제가 구미호임을 자각한 뒤 예민해진 오감 덕분에 제사 음식의 지독한 기름 냄새를 버티기는 힘들었다. 다행히 도우미들은 입덧이 예민한 것으로 착각하고 배려를 해주었지만 상황이 달라지는 건 아니었다.

"입덧이 심해서 어쩐데? 냄새 못 참겠어요?"

"참아봐야죠."

세아는 부엌을 벗어나기 힘들었고 화장실을 가기에도 눈치가 보였다. 심지어 도우미들과 말을 나누는 것도 눈총을 받을 정도였다.

내 아내는
짐승

보름밤이 며칠 전이라서일까. 앉아서 전을 부치는 동안도 좀이 쑤셨다. 스트레스 때문인지 세아의 엉덩이가 마구 들썩 거렸다. 억눌려 있던 꼬리가 마구 튀어나오기 직전이라 세아는 제 엉덩이를 가볍게 두들기곤 했다. 들썩이던 티셔츠 아래가 잠잠해졌다.

문제는 다른 곳에서 발생했다. 세아는 지독한 요리치였다. 다듬고 손질하는 것은 문제가 없었으나 부엌일을 하는 동안 일어난 사건사고는 헤아릴 수조차 없었다.

전기스토브에서 불이 날 뻔하고 설탕 대신 소금을 뿌리고 생선이 새까맣게 불에 탄 건 사고도 아니었다. 어디선가 날아온 야구공이 거실 창문을 깼고 그녀의 시동생이라던 고등학생 놈은 세아가 왔다는 말에 부엌 앞을 갸웃거리다 미끄러져 야단이 났다. 멀쩡하던 응접실의 장식용 스탠드가 떨어져 임만희의 머리를 깨뜨릴 뻔했으며 붉은 원피스의 여자는 멋대로 미끄러져 두어 번 비명을 지르기도 했다.

세아는 얌전히 앉아 있던 터라 범인으로 지목받진 않았던 게 그나마 다행이었다.

세아가 거실 쪽의 커다란 화병을 노려보았다. 대략 1미터 높이, 명나라 시대의 것으로 보이는 화병은 지진이라도 난 것처럼 마구 흔들렸다. 누가 넘어뜨린 것도 아닌데 멋대로 기울어지더니 완벽하게 박살났다.

이건, 구미호로서의 힘일까.

이런 저런 것들에 신경 쓰다 보니 세아의 휴대전화는 어느새 먹통이 되어 있었다. 보아하니 휴대전화 충전기를 빌려달라고 한들 먹힐 분위기도 아니었다.

세아의 기분은 최저점을 찍었다.

그렇게 두어 시간쯤 일하는 척했을 때였다. 시간이 벌써 6시에 가까워져 있었다.

"잠깐 나와보렴."

임만희 여사란 사람이 세아를 부엌에서 불러내었다. 세아는 엉거주춤하게 응접실 소파에 엉덩이를 대고 앉았다.

"석주랑 너 이혼 언제 할 거니?"

갑작스런 임 여사의 물음에 세아는 반발심이 치솟았다.

"아기 때문에 재결합하려고 생각 중이에요."

임 여사와 붉은 원피스의 얼굴이 찌그러졌다.

"석주는 그런 말 안 했는데 네 착각 아니니? 이혼소송 하겠다고 로펌 변호사들 불러놓고 한 달간 난리를 피우더니 막말로 육 개월 전부터 별거했는데 네가 임신한 거 누구 씨인지 알아? 아니면 지금이라도 석주에게 돈 뜯어내려는 거야?"

임 여사가 붉은 원피스를 제 옆으로 끌어당겼다.

"석주는 너랑 이혼하고 이 아이랑 결혼할 거다."

임만희 여사의 옆에 서 있던 붉은 원피스가 다소곳하게 눈을 내리깔며 자리에 앉았다.

이후 임 여사는 붉은 드레스, 선혜 양의 장점을 열거했다. 좋은 집안, 흠잡을 데 없는 학력, 품행 방정한 요조숙녀에 신부수업까지 완벽하게 마스터했으며 보시다시피 미모와 몸매가 미스코리아들의 뺨칠 정도라 했다.

세아는 요조숙녀라는 선혜 양의 야하고 값싸 보이는 미니 드레스를 응시했다. 완벽한 풀 메이크업의 그들에 비해 저는 화장은커녕

내 아내는
집승

펑퍼짐한 티셔츠 때문에 굴곡 자체가 드러나지 않아 우울했다.

헌데 그들의 서설(絮說)은 너무 길어 하품이 나왔다. 마침 임 여사의 아들이 대화에 끼어들었다.

"어머니, 그만하세요. 형수님 피곤하시겠어요."

"어머. 내가 좀 말이 길었구나, 호호. 우리 아들, 참 마음도 착하지."

임 여사는 석신을 칭찬하며 우리 아드님, 찬양을 해댔다. 정작 세아는 그 석신 도련님을 보자마자 공포에 사로잡혔다.

분명 입고 있는 것은 교복이고 나이가 십대인 모양이지만 귤껍질 같은 피부에 육중한 덩치와 어우러지는 노안의 얼굴은 족히 삼십대 중반으로 보였다. 암내는 어찌나 심한지. 그 악취에 세아의 정신이 반쯤 탈출하기 직전이었다.

마침 석신이 다분히 음흉한 시선을 보내오며 그녀의 옆에 앉았다.

"형수님. 안색이 좋지 않으시네요. 몸 상태가 안 좋으신가 봐요."

너희 모자 때문이라, 말은 못 하고 세아는 애매하게 웃었다.

"아, 네."

"몸매가 가늘지만 탄탄해 보이시네요. 가슴도 크시고."

세아는 말문을 잃었다. 석신은 여전히 느물거리는 얼굴로 그녀의 몸을 위아래로 스캔해보고 있었다.

"형수님이 인기 좋은 요가 강사라고 하시더군요. 저도 세아 형수님이 요가 하는 거 보고 싶어서 보러 갈까 했는데 형이 반대해서."

안타깝다며, 언제든 세아의 학원에 놀러 가도 되냐는 질문에 세아는 온몸을 바르르 떨었다. 제 몸을 훑는 듯한 석신의 시선을 견디는 것만으로 장하다 싶었다. 저놈이 요가 스튜디오에 왔다간 변태 출몰로 낙인찍혀 스튜디오는 영원히 문을 닫아야 할지도 몰랐다.

"들어가서 일해야 할 것 같네요."

"네 형수님. 자주 뵈어요."

별것 아닌 말에 세아의 온몸에서 식은땀이 주룩주룩 흘렀다. 팔에는 소름이 바싹 돋아 있었다. 석신의 말을 받아칠 용기가 나질 않았다.

석주의 시어머니나 선혜 양은 자신들만의 대화에 빠졌다. 세아는 석신이 뭐라거나 말거나 부엌으로 도피했다.

한 시간 뒤, 저녁.

세아의 시아버지, 일명 하현록 회장이 퇴근했다.

하 회장은 한 그룹의 수장답게 근엄하고 완고해 보이는 스타일이었다. 반백 머리에 키가 크고 나이보다는 훨씬 젊어 보이는 얼굴로, 석주와는 이목구비나 장신의 키가 꽤 쏙 빼닮았다. 세아가 회장을 향해 인사하자 그는 말문을 잃고 당황한 기색이 역력했다.

회장을 맞으러 나온 임만희 여사가 귀띔했다.

"아직 이혼서류 제출 안 했대요."

하 회장은 가만히 고개를 끄덕이더니 다시 방으로 들어갔다.

그 뒤 저녁식사가 차려졌다.

식사시간에 맞춰 석주의 두 형과 그들의 안사람들이 도착했다. 사십대 전후로 보이는 석주의 두 형들은 석주와 닮았지만 그보다는

내 아내는
짐승

훨씬 더 인상이 딱딱했다. 하지만 막내 석신과 달리 떡 벌어진 어깨에 키가 큰 헌칠한 타입들로 고급 양복들을 걸쳤다. 그들과 동반한 세아의 동서들은 차분한 프린트의 명품 원피스나 고급 정장 차림의 고상한 외모를 가진 여자들이었다.

하 회장이 세아를 본체만체한 것과는 달리 그들은 세아와 그녀의 옷차림을 살피며 의아해하는 눈빛이 역력했다.

"제수씨, 참 오랜만이네요."

하석주의 둘째 형이라는 하석민이 말했다. 세아는 머리를 갸웃거렸다.

"저번 설 때 보고 이번이 처음이긴 하네요. 못 알아볼 뻔했습니다."

하석주의 큰형, 하석정이 말을 보탰다.

"동서, 무슨 일로 여긴 온 거야? 이혼한다고 하지 않았어?"

하석정의 부인, 김민영이 또 말했다. 거기에 임만희 여사가 끼었다.

"사고로 망측하게 기억을 잃었다고 하더구나."

그제야 다들 세아의 교통사고 소식을 떠올린 듯했다. 인사치레긴 했으나 몸이 괜찮으냐는 말들이 한바탕 오간 뒤 식사가 이어졌다.

제사 음식들을 포함해 산해진미들이 식탁 위를 장식했지만 세아는 딱히 맛을 느끼진 못했다. 맞은편에서 세아를 보며 웃어대는 막내 석신이 원흉이기도 했다.

다정한 식탁을 기대하지도 않았지만 식기들이 달그락거리는 소리만 이어졌다.

하석주가 등장한 것은 저녁식사가 끝나갈 무렵이었다. 불쑥 집 안으로 들어온 그가 험악하게 인상을 찌푸린 채 식당을 둘러보다 세아를 발견했다.

"연락이 안 된다고 했더니 여기서 뭐 하고 있어!"

석주의 목소리가 히스테릭해졌다. 세아는 그에게 전화를 하려다 까먹었다는 걸 깨달았다.

"밥 먹고 있어요."

"밥이 넘어가?"

넘어갈 리가 있나.

"전화는 왜 안 받았어!"

"배터리가 다 되어서요."

모두의 시선이 세아와 석주에게로 날아갔다. 석주는 다시 이유를 추궁했다.

"시어머니가 전화를 계속 하셔서. 부재중 통화 50건에 배터리가 다 닳았더라고요."

"왜? 그래서 왜 여기 있는데?"

"소리 지르지 마요. 임신이 유세냐고 하시며 시할아버지의 제사를 도와야 한다고 하셔서."

"그러니까 그걸 네가 왜 해!"

세아는 느닷없이 눈물을 후드득 흘렸다. 그게 더 보기 싫어서였을까. 석주는 더 씩씩거리며 외쳤다.

"당신 시어머니는 미국에 있어! 저 여자 말 따윈 신경 쓰지 마!"

그 말에 임만희 여사의 얼굴이 사색이 되었다. 세아는 눈물을 쥐어짜냈다. 세아의 동서들이 그만 울라며 말을 보탰지만 눈물이

내 아내는
짐승

쉽게 그쳐지질 않았다.

하 회장이 한마디를 보탰다.

"하석주. 여기가 어디라고 떠드는 게냐. 네 처 데리고 조용히 나가."

"아버지! 제 처 임신했습니다. 병원에서도 몸조심하라고 일렀는데 임 여사가 제사니 뭐니 말도 안 되는 핑계로 불러내어 일 시켜도 될 만큼 아니란 말입니다. 그리고 이세아 너! 바보처럼 왜 여기 와 있어! 당장 나와!"

석주의 명령에도 세아는 뿌리를 내린 듯 앉아 있었다. 소맷자락으로 눈물을 훔치던 세아가 덧붙였다.

"당신 동생 때문에 더 억울해요. 막내 도련님 발이 제 다리를 더듬었다고요! 계속 몸매 운운하면서 말이나 걸어 오시는데 나 정말, 너무 너무 억울해서! 으아아앙!"

세아가 억울해서 통곡했고 저녁 테이블 위엔 적막만이 감돌았다. 석주의 화가 머리끝까지 치솟아 폭발 직전이었다. 석주의 형들은 헛기침을 했고 동서들은 알 만하다는 듯 석신을 비웃어댔다.

석주가 석신의 멱살을 잡으려 들었다.

"너, 이 자식! 변태 짓 하지 말라 그랬지!"

그때 임만희 여사가 끼어들었다.

"그만해라! 지금 네 처의 거짓말만 믿고 그러니? 네 처가 경박하게 유혹했을 수도 있잖니!"

"지금 그게 말이 된다고 생각합니까!"

석주는 노려보는 것만으로도 석신을 죽일 기세였다.

"그만해요, 석주 씨!"

"왜!"

두 사람의 대화를 끊은 것은 하 회장이었다.

"지금 밥상머리 앞에서 무슨 짓들이냐."

하 회장의 한마디에 좌중이 고요해지긴 했으나 떠들썩해진 공기가 가라앉기엔 시간이 필요했다.

"석주는 네 처 데리고 나가. 그리고 석신이 놈. 방에 처박혀서 근신해. 저 자식 제사나 집안 행사 때 얼굴 보이지 않게 단속해. 형수들 있는데 절대 나오지 말라고 해! 한 번만 더 걸리면 용돈이고 뭐고 이 집에서 쫓아버릴 테니까!"

"여, 여보. 지금 그게 무슨!"

임만희 여사의 입이 떡하니 벌어졌다.

"당신 아들 잘 단속하란 이야기야. 봐주는 것도 한계가 있어!"

"아버지 말 잘 하셨습니다. 그냥 말 나온 김에 임석신이 내쫓아버리죠. 그 자식 내 동생도 아니잖습니까. 임 여사 아들이 변태인 거 이 자리에서 모르는 사람 있습니까? 나 임 여사 사촌 여동생인 이모님 되는 사람이랑 결혼할 생각도 없습니다. 제 처가 여기 있는데 왜! 이세아, 나가자. 울음 그쳐!"

석주는 세아의 손목을 붙잡고 그녀를 끌어내었다. 다시 오고 싶지 않은 곳이었기에 빠뜨린 게 있으면 곤란하다. 세아는 제 물건이나 가방을 살뜰히 챙기고 그에게 잡혀 비련의 여주인공처럼 퇴장했다.

세아와 석주의 시댁을 빠져나와 차를 타고 한참이나 달렸을 때였다.

내 아내는
짐승

석주는 아직도 눈물을 훌쩍이는 세아를 보며 툴툴거렸다.

"울음 그쳐. 연극 이제 안 해도 돼."

"하, 하지만."

"뭐?"

"감정에 너무 도취해서."

그러니까, 나 지금 우는 연기에 몰입했어, 방해하지 마. 였다. 세아는 그렇게 훌쩍이는 척하다 지금 이 상황이 어이가 없어져서 웃었다.

"울든가 웃든가 둘 중 하나만 해."

심란해진 석주가 말을 이었다. 세아는 룸 미러로 자신의 반은 웃고 반은 웃는 괴이한 모습을 살폈다. 가장 우스운 건 석주가 그런 그녀의 상태에 참으로 익숙해 보인다는 사실이었다.

"하여튼 미안해. 그만 울어."

세아는 석주가 내민 손수건으로 억지로 쥐어짜낸 눈물을 닦아 내었다. 헌데 그녀의 오피스텔로 달리는 내내, 석주는 사과하기에 바빴다.

"임 여사가 당신한테 연락할 줄 몰랐는데, 하여간 미안해."

그 미안하다는 말의 범위가 어디까지일까. 세아는 고개를 갸웃거렸다.

"석신이 일은 내가 대신 사과할게. 그놈이 구제불능인 건 맞아."

"그런데 그 빨간 원피스, 선혜인가 뭔가 누구예요? 그 시어머니가 당신과 결혼할 여자라면서 소개해주던데."

뿌득. 석주가 이를 갈았다.

"임 여사 사촌 여동생이야. 나보고 결혼하라고 하더군."

세아는 참으로 복잡한 가계도에 혀를 내둘렀다.

"그거 한국에서 가능해요?"

"임 여사. 그 여잔 아버지와 혼인신고를 안 했으니까, 사실혼 관계라도 법적으로 따지자면 남남이니 가능하긴 할 거야."

세아는 아직 구미호인 자신에게 익숙해지지 않았다. 거기에 하석주의 복잡한 가계도와 그 시댁 사람들이라니!

"그냥 우리 이혼하는 건 어때요? 나 이런저런 문제 생각하기 싫어요."

"지금 임신했으면서 또 그 소리야!"

석주는 들은 척도 하지 않았다.

"안 들었으면 어떻게 할 건데요?"

"살아야지. 같이 살겠다고."

세아는 문득 알뜰살뜰하게 재산을 분할하려던 이혼서약서를 떠올렸다. 시시콜콜하게 혹은 치사하게 신혼살림을 나눴는데 남편이 이혼을 하지 않으려들다니. 그들의 이혼에 동원된 변호사들이 불쌍해지려는 시점이었다.

어느새 정신을 차려 보니 세아의 오피스텔 근처였다. 오피스텔이 있는 사거리로 진입하려던 순간 석주의 배에서 꼬르륵 소리가 들렸다. 세아가 키득거렸다.

"배 안 고파요?"

"괜찮아."

"오피스텔에 먹을 거 없어요. 나도 배고파요."

세아의 배에서도 꼬르륵 소리가 들렸다. 석주와 세아가 서로 얼이 빠져 마주 보았다. 그들은 일단 근처에서 제일 가까운 식당을 찾

내 아내는
짐승

기 위해 둘러보다 주차장이 큰 감자탕집 하나를 발견했다.

감자탕 대자와 사리 잔뜩, 콜라 두 병까지 추가한 두 부부는 감자탕이 익어가기가 무섭게 감자와 고기를 살뜰히 뜯어먹었다.

그 와중 석주의 휴대전화가 마구 울려댔지만 석주는 그 전화들을 무시했다.

"어디서 걸려 온 거예요?"

"본가."

석주가 감자탕의 우거지와 사리들을 잔뜩 건져 먹었다.

"무시해도 돼요?"

세아는 제 몫으로 된 고깃덩어리를 살점 하나 없이 발라 해체하던 중이었다.

"한두 번 아냐. 어차피 전화한다면 임 여사겠지. 자기 아들이 어쩌고저쩌고 난리칠 테고 재수 없어. 그 자식도 맘에 안 들어."

"맞아도 정신 못 차릴 것 같던데요? 못 때려서 아쉽긴 하지만."

두 사람은 먹는 와중에도 열심히 수다를 떨었다. 어느새 빈 뼈들만이 잔뜩 쌓여갔다. 세아는 우러난 육수를 국자로 그릇에 담아 훌훌 마셨다.

"그런데 이세아. 그놈 원래 맞아도 정신 못 차려."

"그럴까요?"

세아가 건더기들을 건져 먹었다. 감자탕의 바닥이 비어가고 있었다. 특대자로 시킬 걸 그랬나? 세아는 고민하다 무심하게 입을 열었다.

"하긴 내가 제대로 때리면 치료비 견적 장난 아닐 테니까. 고소라도 당하면 합의는 번거롭잖아요?"

그사이 죽이 잘 맞는 석주가 손을 들어 볶음밥을 추가시켰다.

"합의가 안 되면?"

세아는 어깨를 으쓱했다.

"감옥에나 가죠 뭐. 구치소 따위 며칠 처박혀 있으면 될 테니."

하석주가 먹던 뼈다귀를 내려놓았다. 그의 표정이 기기묘묘해졌다.

"뭐? 당신 기억도 없는데 무슨 구치소? 감옥? 이세아. 예전에 나 몰래 간 적 있는 거야? 게다가 당신 기억도 없는데 무슨 감옥?"

세아는 아차, 했다. 정말 기억도 없는데 어디서 구치소 타령이람? 그녀가 다 뜯어먹은 뼈다귀를 질겅질겅 씹으며 우물거렸다.

"말이 헛나왔어요."

"피곤한가 보다. 빨리 쉬도록 해."

그사이 볶음밥이 나오고 살뜰히 비벼졌다. 남은 볶음밥을 처리하기 위해 두 사람이 열심히 숟가락을 놀렸다. 석주가 말했다.

"다 먹으면 오피스텔에 데려다 줄게. 아니면 나도 같이 있을까?"

"안 돼요. 부모님 오신 것 같아요. 냄새가 나."

"흐음. 무아가 걱정하고 있을 거야. 일단 집에 들어가."

석주는 납득한 듯 고개를 끄덕였다. 시간이 늦었고 세아가 피곤해 보였는지 하석주는 별다른 말 없이 그녀를 오피스텔 앞까지 데려다주었다. 세아는 그가 차를 타고 떠난 모습을 눈에 담았다.

세아가 오피스텔로 돌아와 보니 그녀의 가족들이 전부 도란도란 모여 진을 치고 있었다. 어쩐지 건물 입구에서 구미호 냄새가 판을 치더라니, 세아는 혀를 찼다.

내 아내는
짐승

"왜 다들 모여 있어요?"

"걱정되니까 그렇지. 왜 휴대전화로 연락이 안 돼?"

거실의 러그 위에 구미호 세 마리가 옹기종기 앉아 이세아를 뚫어져라 응시하는 모습은 사뭇 괴이했다.

무려 21세기에 반인반수, 그것도 꼬리가 아홉 개나 달렸다는 구미호들 가족들이 전화 좀 안 받았다고 모여 있다니!

"저 좀 쉬면 안 돼요? 피곤해서요. 얘긴 내일 해요."

"왜? 어딜 갔다 왔는데?"

무아가 킁킁, 세아의 몸에서 냄새를 맡았다.

"언니 하석주 놈이랑 감자탕 먹었지? 그전엔 뭐 했어!"

무아는 해답을 얻을 때까지 그녀를 귀찮게 굴 터였다. 세아는 제 가족들에게 말했다.

"시댁 갔다 와서 피곤하다. 왜?"

"거길 왜 가?"

모두가 일제히 합창했다. 세아가 대충 시어머니가 불러서 제사 준비를 시켰다는 말로 운을 떼자 그들은 세아가 기억하지 못하는 시댁의 만행들을 열거하기 시작했다.

그것은 대부분 상견례와 결혼식 사이에 걸쳐 일어난 일들이었다. 사소하지만 변덕스럽게 바뀌는 임 여사의 말과 행동에 송 여사는 히스테릭해졌다. 이 교수가 불을 뿜는 송 여사의 말을 옆에서 거들었다. 결혼식 이후 이 교수는 하석주의 시댁과 절연했다.

하석주 역시 본가를 기피했기에 세아의 시집살이가 없었던 건 다행이었다. 명절에는 시댁에 가더라도 세아가 가면을 쓰고 얌전히 굴어서 큰 문제는 없었다고 했다.

헌데 지금, 이 교수는 다른 의미로 분개했다.

"그 졸부 집안! 그 멍청한 것들. 우리가 어떻게 이 나라를 지켰는데 그것들은 친일파 후손이라고! 결혼할 때부터 맘에 안 들었어! 우리가 어떻게 이 나라를 지켰는데!"

"이 나라를 지켜요? 왜요?"

"우리도 독립운동 했어! 너도 했어! 백 년 전 일이지만! 그 집안은 일제 때 나라를 팔았다고! 하여튼 싹수없는 집안과 사돈을 맺지 않았어야 했어!"

대체 언제 적 이야기를 하는 건가, 세아의 머리가 대략 멍해졌다.

일단 자자. 하루 만에 너무 많은 일들이 벌어진 것 같았다.

8. 결혼 기념일 이벤트

세아의 목소리가 들렸다.

「석주 씨, 애기가 크고 사랑스럽네요.」

무슨 애기일까?

「남근 씨가 너무 크고 우람하고 사랑스럽다고요. 그런데 얘 화난 것 같은데요?」

석주는 무거운 눈꺼풀을 들어올리다 그의 다리 사이에 웅크린 한 마리의 여성을 발견했다. 그의 아내, 이세아라는 생물이었다.

그녀는 석주의 파자마 바지를 내리고 우람한 페니스를 꺼내 그것에게 말을 걸고 있었다.

「장난은 그만 쳐!」

석주가 그녀를 말리려 했지만 그의 양팔이 움직여지질 않았다. 그의 두 팔은 침대에 자리한 네 개의 기둥 중 두 개에 단단히 묶여 고정된 채였다. 한마디로 두 팔을 벌린 채 묶인 형상. 석주가 제 팔을 잡아당기자 결박해 놓은 끈이 더 팽팽해지기만 할 뿐이었다.

세아는 심지어 그의 허벅지 사이를 내려다보며 명랑하게 말을 이었다.

「석주 씨, 그거 안 움직일 거예요. 뱃사람들이 쓴다는 매듭법으로 열심히 묶어뒀으니까. 석주 씨는 자요. 난 얘랑 놀 거야.」

세아는 성이 나기 시작한 그의 남성을 토닥토닥 달래주었다.

「남근아, 착하지. 무럭무럭 자라. 화내지 말고 누나가 네 말 잘 들어줄게.」

야, 이 미친 여자야! 내 거시기를 상대로 무슨 말을 하고 있는 거야? 석주는 마구 화를 내려다 그를 마주보며 빙긋 웃어대는 세아의 얼굴을 보며 한숨을 쉬었다. 이 여자, 완전히 취했다!

「으하하. 돌기둥 씨 화났다.」

그녀의 시선을 받자 곧장 기립하는 남성을 보며 석주는 울고 싶었다. 그렇게 갖고 놀라고 있는 게 아니다! 석주는 팔을 잡아당겼지만 그녀의 말처럼 끈은 좀처럼 풀릴 생각을 하지 않았다. 당기면 당길수록 매듭이 손목 사이에 더 죄어 들어왔다.

「어서 풀어!」

「싫어요.」

그녀는 석주를 무시하는 대신 그의 분신 겸 주니어와의 대화에 집중했다. 욕망을 토해내지 못해 성난 녀석을 상대로 살짝 긁어주기도 하며 달래고 쓰다듬고, 석주의 애간장을 태웠다. 귀두와 음낭을 간질이기도 하고 쓰다듬기도 하는데 그건 애완동물이 아니다! 주니어를 상대로 제발 대화하지 말아줘!

「너 울어? 우는 거야? 누나가 달래줄게, 울지 마.」

세아는 몸을 굽혀 그의 남성을 보듬어 주겠다고 했다. 늘어진 잠옷 사이로 보이는 그녀의 풍만한 가슴. 여자는 브래지어도 하지 않았다. 석주는 가슴과 스치며 닿을 듯 말 듯 하는 제 남성을 보며 안타까움의 한숨만 내쉬었다. 이 여자가 정말!

내 아내는
짐승

「왜 간만 보는 거야? 차라리 화끈하게 해버리라고! 차라리 덮쳐!」

세아가 머리를 들었다.

「간? 나 아직 간도 안 봤는데. 원한다면 간 봐줄게요.」

세아의 머리가 내려왔다. 제 남성을 힘껏 부여잡고 마치 아이스크림이라도 되는 양 할짝거리는 그녀의 혀가 보드랍게 그의 피부를 자극했다. 너무 예민한 그곳에는 그 간지러움마저도 크나큰 자극이었다. 그 외설스런 소리에 그의 피가 모두 아래로 쏠렸다.

「이거 깨물어도 돼요?」

「제발 먹어, 많이 먹어. 다 먹어도 돼!」

석주가 외쳤다. 세아가 엎드린 채 빙긋 미소 지었다. 그녀의 손에 잡힌 그의 남성이 끊어질 듯 검붉게 부풀었다.

이대로라면 죽을 거다. 틀림없이 애간장 타서 죽을 거다! 제 남성이 분출 직전인데 그 끝에 이슬이 맺힌 것을 보며 석주는 머리를 뒤로 젖혔다.

그녀의 손과 혀가 기둥을 쓰다듬고 맛보고 간지럼을 태웠다. 그의 정신이 승천했다.

하석주는 몽정과 함께 장렬한 아침을 시작했다.

탁탁. 석주가 핏발 선 눈으로 자신의 휴대전화를 노려보았다. 벌써 다섯 번째의 통화 시도였으나 세아는 전화를 받지 않았다. 그는 다시 문자를 보냈다.

역시, 답이 없다.

야행성 체질이라 늦게 잔다고 해도 지금은 벌써 오전 11시. 석주는 다시 통화를 시도했다. 누군가 전화를 받긴 받았다.

- 형부! 그만 전화하라고요! 귀찮아 죽겠어!

무아의 기차 화통 삶아먹은 목소리가 쩌렁쩌렁 울려 퍼졌다.

- 언니 자요!

"아직도 자?"

무아의 목소리가 한참이나 씩씩거리는 걸로 봐선 통화가 어려울 것 같았다. 석주의 불쾌함이 더 커졌다.

"세아 몸은 괜찮아?"

- 잠만 자는데 괜찮게 들려요! 그 집 시댁, 시어머니는 왜 언니 못 잡아먹어 난리예요? 그 미친 여자 계속 전화 오잖아요! 언니 임신하고 기억도 없다니까 사람이 물로 보이나 봐요? 그 여자 형부가 처리하세요! 언니 휴대전화 꺼놓을 거니까 그렇게 아시라고요!

무아가 쏘아붙이며 전화를 끊었다. 석주가 한숨을 쉬며 머리를 싸맸다.

그때 노크 소리와 함께 강 비서가 들어왔다.

"이사님? 무슨 일 있나요? 기분 나빠 보이시는데요."

강 비서는 대뜸 석주의 피곤한 얼굴이나 옷차림을 살피며 인상을 썼다.

"눈 밑에 다크 서클이 짙으신데, 잠 못 자셨어요? 옷도 이상하고."

"뭐가?"

제 옷을 내려다보던 석주가 아차, 했다. 몽정의 충격이 커서였을까. 호텔 방을 나올 때 마구 손에 잡히는 대로 입고 나오다 보니 검은색 스트라이프 양복에 보라색 셔츠, 빨간 체크 넥타이를 걸친 요란한 색깔 조합이었다. 석주는 기막혀 하며 빨간 체크 넥타이를 풀어냈다.

"그 유치한 빨간 넥타이는 뭔가요?"

"이래 봬도 세아의 크리스마스 선물이었어."

끝장나는 둘만의 크리스마스였다. 이혼을 하네 마네 하는 와중에서도 그는 알몸 위에 빨간 넥타이를 맸고 세아는 다 비치는 야시시한 슬립을 걸치며 그를 유혹했었다.

그때만 해도 참 욕정 넘치는 좋은 날들이었는데.

기억에 젖어 있던 석주가 긴 한숨을 뽑아냈다. 그는 사무실에 여분으로 비치해둔 흰색 와이셔츠를 꺼내며 강 비서에게 슬쩍 눈치를 주었다.

"옷 갈아입을 거니까 나가, 강 비서."

"눈요기로 보여줄 줄 알았는데 매정하셔라. 그래도 사모님하고 사셨을 때의 이사님 스타일이 제일 좋았어요. 요즘은 피부도 나쁘고 이사님 패션 센스도 예전 같지 않고."

"나 디스하는 거지?"

"그나저나 어제 무슨 일이 있었던 거예요? 제사라고 본가 가신 거 또 한바탕 하셨나요?"

"세아가 본가에 있더라고."

"네? 사모님이 왜 거기 가 있었대요?"

"임 여사가 불러들였다던데. 기억을 잃어서 만만하게 보였겠지. 가서 보니 제사 음식 만들고 있었더라고."

"우어, 미친!"

강 비서의 솔직한 감탄사에 석주 역시도 동감이었다.

석주의 아버지는 K그룹 하현록 회장이다. K그룹은 재계서열 10

위의 어중간한 위치에 있지만 전자를 제외한 패션, 건설, 식품 등의 분야에서 나름 확고하게 자리를 잡은 알짜배기 기업들로 구성되어 있다.

그런 하 회장에겐 세 번의 결혼과 이혼 경력이 있고 석주의 모친 박정숙 여사와는 20년에 가까운 결혼생활을 유지했다. 그리고 16년 전 하 회장의 어린 애첩 임만희에 의해 쫓겨나 이혼했다. 이후 박 여사는 자진해서 미국으로 떠났다.

임만희는 하 회장의 핏줄은 아니지만 아이 하나를 안고 안방을 차지했다. 우애는 돈독하지 않지만 박 여사에게 길러진 하 회장의 세 아들들이 그들 또래의 임만희를 새어머니로 받아들이는 일은 없었다.

임만희가 처음 집에 들어왔을 때 형들은 이십대의 성인이었다. 석주만이 아직 고등학교를 졸업하기 전인 십대여서 그녀는 상대적으로 석주를 만만해했다. 석주의 생모 박 여사가 미국으로 가자 석주의 인생을 좌지우지 흔들려 한 것도 그 때문이다. 임 여사의 입맛에 맞는 여자를 석주의 아내로 삼아 그의 인생을 뒤흔들고 싶어 했다.

임 여사는 자신과 제 아들 석신의 위치를 공고히 하고 싶어했다. 차기 경영자로 경쟁하는 두 형과 달리 한량임을 자처하는 석주는 그녀의 좋은 먹잇감이었으리라.

석주는 이세아와의 결혼을 일사천리로 밀어붙였다. 임 여사는 세아에게 접근하지 못하도록 경고를 했고 보디가드를 붙여두기도 했다.

세아는 결혼생활에서 적당히 처신해 몇 안 되는 만남에서 꼬투리 잡힐 일은 없었다. 그 뒤엔 6개월도 되지 않아 별거. 이혼하기로 결정 난 뒤에도 석주는 임 여사와 세아가 만나지 못하게 하려 애를 썼건만!

세아가, 기억을 잃고 임신한 채로 그곳에서 제사를 돕고 있었다! 임만희 여사의 옆에는 임만희가 제게 붙여주려는 자신의 사촌 여동생 임선혜까지 함께!

심지어 세아를 보며 빙긋빙긋 빙구 같은 웃음을 날리는 막내 변태 동생을 보며 그는 미칠 뻔했다! 석주는 무엇보다 임 여사와 석신을 싫어했다. 결혼한 동안 세아를 임 여사와 대면하지 못하게 한 것도 그 때문이었다. 그건 형들 부부도 마찬가지였다.

그 사정을 뻔히 아는 강 비서가 한숨을 쉬었다.

"지금은 사모님 상태 괜찮으시대요?"

"밤엔 비교적 괜찮아 보였는데 모르지."

석주는 세아가 자신을 구미호라 주장하는 것이 마음에 걸렸다. 기억을 잃기 전이라면 그녀의 질 나쁜 농담으로 치부했겠지만 지금은 달랐다. 세아의 정신건강이 그는 미치도록 걱정됐다.

임신 초기라 몸을 조심해야 하거늘!

"강 비서가 생각하기에도 우리 집은 최악인 것 같지?"

"세간에서 말하는 막장 시월드죠. 세아 씨 동서들도 있지만 친하게 지내는 것도 아니고 그닥 성격들도 좋지 않았던 거 아니에요? 그중 임 여사는 최악이죠. 이사님이 잘 막아주시니 다행이지만 언제까지 막을 수도 없는 노릇이고요. 세아 씨 기억이 돌아와야 임 여사가 함부로 못 건드릴 텐데."

어제 세아가 연락이 안 된다며 난리를 쳤던 자신의 행동을 떠올리며 석주는 씁쓸해졌다. 빌어먹을 임 여사. 자신의 모친은 이 땅을 떠난 뒤에야 마음이 편해졌다고 했다.

이런 저런 것들을 생각하며 석주가 반사적으로 손을 더듬었다. 담배를 찾는 자연스런 행동에 강 비서가 한숨을 쉬었다.

"담배 찾으세요? 끊으신 지 오래되지 않았나요?"

"아, 그랬지."

석주는 세아가 담배를 싫어했다는 걸 깨닫고 자연스럽게 금연했었다.

"아, 세아와는 이혼하고 싶지 않은데 강 비서. 어떻게 해야 하지?"

"원래 세아 씨 집에선 이사님 반대했었죠?"

강 비서는 석주의 사생활을 너무 잘 알았다. 석주 역시 강 비서의 생활을 거의 모르는 게 없었다. 아마 함께 비서와 이사로 지낸 지 오래되다 보니 그런 것일 터. 그래도 강 비서는 꽤나 현명한 조언자였다.

"이사님은 원래 포기를 모르는 남자라면서요. 세아 씨 몸이 안 좋으면 약을 사다 주고 간병해줘요. 만약 기분이 나쁘다면 기분전환 시켜주고, 그 집안에 아부도 좀 떨러 가서 이사님 편으로 만드세요. 사이가 나쁘면 화해를 하면 되죠."

"으음."

강 비서의 제안이 그럴싸했다. 석주는 우선순위 포섭 대상으로 무아를 떠올렸다. 가장 손쉬우며 다루기 쉬운 처제였다.

"고기를 사야겠어. 질 좋은 한우로."

강 비서의 눈이 반달웃음을 그렸다.

내 아내는
짐승

"제 남편과 아들은 갈비를 좋아해요. 질 좋은 돼지갈비. 소박하죠?"

대놓고 고기 뇌물을 요구하는 바람직한 강 비서의 태도에 그는 웃고 말았다.

"생각보다 고기가 많이 필요할 것 같은데 직접 마장동에 가서 사는 게 나으려나. 아, 고기를 사면 강 비서네 집에 퀵으로 날려주지. 아, 맞다. 임선혜가 오면 잡상인으로 내쫓아. 임 여사도 마찬가지고."

"알겠습니다! 대신 질 좋은 갈비로 부탁드려요!"

강 비서가 퇴장하고 스케줄을 확인하기 위해 탁상 달력을 살피던 그의 눈이 크게 떠졌다. 오, 맙소사. 세아와 그의 결혼기념일이 코앞이었다. 하마터면 결혼 1주년 기념일을 잊고 지나갈 뻔했다.

세아는 번잡한 이벤트 대신 둘만의 소박한 파티를 좋아했다. 석주는 고기 쇼핑에 결혼기념일 이벤트용 쇼핑도 추가하기로 했다.

그 와중에 임선혜와 임만희 여사의 전화가 줄기차게 걸려 왔지만 깡그리 무시했다.

이런저런 선물들을 고민하던 석주가 강 비서에게 물었다.

"커다란 선물상자와 끈 같은 건 어디서 구할 수 있지?"

"글쎄요? 팬시점에 있지 않을……. 아, 이사님은 묶이는 거 취향이셨죠? 성인용품점에 가시는 건 어떨까요?"

석주의 표정이 울 듯 말 듯해졌다.

석주가 이세아란 여자와 세 번째 만났던 때였다. 그날도 석주는 뜨거운 정사를 벌인 뒤 그녀와 침대에 나란히 누워 여운을 즐겼다.

그의 손이 저절로 그녀의 맨 등줄기를 쓰다듬었다.

그는 섹스만큼이나 섹스 후의 여운을 좋아했다. 특히 환상적인 섹스를 즐긴 뒤라면 더더욱.

하지만 석주가 그녀에 대해 아는 건 단순한 몇 가지뿐이었다.

이름, 휴대전화 번호, 그리고 나이, 고기를 좋아하는 식성.

하지만 제게도 본능적인 이끌림이란 건 있다. 그 확신은 그녀를 만날수록 또렷해졌다. 몸을 굴린 그가 여자의 슬쩍 벌어진 다리 사이로 스윽 손을 집어넣었다. 방금 전 결합의 증거로 발갛게 달아오른 그녀의 여성은 그의 손가락을 머금기엔 충분했다.

은밀한 비부를 지분거리자 그녀의 아래에선 지꺽거리는 소리가 들렸다. 세아는 허리를 들썩거렸다.

「나랑 같이 살면 어떨까?」

「흐음?」

세아가 눈을 빤히 뜨고 그를 바라봤다. 치켜뜬 눈매가 참으로 섹시해서 또 석주의 욕망이 불끈 달아올랐다. 고양이 같은 눈매를 마주한 것만으로도 이렇게 흥분될 줄이야.

방금 전, 석주가 그녀의 몸 깊이 침범해 그녀를 지배했을 때의 감각. 그 마지막 격정에 다다랐을 때 그의 눈앞에 펼쳐지던 만화경 같은 화려한 절정. 그 어떤 여자도 이세아 같은 강력한 성적 충만감을 가져다 준 이는 없었다.

누군가에게 이토록 쉽게 빠지고 함락될 줄은 이전의 석주는 미처 알지 못했다.

「나, 좋아해요?」

「좋아.」

내 아내는
짐승

「어디가 좋아요? 반하게 된 원인, 그런 거 있을 거잖아요.」

석주는 대답을 망설였다.

「하지만 당신과 하는 모든 순간들이 자연스럽고 즐거워. 데이트도 좋고 좋아.」

「섹스는?」

「그건 더 좋지.」

세아는 그의 말에 콧방귀를 뀌었다.

데이트는 좋다. 그녀와 함께하는 모든 사소한 것들이 즐겁게 받아들여지고 색달랐다. 그녀와의 데이트 뒤에 갖는 둘만의 은밀한 순간은 더욱 짜릿하다.

고작 몇 번의 만남일 뿐인데도 석주는 정신없이 그녀에게 빠져 있었다. 이세아와 마주 보는 것만으로도 행복해서 발이 둥둥 뜨는 기분이랄까. 사실 어쩌면 그는 그녀를 마주했을 때부터 미친 듯이 사랑에 빠져버린 건지도 몰랐다.

그가 제일 싫어하는 건, 그녀와 헤어지고 다음 만남을 기약하는 순간이었다. 그녀와 함께 있는데도 그녀와 헤어져야 한다는 아쉬움이었다.

「나 당신과 함께 살고 싶어, 이세아.」

시트 아래에서 꼬물거리던 세아가 그를 향해 되물었다.

「동거하잔 이야기예요?」

「동거라.」

동거라도 괜찮겠지. 하지만 사실 동거만으론 성이 차지 않았다. 그는 그 이상, 그 몇 배를 원했다.

「그것보다는 더 영속적인 걸 원해.」

임 여사의 지겨운 맞선에서 벗어날 수도 있고 세아를 매일매일 볼 수 있는, 합법적인 방법은 하나뿐이었다.

「결혼하자.」

충동적으로 말을 꺼냈지만 그것보다 더 좋은 혜안은 없었다.

하지만 석주를 응시하는 그녀의 표정은 꽤나 무시무시했다.

「당신이 멋진 섹스파트너란 건 인정하지만 결혼은 왜? 나 결혼 안 해요.」

「내가 싫어?」

「그런 문제가 아니잖아요.」

세아의 정색에 석주는 그녀와 제가 덮고 있던 시트를 확 까 내렸다. 그녀가 놀라 자신의 알몸을 가렸다. 그녀의 예쁜 알몸에는 지난밤, 석주가 깨물고 새긴 흔적들이 선명하게 남아 있었다.

「섹스 말이야. 당신이 결혼해주지 않으면 해주지 않을 거야.」

「뭐라고요?」

석주는 그녀의 우위를 차지해 바둥거리는 그녀를 손쉽게 제압했다.

노곤하게 뻗어버린 세아의 상아색 나신을 더듬는 그의 손은 보는 것만으로도 선정적이었다. 세아가 알몸의 석주를 바라보며 뜨거운 한숨을 내쉬었다.

「왜 결혼하려는 데요? 속궁합이 잘 맞아서? 내가 잘 덮쳐줘서? 인간 치고 하석주가 꽤나 멋진 섹스파트너란 거 인정해요. 하지만 결혼을 왜 해요?」

눈을 댕글댕글 뜨는 세아의 표정은 순진무구해 보일 정도였다. 다만 그 새빨갛게 부은 입술이 석주에게 거슬렸다. 석주의 맨 가슴을 디디고 일어나는 그녀의 가슴이 유혹적으로 흔들렸다. 그 부어오른 유실이며 깨물린 흔적이 역력한 풍만한 살덩어리. 석주는 그것을 힘껏 쥐어 비틀었다. 세아가 괴로운 듯 단 신음을 내었다.

그 입술과 입으로, 세아는 아주 맛있게 그의 남성을 맛보고 삼켰다. 석주는 깨물면 금방이라도 즙이 나올 듯한 그녀의 가슴과 꿀을 내뿜는 그녀의 습지를 맛보았다.

「선택해, 이세아 씨. 나랑 결혼할 거야, 아니면 헤어질 거야?」

「뭐?」

「결혼하든가, 아니면 같이 죽든가.」

「하! 하석주 씨!」

석주는 기막혀하는 그녀의 입술을 삼켰다. 세아는 그를 밀어낼 수 있었지만 밀어내지 않고 결국 그의 품에 매달렸다.

그녀의 안은 늘 고요하게 그를 삼키는 바다다. 하지만 평온하지는 않다. 늘 격랑이 휘몰아치는 바다. 그곳에 잠기면 늘 정신을 차릴 수 없다.

그리고 그들은 다섯 달 뒤, 결혼했다.

석주는 세아의 오피스텔을 장식하는 화사한 꽃들과 선물상자를 응시했다. 그 거실엔 그가 단시간 동안 고민하며 준비한 선물상자들이 가득했다.

대충 된 것 같은데 그가 무엇이 빠졌나 고민하는 사이, 오픈에서 알림음이 울렸다. 타이밍 좋게 무아도 문자를 보냈다.

- 오피스텔 근처예요. 언니, 곧 올라가요. -

석주는 무아에게 이벤트를 할 거라 이르고 세아의 귀가를 늦춰

달라 부탁했었다. 덕분에 무아가 요가 스튜디오로 가서 세아의 귀가를 저지했었다.

그녀가 곧 돌아온다. 석주는 빠르게 테이블 세팅을 마무리했다. 스테이크, 무알코올 샴페인과 꽃 완료. 샐러드와 종류별 후식들까지 완료.

석주는 오피스텔을 장식한 화려한 꽃들과 커다란 선물상자를 응시했다. 그 상자 아래에는 수십 종의 선물상자들이 크리스마스 선물마냥 가득 쌓여 있었다. 석주는 가장 커다란 선물상자의 뚜껑을 열고 상자 안으로 들어갔다. 세아가 도착하면 서프라이즈, 하고 외치며 폭죽을 터트릴 생각이었다.

얼마 뒤, 오피스텔 복도에서 자지러지는 비명소리가 들려왔다.

"헐, 미친! 누가 이 비싼 요가 매트들을 단체로 바닥에 깔았어!"

"난 봐도 모르겠는데 비싼 건 알아보네?"

"이 광택 봐! 이 비싼 요가 매트를 뻘건 걸로 아예 레드카펫처럼 깔아놨다고. 이거 누구 짓이야! 여기 복도에 깔린 것만 해도 수백만 원은 될 거야!"

세아가 화가 난 것 같다. 박스 안에서 석주는 흠칫, 했다.

그 흔한 레드카펫 대신 비싼 요가 매트를 사서 덕지덕지 깐 건 꽤 참신한 이벤트라고 생각했는데, 아니었던 걸까? 아니면 한 장에 십만 원이 넘는 요가 매트를 괜히 깐 건가?

석주는 세아가 현관 안으로 들어오길 기다렸다. 낌새를 눈치 챈 세아가 현관문을 열고도 좀처럼 들어오려 하질 않았다.

"이게 다 뭐야! 왜 거실이 이 모양이 된 거야?"

그녀의 좁아터진 거실은 선물들로 점령당해 있었다. 세아가 선

내 아내는
짐승

물의 탑을 보며 경악했다가 제일 커다란 박스로 향했다. 대형 상자의 뚜껑을 힘차게 밀어내며 석주가 용수철마냥 튕겨 올랐다.

그가 곧장, 아주 신속하게 폭죽을 터트렸다. 타앙, 탕!

"결혼 일 주년 축하! 선물은 나야!"

폭죽을 내던진 석주가 잽싸게 제 얼굴 아래 손을 활짝 펴 꽃받침을 만들다 굳었다.

제 앞에는 세아와 무아가 세트로 동상이 되어 있었다. 아뿔싸! 왜 무아가 함께 있나? 결혼기념일이라 일러두지 않았나?

순간 석상이 되어버린 석주의 시야 너머, 오피스텔 현관문 바깥으로 줄을 이어 있는 붉은색 요가 매트들이 보였다. 그제야 그는 깨달았다. 참으로 궁상맞았다.

세아의 눈에도 다분히 어려 있는 당혹감을 읽어내며 그의 등 뒤에서 식은땀이 흘렀다.

그때 무아의 웃음보가 터졌다.

"푸하하하! 언니, 형부 진짜 귀엽다. 나 형부 등짝 만져봐도 돼?"

"안 돼!"

석주는 슬그머니 꽃받침을 하던 두 손을 내렸다. 하지만 그는 아직 대형 박스에서 빠져나오지 못한 채였다. 석주는 슬그머니 눈치를 살피며 박스에서 빠져나올 타이밍을 노리고 있었다.

세아가 빤히 그를 바라보다 물었다.

"저기요. 남편 씨. 이건 무슨 이벤트예요?"

"우리 결혼기념일."

세아는 그제야 결혼기념일을 깨달은 모양이었다. 그녀는 석주가 멋쩍어하며 빠져나온 커다란 박스 옆으로 옹기종기 모여 있는 선물 꾸러미들을 응시했다.

"크리스마스도 아닌데 선물이 이렇게 많아요?"

"이것저것 미안하기도 하고, 우리 첫 결혼기념일이잖아."

"난 기억이 없는데요."

"형부가 언니 시댁 불려갔던 게 미안했나 봐. 그래서 이 선물들 준비한 것 같은데."

세아는 조심스럽게 작은 포장을 하나 골라 뜯어보기 시작했다. 무아는 그 옆에서 잔뜩 투덜거렸다.

"형부 스케일이 너무 작지 않아요? 별장이라도 빌려서 센세이셔 널하게 딱! 오케스트라라도 벌여놓고 멋지게!"

"세아가 둘이서 소박하게 노는 걸 좋아했었어."

무아는 목표가 참 소박하다며 툴툴거리다 세아의 옆에서 같이 선물 포장을 뜯었다.

세아가 좋아하던 뉴에이지 그룹의 신보 시디에서부터 세아에게 어울릴 만한 가는 팔찌와 목걸이 세트, 태교용 서적들, 실용적일 것 같진 않지만 비즈를 박은 파티복 풍의 요가복 나시티, 같은 세트의 요가 팬츠, 가방과 스카프, 아기 신발, 산모용 철분제와 영양제, 러 닝화, 임부복, 세아가 편하게 입던 저지 드레스 외 기타 등등.

가짓수가 많은 만큼 세아는 갈피를 잡을 수 없는 얼굴이었다.

"너무 많은데."

"대충 알아서 해. 무엇보다 공을 들인 건 요가복 나시티에 비즈 박은 거야. 원래는 다이아를 박을까 했었는데 너무 비실용적이라."

"요가복 나시티에 큐빅 비즈 박은 것만 해도 충분히 이상해요."

내 아내는
짐승

세아의 항변에 힘들게 많은 선물을 준비한 석주가 머리를 긁적거렸다.

세아는 어느새 마지막 선물의 포장을 뜯었다.

마지막 상자에선 전화와 문자만 가능한 투박한 디자인의 피처폰이 나왔다. 세아가 그 전화기를 살피며 의아한 표정을 지었다.

"나 전화기 있는데요?"

"알아. 하지만 임 여사가 계속 전화번호 바꿔서 걸어 올 거잖아. 그러면 전화 더 쓰기 싫어할 거고. 원래 스마트폰 그리 좋아하지 않았어. 아마 통화와 문자만 되는 휴대전화로 따로 개통하려 했던 것 같으니까. 어쨌든 번호도 비슷한 걸로 개통했으니 임시로 쓰다 다른 걸로 바꿔도 돼."

"그래요? 나쁘진 않네. 흐음."

묘한 콧소리를 내던 세아가 수북한 포장지를 밀어내고 선물만을 챙겨들었다.

"선물들 마음에 들어?"

"흐음."

세아는 대답을 회피했지만 반응이 나쁜 것 같진 않았다.

그리고 세아의 뒤로 무아가 불쑥 얼굴을 내밀었다.

"이제 선물 증정식 끝났으면 밥 먹어요. 먹고 죽은 귀신이 때깔도 좋대요. 형부 스테이크 구웠죠?"

그들의 옆에서 군침을 흘리는 처제 무아를 내쫓을 길은 요원해 보였다. 석주는 제가 몸을 숨겼던 대형 박스를 정리하며 무아에게 명령했다.

"처제, 바깥의 요가 매트들이나 걷어 와. 세아네 요가 스튜디오에 갖다 놓을 거야. 식사는 거실에서 하지."

오피스텔의 식탁은 2인용이었기에 석주는 거실 탁자 위에 음식들을 세팅했다. 그는 오븐에서 구운 스테이크를 꺼내고 다시 살짝 데웠다. 그 와중에 무아를 돌아보며 인상을 쓰는 것도 잊지 않았다.

둘만의 낭만적인 결혼기념일은 물 건너간 거군.

석주는 한숨을 내쉬었다. 최악일지도 모른다는 그의 예상과 달리 오히려 무아가 꼽사리 낀 저녁식사는 화기애애하게 흘렀다. 별장에서 세아와 석주의 둘만의 로맨틱한 저녁도 좋지만, 이런 분위기도 나쁘지는 않다고 생각할 정도였다.

불청객인 무아는 식사를 얻어먹는 만큼 분위기 메이커 역을 톡톡히 해냈다. 기억상실로 석주를 조금 불편해하던 세아마저도 동생 옆에서 편하게 웃고 있었다.

석주는 요가 스튜디오에서 온 탓에 화장을 하지 않은 맨얼굴에 늘씬한 다리를 드러낸, 반바지를 입은 세아를 내내 훔쳐보며 두근거렸다. 하긴, 그녀와의 관계를 진전시키는 건 언제라도 충분했다.

석주는 느긋하게 식사를 즐겼다.

식사를 하다 만 그들은 세아의 카메라를 꺼내 삼각대를 설치하고 타이머로 그들의 모습을 찍기도 했다.

석주가 알기로 두 자매는 사진 찍는 걸 좋아했다. 심지어 선물 인증이라도 하듯 이것저것 선물을 들고 찍거나 웃는 모습이 자연스러웠다.

식사를 대충 끝낸 뒤엔 다시 카메라를 세팅하고 셋 다 소파 위에 자리를 잡아야 했다. 말 그대로 결혼기념일, 이벤트 사진이었다.

내 아내는
짐승

석주 역시도 세아 덕에 이혼 기념촬영까지 해본 터라 놀랄 것도 없었다.

"타이머 해놓았어요. 자아, 셀프타이머 십 초예요."

하나, 둘, 셋. 찰칵. 찰칵.

여러 장의 사진들 중 제법 그럴싸한 사진들을 건지고 깔깔대며 그들은 자신들이 찍은 엽기 사진들을 응시했다. 무아가 카메라를 조작하며 깔깔거렸다.

"형부랑 언니랑 나랑 셋이서 찍은 건 처음인데?"

세아는 고운 아미를 찡그렸다. 석주도 이젠 카메라를 자연스럽게 받아들이고 있었지만, 처음엔 거부감이 좀 있었다.

"그러고 보니 세아는 사진에 꽤 집착한 것 같은데."

"언니는 사진 무지 찍었죠."

그들이 찍은 사진을 보고 감상했고 그가 준비한 후식을 먹었다. 포만감에 기분 좋게 늘어진 무아와 세아 자매를 보며 석주 역시 느긋해졌다.

그 와중에 세아는 문득 궁금해졌다.

"그런데 나한테 사진이 중요한 의미였나 봐요?"

"어. 아마도."

석주와 세아 모두 진중하게 고개를 끄덕였다.

"그런데 형부, 언니가 가보고 싶어 하거나 찍고 싶어 한 거 뭔지 알아요?"

"흐음? 거기가 어딘데? 나중에라도 함께 가볼까?"

석주와 무아는 이젠 세아가 잊어버린, 세아가 가고 싶어 한 곳에 대해 이야기했다. 그 대화에 세아도 휩쓸려 그제 시댁에 간 일

따위 까맣게 잊은 듯했다. 석주도 괜스레 그녀의 기분을 망치고 싶지 않아 함구했다.

무아가 설거지를 자청하고 식후 커피를 내려 타 왔다.

그 뒤 그들은 무얼 할까 생각하다 세아의 기억도 환기할 겸 세아가 찍은 사진을 보기로 했다.

사진을 보다 보면 세아의 기억이 빨리 돌아올지도 모른단 생각 때문이었다. 석주는 그들이 연애하거나 결혼한 이후의 사진들에 대해 말할 수 있었고 무아는 결혼 이전, 석주가 모르는 사진들에 대해 설명할 수 있었다.

"형부, 이 사진 보셨어요?"

무아는 세아의 오래된 사진첩 중 하나를 꺼냈다. 정확히 9년 전 날짜가 박힌 사진첩은 그조차도 주의 깊게 보지 않았던 것이다.

그 사진들 속에서 세아는 붉은 사리를 두르거나 이마에 보석 반디를 찍거나 깡마른 인도 노인과 함께 똑같은 포즈의 요가 자세를 취하고 있었다.

석주는 무표정하다 못해 엄숙한 얼굴로 몸은 기이한 요가 포즈를 취한 세아를 보자 저절로 웃고 말았다.

"세아는 대학교 일학년 다니다 인도에 간 거지?"

그가 알기로 세아는 영문과였다. 대학교 졸업장을 따긴 했지만 아마도 턱걸이. 영어와는 아무 상관도 없는 요가 강사가 된 것은 대학을 졸업하기도 전이라고 했다. 물론 세아는 기억이 없었기에 무아가 대신 대꾸했다.

"언니는 대학교 다니다 바로 인도 갔어요. 일학년 때였던가."

석주는 무아의 설명을 들으며 사진을 들여다보았다.

세아는 꽤 많은 사진을 찍고 기록하고 저장했다. 석주는 그 과거의 사진들을 거의 본 적이 없었다. 생각해보면 꽤 이상한 일이었다. 게다가 그 사진 속의 세아는 지금과 헤어스타일이 다를 뿐 얼굴은 똑같았다.

"흐음. 그때 노안이었어? 구 년 전 찍은 사진이 어째 노숙한 느낌이야? 지금이 더 어려 뵈는데."

중요한 건 아니었지만 묘하게 거슬렸다. 심지어 석주는 세아의 어릴 적 사진을 한 번도 본 적이 없다는 것에 생각이 미쳤다.

"세아는 아기 때 찍은 사진 없어? 처제도 그렇고 사진을 못 본 것 같아서."

세아와 무아가 얼굴을 마주 보았다. 그러다 무아가 대신 대꾸했다.

"저기, 그러니까. 어릴 때 집이 불타서 사진이 단 한 장도 없어요!"

"으음."

그 이야긴 이전에도 얼핏 들은 것 같긴 하지만 지금은 조금 수상하게 여겨졌다.

"정말, 단 한 장도 없어?"

석주가 다시 되묻자 세아의 말투가 뾰족해져 되돌아왔다.

"뭘 그리 꼬치꼬치 캐물어요? 게다가 난 모르는 일인데."

세아의 기억이 없다는 걸, 그는 깜빡깜빡 했다. 석주는 사과했다.

"미안."

세아는 금방 누그러져 화를 풀었다.

"사과할 것까진 없고요."

무아가 끼어들었다.

"형부, 오래된 사진이라도 괜찮아요? 우리가 오래 살아서 활동 사진을 찍은 게 이 정도뿐인데."

활동사진? 무아는 제 지갑에서 오래되어 보이는 흑백 사진 하나를 꺼냈다. 언제 찍었는지도 모를 사진 속에서 세아와 무아 자매와 젊은 장인과 장모는 오래된 드레스와 촌스런 양복 차림이었다. 배경으로는 야자수가 있는 해변이 펼쳐져 있는 듯했다.

"독특한 사진이네."

세아도 난생 처음 본 듯 사진을 빤히 살폈다.

"이거 언제 적 사진이야?"

무아는 별생각 없이 말을 이었다.

"백 년 전. 하와이 초기 이민 때 그때, 왜 아버지가 선교사에게 속아서 강제 이민 당해서 사탕수수 농장 노동자로 갔을 때 말이야."

석주와 세아는 동시에 할 말을 잃었다. 두 사람의 표정이 괴이해진 것을 깨달은 무아가 놀라 백 년 전 하와이에서의 가족사진을 슬그머니 제 지갑 속에 숨기며 눈치를 살폈다.

"저기, 농담인 거 아시죠? 형부. 하와이에 어릴 적에 놀러 갔었는데 백 년 전 사진 콘셉트로 찍어주는 게 있더라고요."

"그런 것도 있나?"

석주는 하와이에 간 적은 있었지만 여행을 목적으로 한지라 오래 체류한 적은 없어서 그냥, 그런가 보다 했다.

어쨌든 그 낡은 사진 속의 두 자매는 귀여웠다. 이런 귀여운 어릴 적 사진들이 몽땅 사라져서일까. 석주는 세아가 사진에 집착하

내 아내는 짐승

는 이유를 알 수도 있을 것 같았다.

　석주는 나름 고개를 끄덕이며 무아에게 말했다.

　"아참, 처제. 나 주말에 세아 데리고 여행갈까 하는데 장인어른 쪽에 말 좀 잘해줄 수 있을까?"

　"어디요?"

　"제주도. 세아가 기억 잃기 전에 좋아했던 곳이야."

　세아와 무아가 서로 얼굴을 마주 보더니 단호히 부정의 말을 건네 왔다.

　"안 돼요. 주말에 부모님 만나러 가기로 약속했어요."

　세아의 뜻이 확고했기에 석주는 다시 물었다.

　"안 가면 안 돼?"

　"이번엔 꼭 가야 해요. 하여간 이번 주는 안 돼요."

　석주는 그녀를 어떻게 구슬릴까 고민하다 문득 강 비서의 말을 떠올렸다. 이혼하기 싫으면 친정 식구들에게 점수를 따라.

　심지어 그제는 세아가 임 여사에게 불려가지 않았던가. 예정대로라면 세아와 석주는 이혼해 서로 얼굴을 보지 않았어야 할 사이였다. 장인어른과 장모님은 그의 집안을 몸서리치게 싫어했던 것 같았고 거기에 세아가 그제 시댁에 불려갔으니 석주를 더 좋게 볼 이유는 없었다.

　나쁜 점수가 찍혔다면 만회해야겠지. 석주는 제가 마음을 고쳐먹기로 했다.

　어쨌든 그로서도 이번 기회는 나쁘지 않을 듯했다.

　"그럼 나도 같이 가지. 세아는 차가 없고 무아 처제는 운전 못하잖아. 내가 데려다 줄게."

"음. 그러면 편하긴 하지만. 그래도."

자매는 그의 친절을 미덥지 않게 여겼다. 심지어 무아는 조심스레 따져 물었다.

"그런데 왜 데려가주겠단 거예요? 형부, 언니랑 정말 이혼 안 할 거라서 그래요?"

"응. 이혼하기 싫어."

무아가 한숨을 쉬었다.

"이혼을 하는 건 언니네 부부 일이지만, 기억이 돌아왔을 때의 언니나 제 부모님은 싫어할지도 모르겠네요. 게다가 언니 언제 기억 돌아올지 몰라요."

"알아."

"언니가 아직 형부 서먹해하고 있다는 것도 알죠?"

"어. 그래서 시간 같이 많이 보내려고. 지금부터라도 그래야지."

마음을 먹었다면 움직여야 했다. 석주는 제 옆에서 대화를 듣고 있던 세아에게 질문을 던졌다.

"토요일 아침에 당신 친정 가는 걸로 하고, 내일은 시간 돼?"

오늘은 목요일. 내일은 금요일, 주말인 토요일은 고작 이틀 뒤였다. 게다가 데이트 신청을 받은 세아는 떨떠름해 보였다.

"내일 금요일 아니에요? 하석주 씨 직장 나가잖아요."

"월차 내면 돼. 가고 싶은 데 있어?"

세아의 눈빛이 맹렬히 반짝거렸다.

"그럼 가보고 싶은 곳 말하면 되는 거예요?"

"맘대로."

"그럼 놀이동산!"

내 아내는
짐승

기다렸다는 듯 당당하게 외쳐대는 세아의 말에 석주와 무아 모두 반대했다.

"기각!"

"언니 임신했어! 놀이기구 또 잔뜩 타려고 그러지!"

이세아는 스릴을 너무 좋아했다. 놀이기구와 공포 영화를 광적으로 좋아하기도 했다. 그래도 임신한 몸으로 이건 아니지!

"차라리 식물원이 나아!"

물론 석주는 이미 이세아와 서울 근교의 식물원과 공원을 매 계절별로 섭렵한 상태였다. 기억이 없는 세아야 모르겠지만서도. 석주가 다시 고민에 빠진 사이, 뾰루퉁해졌던 세아가 타협안을 내놓았다.

"먹는 것도 귀찮은 식물을 왜 보러 가? 대신 동물원에 가요. 멀리 갈 필요도 없이 서울대공원. 거긴 놀이동산 아니니까 괜찮지?"

두 사람에게 양해를 구하는 세아의 눈이 기대로 반짝였다.

"도시락 준비할까요?"

세아는 다행스럽게도 시댁에 관한 일을 까맣게 잊어버린 것 같았다. 그녀가 휘파람을 불며 석주의 선물더미를 주섬주섬 소중하게 껴안았다. 그녀의 기분이 좋은 것 같아 석주는 더 말을 덧붙이지 않기로 했다.

하지만, 왜 마누라와의 결혼기념일 뒷날에 동물원에서 데이트인가. 석주는 인간적인 고뇌에 빠졌다. 정작 기억을 잃은 마누라는 정신마저 강제로 순결해진 듯 동물원을 보며 환호하고 있었다.

본인이 좋으니 좋은 거겠지만 정작 석주는 허무하기 짝이 없었다. 애써 준비했던 제주도 행 계획을 모두 캔슬 시킨 그는 로맨틱한 아내와의 저녁식사도 포기해야 했다. 어젠 무아가 있어서 키스도 못했다. 내일 처가에서 둘만 있을 수 있는지도 장담할 수 없다. 그의 수심을 아는지 모르는지 세아는 동물원 입구를 보며 마냥 신이 났다.

거기에 날씨마저 도와주질 않았다.

여름방학이 시작하기 전의 한적한 평일 오전의 동물원. 그곳에는 운치 있게 비가 내렸다.

일명, 장마의 시작이었다.

하루 종일 흐림. 당분간 폭우만 계속.

"……."

환상적이로군. 석주의 수심이 깊어졌다.

그의 고뇌와는 상관없이 세아는 마냥 발랄해 보였다.

그녀는 리본이 달린 크림색 레인부츠에 방수 소재의 가벼운 재킷을 입고 허리를 여몄다. 그 아래는 역시 발랄한 꽃무늬 시폰 원피스. 거기에 묘하게 어울리는 표범무늬 장우산을 쓴 세아는 총총걸음으로 동물원을 마구 돌아다녔다.

비가 와서 더 기쁜 것처럼 보이는 데다 너른 동물원이라 발이 아프지 않을까 고민했건만 석주의 기우였다. 그녀는 레인부츠를 신었다며 물이 고인 빗물 웅덩이를 마구 밟고 물을 튀기며 돌아다녔다. 심지어 그 와중에도 과일 도시락은 챙겨 와서 들고 다녔다.

그것뿐인가. 그와의 데이트고 뭐고 석주에겐 하나도 관심 없다는 듯 동물들을 보며 환호하기에 바빴다.

사자는 어떻고 호랑이는 용맹하며 기린은 목이 길고. 당연하다

내 아내는
짐승

면 당연한 사실의 나열들이 세아의 입으로 꺼내지자 색다른 느낌이
들었다.

세아가 환호하며 다가간 우리마다 동물들이 보이는 반응도 색
달랐다. 작은 초식계 동물들은 일제히 달아나 숨었다. 제법 덩치가
있는 초식계는 경계하면서도 세아를 살피는 기색이 역력했다. 커다
란 육식계 짐승들은 세아를 향해 코를 벌름거리며 가까이 다가오려
는 것 같았다. 심지어 일부는 세아가 있는 방향으로 슬그머니 다가
오기까지 했다.

"으음. 원래 이랬나."

"뭐가요?"

세아가 핑그르르, 그를 향해 돌아보았다. 그녀의 원피스 형 코
트와 원피스 밑단이 그녀의 무릎 위에서 물결쳤다. 세아의 얼굴이
환하게 빛났다.

"아, 짐승들의 반응? 내가 동족이라서 그럴 거예요."

"아아, 구미호라고?"

석주는 농담으로 여기고 그녀의 말에 맞장구쳤다.

"구미호면 여우과인가? 개과?"

"여우는 아마 크게 개과에 속할걸요."

세아가 마냥 기뻐했기에 석주는 그녀가 구미호로 주장하는데도
부정하지 않았다.

그들은 작은 전시관 안으로 들어갔다. 인공포육실과 작은 육식
동물의 육아실을 겸비한 전시관 안의 전시실에는 짐승들의 어린 새
끼들이 뒤섞여 공존하고 있었다.

황호들 사이를 폴짝 뛰어다니는 2, 3개월령의 작은 여우들도 있

었다. 세아는 그 새끼여우들과 강화 유리벽을 사이에 두고 마주했다.

"애들 엄청 귀엽지 않아요?"

"귀여워."

석주는 세아의 눈이 잔뜩 반짝거리는 모습을 보았다. 그녀는 그 작은 새끼여우들을 데려가고 싶은 듯 보였다. 그 새끼들도 총총 뛰어와 세아의 바로 앞 유리벽을 마구 긁어대고 있었다. 세아는 그 새끼들이 안쓰러운지 손을 뻗었다.

새끼들은 세아가 손을 뻗자 열광적으로 뛰며 유리창에 몸을 박기도 했다.

"그러면 안 돼."

세아의 말이 유리벽 너머로 전달되었을 뿐인데 여우들은 박치기를 멈추고 다시 파박파박, 제 손톱으로 유리벽을 긁기 시작했다.

"이세아."

"왜요?"

여우들이 세아를 보기 위해 스카이 콩콩을 뛰고 있는 배경이었다. 그 여우들을 보며 자상하게 웃는 세아가 석주의 눈에는 너무 사랑스러웠다.

눈에 넣어도 아프지 않을 만큼 사랑스러운 그의 아내, 이세아.

"우리 다시 같이 살까?"

세아가 고개를 갸웃거렸다.

"무슨 말이에요? 요즘 하석주 씨 호텔에 있다던데 합치자는 말?"

"호텔 불편할 테니 내가 세아의 오피스텔에 가는 건 어때? 아니

내 아내는
짐승

면 세아가 원하는 곳으로 집을 새로 구해도 되고."

"흐음."

세아는 잠시 새끼여우들을 바라보았다. 그 여우들은 세아를 향해 눈을 크게 뜨고 그녀만을 응시했다.

"그런데 왜 나랑 살고 싶은 거예요? 나보다 더 예쁘고 멋진 여자들 많을 텐데."

"무슨 대답을 듣고 싶어?"

"나, 사랑해요?"

"사랑해."

그 말은 자연스럽게 흘러나왔지만, 세아가 보기엔 미덥지 못했던 걸까.

"그럼 이혼은 왜 하려고 했어요?"

"이세아가 원하니까."

"으음. 거기에 하석주 씨 입장은요?"

"난 세아가 좋다면 뭐든 좋았어."

세아가 잠시 미간을 찌푸리더니 손을 저었다. 그러더니 손을 내밀었다. 석주는 그녀의 작은 손을 부여잡고 흔들었다. 빗방울이 그들의 맞잡은 손을 적셨지만 묘하게도 손이 뜨거운 기분?

세아가 우산 아래로 그를 빤히 바라보다 얼굴이 붉어졌다. 그를 묘하게 의식하는 분위기에 석주의 마음도 묘하게 설렜다. 새끼여우들은 유리벽 너머에서 그들을 빤히 바라보고 있었다.

어쩐지 첫사랑에 빠진 기분이었다. 연애 때의 설렘이 되살아나는 듯했다.

"생각 좀 해볼게요. 하지만 내가 기억이 없다는 거 감안해줘요.

나 혼자 결정하긴 어려워요. 어차피 이혼하려 했던 거니까."

"알았어. 한 바퀴 더 돌아볼까? 아니면 점심 먹자."

세아가 고개를 끄덕였다. 석주는 그녀의 손을 잡았다.

"점심 먹고 사막여우 보러 가요."

"그러지 뭐. 그런데 걔들 야행성 아니었나?"

"내가 보러 가면 깰 거예요."

세아는 자신만만하게 대답했다.

그들은 점심을 먹고 다시 느긋하게 이동했다. 서울대공원의 지도를 참고해 돌다 사막여우의 우리 앞에 다다랐다.

석주는 야행성이라고 생각한 사막여우들이 커다란 귀를 쫑긋 세우고 아몬드 같은 검은 눈을 반짝이며 세아의 앞으로 모여드는 광경을 볼 수 있었다. 경계심 없이 세아를 보기 위해 우글우글 모여드는 여우들이 참으로 이상해 보였다.

세아는 여우들에게 이상한 소리로 말을 걸었다.

"아우우우. 컹컹."

사람의 입에서 나왔다기엔 믿기 힘든 리얼한 짐승 소리에 외려 석주가 화들짝 놀랐다. 그 소리에 귀를 쫑긋거린 사막여우들의 반응은 더 엄청났다.

그 사막여우들이 일렬로 서서 떼 합창을 했다.

아오오오 삐삐. 아오오오.

그 사막여우들이 내는 묘한 휘파람 같은 울음소리.

세아는 그 아이들에게 말을 걸었다. 사막여우들이 귀를 쫑긋거리더니 그들의 말로 대답했다. 한참이나 그렇게 오가던 문답이 끝나고 세아가 그곳을 떠날 때 사막여우들이 다시 모여 합창을 했다. 그

내 아내는
짐승

합창 소리는 묘하게도 감동적이었다.

낮에는 대공원을 다리가 아프도록 걸었던 탓에, 석주는 저녁 무렵 레스토랑과 한적한 커피숍으로 세아를 데려갔다. 그들이 예전에 자주 데이트를 했던 장소였지만 세아는 기억하지 못했다. 하지만 그녀는 낯설어하지 않고 꽤나 즐거워 보였다.

촛불이 켜진 테이블에서의 저녁식사는 나무랄 데 없었다. 식탁에는 그녀가 좋아하는 스테이크가 있었고 배경 음악으로 근사한 통기타 연주가 흘러나왔다.

대화도 물 흐르듯 자연스럽게 이어졌다. 어제까지만 해도 석주에 대해 남아 있던 세아의 막연한 경계심 전부가 사라져버린 것 같았다.

이것저것 대화를 하다 세아는 어느새 요가 스튜디오의 진상 고객에 대해 분노를 뿜어냈다.

"……며칠 전 저녁에 왔다는 진상 고객이 이번엔 또 오전에 와서 학원을 휘젓더라고요. 아, 맙소사. 소비자보호원에 고발한다나 뭐래나."

"뭣 때문에?"

"학원 수강 삼 개월 치를 끊었으니 그 삼 개월 동안 자기가 원하는 시간이면 언제든 학원에서 샤워를 할 권리가 있다. 못 하게 한다면 소비자보호협회에 고발하겠다."

"그게 뭐야. 거기 목욕탕이었어?"

그들은 기가 막혀 웃었다. 이후 이어진 대화도 따지고 보면 별 내용은 아닌 사소한 것들이었지만 화기애애했다. 서로 대화하고 떠들고 노느라 시간이 가는 줄도 몰랐다. 레스토랑에서 나와 커피숍에서도 그들은 꽤 오래 시간을 지체한 듯했다.

스킨십은 배제된, 성적인 욕망과는 거리가 먼 참으로 건전한 데이트였다.

그는 밤늦게 세아를 오피스텔까지 데려다 주었다. 건물 지하주차장에 차를 댄 그가 세아에게 넌지시 물었다.

"올라가면 커피 줄 거야?"

세아가 고개를 가로저었다.

"내일 부모님 집에 가야 한다고 무아 와 있단 말이에요."

석주는 내심 투덜거렸다. 즐거운 건 좋았지만 생각해보면 오늘의 데이트는 참으로 건전했다. 참고로 내일은 그녀의 친정행. 세아와 둘만 있는 시간을 내긴 어려울 테고 같이 있다 해도 장인어른과 장모님의 감시에 감히 키스조차 시도도 하지 못할 터였다.

"내일 볼 건데 왜 지하주차장에 차를 대요? 나 내려주고 석주씨도 호텔 빨리 들어가는 게 나았을 텐데. 피곤하잖아요."

"그냥."

지하주차장의 이 장소가 CCTV의 사각지대란 걸 석주는 애써 말하지 않았다.

석주가 세아의 안전벨트를 풀기 위해 그녀 쪽으로 몸을 돌렸다. 석주의 몸이 다가오자 세아가 잠시 흠칫하는 게 느껴졌다. 하얀 얼굴, 여전히 귀여운 외모. 얌전하지만 요염한 색기가 잔뜩 풍겨나는 그의 아내. 석주는 두 손으로 그녀의 얼굴을 감쌌다. 놀란 그녀의 동공이 한없이 커졌다.

"저기, 석주 씨."

내 아내는
짐승

"키스 한 번만."

바로 그의 입술이 그녀의 입술을 스치기도 전, 석주의 입술이 그녀의 손바닥에 닿았다. 그 손바닥을 슬쩍 핥던 석주가 불만 어린 표정으로 살짝 얼굴을 떼어내어 세아를 응시했다.

"키스도 안 되나? 데이트의 끝은 키스잖아."

"하지만 당신 나랑 자고 싶잖아요."

"부정하진 않아."

"석주 씨."

"키스만이라도 하게 해줘."

"안 돼요."

"꼬물이 때문에?"

입을 꽉 깨물고 있던 세아가 천천히 입을 열었다.

"지금 참고 있는데요. 내가 당신 덮치면 곤란하잖아요."

뭐? 석주는 제 귀를 의심했다.

석주가 그 여운에 잠시 감동으로 몸을 떠는 동안, 세아가 살짝 다가와 그의 이마에 제 입술을 살짝 눌렀다가 떨어져나갔다. 석주는 그 찰나의 온기를 느끼며 이마를 더듬었다.

나쁘지 않았다. 하지만 그녀와 더 오래, 진하게 키스 하고 싶었다. 석주 안의 늑대가 마구 울부짖는 기분이었다.

"나 세아랑 좀 더 같이 있고 싶어. 세아의 가슴도 만져보고 싶고."

석주는 제 나불거리는 입을 막았다. 망할 입이 방정이다. 세아가 아니꼬운 듯 그를 노려보고 있었다. 석주는 저도 모르게 변명조가 되었다.

"난 당신 기억 잃은 뒤로 손도 못 대고 있어."

세아가 기가 막혀 팔짱을 꼈다.

"그래서? 어쩌라고요?"

"저번에 내 여기 보려고 했잖아."

석주가 제 중심부를 슬쩍 가리켰다. 세아는 더욱 기막힌 얼굴이 되었다.

"지금 거시기를 보여주고 내 가슴을 만지시겠다 이거예요?"

"지금 보기 싫으면 가슴만 살짝 빌려줘. 등가교환이지."

세아에겐 아니꼽고 치사한 상황이나, 어쩌면 석주에게도 정말 좋은 기회였다. 그녀와 포옹을 한 지도 너무 오래되었다. 건전한 것도 좋지만 그에겐 세아와의 스킨십이 절대적으로 부족했다.

「사랑하는 만큼 질릴 때까지 안아줄게요.」

신혼 초 세아는 그렇게 말했다. 헌데 지금의 그녀는 자신의 가슴과 석주의 거시기를 진지하게 번갈아보며 저울질 중이었다. 지하주차장임을 인식한 그녀가 한참 만에야 허락했다.

"옷 위로 만지는 건 돼요."

세아의 말이 떨어지기 무섭게 석주는 양손을 세아의 가슴 둔덕 위에 내려놓고 그 감촉을 음미했다. 맨살을 만지고 싶지만, 일단 여기까지. 그의 손이 욕망에 부르르 떨었다. 세아의 시선은 저절로 텐트를 치고 있는 그의 거시기군에게로 향했다.

"석주 씨, 괜찮아요?"

괜찮을 리 없지. 석주는 욕망의 해갈을 포기하고 세아의 가슴을 더 강하게 주물럭거렸다. 세아의 얼굴이 점점 빨갛게 달아올랐다.

내 아내는
짐승

"저, 저기 어, 언제 뗄?"

한참만에야 석주는 미련을 버리고 손을 뗴었다. 그리곤 내친 김에 제 호주머니 속의 반지 케이스를 꺼내 세아의 손가락에 끼워주었다. 석주의 것과 디자인이 같은 반지였다.

"이 반지 뭐예요?"

"결혼반지. 당신 오피스텔 서랍에 있더라. 몰랐어?"

"그런데 끼워주는 이유가?"

세아의 물음에 석주는 애매하게 웃었다.

"낮에도 말했지. 이세아와 함께 살고 싶다고."

"아아. 그럼 이혼은?"

세아는 멍한 표정이었다. 석주는 잘라 말했다.

"안 해. 절대 안 해."

"하지만, 저기. 이혼해야만 할 이유가 있었다면요? 이세아가 당신을 속이는 거 있었다면 어떻게 할 거예요? 나 구미호라고요. 인간이 아니라고요."

석주는 구미호니 인간이 아니란 대사를 제 머리에서 필터링 했다. 석주에겐 세아가 이혼을 피하려고 하는 핑계로밖에 들리지 않았다. 하지만 지금의 세아는 석주와 함께 보낸 1년이 넘는 시간들에 대한 기억이 없다. 그녀의 조바심도 그는 이해했다.

"당장 대답하란 거 아니야. 생각해봐. 난 당신이 기억을 잃지 않았어도 똑같이 말했을 거야. 우리 아이에게도, 우리에게도 최선을 다했다고. 최소한 과거를 돌이켜봤을 때 후회하지 않는 선택을 했으면 해."

석주가 세아의 이마에 짧게 키스했다. 세아가 조심스럽게 차에서 내렸다. 그녀가 헤어지는 것에 미련이 있는지 머뭇거리자 그 역시 아쉽다고 생각했다.

"내일 아침에 데리러 올게. 같이 친정 가자."

내 아내는
짐승

9. 이세아의 친정에서 생긴 일

석주는 다음날 아침, 일찍 세아의 오피스텔로 향했다.

늦잠을 잔 자매들에게 죽 가게에서 사온 고기죽을 떠넘긴 그가 그녀들을 재촉했다. 그는 슬림한 회색 정장에 차분한 군청색 넥타이를 맨, 잔뜩 기합을 준 차림이었다. 그가 폼을 재고 서 있자 자다 일어난 모습이 역력한 세아와 무아가 잔뜩 투덜거렸다.

"아, 맙소사. 형부가 양복인데 내가 운동화 신으면 곤란하잖아."

"음. 드레스 코드도 따져야 해?"

고심하던 그녀들이 차례로 샤워를 하더니 옷방에서 옷을 골라 입었다. 세아는 가벼운 블라우스에 슬림한 정장 바지를, 무아는 세아의 정장 재킷 하나를 빌려 석주의 분위기에 맞췄다.

화점에 들러 과일바구니를 산 그들은 정오가 되기 전, 이 교수네에 도착했다. 석주를 필두로 한 자매들의 손엔 장인과 장모님의 선물인 낚시 세트와 명품 백, 한우 세트와 과일 바구니까지 들려 있었다.

"저희들 왔어요."

이 교수는 대문 앞까지 나와 그들을 맞았지만 기분이 저조해 보였다. 골프웨어를 입고 뒷짐을 진 이 교수는 석주를 보자마자 이맛

살을 찌푸렸다. 석주로선 세아가 퇴원한 이후, 장인을 만나는 것이 이번이 처음이었다.

"장인어른, 그간 무탈하셨습니까."

"자네도 멀쩡해 보이는군."

불편한 심기를 드러내는 장인이 석주에 대해 곧장 경계심을 드러냈다. 그 날선 모습은 집 안에 들어가서도 여전했다.

"세아는 그렇다 치고 자네는 왜 따라왔나?"

"세아가 사고 때문에 당분간 운전을 하지 않는 것 같아서, 제가 데려다 준다고 자청했습니다. 일단 절 받으십시오."

석주가 넙죽 절을 했다. 그의 장인과 장모는 얼떨결에 절을 받고 어리둥절한 얼굴이었다.

"선물은 고맙지만 자네는 필요 없네."

석주를 냉큼 내쫓으려던 장인을 장모가 말렸다.

"여보, 일단 점심때니 점심 먹고 얘기해요. 식사는 편하게 해야죠."

"하지만."

"일단 밥부터 먹고 하자고요. 네?"

"아버지, 나 배고파요. 언니도 배고프대요."

무아까지 끼어들자 잠시 기세가 눌린 장인이 일보 후퇴했다.

안락한 거실에는 커다란 교자상과 그 교자상 위를 가득 채운 잔치 음식들이 세팅된 상태였다. 갈비나 잡채, 산적, 냉채를 비롯한 세아와 무아 자매들이 좋아하는 고기반찬들이 가득한 상차림이었다. 도우미까지 불러 마련했다는 음식의 맛은 꽤나 기가 막혔다.

생각해보니 처갓집에서 제대로 된 식사를 한 적은 이번이 처음

내 아내는
짐승

인지라 석주로서도 모든 것들이 새로웠다. 장인어른은 세아 때문에 마지못해 그를 받아들이는 것이 역력했지만 적어도 석주를 무시하려들진 않았다.

잔칫상 같은 거나한 식사를 하고 상을 물린 뒤였다. 석주는 장모님과 세아 자매들을 도와 상을 치웠고 이후 장인어른과의 독대를 위해 굳은 결심을 했다.

"무슨 이야길 할 거예요?"

궁금해진 세아가 물었다. 석주는 대답 대신 세아가 목에 목걸이처럼 걸고 있는 결혼반지를 보았다. 그녀가 반지를 내팽개치지 않았으니 이건 긍정적인 신호였다.

"맡겨둬."

석주는 의미심장한 미소를 되돌려준 뒤 굳은 결심을 하고 안방에 들었다.

철저한 좌식 공간으로 꾸며진 안방의 상석에 걸터앉은 장인 이현축 교수의 얼굴은 드세게 사나워 보였다. 석주는 다시 장인어른에게 절을 했다. 물론 장인은 타박도 잊지 않았다.

"나 아직 안 죽었다! 절을 또 왜 해!"

"장인어른, 제가 많이 부족한 거 압니다! 잘하겠습니다!"

석주는 반격이나 말대답을 하는 대신 냉큼 몸을 넙죽 엎드렸다.

"뭘?"

장인의 표정도 생뚱맞았다. 장인의 살기를 느껴서일까. 석주는 제가 한없이 위축되는 기분이었다.

"무슨 일이지?"

문가에서 세 모녀들이 몰래 그들을 훔쳐보고 있었다. 석주는 그들을 잠깐 돌아보며 결단을 내렸다. 장인은 여전히 잔뜩 심기가 불편한 얼굴이었다.

"하고 싶은 말이 뭔가."

"저랑 세아, 재결합하고 싶습니다."

"왜?"

"재결합하겠습니다. 세아가 없으면 안 됩니다."

세아가 문가에서 괴상한 감탄사를 냈다. 하지만 석주는 굴하지 않았다.

"자네가 무슨 생각을 하든 곤란하네. 절대 재결합은 안 돼. 이혼하게."

왜냐고 물어보려 하자 장인의 얼굴은 귀신처럼 더 험악하게 일그러진 채였다.

"세아가 자네가 죽도록 좋다고 해서 결혼한 거, 임신한 것까진 이해하네만 재결합은 결사반대네! 생각해봐도 네놈의 수명은 너무 짧아!"

뜬금없는 수명 타령에 석주는 장인의 얼굴을 응시했다.

"저 몸 건강합니다. 장인어른보다 오래 살 자신 있습니다."

"아, 글쎄! 안 된다니까! 백 년도 못 살잖아!"

"장인어른도 환갑 되시지 않습니까?"

"그건 액면가네!"

말싸움을 조용히 경청하던 세아가 끼어들었다.

"그런데 아버지? 나 구미호인 거 말했는데 이 사람이 안 믿어요."

순간 과일 접시를 들고 오던 장모님과 처제가 놀라 와장창 접시를 떨어뜨려 엎었다. 석주의 앞에 있던 장인마저도 하얗게 얼어 있었다.

그리고 침묵이 이어지는 듯했으나.

"어, 언니, 그, 그걸 말하면 어떻게 해! 아니라고 해!"

"비밀이었어?"

머리를 긁적이던 세아가 석주를 향해 말했다.

"나 구미호 아니에요."

갑작스런 부정에 분위기는 참 오묘해졌다. 석주도 식은땀을 훔쳐내며 대꾸했다.

"그럼요. 요즘 세상에 구미호가 있을 리가 없잖습니까."

그러자 가족들이 전부 싸한 분위기로 돌변했다. 이후 처가 식구들과는 가벼운 담소를 나눴지만 중요하진 않았다.

석주와 세아는 그 뒤 이 교수의 집 뒤로 이어진 산책로를 따라 걸었다. 고즈넉한 숲길 사이의 분위기나 공기는 좋았다. 석주는 조용히 앞서가는 세아의 늘씬한 실루엣을 응시했다. 카디건을 여미던 그녀가 돌아보며 말했다.

"미안해요, 나 구미호 아니에요. 절대 아냐."

"알았어."

너무 강한 부정은 긍정이라 했던가. 석주는 아내의 가족들 전부가 자신들을 구미호라 믿는지도 모른다 여겼다. 꼬물이로 인해 피로 이어져버린 가족들이니 그 가족들이 엉뚱하고 이상한 성향을 갖고 있다 한들 체념하는 수밖에.

생각해보면 석주는 처가 식구들과 가까이 지낼 새가 없었다. 그들의 결혼생활 내내 세아는 그가 자신의 친정 식구들과 어울리는 것을 달가워하지 않았다.

처제 무아야 조금 익숙하다지만 그 무아조차도 한 달에 한 번 볼까 말까 했다. 따로 만나거나 밥을 사준 적도 없고 그 흔한 용돈 한 번 찔러주지 않았다.

장인어른이 술을 좋아한다는 말에 지방 명주(名酒)를 사서 두어 번 장인의 학교로 보낸 적이 있지만 처가에 간 적도 없다. 심지어 장인과 겸상을 한 적도 없었다.

석주도 그의 본가와 반쯤 절연한 분위기라 세아가 시댁 가는 기회를 최소한으로 줄였다. 헌데 세아는 달랐다. 절연한 게 아니라 석주가 그녀의 친정 식구들과 연관되는 것 자체를 꺼리며 반대하는 모습이었다. 그가 무아와 친하게 지내려 하자 세아는 반대했었다. 왜였을까?

그녀는 언제 이혼해도 괜찮을 정도로만 그와 거리를 유지하려 했던 걸까.

"장인어른 술 좋아하시지?"

"아마도?"

세아가 고개를 갸웃거리며 대꾸했다.

석주는 일단 장인어른이나 장모님과 대화를 하기로 했다. 일단 그분들이 저를 내치진 않았으니 희망적이긴 했다.

석주는 늦은 오후 마을 산책을 나갔다. 마을 입구에는 이 교수가 좋아한다는 수제 막걸리집이 있었는데 그곳에서 막걸리 한 궤짝을 배달해달라 부탁했다.

그 뒤 석주는 다시 이 교수의 별채 작업실로 되돌아갔다. 이 교수는 거기서 한창 건물 설계 모형과 씨름 중이었다. 석주를 발견한

이 교수는 불쾌한 얼굴이었다.

"자네 무슨 일인가?"

"장인어른 술 좋아하십니까? 요 앞 막걸리 가게에서 막걸리를 사왔습니다."

"음. 자네 생각해서 먹어는 주지."

석주는 마지못해 받아들이는 척하는 장인을 보며 몰래 웃음을 삼켰다. 하지만 세아가 술 귀신이었던 걸 떠올리며 장인어른의 주량도 만만치 않을 거란 마음의 준비를 해야 했다.

불편한 양복 대신 편한 트레이닝 복으로 갈아입은 석주는 저녁 식사를 함께했다. 술상이 차려진 건 드라마 광이라는 장인과 장모가 저녁을 먹고 주말 드라마를 시청한 이후였다.

석주가 사온 막걸리가 해장국과 파전 등의 안주와 함께 상 위에 올랐다.

임신한 세아를 제외한 가족들 전부가 술을 나눠 마셨다. 석주는 취기로 기분이 좋아진 장인어른의 잔에 계속해서 막걸리를 따랐다. 술은 많으면 많을수록 좋다던 세아의 충고 덕에 궤짝으로 사 와서, 모자랄 일은 없어 보였다.

"자네도 한잔 하게."

장인이 석주의 잔에 막걸리를 가득 채웠다.

"이 집 막걸리가 무척 맛이 좋거든. 얼른 마시게, 다 비워보라고."

"장인어른이 먼저 마셔야죠."

"그럼 같이 죽어보세나."

웃는 낯으로 말하는 투가 살벌한 장인이었다. 석주는 불길함을 느끼며 술을 대작했다. 그의 우려가 현실로 바뀌기까지는 30분도 채 걸리지 않았다. 그들의 주변으로 마신 막걸리 병들만이 잔뜩 쌓여갔다.

안주삼아 이야기도 끊이지 않았다. 이런 얘기, 저런 얘기. 술의 힘을 빌리면 뭐든 할 수 있는 기분이었다. 석주는 꽤 이상하지만 장인이 기껏 새파란 대학생들에게 열 받은 이야기 레퍼토리를 줄줄이 들었다. 술병은 점점 비워져갔다. 소주도 맥주도 아닌 막걸리에 석주의 혈중 알코올 지수가 한없이 상승했다.

환갑이 다 되어가는 장인이 왜 이렇게 술이 강한 것인가!

이현축이 건축업계 최고의 주당이라 불리는 걸 알았다면 대작하려들지 않았을 것이다. 석주가 이미 술에 취해 몸이 갸우뚱거리는데도 장인만이 태산처럼 굳건했다.

마시다 배가 불러 화장실을 가기도 수차례.

시간이 지날수록 화장실을 가는 것조차 험난한 고행이었다. 다시 돌아와 보면 석주가 비운 빈 그릇에 우윳빛 자태를 자랑하는 막걸리가 찰방거리곤 했다.

"한 잔 더 쭉 하게나. 아니지, 내가 모범을 보여야지. 먼저 마시겠네."

현축이 제 그릇에 가득 놓인 막걸리를 들이부었다. 말끔하게 원샷으로 비워진 장인의 그릇을 보며 석주도 먹지 않을 수 없었다.

점점 눈앞이 흐려지고 있었다. 아, 내 간 괜찮으려나?

부어라 마셔라 하다 보니 눈앞이 흐려졌다. 이미 석주의 주량은 한계치를 넘어섰다.

이 밤만 지나면, 영원히 술을 끊어버릴 테다.

내 아내는
짐승

한계를 넘어서면, 괴상한 추태마저 보인다고 했는데. 정신을 챙겨야 하는데.

그의 몸이 서서히 앞으로 기울었다. 다시 오뚝이처럼 서기를 반복했다.

······.

석주는 다시 눈을 떴다. 아주 오랜 시간이 지난 기분이었다. 장인이 아주 흡족한 표정으로 해맑게 웃으며 석주의 어깨를 두들겼다.

"내 오백 년 만에 이런 건 처음이야."

"네에에에?"

"자네가 그 정도로 세아를 원하는 줄 몰랐군. 비록 자네가 인간이긴 하지만 네 허락해봄세. 자네의 뜻이 정 그렇다면 이혼을 좀 더 유보하고 차근차근 생각해보세나."

"······?"

대체 무슨 일이 벌어졌던 거지?

장모님은 새 신부 같은 홍조를 면면히 띄우며 석주를 향해 수줍어하고 있었다.

"하 서방. 술 그만 마시고 여기 꿀물 좀 마셔보겠어? 어이쿠, 우리 사위."

장인과 장모의 눈에 그를 향한 애정이 샘솟는 듯 보이는 건 눈의 착각일까? 어쨌든 그는 너무 졸려 제대로 생각할 수 없었다. 고개를 돌린 그가 입이 찢어져라 하품을 했다.

흡족해진 장인이 석주의 등을 떠밀었다.

"졸리나? 그만 가서 자게. 이층에 가서 자게나."

심지어 장인은 아마도 그를 2층까지 부축해준 것 같았다. 석주는 비틀거리며 눈에 익은 2층 문 하나를 열었다. 얇은 여름 이부자리 위에 세아로 추정되는 여자가 잠들어 있었다. 석주는 그 향기를 잔뜩 들이켰다.

아아, 내 마누라 냄새다.

그는 털썩, 세아의 옆에 드러누웠다. 손끝도 까딱할 수 없을 정도로 몸이 무거웠다. 잠시 눈을 붙이자 그대로 졸음이 몰려왔다. 잠결에 무언가 보드라운 털뭉치들이 잔뜩 그의 몸을 간질인 것도 같지만 정신을 차릴 수가 없었다.

하지만 그의 아내가 잠들어 있는 꿈은 행복했다. 찰진 엉덩이도 보드라운 가슴도, 제 품에 폭 안기는 그녀의 몸매도. 그녀의 가는 숨소리를 내는 작은 입술도 모두 모두 그는 사랑했다. 잠결에 손끝에 휘감기는 꼬리뭉치들이 덥다는 느낌이었지만 이건 꿈이니까 아무래도 좋았다.

석주가 2층으로 올라가기 30분 전.

하석주를 바라보는 장인 이 교수와 장모 송 여사의 심경은 복잡했다. 그들은 하석주를 싫어하진 않았다. 어찌되었든 딸이 좋아하는 사람이었다. 하석주는 인상이 좋고 서글서글해서 첫인상도 좋았다. 무엇보다 반인반수들이 좋아할 만한 체향을 지녔다.

아쉬운 점이 있다면 그들이 구미호이며 하석주가 인간이라는 점.

한번 마음을 먹으면 그대로 밀어붙이는 무식한 딸, 이세아가 결혼을 강행해버렸으니 하석주는 그들의 사위인 건 분명했다. 또한 그

사위가 명줄이 짧은 인간임을 고려해볼 때 순혈의 구미호인 그들은 반대할 수밖엔 없었다.

스타일도 좋고 건강하며 싹싹한 하석주는 누가 봐도 탐낼 사윗 감이었다. 이 교수는 하석주가 딸이 결혼을 강행할 만큼의 매력남 이라는 걸 인정했다. 그 모델 뺨치는 사위가 편한 트레이닝 복으로 갈아입고 배시시 그들 앞에서 해롱거리고 있다. 귀엽고도 발칙해서, 그들의 심경은 더욱 복잡했다.

사위의 눈이 풀리고 입가에 미소가 바보처럼 걸린 모습에서 오 히려 이 교수와 송 여사는 눈을 뗄 수 없었다. 아니, 귀여워 죽을 것 같다.

석주가 벌떡 일어나 숟가락을 마이크처럼 잡고 말했다.

"장인, 장모님. 이, 이 밤. 끝까지 불타며 막 달려보겠습니다."

목소리만큼은 명확했지만 움직임은 한없이 비틀거렸다. 그리고 하석주는 메들리로 신나게 뽑았다. 구성지게 트로트를 뽑아대는 가 락에 이 교수와 송 여사는 관광버스라도 탄 듯 광란의 춤을 더했 다. 노래를 잘 부르는 것은 아니었지만 구성졌다. 하석주의 구성진 꺾기에 특유의 바이브레이션이 더해지자 모두의 어깨춤이 절로 튀 어나왔다.

500년을 살아온 이 교수가 감탄했다.

"오오. 음주가무의 화신, 한국인이로구나."

그 마지막은 폭풍 애교로 마무리되었다. 우연히 일어났다가 목 격한 무아가, 차마 말로는 옮길 수 없는 광경을 목격했다. 덩치가 큰 하석주가 귀여워 보여 무아마저 까무러칠 것 같은 모습이었다. 이 교수가 그 애교에 넉 다운이 되어 쓰러지기 일보직전이었다.

"장인, 나 귀여워?"

"그럼 그럼! 귀엽고말고! 우하하하!"

무아는 질끈 눈을 감고 그 광경을 외면했다. 차마, 눈물이 앞을 가려 옮길 수가 없었다.

하석주가 그녀를 보며 웃고 있다. 그의 상반신엔 아무것도 걸쳐져 있지 않았다. 아슬아슬하게 골반 아래로 걸쳐진 청바지의 앞 후크가 느슨히 벌어져 있다. 세아는 남자가 속옷을 입지 않았다는 것에 제 꼬리 아홉 개를 걸 수 있었다.

남자는 아일랜드 식탁을 침대 삼아 길게 누워 그녀를 바라보며 턱을 괴었다. 그는 제 목에 걸린 빨간 나비 리본을 만지작거렸다.

「리본은 별론가? 역시 넥타이로 맸어야 하나?」

세아는 멍한 얼굴로 남자를 응시했다. 남자는 제가 청바지 광고 모델이라도 되는 양 제 몸에 자신만만했고 동시에 뻔뻔해 보였다.

그가 손짓했다.

「이세아, 이리 와.」

세아는 홀린 듯 그 손을 바라보았다.

처음엔 끌렸다. 다분히 그와의 섹스는 충동적이었다. 하지만 데이트를 하는 내내 이유 없이 좋았다. 어느새 더 깊이 빠져들어 허우적댔다. 이별하는 순간도 아쉬워 미칠 것 같았다. 그와의 만남은 돌발적이었으나 그녀는 제가 사랑에 빠졌다는 걸 순순히 인정했다.

그녀가 천천히 남자에게 다가갔다. 누워 있던 남자가 몸을 일으키며 그녀의 손목을 낚아챘다. 세아의 몸이 앞으로 잡아당겨져 어느새 남자의 몸 위로 기울었다. 석주가 웃었다.

내 아내는
짐승

「잡았다!」

그녀의 얼굴에 잔 키스의 비가 쏟아진 건 다음이었다. 굶주린 듯 서로를 갈구하며 입술을 깨물고 치아와 혀, 서로의 입안을 해부하듯 게걸스럽게 맛보고 먹어치우는 키스.

석주가 내려섰다. 그의 두 다리 사이에 갇힌 세아는 그의 키스를 받아들여야 했다.

세아는 그런 꿈을 꾸었다.

바른마을, 이 교수의 전원주택 2층 방에는 침대가 없다. 매트리스 위에 얇은 이부자리를 깔아 침대 흉내를 내었다. 간혹 오는 딸들은 잠자리를 가리지 않아 그 정도만으로도 충분했다.

다만 집 뒤가 산인지라 창에는 벌레가 들어오지 못하도록 방충망을 단단히 설치했다. 천장에는 캐노피를 달아 모기장을 대신하는 우아한 분위기를 내었다.

그 캐노피를 들추고 들어온 무언가가 세아의 옆에 털썩 드러누웠다. 지독한 술 냄새가 확 풍겨 왔다. 세아의 몸 위에 턱하니 무거운 팔 하나가 얹혔다. 그 팔을 걷어냈지만 남자가 다시 그녀의 허리 위에 팔을 올려놓았다.

세아가 추워서 잠결에 이불을 잡아당겼지만 이불은 꿈쩍도 하질 않았다. 세아는 찬바람에 뒤척였고 그녀의 옆에서 신음하던 남자가 그녀를 끌어안아 가두었다. 그의 품은 따스했다. 세아는 몸을 깊이 묻고 단잠에 빠졌다.

그 평화로움도 잠시.

세아는 팬티와 얇은 원피스 잠옷만을 입고 잠들었다. 헌데 인간

이불이 계속 그녀의 민감한 가슴팍에 머리를 헤딩해 왔다. 요망한 손이 원피스 자락을 들치며 안으로 침입해 왔다. 그 손길을 걷어내려 했지만 무언가가 세아의 수면을 방해하며 더 엉켜들었다.

강한 빨판이 그녀의 가슴께에 들러붙어 흡입했다. 커다란 몽둥이가 가랑이 사이를 번복해서 자극한다. 특히 제 가슴을 내리누르는 무언가가 이내 그녀의 몸 전체를 무겁게 찍어 누르고 있다. 다리 사이를 자극하며 비벼오는 몽둥이 같은 것 때문에 허리를 뒤로 빼려 했지만 그럴 수 없었다. 도리어 허리 아래로 파고 든 손 때문에 그녀의 몸이 아치형으로 휘었다.

세아의 맨가슴을 정신없이 흡입하는 누군가의 이와 혀, 이 모든 것에서 달아나고 싶었지만 그때마다 자극은 더 깊어졌다. 제 연한 여성 사이를 공략하는 몽둥이뿐 아니라 팬티 사이를 휘저으며 침범하는 손까지.

흐읍!

그녀가 손으로 제 신음을 막았다.

몸이 불판 위의 오징어처럼 꿈틀거렸다. 의미 없는 몸부림조차 그를 막지는 못했다. 아니, 정말 막고 싶은 건지도 세아는 알 수 없었다. 고문하던 그의 입술이 떨어지나 싶더니 복부를 타고 이동했다. 그러다 그녀의 다리를 잡고 멋대로 활짝 벌린 남자가 머리를 파묻었다. 헉!

츱츱, 젖어 있는 그녀의 팬티 사이를 헤집고 흡입하는 누군가. 제 안에서 흘러내리는 애액을 남자는 맛있다는 듯 삼켰다. 팬티가 어디로 갔는지 모른다. 세아는 조급해졌다.

이건 견디기 힘든 고문이었다!

임신을 해서일까. 지나칠 정도로 몸이 예민해져 제 말을 듣지 않았다. 뜨거워진 몸 탓에 머리가 빙빙 돌았다.

그때였다. 똑똑. 누군가 그녀의 방문을 노크했다.

"세아야 깼니?"

어머니 송 여사의 목소리다! 세아는 제 몸을 내려다보았다. 원피스 잠옷이 목까지 걷어 올려지고 빨리고 짓뭉개진 가슴과 다리 사이의 남자. 제 몸은 제가 봐도 민망하고 야하기 그지없었다. 이 꼴을 어머니에게 들키기라도 한다면!

"깼니?"

문을 두들기는 소리. 송 여사가 문을 두들겼다. 세아는 다급히 원피스 잠옷을 추스르며 남자를 냅다 밀쳐냈다. 들켰나? 들키지 않을까?

"나, 나가요!"

세아는 후다닥 옷을 내린 뒤 방문을 빠끔히 열었다. 송 여사는 쟁반을 내밀며 세아의 등 뒤 방 안을 곁눈질하는 듯했다. 그러다 석주의 돌아누운 등을 발견하고 씩, 웃어 보였다. 설마 눈치 채셨으려나?

세아는 쟁반을 받으며 식은땀을 흘렸다.

"방 안이 좀 후끈거리는구나. 창문 좀 열어. 하 서방은 잘 자지?"

"아아."

세아는 제 귀를 의심했다. 언제부터 하석주를 모친이 그렇게 다정하게 불렀을까. 하 서방이라니? 게다가 하석주가 세아의 방에서 자는데도 왜 아무것도 묻지 않는 걸까.

"이거 꿀물이다. 하 서방 깨면 주렴."

세아의 졸음이 죄다 달아났다. 뭔가 어젯밤 거실에서 무시무시한 일이 일어났던 것 같은데, 그건 대체 뭐지?

오홍홍홍, 간드러지는 웃음을 짓던 어머니 순임이 퇴장했다. 그기척에 옆방에서 하품을 하며 파자마 차림의 무아가 비죽 얼굴을 내밀었다.

"흐아아암. 엄마는 왜 난 꿀물 안 주고 형부만 줘."

"어제 하석주 씨가 뭘 했는데?"

연거푸 하품을 하던 무아가 말했다.

"아아, 언니는 못 봤겠네. 나도 자기 전에 잠깐 내려갔다가 봤는데 형부 죽이더라. 어머니랑 아버지가 그 애교에 넘어가셨지. 서른이 넘은 성인 인간 남자가 하기엔 차마 눈뜨고 보기 힘든 애교였는데 그게 보기가 좋더라고. 특히 어머니 아버지가 정말, 정말 무지좋아하셨어. 구미호들이라면 전부 백 퍼센트 홀릴 만한 애교야. 완벽했어! 이걸 지금에서야 알다니, 아버지가 통탄하셨지."

무아가 눈을 반짝 빛내며 '형부 애교가 짱이었어!'를 외치자 세아의 머릿속은 더 혼란스러워졌다.

"언니가 왜 결혼했는지 알겠더라. 형부가 구미호 녹이는 재주가 있어. 나도 자칫 잘못하면 꼬리 다 꺼내서 발라당 누울 뻔했지 뭐야. 아버지가 당장이라도 여우로 변신해 배를 까고 쓰다듬어줘, 라고 울부짖으실 것 같던데. 그 꼴을 언니가 봤어야 해!"

"……."

"형부 파이팅."

무아가 총총 제 방으로 사라졌다. 세아만이 꿀물 한 그릇을 든 채 썰렁한 이층 복도에 남겨졌다. 아니, 하석주의 필살 애교가 대체 뭐냐고!

제 방으로 돌아와 보니 이부자리 위에서 여전히 뒹굴며 실눈을 뜨는 하석주가 보였다. 무아의 호들갑스런 목소리에 깬 모양이었다.

"으으."

석주는 신음했지만 계속 엎드린 채 눈만 굴렸다. 세아의 눈치를 살피는 것 같기도 했다.

"깼어요? 일어나 봐요."

"귀찮아."

세아는 꿀물 대접을 내려놓고 그를 흔들었지만, 그는 꿈쩍도 하질 않았다.

"어젯밤에 뭘 한 거예요?"

"뭘?"

"술 마시면서 부모님 어떻게 녹인 거예요? 아니, 무아까지 왜?"

"……무슨 말이야? 누가 누굴 녹여?"

석주는 누운 채로 고개만 가로저었다. 하지만 그의 몸에선 아직 술 냄새가 진동을 했다.

술에 취해서 자신이 뭘 했는지 모르는 걸까? 세아는 귀신에 홀린 기분이었다.

"식기 전에 꿀물 좀 마셔요."

"……귀찮아, 빨대로 먹여줘."

웅얼거리는 석주의 목소리에 세아의 주먹이 파르르 올았다. 참을까, 말까 고민하던 그녀의 손이 그의 등짝을 가볍게 후려갈겼다.

철썩! 가볍지만 매서운 한 방에 하석주가 놀라 비명을 질렀다.

"아, 아파아!"

"임신한 마누라 그렇게 부려먹고 싶어요?"

"미안, 미안."

정말로 아픈 건지, 아니면 엄살인 건지. 툴툴거리는 석주가 마지
못해 그녀가 내미는 꿀물 한 대접을 비웠다. 그 뒤엔 곧장 다시 엎
드리려들었다.

"소화 안 돼요. 다 삼키고 좀 이따 누워요."

"등 아파. 귀찮기도 하고. 더 자고 싶었는데."

"왜?"

"좋은 꿈 꿨어."

하석주가 아쉽다며 입맛을 다셨다. 세아는 제 욱신거리는 젖가
슴 위로 팔짱을 꼈다. 석주의 손이 세아의 손등을 톡톡 두드렸다.

"자기가 나한테 좋은 거 해주는 꿈 꿨어. 돼지꿈인가 봐. 로또라
도 긁어야 하나."

"……."

"아, 자기. 옷 벗어줄 수 있어?"

하석주가 더 뻔뻔해지고 있다. 세아는 가볍게 그를 무시하려 했
지만.

"옷 벗어서 내 위에 있어주면 더 좋고."

세아는 대답하는 대신 베개를 던졌다.

"나가!"

"뭘 나가?"

석주는 오늘따라 뻔뻔하고 끈질겼다. 하긴, 그 끈질긴 체력과
집념은 구미호인 그녀가 인정하는 바였다.

내 아내는
짐승

"뭔지 모르겠지만 세아야, 잘못했어."

말로만 사과였다. 심지어 하석주가 입맛을 다시며 그녀의 원피스 잠옷 자락에 손을 뻗었다. 사심을 품은 손이 그 잠옷 자락 아래로 슬쩍 숨어들었다.

"자기, 다리 더듬어도 돼?"

세아의 머리가 띵했다. 그러다 그녀가 회심의 미소를 지었다. 변태에는 변태로 승부하는 법!

"돌아누워봐요."

석주가 어리둥절한 채 몸을 뒤집었다. 세아는 그의 중심부를 빤히 노려보았다. 그녀의 시선을 한 몸에 받은 석주의 분신이 이내 맹렬히 부풀어 올라 제 존재감을 드러냈다.

"남근 씨 만져줄까요?"

순간 그의 눈이 밤하늘의 별처럼 초롱초롱해졌다.

"정말, 진짜?"

"그럼요. 남근 씨 남근을 뿌리째 뽑아줄 테니까."

세아가 웃으며 손을 가볍게 풀었다. 뚜둑뚜둑. 살벌하게 관절 움직이는 소리에 석주가 제 남성을 황급히 가렸다.

"나, 나 고자 만들려는 생각은 아니지?"

너무 놀랐는지 그는 말까지 더듬었다. 세아는 식은땀을 흘리는 석주의 옆으로 접근했다. 그녀가 구미호의 특기를 이용해 순식간에 손톱을 날카롭게 세웠다. 석주 길어나온 짐승 손톱을 보며 기함했다.

"세, 세아야. 왜. 손톱 언제 그렇게 돼, 됐어? 나, 나 진짜 고자 만들 생각이야?"

"고자면 어때요? 나 임신해서 이미 애 하나 있는데."

"하, 하나가 아니라 최소 둘은 나, 낳아야지. 저, 저출산 시대에!"

"일단 맞고 시작할까요?"

세아는 냉큼 하석주의 몸 위로 올라탔다. 그는 숙취로 반응이 느려진 탓인지 피하지도 못했다. 세아는 순식간에 석주의 얇은 여름용 트레이닝 복 위로 도드라진 살덩어리를 움켜쥐었다.

"이, 이세아! 너무 하잖아! 예고부터 하고!"

세아는 신음하는 하석주를 내려다보았다. 옷 위로 잡혀 있긴 하지만 그의 남근은 참 위대했다. 이게 내 몸에 들어갔었단 말이지? 세아는 휘파람을 불면서 그의 남성을 조몰락거렸다. 석주의 얼굴이 붉어지고 신음을 내는 것이 아프고 좋은 건지 구분이 애매했다.

"세아야, 조금만 느슨하게. 응?"

"여기가 급소인건 분명하네요."

세아는 더 강하게 그의 남성을 비틀어 쥐었다. 하석주가 더 자지러졌다. 매력적이지만 험악한 인상의 얼굴이 더 험악하게 일그러져 제 욕망을 드러냈다.

"손톱은 세우지 마!"

"손톱만 안 세우면 돼요?"

재밌다. 세아는 빙긋빙긋 웃으며 그의 남근을 불끈 쥐었다. 너무 힘을 주었던 걸까, 그가 입가에 거품을 물고 뽀르르, 넘어가기 일보직전이었다.

"하, 하석주 살려."

"죽어보시죠."

내 아내는
짐승

석주의 팽창한 남근을 두 손으로 쥔 채 세아가 빙긋빙긋 웃었다. 석주는 그녀의 아래에서 자지러지고 있었다. 한참이나 쥐락펴락하던 세아가 석주의 몸을 살폈다. 가슴팍도 튼튼하고 복부에 왕자도 새겨져 있고. 오오. 얼굴이 좀 험상궂긴 하지만, 미소가 매력적이니 패스. 누구보다 튼튼한 몸과 뛰어난 간의 소유자. 과연 이세아가 결혼까지 골인할 만했다.

한참이나 그의 남성을 쪼물거리던 세아는 숨이 넘어가기 일보직전의 하석주를 바라보았다. 목에 핏줄이 잔뜩 서서 헐떡거리는 남자를 보며 너무 했나 싶었다. 그의 몸에서 시작된 열기가 방 안을 가득 메울 정도로 뜨거웠다.

그 열기를 식히는 건 열린 창문뿐이었다. 활짝 열린 창 너머로 굵은 빗방울이 튀어 들어왔다. 자욱한 빗소리가 사방을 울렸다.

"아, 비 온다."

세아의 집중력이 순간적으로 흐트러졌다. 반격할 틈을 노리던 석주가 그녀의 몸을 안고 굴렸다. 그러더니 그녀의 원피스 자락을 다급히 걷어 올렸다.

"자기 가슴 흥분해져서 뾰족한 거 알아?"

석주가 제 부푼 남성을 그녀의 허벅지에 문질러댔다. 그의 양손이 그녀의 풍만한 가슴을 짓누르며 만지작거렸다. 그의 손 아래 가득 잡히는 가슴의 몽글몽글한 감촉에 석주는 감격한 표정을 지었다.

"세아의 젖가슴도 무척 건강해. 너무 건강해."

세아는 문득 아래를 바라보았다. 세아의 방 아래가 부모님의 안방이었던가, 거실이었던가.

"소리 나면 곤란한데."

청력이 무척 뛰어난 구미호들이다. 세아가 새파랗게 질리는 것과 달리 석주는 그녀를 제 무게로 내리누르며 의기양양해 했다.

"장인어른이 방음장치를 완벽하게 해뒀댔어."

그건 또 언제 물어본 거냐. 세아가 혀를 내둘렀다. 이럴 땐 이현축이 건축가라는 사실이 원망스러웠다.

"꼬물이 있으니까 끝까지 안 가. 그러니까 괜찮지?"

그녀의 가슴을 짓궂게 깨물고 침범벅으로 만들며 석주가 속삭였다. 그녀의 원피스 자락을 들추며 그녀의 알몸을 배회하는 그의 손길은 무척이나 바빴다.

"끝까지 안 간다니까. 아오, 우리 마누라. 못 만져서 돌아가실 뻔했네. 못 만져서 스트레스였다니까."

우쭈쭈쭈. 석주는 그녀를 만지며 좋아 죽으려는 얼굴이었다. 그리고 자신이 세아의 알몸을 만져야 하는 이유를 나열했다.

"스트레스 받으면 간 건강이 나빠진대."

"……."

"세아 자기. 예전에 내 간 건강 많이 걱정했잖아. 그러니까 내가 스트레스 받으면 곤란하겠지?"

속삭이는 목소리에 세아가 솔깃했다. 정말 스트레스 받으면 안 되긴 하지. 아무리 이혼 직전이라도 전남편의 간이 나빠지면 곤란하다. 구미호의 반려 선택 기준에는 건강한 '간'도 포함이니까.

"자기는 내 간 건강을 지켜주려 했었지. 안 그래?"

"……."

기억을 잃기 전에도 이세아는 구미호의 본분을 잃지 않았구나.

내 아내는
짐승

세아는 기뻐해야 할지 슬퍼해야 할지 알 수 없었다.

"음. 간이 건강해야 한다면 어쩔 수 없죠."

석주가 아싸, 라고 소리를 지르며 그녀를 덮쳐 왔다. 서로의 입술이 맞닿았다. 석주의 손은 그녀의 복부 아래로 성급하게 파고들었다. 굶주린 듯 그가 정열적으로 그녀의 입안을 헤저었다. 입술 사이로 야스러운 신음이 퍼져나갔다. 그 소리를 장마의 강한 빗소리가 덮었다.

그 지붕 아래 귀를 쫑긋거리던 구미호 세 마리가 붉어진 얼굴로 부채질을 한 것은 알지 못했다.

어느새 장마가 끝나가고 있었다. 세아의 기억은 여전히 오리무중이었다. 하석주와 같이 살지 않는 정체 상태도 이어졌다.

하지만 그들은 하루에 최소 다섯 번 이상 통화를 하고 수십 통의 문자를 주고받았다. 석주는 저녁이면 오피스텔에 들러 거실에서 자고 가기도 했다. 함께 저녁을 먹고 오붓하게 시간을 보내기도 하고 답답하면 한강에 나가 드라이브를 하기도 했다. 무아의 표현에 의하면 같이 살진 않지만 깨가 쏟아지는 중이었다.

세아는 일어나 집 안을 청소한 뒤 오전엔 요가 학원에 갔고 석주가 퇴근하기 전인 늦은 오후, 오피스텔로 돌아왔다. 둘 사이엔 무아가 자주 감시역으로 붙어 있어 야한 짓을 하는 건 쉽지 않았다. 시간과 장소의 제약상 끝까지 가는 건 불가능했으나 누군가 그들을 감시한다는 느낌에 작은 불장난조차 스릴 있고 짜릿했다.

세아는 그사이 요가 수업을 계속 참관했고 때로는 수업에 참여했다. 일반반의 강의는 어느 정도 가능해 수업을 뛰기도 했지만 기억이 돌아오지 않아 미흡한 점이 많았다. 그녀는 수업보단 학원 관리에 신경 쓰기로 했다.

평일은 세아와 석주 모두 바빠서 그들의 본격적인 데이트는 늘 주말이었다. 그나마 볼 수 있는 건 평일 저녁 정도였지만 저녁시간은 늘 한정적이었다. 주말엔 계속 얼굴을 맞대고 같이 있을 수 있었다.

석주는 매일 아침 호텔 피트니스 클럽에서 헬스나 수영을 했다. 세아는 요가 강사답게 오랜 시간을 요가 스튜디오에서 머물렀다.

운동하는 시간과 데이트하는 시간을 늘리기 위해 세아가 머리를 쓴 방법은 요가 스튜디오를 활용하는 방법이었다. 스튜디오는 가끔 있는 주말특강을 제외하면 평일 늦은 밤이나 토요일은 비어 있는 날이 많았다.

세아는 수강생들이 모두 떠나고 난 뒤의 텅 빈 요가 스튜디오를 좋아했다. 건물의 2층에 주점이 있고 밤늦게까지 장사를 하고 있는 가게들이 있는 고로 건물은 늦게까지 셔터를 내릴 일이 없었다.

석주는 그녀와 약속한 자정 무렵, 옆구리에 샴페인 한 병을 들고 그녀의 학원 문을 노크했다. 불이 꺼진 학원에서 몰래 그를 위해 문을 여는 건 어쩐지 스릴 있는 일이었다.

"어? 세아 혼자 있는 거야? 무섭지 않아?"

"왜 무서워요?"

이래봬도 구미호였다. 두려울 것은 없었다.

"받아, 이거 무알코올이야."

아직은 조금 시원한 감이 있는 무알코올의 샴페인. 샴페인에선 아직도 몽글몽글 탄산이 올라왔다. 세아는 원장실에 숨겨둔 목이

내 아내는
짐승

긴 와인 잔을 꺼내와 석주와 함께 텅 빈 요가 홀로 들어갔다.

불을 꺼둔 요가 홀은 묘한 분위기였다. 한 면이 유리창으로 되어 있다 보니 바깥의 불빛들이 고스란히 보였다. 그 밤의 야경을 안주삼아 톡 쏘는 복숭아 맛 샴페인을 잔에 채웠다. 석주가 제 잔을 들고 그녀의 잔에 쨍, 하고 부딪쳤다.

"뭘로 건배해요?"

"글쎄?"

"나 구미호라 치고 꼬리들 칭찬도 해줘요. 뱃속에서 자라는 꼬물이도."

샴페인 잔을 든 석주가 어둠 속에서 웃었다.

"아직 구미호 타령이야? 원한다면 해주지."

쨍, 유리잔들이 부딪치는 소리들은 참으로 경쾌했다. 석주가 말했다.

"꼬물이에게 건배! 세아의 꼬리들에 건배!"

건물 밖에 보이는 야경들이 마구 반짝반짝거렸다. 세아가 마시는 샴페인의 맛은 무척이나 달콤했다.

10. 요가 수업을 합시다

장마가 끝나가던 주의 토요일 오전.

석주는 운동을 한다며 요가 스튜디오를 찾아왔다.

원장실의 한 공간에는 석주가 결혼기념일 이벤트로 대량 주문한 빨간 요가 매트들이 돌돌 말려 단체로 쌓여 있었다. 석주는 그 뒤에서 세아가 미처 발견하지 못했던 검은 요가 매트와 남성용 요가복 한 벌을 찾아냈다.

"그거 누구 거예요?"

왜 묻느냐는 듯 그가 눈썹을 치켜떴다.

"당연히 내 거지."

하석주 전용의 요가 매트와 남성용 요가복이 원장실에 있었다라. 세아는 미처 예상하지 못했다.

"여기 자주 왔었어요?"

세아는 시커멓고 묵직한 명품 요가 매트와 한 벌인 매트 깔개를 들었다. 족히 10킬로그램은 넘는 묵직한 요가 매트의 무게에 세아의 몸이 휘청거리자 석주가 얼른 빼앗아들었다.

"내가 들게. 운동이나 하러 가자고."

"흠음. 그런데 석주 씨 전용 매트까지 있는 건 몰랐네요."

"한 번을 쓰더라도 남이 쓰는 건 싫어. 냄새 나잖아. 아 참, 옷 갈아입고 올게."

제 요가 매트를 요가 홀에 아무렇게나 던지고 나간 석주가 몇 분 뒤 남자 탈의실에서 옷을 갈아입고 돌아왔다.

딱 달라붙는 반팔 상의에 남성용 레깅스와 그 위에 복서 팬티를 겹쳐 입은 모양이었다. 석주는 제 모습을 내려다보며 툴툴거렸다.

"이 쫄쫄이 정말 싫어. 전신 수영복도 아니고."

"그럼 반바지 입어도 돼요."

"싫어."

석주의 묘한 철학에 그녀는 두 손을 들 정도였다. 덥다면서 왜 저리도 싸매고 있는 건지.

"덥죠? 좀 벗든가."

"품위에 어긋나. 나한테도 패션 철학은 있어."

세아는 죽을 놈의 패션 철학에 대해 구시렁거렸다. 패션 리더들은 겨울엔 추워 죽고 여름엔 더워 죽는다더니 제 남편이 그 꼴인 줄은 몰랐다.

장마가 끝나서인지 지독하게 더웠다. 요가 홀에는 에어컨을 서늘하게 틀어놓았는데도 서서 걸어 다니는 것만으로도 땀이 후드득 쏟아질 지경이었다. 창문 너머로 강렬한 햇살이 오픈된 요가 스튜디오 일부를 데우고 있었다.

"덥다, 더워."

세아는 손부채질을 하며 제 머리카락을 걷어 올려 위로 고정시켰다. 그녀가 몸을 휙 돌리자 석주의 시선이 그녀의 확 파인 요가복 나시티에 꽂혔다. 몸에 밀착하는 요가복 나시티는 등판이 시원하게 파여 섹시한 등골을 고스란히 노출하고 있었다.

그 등을 노려보는 석주의 시선이 점점 더 흐뭇해졌다. 나시티 아래로는 7부 길이의 얇은 요가 팬츠 차림이었다. 레깅스보다 얇은 여름용의 요가 팬츠는 그녀의 몸매를 적나라하게 드러내었다.

임신했다지만 아직도 너무 날씬해 티가 나지 않는 몸. 게다가 세아는 여전히 처녀 때처럼 섹시했다. 그냥 섹시하다뿐인가. 민낯의 요가복 차림일 뿐인데도 고혹적이었고 이젠 농염해 보이기까지 했다.

석주는 정신없이 그녀의 몸을 훑으며 눈에 담았다.

"역시, 시원하게 파인 게 좋아!"

그는 그녀의 요가복 나시티뿐 아니라 요가 팬츠를 살피며 군침을 흘렸다. 7부 팬츠 아래로 드러난 그녀의 맨다리와 맨발은 더욱 사랑스러워 보였다.

"난 요가복이 너무 좋더라. 브래지어를 안 입으니 더 좋고."

"캡 나시티니까."

"요가 팬츠도 좋아. 당신 허벅지가 잘 보이거든."

"하아. 요가 할 생각 있어요?"

"요가 좋지."

그는 오랜만이었지만 요가 동작들을 좋아하긴 했다. 물론 자신이 하는 것 말고, 그녀가 하는 동작들을 구경하는 걸 좋아했다. 그녀가 엎드리는 자세도, 버티는 자세도, 엉덩이를 하늘로 들어 올리는 동작을 하는 것도. 움직일 때마다 가슴이 아래로 모여 가슴골이 환하게 내려다보이는 것 모두 죄다.

"앞으로 웬만하면 등이 다 파인 걸로 입자, 세아야. 집에서도 과감하게 등 파인 옷으로 입거나 야하게 입으면 안 될까?"

세아는 마냥 한숨을 쉬었다.

"그래서 요가 안 할 거예요? 할 거예요?"

"하면 되잖아. 하면!"

석주는 툴툴거리면서도 수건과 물병까지 챙겨 왔다. 세아는 그의 이마를 아슬아슬하게 스치는 앞머리를 슬쩍 들어 올려 핀까지 꽂아주었다.

"난 헬스나 수영이 적성이지, 매트운동은 질색이야."

"건강한 몸에 건강한 간이 깃들죠! 입 다물어요, 석주 씨 얼른 요가나 해요!"

"알았다고."

세아는 음악을 틀고 석주를 상대로 빈야사 수업을 시작했다.

동작이 물 흐르듯 연결된다는 뜻의 빈야사(Vinyasa)는 균형과 집중을 강조하는 요가 커리큘럼 중 하나였다. 가볍게 몸을 푸는 기초 동작을 10분 정도 한 뒤 그녀는 기초적인 빈야사 수업으로 들어갔다.

세아는 석주의 호흡과 동작을 보며 구령을 했다. 세아의 목소리와 동작을 보며 석주는 그녀의 동작을 거의 완벽하게 따라했는데 그 폼이 안정적인 데다 각도도 제대로 잡힌 것이 초짜는 분명 아니었다.

"호오. 요가 동작 잘 나오는데요?"

다시 십여 분이 지났을 무렵이었다. 석주는 온몸으로 비지땀을 흘리며 투덜거렸다.

"이, 이세아, 조금만 늦게 가면 안 돼? 호흡 좀 고르고."

"평소에 체력 좋다면서요?"

"그건 그거고 이건 이거지!"

말을 하는 와중에도 그의 이마에서 굵은 땀방울이 뚝뚝 아래로 떨어질 지경이었다.

요가 수업 중에서도 제법 강도가 높은 것이 빈야사 수업이었다. 석주는 한 자세로 버티며 에어컨 쪽을 바라보았다. 에어컨이 작동되는 것인가 의문이 들었다. 미치도록 덥다. 온몸이 땀에 흠뻑 절여져 벌써 쉰내가 나는 기분이었다.

누가 요가를 쉬운 운동이라고 했던가. 석주는 괴로워했다.

"이세아. 조금 쉬자. 이거 왜 이렇게 힘들어?"

세아 역시 땀을 훔쳐내며 소리쳤다.

"닥치고 전사 자세! 손을 앞으로 찔러요. 강하게. 양팔은 수평! 자세 유지!"

음악은 느릿느릿 흘러가는 인도풍이었지만 세아는 계속해서 연속적으로 움직였다. 물론 제 옆의 남자의 자세를 보는 것도 잊지 않았다.

"로우! 플랭크! 허리를 좀 더 굽혀요! 양팔은 안쪽으로!"

"이세아! 이게 무슨 데이트야! 지금 날 상대로 수업 테스트하는 거지?"

"네! 그럼 닥치고 계속! 태양 경배 세트 A 세 번 더 갑니다."

"나 죽이려고 작정한 거지!"

"다른 여자들도 다 해요! 태양 경배 세트 AB 열 번씩 돌릴까요?"

"됐거든요? 난 고양이 포즈가 제일 좋더라. 엉덩이를 매력적으로 쳐든 모습이 정말 보기 좋았어."

"……닥치고 요가나 하시죠? 아니면 허리 꺾어버린다."

하석주는 말없이 합장을 하며 선 자세로 돌아왔다. 아무래도 예전 세아에게 허리를 꺾인 적이 있었던 걸까. 그녀가 한숨을 쉬었다.

한참이나 비지땀을 흘리며 빈야사 요가의 아홉 시퀀스 중 일부를 끝냈을 때였다. 마무리로 몸을 풀기 위해 무릎 아래를 매트에 대고 몸을 테이블 자세로 유지했다.

운동으로 경직된 허리를 천장으로 둥글게 말아 올리고, 다시 반대의 동작을 느리게 반복했다. 고양이 자세를 반복하다 보니 덕분에 엉덩이가 탱탱하게 위로 바싹 쳐들려진 모양새였다.

그녀의 등 뒤로 슬그머니 그림자가 드리워졌다. 석주가 냉큼 그녀의 등을 자신의 손바닥으로 눌렀다. 덕분에 세아는 엉덩이를 높게 쳐든 채 바닥에 상체가 엎어진 자세가 되었다. 땀을 흘리던 터라 얼굴에 매트에 비벼지는 감각은 좋지 않았다. 그뿐이랴. 석주의 남성이 제 엉덩이로 파고드는 감각은 뭐랄까, 너무 묘했다. 하석주가 풍기는 특유의 페로몬까지 그녀의 머리를 어지럽게 만들었다!

"하석주. 왜 이래요? 당장 손 떼요."

"난 고양이 자세가 좋아. 엉덩이가 제일 사랑스럽게 강조되니까."

엉덩이만 바싹 높게 올려진 포즈는 요가를 할 땐 아무렇지도 않았지만 저를 노리는 상대가 등 뒤에 있을 땐 다른 문제였다. 세아는 그 상대에게 으르렁거렸다.

"얼른 등에서 손 떼요."

"싫어."

이놈의 상변태 같으니라고!

"얼른 내 몸에서 손 떼! 내 엉덩이에서도!"

"엉덩이 쪽은 손이 아니라 거시기."

"어느 쪽이든 떼!"

"여기가 너무 좋아서 말이야. 자기 우리가 얼마나 섹스 안 한 줄 알아?"

세아는 그의 커다란 남성을 느끼며 곤혹스러워했다. 요가복은 신축성은 좋지만 둔부의 라인을 적나라하게 드러내는 터라 이런 상황은 참으로 민망했다. 요가 나시티는 쓸데없이 등이 너무 많이 파였다. 여름용으로 만들어진 요가복 바지 역시 소재가 얇아 비쳐주기까지 한다. 젠장, 안에 티 팬티 입었단 말이다!

세아는 소리 없는 절규를 냈다.

그녀를 효과적으로 제압한 석주가 마구 등 뒤에서 느물거렸다.

"자기, 찐한 키스 한 번만 해준다면 놔줄게."

"닥치고 몸 떼요."

"조금만, 조금만 기다려줄래?"

그의 몸은 전혀 다른 이야기를 하고 있었다. 키스만으로 끝날 것 같아? 세아는 그럴 리 없다고 확신했다.

잔뜩 흥분한 그의 남성이 세아의 둔부 위를 마찰했다. 그의 흥분한 남성은 그녀의 안으로 파고 들 듯이 거셌다. 그녀의 바지 위쪽을 거세게 잡아당겨 바지를 찢어 놓을 것 같았지만 신축성이 좋은 요가바지가 쉽게 찢어질 리 없었다. 석주가 젠장, 낮게 욕을 했다. 석주에게 엉덩이를 들어 맞추던 세아가 고개를 돌리다 커다란 창을 보았다.

"하석주 씨. 내가 당신 날려버리기 전에 얼른 떨어진다, 실시!"

세아가 근육으로 뭉쳐진 단단한 다리에 힘을 줄 때였다. 그녀의 반격을 예상한 석주가 후다닥 떨어져나갔다. 세아는 두 팔에 힘을 주며 몸을 일으켰다. 그녀의 등 뒤에서 석주가 잔뜩 원망스런 눈초리를 날리고 있었다.

"하여간 세아는 매정해. 키스도 안 해주고."

"갑자기 웬 키스 타령?"

하지만 하석주는 보기 드물게 진지했다. 그의 이마를 타고 흐르는 땀방울에 세아가 저도 모르게 두근거렸다. 땀에 찌들어 끈적끈적해진 모습이 참으로 야성적이었다. 게다가 제게 눈을 흘기는 모습이 귀엽기까지 했다.

뭐, 잠깐만이면 되겠지.

세아는 토라진 남자를 위해 그의 목을 헤드 락으로 끌어내려 입술을 겹쳤다. 저돌적이지만 로맨틱은 쥐뿔. 그저 입술을 댔을 뿐인데 남자의 눈이 휘둥그레졌다. 하지만 끈적끈적한 정염의 손이 그녀의 몸을 휘감은 건 그다음의 일이었다.

남자의 입술은 빨판으로 변했고 무시무시하게 그녀를 흡입하기 시작했다. 반인반수가 이겨내기에도 참으로 우악스런 힘으로 그녀를 감쌌다.

"읍, 읍!"

키스는 점점 깊어졌다. 그녀의 몸이 점점 강하게 끌어당겨졌다. 입술이 먹혔을 뿐 아니라 그녀의 등을 타고 그의 손이 흘러 그녀의 엉덩이를 꽉 잡아 쥐었다. 키스에 집중하려던 그녀는 가까이서 윙윙

울리는 에어컨 소리가 거슬렸다. 유난히도 바깥 도로의 경적 소리가 시끄럽게 울렸다.

그녀의 시선이 전면 유리창에 언뜻 비치는 그들의 모습을 겹쳐 보았다. 한쪽 전면이 유리인 바깥. 지금은 토요일 오전의 환한 대낮 이었다.

혹여, 건너편에서 누가 보기라도 한다면!

석주의 손이 그녀의 엉덩이를 잡다 못해 슬그머니 옷 안으로 파고들기 직전이었다. 등판에 활짝 부채처럼 펼쳐진 손이 안착하려던 찰나.

세아는 그와 입술을 겹치다 저도 모르게 석주를 빠르게 밀쳐냈 다. 석주는 뒤로 나동그라지는 흉한 몰골은 면했지만, 왠지 분한 표 정이었다.

"키스, 왜 하다 말아?"

"진도 어디까지 뺄 거예요? 바깥에서 보인다고! 그리고 여기 오 후에 수업 있어요!"

"잠깐만이면 되잖아!"

"잠깐으로 끝날 것 같지 않으니까 그러죠!"

"그럼 아주 찌이인한 키스 하나만 해주면 되잖아!"

요가든 운동이든 하라고 불렀지 키스하자고 불렀더냐. 아까까지 한 건 진한 키스가 아니더냐. 세아는 부아가 치밀었다. 기억을 잃었 든 아니든 이곳은 그녀의 일터였다.

"세아 너."

"잠깐만."

세아가 귀를 쫑긋 세우며 바깥 소리에 귀를 기울였다. 세아가

내 아내는
짐승

목을 빼고 한참이나 바깥을 경계했다. 그 모습에 석주도 의아해 흘의 바깥을 바라보았다.

누군가 안으로 잠긴 요가 스튜디오의 문을 덜컹덜컹 열어보더니 비밀번호를 해제하고 들어왔다.

헐렁한 저지 원피스에 야구 모자를 쓴 지수가 샌들을 벗다가 세아를 발견했다. 석주도 느닷없는 침입자, 지수의 등장에 놀라 헛기침을 했다.

"어라?"

"지수야, 왔어?"

"세아도 있고 하석주 씨도 있네. 오랜만이죠? 운동하러 왔나 보네요."

"오랜만입니다. 지수 씨."

간단한 인사를 한 석주가 화장실로 사라졌다. 토라진 것이 뻔히 보이는 그의 뒷모습에 세아는 한참이나 눈을 흘겼다. 지수가 의미심장한 시선을 보냈다.

"너희 안에서 뭐 했어?"

"아, 아무것도."

세아가 슬그머니 시선을 돌리자 지수가 키득거렸다.

"싸웠니?"

세아는 대답하지 않았다.

"흐음. 일단 나 옷 좀 갈아입고 나올게. 좀 이따 주말 요가 특강하기로 해서 회원들 올 거야. 먼저 와서 가볍게 몸 푸는 애들 있을 테니까 싸운 척 티내지 말고."

"알았어."

세아가 요가 홀에서 자신과 그의 매트를 걷고 깔끔하게 치운 참이었다.

점심시간에 맞춰 회원들이 우르르, 약속이라도 한 듯 요가 스튜디오 안으로 들어왔다. 그녀들은 가볍게 점심을 때우려고 했는지 샐러드나 샌드위치, 도시락 등을 든 채였다. 그녀들이 입구에서 들어오다 세아를 발견했다.

"어머, 아나 샘 계셨네요?"

세아의 요가 강사명은 아나. 수강생들은 그녀를 아나 샘으로 부르기도 했다.

어느새 스튜디오의 홀 밖, 응접실에는 주말 특강을 들으러 온 일고여덟 명의 수강생들로 시끌벅적했다. 그리고 석주가 뒤늦게 화장실에서 나왔다.

"남자 칸에 손 닦을 휴지가 떨어졌던데."

요가복을 입은 잘생기고 키 큰 젊은 남자!

미혼인 회원들의 눈이 번뜩였다. 그녀들이 석주의 주변으로 구름처럼 몰려들었다. 오랫동안 운동을 해온 데다 한여름이다 보니 그녀들의 옷차림은 아찔할 정도로 헐벗은 차림이었다.

"아나 샘 남편 분이시죠?"

"전에도 한번 본 적 있잖아요. 그땐 양복 멋지게 입고 샘 데리러 오셨던데. 오늘은 요가복 입은 것도 멋지네요."

석주는 얼떨떨해 있다가 세아의 눈치를 살피더니 수강생들에게 한껏 웃어 보였다. 그녀의 불편한 심기를 아는지 모르는지 석주는 평소보다 상큼한 미소를 주변에 흩뿌렸다. 여자들은 까르르, 넘어가기 일보직전이었다. 석주가 세아의 남편인 줄 알면서도 질문 공세를 퍼붓기도 하고 누군가는 그의 팔뚝과 근육을 만져보고 엉덩이도 두드려보기까지 했다!

세아의 눈에서 불이 튀어나올 뻔했다. 지수마저도 경탄했다.

"우와 늑순이 대단한데."

"늑순이?"

"아아, 김일선. 내가 요가 강사 한다고 하니 따라온 늑대인간 1이지."

지수는 일곱 명의 여자들 중 석주에게 가장 꾸준히 스킨십을 시도하는 여자를 가리켰다.

"그런데 네 남편 친화력 좋다. 미소 한 방에 여자들이 다 넘어가네. 게다가 페로몬이 묘한데. 너 제때 안 덮쳤겠구나."

"누가 듣겠어!"

세아는 지수를 원장실 쪽으로 밀어 넣었다.

"뭘 걱정하는 거야? 여기서 청력 좋은 건 너랑 나, 늑순이뿐인데. 나머지는 다 일반 인간들이라고. 그리고 이세아 너. 아무리 이혼이 어쩌니 해도 임신까지 해치웠겠다. 기억이 없다는 이유로 어떻게 남편을 덮쳐주지 않을 수가 있어? 여기서 한 번씩 남편이랑 한 거 기억 안 나? 하긴 안 나니 못 덮치겠지. 네 남편 페로몬 덩어리라고 참을 수 없어 했는데."

내가 덮쳐? 여기서? 세아는 그걸 부정하고 싶었다. 그녀는 아직은 기억상실증이었다!

"하여튼! 난 저런 거 몰라!"

여자가 한을 품으면 오뉴월에도 서리가 내린다는데 구미호가 한을 품으면 어찌되는지 보자. 세아는 이를 갈며 사무실에서 나오다 아니꼬운 광경을 목격했다.

김늑순이 하석주의 팔을 제 쪽으로 끌어당기며 팔짱을 끼려 하지 않겠는가! 세아의 눈에서 순간 레이저가 발사될 뻔했다.

김늑순은 백치미가 엿보이는 미인으로 몸매도 나쁘지 않았다. 제 몸매에 꽤나 자신 있는 듯 그녀는 아찔한 핫팬츠에 배꼽티 차림이었다.

세아의 눈이 이글거리자 지수가 그 모습을 살피며 슬그머니 웃었다.

"늑순이 내가 처리해줘?"

하석주에게 자연스레 스킨십을 해대는 일명 김늑순이 눈엣가시. 세아는 부드득 이를 갈았다. 석주와 세아의 시선이 허공에서 마주쳤다. 순간 두 눈이 불꽃을 뿜어댔다.

키득거리던 지수가 중간에 나서서 박수를 쳤다.

"자자, 다들 남자에 굶주렸어요? 그분 좀 놔줘요. 원장 샘이 화내십니다."

하지만 여자들의 짓궂은 호기심은 그칠 줄을 몰랐다.

"요가 하러 오신 거 같은데 우리랑 같이 해요!"

"나이 몇 살이세요?"

"몸 좋다!"

지수가 다시 상황을 정리했다.

"자자. 유부남은 그만 건드리고 우리 각자 점심 먹자고요!"

"예이."

의욕 없는 대답들이 여기저기서 흘러나왔다. 그녀들이 응접실 테이블에서 가져온 것들을 펼쳐놓는 사이, 세아는 석주와 자신이

내 아내는
짐승

사용한 매트와 깔개를 옆구리에 차고 이동했다.

"내가 할게."

석주가 그녀를 따라 원장실로 들어왔다. 애초에 공간 활용상 사무실을 크게 만들지 않아서인지 석주까지 들어서자 더 공간이 답답하게만 느껴졌다.

"화났어?"

땀이 송골송골 맺힌 남자가 목에 걸린 수건으로 땀을 훔쳤다.

"내 마누라 무엇 때문에 화가 났을까?"

하석주는 땀에 젖은 모습조차 매력적이었다. 여름을 맞아 짧게 쳐버린 머리카락도 그의 매력을 감소시키긴 못했다. 그 하석주 덕에 원래 이세아가 속앓이를 했을 거란 건 명백해 보였다.

세아는 하석주를 보며 점점 부아가 치밀어 올랐다.

남자인데도 저런 준수한 얼굴로 달콤하다 못해 헤픈 웃음을 아무 데나 팔고 다니고 있기 때문이다. 그러니 날파리들이 꼬일 수밖에. 잘생긴 남자들은 얼굴값을 한다더니 그것도 제 남편이 저렇게 여자들에게 친절한 줄은 몰랐다.

물론 세아의 뾰족한 시선을, 석주는 다른 의미로 해석했다.

"설마 세아야, 질투해주는 거야? 나 회사에서도 인기 좋아. 내가 회사의 꽃 이사라는 거 기억을 잃기 전의 당신도 잘 알았어."

아예 불을 지피고 있다. 세아의 분노가 더 치솟았다.

"그렇게 인기가 좋으면 그 여자들한테나 가시든가요. 기억 잃었으니 알 게 뭐야. 싫으면 이혼하고."

"유치하게 그럴래!"

"내 일터 와서 멋대로 다른 여자들한테나 꼬리치고 있으니까 그렇지!"

"내가 꼬리가 어딨어!"

"나한테는 있다, 어쩔래요!"

그 유치한 대화가 새어나가지 못하게 지수는 사무실의 문을 꼭
꼭 닫아두었다. 그리고 혀를 찼다.

"많이들 싸워라, 좋을 때다."

방년 늑대 처자 이백오십 세. 내 늑대 왕자님은 어디 있을까. 지
수는 고민하다 슬그머니 원장실 앞으로 다가오는 김일선, 일명 늑순
의 엉덩이를 발로 뻥, 찼다. 일선은 억울한 얼굴이 되었다.

"왜 때려!"

늑순의 멱살을 잡아끌며 지수가 으르렁거렸다.

"맞을 만하니까 맞지. 하필이면 너, 왜 이세아 남편에게 눈독들
이니? 꼬리치지 마!"

"내가 언제!"

일선이 한참이나 구시렁댔지만 지수는 그 말을 싹 무시했다.

요란한 주말이 지나갔다. 여름은 절정에 달했다.

지독한 더위와 여름휴가가 맞물린 시기인지라 요가 스튜디오는
한산했다. 수강 기간을 딜레이 시킨 회원도 있었고 휴가를 떠난 회
원들도 있었다.

세아는 지수의 도움을 받아 요가 스튜디오가 어떻게 돌아갔는
지 겨우 파악을 끝냈다. 기억이 없다는 건 여러모로 불편한 일이었
다.

요가 스튜디오는 챙겨야 하고 신경 써야 할 것도 많았다. 강사

들 월급, 복지, 청소와 회원 수 유치, 관리비와 청소와 비품들까지. 사소한 것들을 꼽자면 헤아리기 어려울 정도였다.

심지어 요가 스튜디오에서 정기적으로 벌이는 요가 컨퍼런스나 세미나 같은 요가 강의도 자잘하게 있다 보니 점점 학원에 신경 쓰는 시간이 많아졌다. 세아 역시 무작정 쉬는 것보단 바지런히 뛰어다니고 신경 쓸 데가 많아서 좋긴 했지만 기억이 없어서 골치 아픈 것들은 꽤 있었다.

게다가 지금은, 너무 덥다.

세아는 시원한 에어컨 아래 몸을 맡겼다. 혹시 임신 중에 냉방병이라도 걸릴까, 카디건을 껴입는 것도 잊지 않았다.

"후."

"한숨 그만 쉬고 일단 이거나 마셔."

지수가 시원한 냉차를 가져왔다. 세아는 키득거리며 잔을 받아들었다. 지수가 빤히 세아를 바라보더니 말했다.

"아참, 저번에 신나게 싸우더니 남편이랑은 화해했어?"

"아직."

"그럼 얼굴도 안 봐?"

"아니, 매일 저녁 보고 있는데."

세아는 대답하며 이를 갈았다. 지수가 궁금해 하며 고개를 갸웃거렸다.

"아직도 냉전 상태라며?"

"응. 냉랭한데 사과도 안 하면서 매일 저녁 찾아와 밥 타령에 밥을 사 오기도 하지. 아니면 요리를 하기도 해. 하여간 괴상한 심보라고. 그래서 오늘은 학원에 저녁 내내 있을 거라고 통보하고 안 들어가고 있지."

"흐음. 그럼 굶진 않겠네. 너무 잘 먹어서 탈인가?"

세아는 고개를 끄덕였다. 덕분에 석주와 그녀는 매일, 전투적이고 살벌한 저녁식사를 이어가고 있었다. 데이트고 뭐고 애틋함이나 태교, 뭐 이런 모든 단어들은 그들 사이에서 별 의미가 없었다.

그래서 오기가 나, 오늘은 계속 학원 껌딱지를 하고 있다고나 할까. 하지만 하루 종일 학원에 붙어 있으려니 확실히 좀이 쑤셨고 집이 그립긴 했다. 지수가 충고했다.

"그래도 남편이랑 빨리 화해해라. 그게 정신건강에 좋을걸? 그래도 석주 씨 너 임신했다며 꼬박꼬박 끼니 거르지 말라고 먹이는 거잖아."

"알았어."

세아는 제가 먼저 화해 신청을 해야 하나, 어떻게 말을 꺼내나 고민하고 있었다. 그때 지수가 문득, 기억해냈는지 말을 이었다.

"아참, 세아 너 찾는 손님 있던데. 전화로 너 있는지 물어보더니 대뜸 바로 여기 온대. 요가 스튜디오로."

"누구?"

지수가 어깨를 으쓱했다.

"몰라. 이름 말 안 해줬어. 그냥 너 언제 오는지 물어보더라. 한 번 너 없을 때 불시에 습격하듯 찾아오긴 했었어. 저녁에 왔던데 굉장히 화나 있더라?"

자신에 대해 앙심을 품은 여자라. 세아는 도저히 누군지 짐작조차 가질 않았다. 게다가 자신은 오전과 오후에만 학원에 있다가 석주가 오기 전 퇴근한다. 저녁 시간에 왔다면 자신을 잘 아는 사람

내 아내는
짐승

이라곤 생각되지 않았다.

"얼굴은 어땠는데?"

지수가 곰곰이 생각하다 양쪽 눈썹의 끝을 위로 쳐들며 설명했다.

"미인이긴 한데 표독스런 인상? 종족은 인간. 몸매는 그럴싸해 보이던데 나이는 많아 보이진 않았어."

세아는 석주가 선물한 피처 폰을 응시했다. 제 원래 휴대전화를 떠올리자 누군지는 대충 짐작이 갔다.

그녀가 원래 쓰던 스마트폰은 스팸과 차단 설정을 해도 비난 메시지들이 마구 쏟아지곤 했다. 비난하는 내용은 한결 같았다. 이혼해라. 남편에게 이걸 이르면 큰일 날 거라는 어설픈 협박도 섞여 있었다.

"하여간 유치하지."

세아가 피식거리며 웃었다.

"나 찾는 여자 오면 사무실로 안내해줘."

"알았어."

문제의 손님은 정확히 15분 뒤, 세아를 찾아왔다.

세아는 화사한 노란색 요가 나시티와 7부 바지, 민낯에 가까운 얼굴이었다. 물론 가슴을 강조하고 늘씬한 몸의 곡선을 그려내는 데는 최상의 옷차림이었다.

세아의 시댁에서 대면한 임만희의 사촌 동생은 긴 다리를 드러내는 짧은 미니원피스와 킬 힐에 풀 메이크업을 하고 요가 스튜디오를 방문했다. 여자의 등 파인 망사 원피스를 살피며 세아는 팔짱을 꼈다. 하지만 스튜디오 안으로 들어오려던 그 여자는 신발을 벗어야 한다는 사실에 한껏 불쾌해진 인상이었다.

"이봐요, 밖으로 나가면 안 돼요?"

세아는 코웃음을 쳤다.

"내가 왜요? 댁이 누군데? 들어와요, 나 시간 없어요."

제가 탑승한 높은 신발에서 내려온 여자는 세아와 키가 얼추 비슷했다. 세아의 화장기 없는 얼굴을 살피며 승리의 미소를 짓던 여자는 세아의 요가복 아래 숨겨진 몸매를 훑다가 저절로 인상을 일그러뜨렸다. 요가복을 입고도 도드라지는 나이스 바디에 절로 기가 죽은 것 같기도 했다.

"오랜만이죠? 나, 기억 안 나요?"

세아가 무응답하자 임 여사의 사촌 여동생이 빈정거렸다.

"설마 기억상실증이라 나 기억 못 한다는 건 아니죠?"

세아는 그제야 여자와 정면으로 대면했다.

"기억하죠. 내 남편 피앙세 후보라던 분. 그나저나 나랑 석주 씨가 아직 이혼을 안 해서 어쩌니?"

여자의 얼굴이 붉으락푸르락해졌다.

"왜 대놓고 반말이에요? 그리고 내 이름은 임선혜라고요!"

"그래서 왜 왔는데?"

세아는 사실 어쩌라고, 하는 심정이었다. 다행히 수업 중이라 바깥에 사람이 없는 게 다행이었다.

임선혜는 들고 있던 클러치 백을 신경질적으로 두드렸다. 여자의 잘 손질된 손톱에는 강렬한 붉은 펄 매니큐어와 큐빅들이 덕지덕지 붙어 있었다.

"석주 씨랑 이혼 서둘러줘요."

내 아내는
짐승

뭐야? 세아의 기분이 더운 날씨만큼이나 짜증스러워졌다. 임선혜가 따지듯 말했다.

"요즘 석주 씨 당신이랑 살지도 않고 만나지도 않잖아요. 싸웠죠? 물론 석주 씨가 그런 거 내색 안 하는 거 알죠? 그 사람 정력적인 남자예요."

정력적인 변태겠지. 아니, 정력적인 애욕가라든가. 세아는 하석주를 떠올리며 뿌드득 이를 갈았다. 이 마성의 살인 미소남 같으니라고!

세아는 임선혜의 풍만한 가슴골을 보며 얼굴이 더 일그러졌다.

"내가 이혼을 하든 말든 임신을 했든 아니든 그거 너랑은 상관없거든? 불륜 하고 싶으면 너 알아서 해. 불만 있으면 하석주한테 가서 따져."

"뭐?"

"나한테 따질 게 아니라 하석주 씨에게 가서 따지라고."

구미호인 세아가 임선혜 하나를 밀어내는 것은 아주 쉬운 일이었다. 그녀는 멋대로 떠들어대는 여자를 요가 스튜디오 밖으로 떠밀어냈다.

기분이 극도로 나빠진 세아는 밤까지 내내 요가 학원에 머물러 있었다. 한계까지 몸을 단련시키고 싶어도 뱃속 꼬물이 때문에 자제해야만 했다. 아무리 생각해도 분이 풀리질 않아 씩씩대던 그녀가 참다못해 전화를 걸었다.

"하석주 씨. 이봐요. 당신 피앙세라는 사람이 날 찾아와서 이혼하라 마라 하는데 나랑 당신 꼬물이 어쩔 거야? 당장 튀어와요!"

그때가 밤 9시가 넘었다. 마지막 요가 수업이 진행되고 있을 시간이었다.

오늘은 무슨 마가 낀 것인가.

세아의 이마에 잔주름이 잡혔다. 이세아의 인생에는 참 원수들이 많았던 모양이었다.

본성은 구미호. 그러나 인간인 척 살아온 지 어언 200년. 이세아라는 이름으로 살아온 지 한 30년쯤.

헌데 기억을 잃기 전 이세아는 주변 정리를 덜 했든가, 정리가 귀찮아서 기억을 잃은 모양이다. 세아는 후자에 큰 가능성을 뒀다.

요가 스튜디오의 마지막 수업을 마치고, 수강생들이 샤워까지 마치고 빠져나간 뒤, 부원장을 맡고 있던 지수와 나란히 앉은 세아가 푸념했다.

"오래 살다 보면 별꼴을 다 본다더니."

"임선혜랬나. 그 외모는 길어봤자 이십 년이야. 인간이잖아."

오십보백보긴 하지만 지수는 세아보다 50년은 더 살았다고 했다. 구미호들이나 늑대에서도 결코 많은 나이는 아니지만 절대 위로는 되지 않았다.

그리고 하석주가 도착했다. 헐레벌떡 뛰어온 듯 그는 반팔 티셔츠에 면바지를 입은 캐주얼한 차림이었다. 평소라면 세우는 머리도 앞으로 내려와 흐트러져 있었다.

"나 왔어. 아, 안녕하세요."

석주는 마지막으로 나가는 수강생들에게 인사도 잊지 않았다. 하지만 그의 싹싹한 태도보다 더 짜증스러운 건 마지막 타임의 수업을 들은 늑순, 김일선이었다.

그녀가 석주를 발견하고 알짱거리기 시작했다.

"이름이 뭐라고 하셨었죠?"

"하석주입니다."

은근슬쩍 스킨십을 시도하려 애쓰는 김일선의 모습은 안쓰럽다 못해 경악스러웠다. 허리를 최대한 불편하게 꺾으며 엉덩이를 내민 다거나, 나 보란 듯 몸매를 S자로 강조하는 부자연스러운 포즈를 취한다든가.

"저기요. 하석주 씨. 제 가슴 수술 안 했어요. 저 엉덩이 업 된 거 보이세요? 만져보셔도 돼요."

석주는 갑작스런 대사에 어리둥절한 표정이었다. 늦순인지 뭔지, 일선은 들이대는 것에 지치지도 않았다.

"힘내."

지수가 세아의 등을 두들기며 위로했지만 도움이 되질 않았다.

"석주 씨!"

세아는 석주의 이름을 불렀다.

"하석주 씨는 나 좀 보고. 그리고 김늦순 넌 수업 다 했으면 스튜디오에서 꺼져!"

늦순. 그 이름을 듣자마자 일선의 눈이 놀라 팔자를 그렸다. 석주가 느닷없이 돌아보다 배를 잡고 웃기 시작했다.

"웃지 말고. 하석주 씨."

"우리 부부싸움 중 아니었어?"

"그것보다 당신 시댁 좀 어떻게 해봐요. 임 뭐시기인지 임썩희인지 썩혜인지. 그 여자 요가 스튜디오까지 찾아왔더군요."

"하아. 귀찮군."

석주의 얼굴에도 짜증이 떠올랐다. 세아는 근처에서 늑순이 얼쩡거리고 있지만 싹 무시하기로 결정했다.

"따라와요."

세아는 석주를 사무실로 밀어 넣으려다 답답해서 텅 빈 요가 홀로 데려왔다.

"세아야, 질투해?"

돌아보니 하석주가 빙긋빙긋 문가에 기대어 예의 살인 미소를 날리고 있었다. 밤늦은 시간이라 그런지 그의 그림자가 더 길어 보였다. 올해 여름은 열대야가 일찍 찾아와서 그런지 세아는 짜증만 치밀었다.

말 그대로 활화산. 분노 폭발 직전 카운트다운.

"질투고 뭐고 짜증나니까 비켜요. 원한다면 이혼 도장 찍어줄 테니 그놈의 임썩혜랑 잘 살아보든가."

하석주가 빙긋빙긋 웃었다.

"이혼은 안 해준다고 했잖아. 하지만 늑순이라는 여자도 참 매력적이야, 그치 자기야?"

저 남편이 나한테 오늘 죽으려고 실성을 한 건가. 세아는 저도 모르게 주먹을 불끈 움켜쥐었다.

"자기 화 났어?"

하석주의 목소리는 참으로 상냥했다.

하지만, 카운트다운 2초 전. 세아의 분노가 응집되었다.

"그럼 그 늑대 계집애랑 살아보든가. 난 늑대 끔찍하게 싫어하는 구미호니까!"

석주는 늑대고 구미호고 귀에서 자체 필터링이 되는 듯, 중요하

내 아내는
짐승

게 생각하지 않았다. 그에게 중요한 것은 이것뿐이었다!

"질투다. 세아가 확실히 질투하는 거다, 그렇지?"

고오오오. 그녀의 분노가 임계점을 넘었다. 그리고 폭발했다. 그 폭발은 뜨겁기보다 차갑게, 그리고 냉랭하게 그녀의 이성을 얼렸다.

"하석주 씨, 우리 이혼해. 이혼하자고."

"저기, 세아야."

세아의 상태가 심상치 않은 걸 그제야 눈치 챈 석주가 그녀를 말렸다.

"워워. 그만 진정해. 자기 임산부야. 우리 꼬물이 생각도 해."

"하아. 언제부터 내 걱정을 그렇게 많이 해줬어요? 석주 씨? 임선혜인지랑 저 망할 늑순이 년이 꼬리치는 거 받아줬으면서!"

"세아야, 그만 진정을!"

세아의 시선이 요가 홀 유리문 앞에서 알짱거리는 그림자에게로 향했다.

"야, 김늑순! 너 이리 와!"

원인 제공자 중 하나인 김늑순에게 그녀의 분노가 쏠렸다. 아무리 그녀가 비이성적이더라도 인간인 하석주를 때려 팰 만큼 미치진 않았다. 하지만 김늑순은 달랐다! 저건 늑대인간이다. 반인반수다! 같은 암컷이니 당연히 때려도 된다!

남편 하석주 대신 늑순이 패자!

"크르르르르!"

눈치를 살피며 요가 홀로 들어온 늑순이 세아의 느닷없는 경고음에 코웃음을 치며 눈을 빛냈다. 늑순도 대뜸 손톱을 길게 뽑아내며 전투태세로 들어갔다. 세아 역시 마찬가지로 손톱을 길게 뽑아 내었다.

두 여자의 멀쩡한 두 손에서 손톱이 길게 자라나는 모습은 초능력자가 나오는 헐리웃 영화의 특수효과 장면을 연상시켰을 터. 하지만 세아나 늑순 모두 그것을 떠올릴 여유가 없었다.

두 여자는 제 앞의 적에게만 집중했다. 늑순이 핏대를 세웠다.

"왜 멀쩡한 사람 불러서 건드려요? 애초에 남편 단속은 샘이 해야 하는 거 아니에요?"

"감히 내 앞에서 꼬리를 쳐? 그리고 네가 사람이야? 늑대지!"

"호오. 내 정체 알고. 잘됐네. 내 정체는 그렇다 치고 그럼 댁은 뭔데요!"

"코가 막혔니? 구미호다 왜!"

구미호란 말에 늑순이 눈을 번뜩였다.

"아, 깜빡하고 있었네. 그러고 보니 샘이 구미호면 인간하고 결혼해서 반쪽 혼혈 애기 임신한 그 멍청한 구미호 계집인 거죠? 이혼하네 마네 소문이 파다하더니 아직 이혼 안 했나 봐요."

세아는 늑순을 향한 적개심을 불태웠다.

"내가 이혼을 하든 말든 김늑순 너랑 무슨 상관인데? 감히 네가 내 남편에게 꼬리를 쳐?"

"누가 쳤다고 그래? 못 먹는 감 찔러나 봤다! 왜! 어차피 당신 이혼하면 저 남자도 싱글 되는데 미리 건드려보는 게 어때서! 어차피 나 말고도 노리는 것들 많을 텐데!"

늑순이 황홀한 미소를 지으며 입맛을 다셨다.

"아 맞다. 하석주 씨 인간 맞아요? 달콤한 페로몬 향을 풍기는 것 같던데. 구미호는 빨리 이혼이나 하시죠!"

그놈의 이혼, 이혼! 원하지도 않는데 주변에서 이혼시키려고 안달이 나 있다. 세아는 불쾌함에 털을 바짝 곤두세웠다. 폭발 직전의 위기에서 노랗게 빛나는 세아의 눈과 마주한 늑순도 반격했다.

"여우 주제에 지금 늑대한테 덤벼요? 끝까지 해보자고요. 고작 해야 꼬리 많은 늙은 여우 주제에! 저 남자나 그냥 곱게 넘기시죠!"

"망할 것! 덤벼!"

세아의 머릿속에서 뭔가가 뚝 하고 끊어졌다. 이성이 가출하자 남은 것은 짐승의 본능이었다! 늑순도 마찬가지였다.

크르르르르! 아오오오오!

두 반인반수들이 동시에 꼬리를 꺼내고 손의 발톱을 더 길게 뽑아내었다. 크르르르, 아오오오. 구경꾼이 있는 줄도 의식하지도 못하고 허공을 날아 서로 할퀴고 물어뜯기 직전!

"스토오오옵!"

지수까지 꼬리를 꺼내어 세아와 늑순 사이로 뛰어들었다. 간발의 차이로 늑순과 세아가 몸을 반사적으로 뒤틀어 가볍게 땅으로 착지했다.

"지수 너 왜 말려! 지금 저 망할 늑대 잡것이랑 끝장 봐야 해!"

지수가 다시 격돌하려는 두 여자의 얼굴을 가운데에서 밀어냈다.

"세아야, 꼬리! 꼬리!"

"꼬리가 왜!"

"네 남편!"

세아는 제 손에 마구 휘감기는 제 꼬리들을 만지며 어라? 이상하다고 느꼈다. 왜 이게 다 튀어나와 있냐. 어쩐지 서기가 편하다고 생각했더니 꼬리들이 다 튀어나와 있다!

김능순이 황당해하며 자신을 보고 있었고 지수는 시퍼렇게 질렸다.

"네 남편 기절했어!"

꼬리를 보고 기절했다는 말이 함축되어 있었지만, 아무래도 좋았다! 실제로 하석주가 문가에서 입에 거품을 물고 쓰러져 있었다! 오, 마이 갓!

11. 클라이막스?

"헐."

세아의 머리가 하얗게 비었다. 정체를 들켰을 때의 매뉴얼이 있었던가?

아니, 나 기억상실증이었지. 큰일 났다!

이것저것 눈치를 살피던 김늑순이 꼬리를 말고 말 그대로 튀었다. 그걸 눈으로 보면서도 세아는 붙잡을 생각조차 하지 못했다. 세아의 온 신경은 기절한 석주에게로 쏠려 있었다.

"석주 씨 기절했어. 어떻게 해? 병원 가야 하나? 충격 많이 받은 건 아니겠지?"

걱정에 발을 동동 구르던 세아를 밀쳐내고 지수가 황급히 석주의 맥을 짚고 눈꺼풀을 뒤집어보았다. 이런저런 상태를 살펴보던 지수가 입을 열었다.

"어딜 부딪히거나 한 건 아닌 것 같네. 이상은 없어 보이지만 나중에라도 병원 데려가. 인간은 약하잖아."

"정말, 괜찮을까?"

"나 요가원 차리기 전에 의대 다녔었잖아. 일단 그래도 의심스러우면 빨리 정신 차리는 대로 데려가고 너 부모님한테도 전화해,

당장. 원래 구미호들 자기 정체 떠벌리지 않는다고 한 것 같은데. 남편에게도 들킨 거 큰일이잖아."

세아는 감이 오질 않았다. 머리가 멍청해진 것 같았다.

"정체 안 밝히면? 아니, 정체가 밝혀지면 어떻게 되는 건데?"

"몰라. 구미호 순혈은 희귀종이라 나도 모르지! 하여튼 전화해!"

지수의 극성에 세아는 홀린 기분으로 부모님께 전화를 돌렸다.

- 무슨 일이니?

세아는 떨리는 목소리로 고백했다. 아니, 앞뒤 잘라먹은 대사 한마디를 내뱉었다.

"저, 저요. 석주 씨한테 꼬리 들켰어요!"

- 뭐어어어?

분노의 포효가 세아의 귀를 울렸다.

- 그래서 지금 하 서방은 뭐 하고 있는데?

"기, 기절이요. 이, 일단 지수가 특별한 이상은 없을 거라고 하는데."

- 아, 걔 전직 인간 의사였지. 하여간 기다려! 우리가 간다! 최대한 빨리 가마!

그리고 30분쯤 지났을까. 세아의 부모님과 무아가 총알처럼 요가 스튜디오의 앞에 모습을 드러냈다.

문을 열어주기 무섭게 요가원 홀 안까지 진격한 그들은 쓰러진 석주를 눕힌 채 그의 상태를 체크했다. 특별한 이상이 없을 거라며 판단하긴 했지만, 석주는 여전히 깨질 않았다.

세아는 핏기가 사라진 석주의 잘생긴 얼굴을 보며 더욱 걱정스러워졌다.

내 아내는
짐승

"왜 안 일어나는 거예요? 정말 석주 씨 괜찮긴 해요? 병원 당장 데려가지 않아도 되는 거예요?"

모두의 실력을 신뢰하지 못하는 세아가 쏘아붙였고, 송 여사가 대꾸했다.

"우린 원래 오래 사니까 직업도 여러 가지란다. 가정의학과나 한의사로 보낸 시절도 있었어. 그리고 하석주는 건강체니까 걱정하지 말고."

그 옆에서 눈치를 살피던 무아가 되물었다.

"그나저나 언니, 형부는 왜 기절한 거야?"

"그냥 꼬리 보고 기절했어."

세아는 석주가 기절하기 전까지의 상황 설명이나 그녀의 분노는 간략하게 생략했다. 어차피 동기는 중요하지 않았다.

다만 확실한 건 하석주가 세아의 꼬리'들'을 확실히 목격했다는 것. 그리고 기절했다는 것. 그들이 반인반수들 중에서도 꽤나 희귀한 구미호란 점이었다. 게다가 가족들이 하는 모양새로 봐선 구미호란 사실은 극비 중에서도 극비였다.

"이젠 어쩌죠?"

세아가 석주를 살피며 묻자 여우 얼굴을 한 그녀의 가족들이 잠시 한데 얼굴을 모았다.

"잠깐만 기다려보렴. 우리도 의논을 좀 해야겠단다."

아버지의 말이 이어졌고 한쪽 구석으로 간 세 가족들이 뭔가를 심각하게 쑥덕거렸다. 꽤나 수상한 시선을 기절한 석주에게 날리기도 했고 대화가 끝난 뒤엔 뭔가를 찾아 요가 홀을 돌아다니기도 했다.

"아, 찾았다!"

무아가 기뻐하며 뭔가를 들어 보였다. 송 여사와 이 교수의 눈빛이 마구 빛났다. 무아의 손에는 요가 수업에 가끔 사용되는 요가 끈이 들려 있었다.

"신축성은 없지만 길고 빳빳하고 단단해서 좋네, 이거 딱 좋다."

요가 끈에 대한 알 수 없는 품평까지 하던 이들이 그것을 두어 개 가져와 석주의 앞에 앉았다. 세 가족들이 대뜸 그 요가 끈으로 석주의 손과 발을 꼼꼼히 묶는 장면을 보며 세아는 어처구니가 없었다.

이건 대체 뭐 하는 시추에이션?

"왜 묶는 거예요?"

이 교수가 진중하게 대꾸했다.

"비명을 지르면 곤란하니까."

세아는 멍하니 생각했다. 비명이 두렵다면 입을 막아야 하지 않을까?

게다가 세아는 어느새 둥싯둥싯 하늘로 향해 쳐든 가족들의 백색 꼬리다발을 응시했다.

"그런데 꼬리들은 왜 내놓는 거죠?"

"숨길 필요가 없으니까. 네 꼬리 들켰다면서?"

"꼬리 내놓으니 편하긴 하네."

세아는 외려 태연한 가족들의 모습을 보며 기가 막혔다.

"언젠 구미호인 거 숨겨야 한다면서!"

이 교수가 태연히 턱을 쓸었다.

"원래는 그렇게 살았는데 네가 워낙 시끄럽게 소문이 나서 우리가 구미호 가족인 걸 반인반수들 중에 모르는 놈이 없더라. 넌 이혼하는 날 교통사고 나서 기억상실증에 임신을 경험한 핫한 환자가 되었잖니."

세아는 합죽이가 되었다. 이 교수는 거기에 한숨만 더했다.

"우리가 처음 너 반인반수인거 자각 못 하고 인간이라고 철석같이 믿는 너 때문에 얼마나 고생했는지 아니? 인간이라고 둘러대게 하려고 병원 의사들에게 뇌물까지 먹여 부탁했단다. 너 충격 먹으면 곤란하니까. 게다가 임산부 아니니? 그래서 이쪽 반인반수들 사이에서 멍청한 구미호들로 소문이 파다해졌지. 아, 그리고 기왕지사 이렇게 된 거. 이놈하고 당장 이혼하고 연 끊을 거 아니면 이놈에게도 언제든 말해야 하긴 했다."

"하, 하지만."

세아는 말을 더듬다 말고 이 교수가 근엄한 얼굴로 메고 있던 배낭에서 꺼내는 프라이팬을 보고 기막혀했다. 석주가 신음하며 막 깨어나려 하고 있었다.

"아, 아버지? 그 그건 어디다 쓰시려고요?"

"구미호인 건 그래도 비밀로 하는 게 좋으니 이걸로 저놈의 머리를 한번 때려보는 건 어떨까 하고 말이다. 이놈이 인간이 아니라면 참 좋으련만."

묘한 대사를 하며 프라이팬을 휘두르려는 이 교수의 표정은 우스우면서도 비장하고 살벌했다. 프라이팬이 휘둘러질 때마다 강한 바람이 일었다.

어느새 번쩍 눈을 뜬 석주도 세아만큼이나 시퍼렇게 질려 있긴 마찬가지였다. 그는 깨어나자마자 금방 사태 파악을 한 듯 모두의 꼬리를 쳐다보더니 프라이팬을 위협적으로 휘둘러대는 이 교수에게로 향했다.

그녀의 아버지 이 교수는 평소처럼 골프웨어를 입은, 핸섬하지만 평범한 대한민국의 중년 아버지의 모습을 하고서 아홉 개의 꼬리를 매달고 있었다.

"자, 장인어른? 저 죽이실 겁니까?"

석주의 목소리는 무척이나 떨렸다.

세아마저도 제 아버지 이 교수가 무시무시했다. 이 교수는 500년의 묵은 내공을 살기로 발산 중이었다. 그 500년 내공이 실린 프라이팬이 괴상한 소리를 내고 있었다. 저걸 맞으면 세아라도 무사하지 못한다. 하석주가 맞으면 틀림없이 죽을 수도 있다!

식은땀이 줄줄 흐르는 가운데, 이 교수가 음흉하게 석주와 시선을 맞췄다. 석주는 도망치려는 듯 손발을 움직였지만 손발이 결박된 채라 이동하지도 못했다!

"좀 맞아보는 게 어떻겠나, 사위."

석주가 놀라 눈을 뱅글뱅글 돌리며, 필사적으로 도망갈 구석을 찾았다. 그의 눈이 이 교수의 꼬리들을 절망적으로 응시했다.

"정말, 구미호가 맞군요, 장인어른."

"그렇지."

"세아도 구미호입니까?"

이 교수는 진중하게 머리를 끄덕였다.

"그럼 프라이팬은 왜 들고 계십니까, 장인어른?"

"우리 가족의 비밀을 죄다 알았으니 때려보고 싶어서. 자네 같은 인간 나부랭이가 좋다고 집을 나가서 이젠 구미호 얼굴 팔리게

내 아내는
짐승

전대미문의 혼혈까지 임신한 데다 기억마저 날려먹은 철없는 딸내미가 하도 미워서 네놈도 같이 괘씸하지."

사위긴 하지만 그간 쌓인 악감정을 무시할 순 없는지 석주를 향한 이 교수의 분노가 쉬이 사그라질 것 같지 않았다. 석주가 삐질 식은땀을 흘렸다. 세아는 석주의 옆에서 무릎을 꿇고 싹싹 빌었다.

"아, 아버지. 그래도 제가 임신했다는 애기 아버진데 그냥 사, 살려주시면 안 될까요?"

이현축이 씨익, 참으로 그로테스크하게 웃어 보였다.

"언제 내가 죽인다고 했냐. 기억만 날려버린다고 했지. 세아 너 대신 이놈이 기억상실증에 걸리면 되는 거지. 흐흐흐."

세아는 프라이팬의 나무 손잡이가 조각조각 갈라지는 것을 응시했다. 이대로라면 하석주의 기억은커녕 목숨과 머리통을 보장할 수 없었다.

"아버지. 그래도 애 아버진데요."

"혼혈이겠지! 어떻게 태어날지 모르는 혼혈!"

"장인어른! 대체 혼혈이 무슨 말인지!"

"일단 맞고 이야기하세."

이현축이 먼저 프라이팬을 휘둘렀다. 공포에 질린 남편의 얼굴을 보며 세아는 본능적으로 몸을 날렸다.

테엥! 세아의 머리가 울렸다.

세아의 몸이 천천히 석주의 몸 위로 허물어졌다.

"세아야아!"

아득하다. 몇 개의 목소리들이 빠르게 머릿속을 스쳐 지나갔다.

「이세아, 나랑 결혼할래? 헤어질래?」

「이세아가 날 무척 좋아하는 거 알아. 나도 세아가 좋아. 헤어지고 기다리는 시간이 끔찍하도록 싫어. 다른 여자들이 맞선 보겠다며 나 찾아오는 것도 싫고 나 이세아 사랑해. 그러니 양자택일하라고. 나랑 결혼할 건지 같이 죽든지.」

「우리, 이혼해요.」

이건 자신의 목소리였다.

「그냥 당신이 싫어졌어. 당신의 몸은 아직도 좋아. 하지만 난 당신과 법적으로 묶인 게 싫어요. 이혼만 해준다면 뭐든 다 해줄게요. 섹스를 하든 앞으로 같이 살든 아무래도 좋아요.」

「이혼하고 싶은 생각 추호도 없어!」

겹쳐지는 석주의 목소리. 그리고 천천히 기억들이 부상했다.

200년 묵은 구미호, 이세아는 인간 하석주와 결혼했다.

그녀가 하석주에게 빠진 건 돌발적이었다. 물론 그녀는 하석주를 좋아했다. 그와 같이 살면 좋겠다고 막연히 생각은 했다. 하지만 결혼할 거라고는 생각하지 않았다.

하지만 그가 손을 내밀었고 세아는 그와 살 수 있는 방법, 결혼을 선택했다. 그가 손을 내밀었을 때 뿌리치려 했었던 건 핑계가 되지 않는다. 석주와 질리도록 살다가 헤어지면 그만이라고, 쉽게 여겼던 것 같다.

그리고 결혼. 결혼생활은 나쁘지 않았다.

피임을 하진 않았지만 아이를 임신할 거라곤 생각지 않았다.

돌발적인 임신을 알았을 때 그녀가 느낀 건 공포감이었다. 그리고 동시에 이혼을 떠올렸다.

이혼. 그땐 정말 이혼밖에 답이 없다고 생각했다. 정체를 드러내긴 싫었다. 제 가족들을 위해 정체를 드러낼 수는 없었다. 아니, 제 자존심을 지키기 위해서라도 자신은 하석주 앞에서 조금 특이하고 괴상한 종류의 인간이고 싶었다.

제가 구미호라서, 뱃속 아이를 임신했기에 이걸 숨기는 상황이 진절머리가 났다. 그냥 깔끔하게 이혼을 해치우고 다 포기하고 떠나면 좋을 거라고 여겼다. 그렇게 자신은 하석주와의 이혼에 사활을 걸었다. 결혼을 하자마자 섣부른 혼인신고를 한 자신이 그렇게 미치도록 어리석을 수가 없었다.

혼인신고를 하는 것은 쉽지만, 그걸 되돌리는 것은 어렵다. 하석주는 이혼을 하고 싶어 하지 않았다. 이혼을 받아들이지 않는 사람과의 싸움이 지루할 정도로 길어졌다. 아니, 그 과정에서 이혼하지 않으려 온갖 핑계를 대는 하석주와의 싸움이 재미있었던 건 인정했다. 세아는 그 싸움이 끝나지 않길 바라기도 했다. 쉽게 끝났어야할 이혼 협의과정이 지나칠 정도로 길어진 것은 그 때문이었다.

그리고 법원에 가던 날 아침. 홧김에 쇼핑을 나가려 일찍 뛰쳐나온 날, 너무 이른 시간임을 깨닫고 차를 몰았다.

솔직히 이혼을 하고 싶지 않았다. 아이는 몇 년 뒤에야 태어날 테고 구미호들의 임신 기간은 인간들에 비해 턱없이 기니 1년 정도는 함께 더 살아도 되지 않을까, 싶기도 했다. 하지만 이번을 놓치면 이혼할 수 없다는 생각도 들었다.

머릿속이 혼란스러웠다. 변덕이 죽을 끓었다.

결심을 한 그녀가 다시 법원으로 가기 위해 차를 몰았다. 그리고 가던 도중, 트럭이 후미에서 제 차를 들이받았다.

아아, 그랬지.

세아는 자신을 애타게 부르는 목소리들에 눈을 떴다. 처음엔 시야가 흐릿했지만 이내 선명해지기 시작했다. 세아는 자신을 빠끔히 내려다보는 네 쌍의 눈과 마주했다.

아버지, 어머니, 무아, 그리고 하석주.

배경은 낯이 익었다.

요가 스튜디오는 자신이 인도에 몇 년간 들락날락하며 써먹을 궁리를 하다 차린 곳이었다. 꽤나 애착이 있는 곳이었는데.

세아는 멍하니 머리를 문질렀다. 몸에는 이상이 없는 것 같았지만 갑작스럽게 쏟아져 들어오는 기억의 홍수로 머리가 지끈거렸다.

세아를 살피며 가족들이 일시에 입을 열었다.

"세아 언니, 괜찮아?"

"딸, 안 죽었구나."

"멀쩡하게 살아 있으니 죽이지 마요."

세아는 제 머리를 그렇게 만든 프라이팬을 가리켰다.

"구미호여서 이 정도지, 사람이 맞았으면 큰일이에요."

송 여사가 대신 대답했다.

"너희 아버지가 허세가 심하잖니. 실제로 하 서방 때릴 생각은 아니었단다. 네가 자진해서 왜 머리를 프라이팬에 들이댄 거야?"

대화하던 도중 뭔가 세아가 이상하다고 생각했더니 가족들은 구미호의 상징 꼬리뭉치를 마구 내놓고 활보 중이었다.

결박에서 풀려난 석주는 요가 홀에 서 있었지만 네 구미호 가족들의 꼬리뭉치들을 필사적으로 외면하는 듯 보였다.

세아는 그들의 꼬리뭉치와 하석주를 번갈아 바라보았다.

내 아내는
짐승

"저 사람 보잖아요. 왜 다들 꼬리 내놓고 있어요?"

그녀의 가족들은 헛기침을 해대더니 대뜸 이렇게 대꾸했다.

"어차피 들킨 김에 꼬리 자랑도 할 겸 꼬리 바람도 쐴 겸 내놨지 뭐. 언니. 우리 꼬리 실크 같잖아. 관리도 받고 있는데 따로 자랑할 데도 없고."

풍성한 모발을 강조하는 샴푸 광고라도 찍고 싶은지 무아는 꼬리털을 신나게 휘날렸다. 세아의 머리가 더 지끈거렸다.

"너도 꼬리 꺼내봐, 시원하단다."

이 교수와 송 여사는 한술 더 떴다. 그들은 덥다며 에어컨 앞에서 아홉 개의 꼬리를 부채처럼 활짝 펼치며 에어컨 바람을 꼬리로 맞는 중이었다. 무아도 말을 덧붙였다.

"형부가 계속 우리 구미호인 거 부정하는 것 같아서 계속 보여주고 있어. 이렇게 됐으니 언니도 꺼내봐."

석주는 여전히 기막힌 얼굴이었다. 세아는 그의 앞으로 다가갔다.

"나 꼬리 꺼내도 돼요?"

"당신도 구미호란 거야?"

현실을 부정하고 싶어 하는 석주의 얼굴을 보며 세아는 제 등 뒤의 나시티를 슬쩍 걷었다. 동시에 그녀의 꼬리다발들이 튀어나왔다. 석주의 눈이 튀어나올 듯 꼬리에 못 박혀 있었다.

석주는 그녀의 요가 홀 안을 돌아다니는 세 구미호들을 바라보며 탄식했다.

"하아, 미치겠네."

세아는 제 꼬리 아홉 개 중 하나로 넋이 나간 석주의 몸을 가볍게 때렸다.

"정신 차려요. 나 구미호 맞으니까."

"아아, 보고 있어."

여전히 넋 나간 그를 보고 있으려니 세아는 기억이 돌아왔다는 말을 하기가 요원해졌다. 그녀가 하석주의 허리를 슬그머니 간질였다.

"그만해! 잘 보고 있다고!"

석주가 화를 내며 그녀의 꼬리를 낚아챘다. 손끝에 와 닿는 푹신한 촉감에 석주의 얼굴이 더 울상이 된 것 같았다.

"아, 지금 이거 어떻게 받아들이란 거야? 아, 미치겠네! 처갓집 식구들이 몽땅 구미호라니! 아, 돌겠군."

"언제는 내 정체가 뭐가 되든지 받아들인다더니."

"그땐 그때고 지금은 지금!"

세아의 말을 맞받아치려던 석주가 말을 멈췄다.

세아의 정체가 무엇이든 사랑해주겠다며 그들이 자주 농담을 주고받은 건 신혼 초였다. 세아가 오피스텔을 얻어 나간 이후 그런 대화는 일절 없었다. 이혼을 하네 마네 싸우느라 바빴기 때문이다.

석주는 믿을 수 없다는 듯 세아를 응시했다.

"당신."

"기억이 돌아왔어요."

놀라야 할지 말아야 할지, 아니면 무엇을 질문해야 할지 그는 아까보다 더 공황 상태에 빠졌다. 한참을 그렇게 멍하니, 아홉 개의 꼬리를 응시하던 그가 겨우 입을 열었다.

"이세아, 당신. 내 간 빼먹으려고 나랑 결혼했나? 당신 내 간이

내 아내는
짐승

건강하다며 간 타령을 많이 했던 것 같은데."

어째서 기억을 되찾자마자 남편의 첫 번째 질문이 고작 이런 걸까. 석주는 구미호의 전설들을 떠올리며 겁에 질린 듯 보였다.

"간 타령한 것도 맞고 간이 건강한 사람 좋아하는 것도 맞는데 사람 간은 안 먹어요."

"그럼 나 잡아먹으려고 결혼한 거 아냐?"

"왜요?"

"구미호니까?"

석주는 말을 하고도 뭔가 의아함을 느낀 것 같았고 세아는 일반 인간들의 잘못된 구미호 상식에 한숨만 나왔다.

"구미호가 사람 간 빼내 먹었다는 건 도시전설 같은 옛날 괴담일 뿐이에요. 우린 그냥 간을 감상하는 걸 좋아할 뿐이라고요! 간이 건강해야 진짜 건강에 문제없는 거니까!"

그녀의 열변에 석주의 표정이 점점 더 굳어져갔다. 세아도 제가 헛소리를 하는 것 같아 짜증이 치밀었다. 왜 이런 대답만 나오는 거야?

"그럼 왜 나랑 결혼했어?"

"당신이 하자고 했잖아요. 나랑 결혼할래, 헤어질래? 결혼할래, 같이 죽을래?"

"그렇긴 한데……."

석주는 마냥 혼란스러워 보였다.

"지금은 당신이 뭔지, 내가 아는 이세아가 맞긴 한 건지 모르겠어. 분명 내가 알던 이세아 같은데. 아니, 내가 아는 이세아는 당신의 진짜가 아니었을 수도 있다니까. 내가 당신의 무엇을 봤는지 이젠 정말 모르겠어."

"그럼 생각을 정리해봐요. 석주 씨. 어차피 시간은 많으니까."

세아는 원한다면 이혼도 해줄 수 있다는 말은 하지 않았다. 어쩌면 그도 직감적으로 알고 있을 테니까. 그에겐 혼란을 정리할 시간이 필요해 보였다. 세아 역시 갑자기 돌아온 기억들을 정리할 여유가 있어야 했다.

"기억이 돌아왔구나."

석주가 한숨을 쉬며 미간을 짓누르는 사이 세아의 가족들은 가만히 멈추고 세아를 관찰하고 있었다. 가끔 가족이란 건 굳이 말을 하지 않아도 통하는 때가 있었다. 지금처럼.

"세아야, 기억이 다 돌아온 거니?"

"네, 대충은요, 엄마."

기억의 유무는 컸지만 기억이 있든 없든 이세아의 본질이 변한 것은 아니었다. 둘 다 그녀란 것만은 틀림없었다.

구미호는 충동적인 면이 있다. 인간들과 멋대로 결혼해 살다가 헤어지는 건 흔한 일이다. 자신의 정체를 숨기고 살다 헤어지고 멋대로 떠나 종적을 감춰버리는 경우도 드물지 않다. 어차피 생은 길고, 인간들을 위해 목숨까지 버리는 순애보의 주인공은 거의 없으니까.

다만 임신은 별개의 문제였다. 구미호는 손이 귀했다. 한 번에 낳을 수 있는 새끼도 한 마리로, 수명이 긴 만큼 임신 기간도 길었다.

게다가 세아가 가진 아이는 인간과의 혼혈. 아이는 그녀의 오점이 될 것이고 그녀의 가족들까지 손가락질 받을지도 모를 일이었다.

적어도 그녀의 일족들에게선 환영받을 수 없다. 석주는 그 모든 것들을 몰랐지만 그가 안다 한들 현실이 달라질 거라곤 생각하지 않았다.

오히려 세아는, 제가 구미호란 것을 그가 몰랐으면 했다. 제가 인간이 아니라서, 제가 품었던 사랑을 부정당하고 싶지 않았다. 그 것은 어쩌면 아이에 대한 예의니까.

하석주가 나쁘다는 뜻이 아니다. 그와 그녀가 한 것이 사랑이 아니라고 생각한 것도 아니다.

다만 이렇게 돌발적으로 기억이 돌아올 줄은 몰랐다.

"뭔가 혼란스럽겠구나. 자리 비켜줄까?"

그녀의 가족들이 세아와 석주를 응시했다.

"일단 우리 얘기는 나중에 하자꾸나. 마음의 정리가 되는 대로 바른마을에 내려오렴."

세아는 고개를 끄덕였다. 무아도 석주의 눈치를 슬그머니 살피더니 세아에게 귀띔했다.

"아까 지수 언니랑 얘기했어. 그 늑순인가 하는 애랑 여기서 맞붙었다며? 그 새끼늑대는 나한테 맡겨둬. 죽여줄 테니까."

무아는 뾰족한 송곳니를 드러내며 으스댔다. 무아가 검은 해골 티셔츠와 함께 사라지고 뒤돌아보던 이 교수와 송 여사도 나중에 보자는 짧은 언질을 주고 퇴장했다.

가족들이 떠나자 석주와 세아만이 요가 스튜디오에 남았다.

세아는 꼬리를 아직 집어넣지 않았기에 석주는 그녀의 꼬리를 하나하나 세어보는 듯했다. 그 꼬리가 아홉 개임을 확인한 그가 또 길게 한숨을 내쉬었다.

"구미호가……, 맞는 것 같긴 하네."

"구미호 맞다고 했잖아요. 그리고 석주 씨 병원부터 가봐야 할 것 같아요. 아까 기절했었잖아요."

"꼬리 처음 봤을 때였지. 그런데 괜찮은 것 같은데."

"그래도 가요."

세아는 제 꼬리를 집어넣고 대충 요가복 위로 아무렇게나 걸치는 롱 원피스를 걸쳐 입었다. 밤이 늦은 시간이라 응급실 이외엔 열린 곳이 없었기에 근처 대학병원 응급실에서 간단한 진료를 받았다. 일단 외견상으로도 내적으로도 특별한 이상 징후가 보이지 않는 터라 석주는 후유증이 나타나면 다시 정밀 검사를 받아보란 이야기를 들었다.

진료를 받고 나왔을 때는 이미 깜깜한 새벽이 되어 있었다. 석주는 여전히 멍한 얼굴이어서 세아는 뭐라 말하기가 애매했다. 석주는 호텔로 곧장 돌아가 쉬는 것보단 그녀와 대화를 하고 싶어 했다.

응급실에서 나와 석주의 차에 올랐을 때에도 세아는 어딘가 홀린 기분의 석주를 응시했다. 구미호에 홀린 쪽은 정말 하석주일지도 몰랐다. 그가 물었다.

"머릿속이 복잡한데, 왜 나랑 이혼하려고 했어? 왜 그렇게 필사적이었지?"

"임신했다는 걸 알았으니까."

석주의 표정이 의아해졌다.

"언제 알았던 거지?"

"구미호들은 임신 기간이 기니까요. 나 이백 년은 살았어요. 보

내 아내는
짐승

통 구미호의 임신 기간은 삼 년이라니까, 이 아이는 그것보다 빨리 태어나긴 하겠지만."

석주는 계속 머리를 휘저었다. 아마도 그녀의 꼬리를 보고도, 그녀의 정체를 알고도 도저히 믿지 못하는 것 같았다.

"그럼 왜 나랑 결혼했어?"

"짧고 굵은 사랑을 하고 싶어서? 나, 당신 정말 좋아하니까. 하지만 어차피 오래갈 순 없다고 생각했으니까 그냥 찐하게 사랑하고 헤어지고 당신에겐 쿨한 여자로 기억되고 싶었으니까."

임신을 하지 않았다면, 그렇게 멋대로 섹스 하고 사랑하고 살다가 깔끔하게 헤어졌을 수도 있다. 하지만 아이는 변수였다. 이세아는 그랬다.

하지만 아이는 지우지 않았다. 아이는 낳아 키울 것이고 그건 어쩌면 하석주와는 관계없는 일이 될 터였다. 세아는 아직 이혼을 하지 않아 법적인 남편 하석주를 응시했다.

"석주 씨. 나 구미호 맞아요. 인간 아니야. 내가 임신한 것도 맞고 당신 아이도 맞지만 인간은 아닐 거예요."

"하지만 아직도 실감이 안 나."

그리고 침묵.

석주의 표정은 여전히 혼란스러워 보였다. 세아는 그가 아직 자신과의 문제를 어떻게 할지 고민하고 있음을 깨달았다. 제 손에 끼워진 결혼반지가 순간 마냥 미워 보였다. 차라리 인간이라면 좋았을걸. 전설 속의 구미호가 사람의 간을 먹고 인간이 되길 원하는 이유를, 조금은 아주 많이, 알 것 같았다.

"석주 씨 나랑 같이 여행 갈래요? 어쩌면 마지막일 수도 있고.

그때 어떻게 하고 싶은지 대답해줘도 돼요."

"어디 갈 건데?"

"강원도."

"거긴 왜?"

"가면 알게 될 거예요."

그녀의 목소리가 어둠 속으로 흩어졌다. 세아는 울고 싶은지 아닌지 스스로도 알 수 없었다. 다만, 석주가 자신을 이렇게 떠날 수 있을지도 모른다고 생각은 했다.

6개월 전 어느 날 아침.

세아는 지독한 어지러움을 느끼며 침대에 누워 있었다. 일찌감치 아침식사를 준비하러 간 남자가 식사가 다 되었다며 그녀의 이름을 불러댔지만 일어날 힘이 없었다. 거기에 속은 왜 이리도 메스꺼운지.

이런 경험은 50년 만에 처음인 것 같았다.

「이세아! 아침 먹자! 나 출근 늦었어!」

세아는 겨우 몸을 일으켰다.

펜트하우스의 신혼방에서 주방까지의 거리가 그렇게 먼 줄은 처음 알았다. 세아가 모습을 드러내자 석주가 그녀의 의자를 당겨주었고 그녀의 아침식사가 담긴 그릇을 날랐다. 앞치마를 맨 하석주는 정말 다정한 남편이었다.

「시간이 없어서 대충 했어.」

세아는 스크램블드 에그와 샐러드, 토스트 한 조각을 바라보았다. 거기에 믹서로 짜낸 주스 한 잔. 세아가 스크램블드 에그 속의

내 아내는
짐승

햄 한 조각을 포크로 집어 입으로 가져갈 때였다.

　순간 너무 역한 기분에 토악질을 할 것 같았다. 겨우 토기를 숨긴 세아가 물 한 잔을 들이켰다. 그녀의 나빠진 안색을 살피며 석주가 물었다.

　「아파? 얼굴빛이 좋지 않은데.」

　「괜찮아요.」

　세아는 아무렇지 않은 척 식사를 했다.

　남자에게 양복을 골라주고, 그의 넥타이를 매주고 문 앞까지 그를 배웅했다. 이후 그녀도 요가 스튜디오에 가기 위해 서둘렀다.

　차를 몰고 나가던 그녀는 길가의 한 약국 간판을 보고 멈춰 섰다. 그녀는 그 약국에서 임신테스트기 하나를 구입했다. 테스트기는 인간이나 동물 족이나 공통.

　세아는 그곳에 새겨진 선명한 붉은 두 줄의 증거를 보며 할 말을 잃었다.

　임신. 그녀는 하석주의 아이를 임신했다.

　「오, 맙소사.」

　기쁨보다는 충격이, 계속 머리를 휩쓸었다. 그녀로선 정상적인 판단이 불가능했다.

　임신이라니. 인간과 구미호의 혼혈 아이를 임신하다니!

　임신할 일이 없다고 생각해 나중엔 피임조차 하지 않았다. 언제 생겼는지조차 그녀는 가늠할 수 없었다. 그리고 석주와 어떤 아이가 태어날지도 몰랐다. 심지어 아이는 최소 2년 뒤에나 태어날 수 있을 터였다.

　그전까지 하석주를 속이고 제 상태에 대해 말하지 않을 자신이 없었다. 아니, 그전까지 제 정체를 숨기고 그와 함께할 수 있을까?

우습게도 그들은 거짓 위에서 시작된 관계였다. 그녀는 하석주를 사랑하고 그와 결혼했지만 그와 오래도록 살 수 있을 거라곤 생각지 않았다. 그녀는 인간이 아니었고 하석주는 구미호가 아니었다.

하지만 아이를 포기하고 싶진 않았다. 이건 그와 그녀의 아기.

손톱을 마구잡이로 물어뜯던 세아가 결론을 내렸다.

그녀는 이혼서류를 준비했다. 물론 남자가 쉽게 받아들일 거란 생각은 하지 않았다. 며칠간 지긋지긋할 정도로 싸워야만 했다. 세아는 불안감에 휩싸여 도저히 참을 수 없었다.

그녀는 며칠 뒤, 짐을 꾸려 그들의 신혼집을 나왔다.

별거의 시작이었다.

12. 어떤 여행을 떠나다

- 앞으로 직진하세요. 전방 백 미터에서 우회전.

석주와 세아를 태운 차가 시골의 비포장도로를 달려가고 있었다.

- 장애물이 있습니다. 전방 오십 미터에서 좌회전.

운전석에서 내비게이션의 지시만 조용히 따르던 석주가 입을 열었다.

"언제까지 가야 해?"

"나도 몰라요."

세아는 내비게이션을 무시한 채 심각한 표정으로 지도를 들여다보았다. 아니나 다를까. 그들의 눈앞에 있는 것은 강원도 두메산골.

하석주의 랜드로버는 고랭지 배추밭 옆을 달리고 있었다.

"멋진 풍경이야."

석주의 의미 없는 감탄사에 세아의 아미가 잠시 일그러졌다.

"곧 차 세워야 될 거예요."

"그런데 목적지는 어디인 거야?"

"도착해보면 알 거예요."

세아는 그렇게 말하고 입을 닫았다. 그녀의 표정이 무척 심란해서 석주는 말을 붙이기 어려웠다. 여행이 결정된 이후 그녀는 줄곧 저런 표정을 자주 지었다.

세아의 조금 수척해진 얼굴을 훑던 석주가 핸들을 꽉 쥐었다.

그녀가 구미호임을 알게 된 이후 그들의 거리감은 심해졌다. 아니, 그녀가 일방적으로 거리를 두고 있었고 석주도 어떻게 접근해야 할지 몰랐다.

"나한테 보여준 모습 어디까지가 진실이었어?"

"글쎄, 그런 게 의미 있을까요?"

세아는 그 대신 고랭지 밭의 배추들을 유심히 노려보았다. 하지만 세아가 그의 아기를 임신한 것은, 진실이었다.

"어차피 나, 인간 아니란 거 알잖아요. 그런데 같이 살 생각 없을 거잖아요."

단정하는 그녀의 목소리에서 단호함이 느껴졌다. 세아는, 그렇게 이혼을 고집했었다.

"차라리 그냥 이혼했다면 지금 상황은 오지 않았을 텐데."

그를 책망하는 건지 자신을 책망하는 건지 석주는 구분할 수 없었다. 허나 이혼이란 건 마음의 갈피를 잡지 못한 그가 원한 것은 아니다.

석주는 아내의 정체가 무엇이든 아직 그녀를 사랑했다.

물론 정체를 숨긴 그녀에 대한 배신감이 없는 건 아니었다. 지금도 그녀의 아홉 꼬리들은 적응되지 않았다. 세아의 입장에선 제 정체를 숨기는 게 당연하다 납득하면서도 원망스러운 건 어쩔 수 없었다.

내 아내는
짐승

세아의 설명을 들은 뒤론 구미호에 대한 두려움조차 완전히 사라진 뒤였다. 반인반수 구미호들은 인간을 해치거나 위협적이지 않다. 신선한 피와 간을 좋아하지만 인간의 것은 먹지 않는다. 20년에 한 번씩 꼬리가 자라고 180세가 되면 아홉 꼬리가 완성되어 순혈로 인정받게 된다.

세아는 꼬리 아홉 개의 성체 구미호로, 정확히는 희귀한 가임기의 암컷 구미호다. 석주가 추가적으로 알게 된 것은 이 정도였다.

그리고 세아가 지금 그를 어디로 데려가는지, 그는 아직 몰랐다.

목적지에 다 왔다고 생각할 즈음, 석주는 다른 질문을 던졌다.

"다 온 것 같은데, 여기 강원도 두메산골에 뭐가 있는 거지?"

"올해가 내가 태어난 지 이백 년 되는 해란 거예요. 완전한 성체가 되는 해죠."

"그래서?"

석주는 무심한 그녀의 말에 귀를 기울였다. 세아는 뭔가를 자포자기한 듯 나른한 표정을 지었다.

"또 하나의 타임캡슐이 늘어나겠죠."

석주로선 애매모호한 말이었다. 그사이에도 세아의 등 뒤에서 스멀스멀 꼬리 하나가 자라났다. 그리고 그는 이런 말을 하는 것도 제법 익숙해졌다.

"이세아, 꼬리 집어넣어."

석주의 지적에 세아의 꼬리가 눈앞에서 마법처럼 사라졌다. 더불어 지금까지 쉬지 않고 방향을 지시하던 내비게이션 화면이 지직거리더니 멋대로 이런 목소리를 냈다.

- 목적지에 도착하였습니다. 운행을 종료합니다.

내비게이션이 멋대로 꺼졌다. 주소만을 입력해 달려온 상황이었기에 석주는 주변에 뭔가 이정표 같은 것이 있나 목을 빼고 살폈다.

하지만 주변엔 배추밭만이 한없이 뻗어 있을 뿐 작은 건물이나 민가 하나 보이지 않았다.

"아무것도 없는데?"

조수석에 앉은 세아가 당황하는 기색 없이 구미호의 역사서를 가방에서 꺼내 책의 마지막 페이지를 살폈다.

"여기서 내려서 이십 분 정도 걸어야 해요."

"차는 안 되나?"

"차로 가기 힘들어요. 길도 험하고. 일단 내려봐요."

세아는 가벼운 러닝화를 신은 제 발을 보여주었다.

"길이 험하니까 석주 씨도 되도록 편한 신발 신어요."

세아가 운동화의 끈을 단단히 묶는 모습을 살피며 석주도 트렁크 뒤에 넣어둔 등산화로 갈아 신었다.

"간단한 짐 챙길 수 있다면 챙겨요."

세아는 가벼운 제 가방을 하나 멘 채였다. 석주도 조용히 그녀의 뒤를 따랐다. 무릎까지 오는 플레어 스커트를 나풀거리던 세아가 배추밭을 거침없이 가로지르더니 비탈이 심한 관목 숲을 헤치며 이동했다.

"왜 이렇게 걸음이 빨라?"

석주는 금세 그녀를 뒤쫓다 지쳤다.

체력을 자신했지만 어쨌거나 그는 인간. 세아의 속도를 따라잡기엔 역부족이었다. 10분이 지나지 않아 그의 몸은 식은땀투성이가 되었다.

세아는 저만치에서 가다가 한참이나 그를 기다리고 있었다.

"힘내요. 조금만 더 가면 돼요. 안 되면 내가 안아줄까요?"

"뭐?"

"업어줄 수 있는데."

석주는 세아에게 업힌 자신을 상상하다 소스라쳤다.

"됐어! 내 발로 가!"

다시 그녀가 움직였다.

고도가 높아져서 그런지 석주는 점점 숨 쉬기가 곤란해졌다. 작은 관목 숲이 시야에서 사라지더니 다시 고랭지 밭이 이어졌다. 비탈은 거의 70도의 경사도를 자랑해 걷는 것조차 마냥 힘겨웠다.

"다 왔어요. 여기예요."

세아가 밭 가운데 불쑥 자리 잡은 낡은 기와집을 가리켰다.

정확히는 나무껍질을 기와 대신 견고하게 깐 강원도의 전통가옥이었다. 대문이나 담도 없는 그 가옥의 이름이 '굴피집'이라는 건 세아가 말해준 뒤에야 석주도 알았다.

"여기 누가 사는데?"

석주는 굴피집 입구의 낡은 현판을 발견했다. 글씨가 비바람에 노출되어 지워져 있지만 분명 '한국 구미호 보존 편찬'이란 뜬금없는 말이 한문으로 휘갈겨져 있었다.

"목적지예요. 들어와요."

세아는 주인도 없는 굴피집의 장짓간 문을 열고 들어갔다.

굴피집은 생각 외로 규모가 컸다. 방 두 개와 부엌, 외양간까지 한데로 이어진 규모였고 강원도의 추위를 피하기 위해서인지 창은 대단히 작은 편이었다.

굴피집의 부엌 쪽은 텅 비어 있었는데 역시 공간은 널찍하고 반듯했다. 그을린 화덕이며 커다란 무쇠 솥, 오래된 그릇들과 작은 반상, 낡은 수저통에는 생활의 냄새가 묻어났다. 다만 그 뒤로 자리한 양문형의 거대한 냉장고는 묘하게 이질적이었다.

세아는 성큼 부엌을 가로질러 안방으로 통하는 작은 사잇문을 열었다. 운동화를 벗은 그녀가 석주에게도 들어오라 손짓했다.

"들어와요."

"누구 집인지 모르잖아. 함부로 들어와도 돼?"

그러자 안에서 다른 목소리가 들렸다.

"귀찮게 하지 말고 얼른 들어와라!"

석주도 어리둥절한 채 그녀를 따라 안으로 들었다. 턱없이 낮은 천장 덕에 머리를 굽히며 방으로 들어가보니 그곳에는 그들을 기다리며 앉아 있는 중년 남자가 있었다.

남자는 무채색의 개량 한복을 입고 곰방대를 물었다. 상투 대신 짧은 머리 사이로 흰 머리가 희끗희끗했고 작고 인상 있는 얼굴에서 옹골찬 성격을 읽을 수 있었다. 그가 세아를 보며 실눈을 떴다.

"오랜만이구나. 연락도 없이 불쑥 찾아오는 건 여전하구먼."

"영감님. 저희 아버지가 영감님 전화기 놓으라는데도 안 놓으셨다고 하던데요."

남자가 툭툭 곰방대의 재를 털었다.

"난 현대문명이니 기계 따윈 질색이야! 자고로 짐승과 인간은 모두 자연스럽게 살아야 해!"

호통을 치는 남자의 목소리는 굵직했다. 헌데 석주는 남자의 뒤에 비죽 튀어나온 태블릿 PC의 케이스를 노려보았다. 거기서 계속 오락음이 들려오고 있었기에 남자의 호통은 설득력이 떨어졌다.

"그런데 영감님. 전화기는 없는데 바깥에 냉장고는 최신형이던데."

"그거야 쾌적한 식생활을 위해!"

"등 뒤의 오락기는 뭐야?"

"오락기가 아니다! 세상 문물과 나를 잇는 매개자!"

세아가 콧방귀를 뀌었다. 석주는 그 영감님의 말을 무시하기로 작정했다. 영감님은 헛기침을 하며 석주를 응시했다.

"이세아. 그나저나 네 인간 남편은 왜 데리고 왔누?"

석주는 영감님의 얼굴이 뾰족하고 갸름해 여우를 닮았다는 사실을 깨달았다. 영감님 역시 가는 눈으로 석주를 살피며 신기해했다.

"특이한 인간이네? 이런 놈은 어디서 구한 거냐? 이놈과 함께 온 건 네 년의 기억상실증이나 임신 때문이야?"

"영감님도 저 임신한 거랑 기억상실증인 거 아세요?"

구미호 영감은 코웃음을 쳤다.

"알다마다. 네년 이야기를 모르는 구미호가 어딨다고. 안 그래도 혈족이 줄어서 골치고 이쪽도 노령화 사회라 머리 아픈데 어린 순혈이라는 년이 성인 되자마자 인간과 결혼하는 데다 혼혈이나 임신하고, 자알한다!"

"저기, 영감님."

"네년이 요가 강사라고? 구미호가 요가 강사가 뭐야, 천박하게시리! 몇백 년 사는 년이 요즘 같은 하이테크 최첨단 테크놀로지 시대에 얼굴 팔아서 어쩌겠다고! 네가 니년 얼굴 유투브에서 봤어! 누가 네년 요가 수업 찍어다 올려놨더라! 하여간 요즘 것들은 상식이 모자라! 핍박받던 조선 시대를 제대로 거쳐보지도 않은 것들이라 왜 이리들 경솔한지! 게다가 네년 왜 그리도 사고를 많이 치고 다니는 거야!"

심각한 격세지감이 느껴졌다. 석주는 어디서부터 무엇을 지적해야 할지 알 수 없었다. 그 영감님이 다시 호통을 쳤다.

"세아 네년은 너무 어려! 자고로 구미호라 함은 최소 나이 삼백은 되어야지!"

세아는 결국 참다못해 툴툴거렸다.

"그래서 기껏 여기까지 왔는데 영감님, 나 허락할 거예요? 말 거예요? 저도 이백 살이고 이젠 성체니까."

"망할 것. 젊은 것이 성질머리하고는. 하여간 어린 것들이 되바라진 데다 인간까지 달고 와? 인간의 씨를 밴 주제에 여기까지 오다니 장로들이 알면 거품을 물고 쓰러질 게다. 좀 기다려! 하여간 성인이 된 것 축하한다, 이년아. 안전하게 넣고 빨리 닫아."

곰방대를 화로 쪽에 내려놓은 영감이 호주머니 안에서 뒤적거리며 두툼한 열쇠뭉치를 꺼냈다.

"일단 사정은 설명 받았긴 한데, 저놈도 같이 볼 테냐?"

"애 아버지니까요. 부탁해요, 영감님."

"흥. 부탁할 때만 높임이지. 일단은 믿어보마."

두툼한 열쇠뭉치 중에서 하나를 꺼낸 영감님이 세아에게 거듭 다짐을 요구했다.

"거기 열쇠에 적힌 번호로 가서 열어라. 네 피로 인증하는 것도 잊지 말고. 유전자 정보 입력해놨다. 딴 거 열지 마! 열리지도 않을

내 아내는
짐승

테지만!"

"고마워요, 삼촌."

"거기서 뭘 보려는진 모르겠지만 시간이 꽤 걸릴 것 같으니 자고 가라. 방은 준비해두마. 세아 남편 놈은 차 키나 내놔!"

석주는 차 키를 요구하는 영감님의 말에 어리둥절했다.

"한참 밑에 세워뒀는데요."

"그건 걱정 마라. 열쇠나 내놔."

석주가 차 키를 내밀며 나왔다. 방 안에서 영감이 호통을 치자 마루에서 누군가 후닥닥 달려가는 소리가 들리긴 했다. 집 뒤에서 빠끔히 고개를 내밀었던 짐승들의 그림자가 나타났다가 순간 사라진 느낌도 있었다.

"아까 그 영감이란 분은 누구?"

세아가 대답했다.

"구미호들 중에서도 어르신. 정확히는 관리인이란 직책이라 처음엔 다들 관리인 할아버지라 불렀다가 싫어하셔서 영감님으로 불러요. 나이가 아마 천 살에 가까울 거예요. 그래서 한국 구미호 역사의 산 증인이라던가. 일제강점기 구미호 수탈에도 꾸준히 살아남아 계신 분이죠."

석주를 기함시킨 세아는 굴피집 뒤로 걸어갔다. 별채나 창고로 쓰이는 듯한 두 채의 건물을 지난 그들은 토굴 입구에 다다랐다.

거대한 몇 겹의 쇳덩어리 문을 가볍게 열고 들어간 세아는 석주를 따라오게 했다.

한참이나 지하 깊은 토굴을 따라 내려간 듯싶었다.

커다란 사각의 구조물들이 지하 통로를 따라 자리했다. 구조물들은 일부가 강화유리로 만들어져 있었고 그 안엔 오래된 갑골문이나 죽간, 고서적 같은 것들이 전시되어 있었다.

지하 공간에 뜬금없는 전시물이라 생각하며 석주가 구경하자, 세아가 끼어들었다.

"아, 그거요. 구미호가 오래전부터 자리했다던 역사적 증거물들이에요. 물론 복제품이지만."

"아아."

석주는 난해한 고대 문자가 휘갈겨진 갑골문의 마지막에 아홉 꼬리를 가진 짐승 인장을 눈여겨보았다.

다시 그들은 지하 통로를 지났다. 긴 공간이 어느새 끝나더니 탁 트였다.

이내 그들의 앞에는 수많은 전자 금고들이 빽빽하게 채워진 지하 창고가 나타났다.

지면에서부터 3미터 높이의 높은 천장까지 가득한 금고들 사이를 거닐던 세아가 자신의 번호를 한참 만에야 찾아냈다. 알파벳과 숫자가 뒤섞인 번호는 외우기도 쉽지 않아 보였다.

"이 금고 속에 뭐가 있는데?"

"구미호들의 타임캡슐? 말하자면 그런 거. 인간들에 비해 구미호들은 수명이 길고 정체를 자주 바꿔서 자신이 어떻게 살아왔는지, 자신이 원래 누구였는지에 대한 흔적들을 모아 보관하곤 해요."

세아는 자신의 피 한 방울과 열쇠로 제 금고를 열었다.

세아의 금고 속 보물들은 종류가 많았다. 1미터 남짓한 금고 안은 상당히 깊어서 많은 상자들을 삼키고도 꽤 많은 공간이 비어 있었다. 세아는 그 안에서 십여 개의 크고 작은 상자들을 꺼냈다.

"이건 다 뭐지?"

"이세아로 살아왔던 세월의 흔적이요. 아마 십 년에 한 번씩 여기 물건들을 보냈어요. 이 창고가 이런 모습이 된 건 비교적 최근의 일이에요."

석주는 궁금해졌다.

"그런데 이거 내가 봐도 괜찮은 건가? 이거 보여주려는 이유가 뭐야?"

"글쎄요? 이세아가 여기 있었다는 거? 어떻게 살아왔다는 증거? 이건 진짜 내 흔적이라는 거죠."

"그러니까 이걸 왜 나한테 보여주고 싶었던 거지?"

세아는 고개를 들어 방긋 웃어 보였다.

"내가 구미호란 건 이미 말했을 테고 더 이상 숨기고 싶지 않다는 게 맞겠네요. 당신도 봐요. 딱히 이 상자들 속에 내가 감추고 싶을 만한 비밀은 없으니까. 이건 내가 살아온 흔적들이니까. 그냥 봐줘요."

그녀가 무얼 말하고 싶은 건지 알아차린 석주는 그녀의 말을 따랐다. 그녀가 10년에 한 번씩 보냈다는 타임캡슐 상자 열아홉 개. 즉, 190년간의 기록.

석주는 그중 가장 오래되었다는 상자를 열어보았다. 그 안에는 오래된 소녀를 그린 족자 하나와 낡은 금박 댕기, 낡은 꽃신 등이 나왔다. 두 번째와 세 번째 상자에도 엇비슷한 성장의 흔적들이 담겨 있었다.

그리고 어느 때는 상자가 거의 비어 있는 경우도 있었다. 유년기의 물건들 역시 어느새 성인의 것으로 바뀌었다.

100년 전의 보석함이 든 상자 속에는 오래된 흑백 사진들도 함께 나왔다.

정교한 보석함은 지금도 반짝거릴 정도로 아름다웠고 흑백 사진들은 참으로 기이했다. 세아와 장인어른, 장모님, 어린 무아가 서양 드레스를 입고 어색하게 찍은 사진들이었다. 사진 뒤에는 100년 전 날짜와 암스테르담, 파리, 런던 등의 장소가 휘갈겨져 있었다. 무아의 지갑 속에서 본 하와이에서 찍은 가족사진은 무려 100년 전, 하와이 이민 초기 때 찍힌 사진이었다.

세아가 입을 열었다.

"아버지가 만국박람회에서 신문물을 배워야 한다고 유럽으로 가족을 데려가기도 했고, 하와이 땐 선교사에게 속아서 이민을 갔다가 사탕수수밭에서 일하느니 탈출하겠다고 해서 돌아오기도 했었죠."

사진이야 속일 수 있다 쳐도 200년에 걸쳐 모은 골동품들이 한데 모인 열아홉 개의 상자들.

100년 전에서 다시 현대의 순으로 그는 상자들을 열어보았다.

그녀의 가족들이 함께하기도 하고 세아 혼자만이 찍히기도 한 사진들이 하나씩 보였다. 구한말에서 해방 이후로, 그녀는 많은 세월을 지금의 모습으로 살았다. 그리고 최근 20, 30년 전의 상자 속에는 컬러풀한 사진 몇 장이 동봉되어 있었다. 그 속에는 썩 젊어 보이는 장인과 장모님도 있었다.

그리고 석주는 그녀가 왜 제게 이런 것들을 보여주려는지 궁금해졌다.

세아는 그리움에 젖은 얼굴로 석주가 흩트려놓은 상자들을 응시했다.

그녀가 자리에서 일어난 건 족히 한 시간쯤 지났을 때였다. 그녀가 쭈그려 앉아 저를 관찰하는 석주를 발견했다.

"왜 그러고 있어요? 살펴보지도 않고."

"뭘 확인해야 하는데?"

세아가 어깨를 가볍게 으쓱했다.

"그냥, 내 나이? 내가 구미호고 오래 살아왔다는 거?"

"이미 충분히 봤어. 당신이 구미호고 이백 년은 살아왔다는 거. 이런 기록들을 남기는 이유는, 기억하기 위해서?"

"맞아요. 너무 오래 살면 기억도 퇴화하니까. 잊지 않기 위해서는 어딘가에 기록을 남기거나 잊지 않을 사진을 남기죠."

"그럼 스무 번째 상자 속에는 뭘 넣을 생각인데?"

그녀가 빙그레 웃었다.

"글쎄요. 직접 확인해봐요."

세아는 가볍게 대꾸했다. 그 대답만으로 석주의 머리는 명쾌하게 정리되었지만 그는 아직, 제가 무엇을 해야 할지 감을 잡을 수 없었다.

"임신은 별거 전에 알았다고 했지."

"아, 맞아요. 상자 정리하는 것 좀 도와줘요."

세아는 제 기억대로 상자 속에 물건들을 다시 넣었다. 그것을 시대순으로 진열한 뒤 석주의 도움을 받아 열아홉 개의 상자를 원래대로 돌려놓았다.

그리고 거기에 제가 가져온 작은 박스 하나를 추가했다. 손바닥보다 조금 큰 상자는 납작해서 그녀의 다른 열아홉 개의 상자들과 비교하자면 보이지도 않았다.

"그건 뭐지?"

"스무 번째 타임캡슐. 이곳에 추가해야 하는 거요."

"봐도 돼?"

세아는 선뜻 상자를 내밀었다. 그 상자 안에는 인화된 사진 몇 장과 몇 개의 USB 메모리들만이 들어 있었다.

인화된 사진들은 전부 석주와 그녀의 가족들을 찍은 사진들이었다. 그중에는 그들의 웨딩 사진과 함께 아기 초음파 사진이 끼어 있기도 했다. 그래서 석주는 동봉된 그녀의 USB 메모리 속에 어떤 사진들이 들어 있을지 짐작할 수 있었다.

요 10년 사이, 그녀에게 제가 가장 소중한 존재가 되었다는 것도 단언할 수 있었다.

세아는 그가 돌려준 스무 번째 상자를 정리해 금고의 맨 윗칸에 넣었다. 금고를 꼼꼼히 닫고 봉한 그녀가 자신을 기다리고 있던 석주를 돌아보았다. 그는 묻고 싶은 말이 너무나 많았다.

"할 말 있어요?"

"왜 나랑 결혼했어?"

"당신이 결혼하자고 했으니까."

"그 이유 말고."

"좋아하니까? 그래서 당신과 살아보고 싶었어요. 당신과 결혼을 강행할 만큼은 충분히 좋아하고 있으니까."

석주가 뭐라 더 말을 붙이려 했지만 세아가 귀를 쫑긋거리며 바깥을 가리켰다.

내 아내는
짐승

"곧 관리인 영감님 아들이 올 거예요. 나갈 시간이에요."

석주는 이혼 이틀 전에서야 간단히 트렁크에 옷 몇 가지를 되는
대로 넣고 세아의 오피스텔을 나왔다. 그녀는 석주가 못미더웠는지
호텔까지 그를 따라와 감시했다.

「나머지 짐 언제 가져갈 거예요?」

「타박하지 마. 이건 당신이 원한 서류 절차일 뿐이니까.」

세아는 가면을 쓴 것처럼 냉랭한 얼굴이었다. 그녀의 목소리에
도 고저가 없었다. 하지만 석주는 아직도 그녀에게 미련이 깊었다.
혹여 그녀가 자신을 따라온 건 후회하고 있어서가 아닐까, 자신과
의 관계를 되돌리고 싶어서일까, 그런 생각마저 들었다.

그런데 세아는 이렇게 말했다.

「난 헤어진 남녀가 친구처럼 지낼 수 있다는 말, 안 믿어요. 이혼
한 뒤엔 다시 얼굴 보지 않았으면 해요.」

참으로 매정하다, 생각하면서도 석주는 이상함을 느꼈다.

「그런데 이세아, 왜 날 따라온 거지? 짐 가져가라고 굳이 호텔까
지 따라올 이유 없었잖아.」

「당신은 멋대로니까. 또 날 쫓아오면 어떻게 해요? 찰거머리처럼.
난 그런 것엔 질렸는데.」

세아는 요 근래 계속 그런 식이었다. 별거를 시작한 이후 모진
말들이 쏟아졌다. 마치 그를 떼어내기 위해 필사적으로 안간힘을
쓰는 듯 보였다.

석주는 피식 웃으며 넥타이를 풀었다. 세아의 눈이 약간 흔들렸
다. 그래, 적어도 이세아가 아직 제게 포기 못 한 건 하나 있었다.

「그럼 마지막 아닌가? 나 가지라고. 당신이 원하는 대로.」

세아는 침을 꿀꺽 삼켰다. 세아는 석주의 몸에 대해서만큼은 거짓말을 하지 않았다.

「그럼 가요, 당신 방으로.」

호텔 문을 열기 무섭게 세아가 그에게 덤벼들었다. 석주는 적어도 그녀가 자신을 절박하게 원하고 버리지 않을 거라 확신했다. 하지만 그 순간이 마지막인 것처럼, 애절한 그녀의 몸짓은 그에게도 기이했다. 네 개의 손이 한데 뒤엉켜 치마를 걷어올리고 그의 바지 지퍼를 열어 페니스를 해방시켰다.

그녀의 낭창낭창한 허리가 그의 팔 안에 들어왔다. 탄력있는 늘씬한 다리 하나가 그의 허리에 걸렸다. 힐을 신고 한쪽으로 버텨야 하는 불안한 여자의 자세였다. 하지만 불안정한 만큼 여자의 부어오른 속살이 더 가까워졌다. 석주는 제 성난 남성을 그녀의 여성 안으로 진입시키려 입구를 맞췄다.

남자는 아까보다 더 그녀의 다리를 한껏 벌려 제 남성을 박아넣었다. 단번에 진입하자 당겨진 그녀의 다리가 파르르 떨렸다. 그의 남성을 끝까지 집어삼킨 여자가 제 몸을 주체하지 못했다.

그를 감싸는 여자의 속살은 뜨겁고, 좁고 동시에 그를 끊어 놓을 듯 압박했다. 세아는 그의 등에 손을 감고 그의 옷자락을 거머쥐었다. 쾌락은 강렬했고 그 순간의 그들을 지배했다. 본능적인 욕망에 그들은 서로 내달렸다.

용솟음치는 남성을, 찔러내고 다시 빼내고.

격하게 움직이는 그의 허릿짓에 여자의 몸이 쿵쿵, 벽과 부딪혔다. 리듬이 격해지자 여자는 그를 한없이 죄며 나른한 신음소리를

내 아내는
짐승

내었다.

몇 번에 이어진 격한 정사. 그가 잠깐 잠이 들었다 깨어났을 때 그녀는 이미 사라지고 없었다.

다음날 법원 앞에서 그녀를 만나 변호사들과 이혼 기념촬영을 했을 때에도 세아는 묘한 가면을 쓰고 있었다.

지금에서야, 알 것 같았다. 세아는 그를 영원히 떠날 생각이었다. 아이는 그 원인이었다. 하지만, 그녀는 자신을 사랑하지 않은 게 아니다. 그녀는 아이를 포기하지 않는 대신 그를 떠나기로 한 것이다.

그것만으로 그는 충분했다. 그녀가 이혼을 요구하는 동안 받은 그의 상처는 완전히 지워지지 않았다. 하지만 그녀가 아직 자신을 원했고, 자신을 원하는 감정이 여전한 그의 아내라는 사실은 변치 않았다.

그래서, 그녀가 구미호건 아니건 이젠 아무래도 좋았다. 그의 아내는 이세아였다. 그가 사랑하고 그가 원하는 자신의 아이를 가진 유일한 아내니까.

석주는 해가 남아 있을 동안 장작을 팼다. 뒷마당에서 한바탕 땀을 흘리고 나자, 배가 고파졌다. 살아 있다는 건 이런 감각인 듯 싶었다.

"고생하셨습니다."

이름이 전율이라는 구미호 청년이 시원한 냉수를 한 사발 가져다주었다.

"영감님이 인간을 좋아하지 않으셔서요. 조금 퉁명스럽더라도 양해 부탁드립니다."

서글서글한 그의 인사에 석주도 고개를 까딱였다. 전율은 성과 붙이니 조금 이상한 이름이었지만 꼭 제 성과 이름을 붙여 발음해 달라 부탁했다.

피부가 까맣게 탄 전율은 이십대 초반의 꽤 건강해 보이는 청년이었고, 밭일을 하다 온 듯 헐렁한 작업복 차림이었다. 꼬리는 없었지만 머리 위로 뾰족한 짐승 귀가 돋아나 있었다.

석주는 문득 궁금해졌다.

"귀, 숨기지 않습니까? 꼬리는 꺼내지 않은 것 같은데."

"아. 꼬리는 움직이는데 먼지 묻고 그래서 씻기 귀찮거든요. 귀 정도야 뭐."

"그럼 세아나 전율 군도 짐승으로 변할 수 있습니까?"

석주는 꼬리 아홉 개 가진 여우를 떠올리며 말했다. 전율이 고개를 저었다.

"아주 오래전, 사방에 자연력이 넘치던 몇천 년 전에야, 짐승으로 살았다지만. 지금은 산의 정기도 부족하고 온 사방에 인간들이 넘치니 인간의 모습으로 사는 쪽으로 정착되었죠. 여우로 변할 수 있다 해도 굳이 변해야 하는 이유도 없고요. 워낙 인간들과 오래 부대껴 살다 보니 저희들에게도 인간의 피가 뒤섞였달까요. 그러니 지금은 짐승으로 변하고 싶어도 변할 수가 없죠. 대신 저희들은 기분이 좋으면 귀가 나온다거나 꼬리가 튀어나와요. 이건 아마도 다른 종족들도 비슷할 겁니다. 대신 귀나 꼬리 중에 특정하게 잘 튀어나오는 부분이 있어요. 토끼 족은 귀가, 늑대 족은 뭉툭한 꼬리가 먼저 나온다든가 이런 거요."

내 아내는
짐승

석주는 그가 가져온 물을 대번에 비웠다. 전율이 빈 잔을 받아 들었다.

"영감님이 곧 저녁 준비하실 겁니다. 곧 해가 질 테니까. 나중엔 세아 씨랑 같이 목욕이나 하세요. 저녁상은 제가 별채로 가져갈게요."

석주는 고개를 끄덕였다.

세아는 주인영감이란 늙은 구미호와 함께 저녁을 차렸다. 하지만 영감이 인간인 석주와 겸상을 하기 싫다는 이유로 세아와 석주는 영감이 따로 내어준 작은 방에서 식사를 했다. 겨울이면 황토 찜질방으로 쓰기 위해 만들었다던 작은 별채였다.

고산 지대에선 긴 여름해가 빨리 저문다. 어느새 저녁, 그녀가 상을 물리고 치웠다. 그리고 올려다본 하늘에는 달과 별이 떠오르기 시작했다. 석주는 하릴 없이 하늘만 올려다보았다.

"석주 씨도 목욕할래요?"

좀처럼 돌아오지 않는다 생각했더니 세아는 별채 뒤편의 작은 목욕탕에서 나왔다. 제가 입었던 옷을 걸친 그녀는 젖은 머리를 수건으로 말리고 있는 채였다. 그나마 바람이 선선해 젖은 머리카락은 금방 마를 것 같았다.

석주는 옷을 챙기려다 문득 세아에게 말했다.

"구미호가 있으면 늑대인간도 있어?"

농담 삼아 던진 말이었는데 세아가 웃었다.

"저랑 같이 요가 스튜디오 하는 지수가 늑대인간이잖아요. 원래 걔네들 머릿수가 대한민국에서 제일 많을걸요. 순혈은 모르겠지만 잡종이 정말 많거든요. 걔네들은 피가 섞여 있기만 해도 다 늑대 족으로 인정해주는 편이니까. 일 년에 한 번씩 모여서 단체로 하울링 대회도 연다고 들었어요. 그때가 되면 전국에서 상경하는 늑대 족들이 몇만 명쯤 모여들어요. 더 묻고 싶은 거 있어요?"

"글쎄."

석주는 피식 웃었다. 그는 생각하는 걸 포기했다. 하지만 세아와 함께 머무르는 이 공간만은 나쁘지 않았다.

대학 시절 엠티를 온 것만 빼면 거의 올 일이 없었던 강원도였다.

작은 마루에서 올려다보는 고산 지대의 하늘은 참으로 아득했다. 공기는 너무 맑고 별들이 가득한 맑은 여름밤의 하늘은 아름다웠다.

석주는 차가운 물로 정신이 번쩍 나도록 목욕을 했다. 그러곤 한참 만에야 세아가 있는 방으로 돌아왔다. 세아는 말간 얼굴로 아직 물기에 젖은 머리카락을 늘어뜨린 채 그를 보고 있었다.

그녀가 그를 위해 가져다 놓은 대추차가 미지근해져 있었다.

"다 식었어요. 데워줄까요?"

"괜찮아. 그것보다 묻고 싶은 게 있는데."

석주는 지금이라도 당장 그녀를 안고 싶은 마음뿐이었다. 하지만, 아직은 아니었다.

"뭐예요?"

"구미호와 인간의 혼혈이면 아이는 어떻게 태어나는 거지?"

세아는 인상을 썼다.

"정확히, 구미호들이 혼혈을 낳으면 일족에서 소외당해요. 그래서 혼혈 자식을 낳았다고 말하지 않죠. 구미호들은 손이 귀한 데다

내 아내는
짐승

순혈일수록 인간과의 사이에선 돌연변이를 낳을 확률이 크다고 알려진 것 정도예요. 참고로 난 꼬리 아홉 개의 순혈이고, 따라서 이 아이가 돌연변이일 확률은 매우 높죠."

"돌연변이라면 어떤?"

"글쎄요? 기형이라거나 장애 종류라거나. 그래도 나, 낳을 거예요."

세아의 얼굴에 어둠이 졌다. 석주도 답답해졌다. 그는 차를 마시는 대신 엉덩이를 떼고 다시 밖으로 나왔다. 세아가 그의 행동을 유심히 살폈다.

"일단 바람 좀 쐬자. 답답하니까."

높은 고도에서 보이는 여름의 밤하늘은 아름다웠다. 싸라기 별들이 머리 위로 쏟아져 내릴 것만 같았다. 차가운 공기가 석주의 머리를 식혔다.

맑은 바람이 마음에 들었던지 석주의 뒤를 종종 쫓아오던 세아가 제 꼬리를 모두 꺼내어 기지개를 켰다. 희미한 어둠 속에서 발광하는 아홉 개의 백색 꼬리들이 하늘로 뻗치는 모습은 장관이었다. 세아도 꽤나 만족스러워하는 표정이었다.

석주는 문득 그녀의 뱃속에 제 아이가 있음을 상기했다.

"세아, 여기까지 오느라 피곤하지 않았어? 교통사고 난 것도 그리 오래되진 않았잖아."

"사고 난 지 석 달쯤 되었으려나."

시간은 참으로 빨랐다. 제 꼬리들 중 하나를 만지작거리던 세아가 말했다.

"그리고 몸은 괜찮아요. 운동은 열심히 한 데다 난 인간도 아니니까 멀쩡해요."

석주는 깨달았다. 눈앞의 여자는 분명 제가 결혼한 아내 이세아였다. 예상하지 않은 임신 때문에 무서워서 거짓말을 하고 6개월간 이혼을 독촉하고 저를 버리려던 못된 아내.

"만약, 내가 당신 종족이나 돌연변이 아이로도 상관없다, 헤어지고 싶지 않다고 한다면 또 어떤 핑계를 댈 테지? 당신이 구미호란 건 충격적이지만 그딴 이유로 포기하고 싶지는 않아."

"그딴 이유라니."

"내겐 그리 중요하지 않단 거지."

세아는 변명하듯 웅얼거렸다.

"하, 하지만 내가 당신보다 훨씬 나이도 많고."

"그래서 내가 일찍 죽을까 봐 두려워?"

"하지만, 당신이 죽으면 난!"

세아의 눈에 공포가 떠올랐다. 석주는 그녀와 제가 시간의 흐름이 서로 다른 종이라는 걸 자각했다.

"그렇다 한들 이세아. 내가 당신 포기하면 평생 못 본단 소리 아냐? 왜 내 마누라와 자식을 포기해야 하지?"

"이해 못 해요? 난 당신이 늙어죽은 뒤에도 살아 있을 거예요! 당신의 수명보다 배의 시간을!"

"그게 어때서? 그런 각오도 없이 나랑 결혼하려고 했어? 차라리 내가 적당히 늙은 뒤에 밤일을 못해서 이혼하자고 하지 그랬어? 그쯤 되면 정이 다 떨어져서 살 만큼 살았을 때라면 몰라도!"

석주가 모든 분노를 쏟아내자 그녀의 어깨가 축 처졌다. 석주는

내 아내는
짐승

한숨을 쉬었다.

"미안해. 세아야. 화를 낼 생각은 아니었어."

"알아요."

그러고 그들은 한참이나 말이 없었다. 석주가 그녀에게 화해의
악수를 청했다. 세아가 그 손을 잡았다. 그들은 조용히 손을 잡고
밤을 거닐었다.

낭만적인 산책이었지만 주변에 구경할 것은 배추밭과 밤하늘뿐
이었다. 흑염소 몇 마리가 어둠 속에서 눈을 빛내며 그들을 살피다
도망가기도 했다.

그들은 주인영감이 내준 황토방으로 다시 돌아왔다. 황토방은
본채인 굴피집과 떨어진 독채로 석주가 멋대로 이름붙인 구미호의
기억 저장소, 지하 토굴 근처에 있었다.

여름엔 가끔 창고로 쓰이곤 한다는 황토방은 손님방으로는 너
무 작아, 둘이 반듯하게 누우면 공간이 많지 않았다. 심지어 그 방
은 전기도 들어오지 않았다.

석주는 배터리도 얼마 남지 않고 안테나마저 감지하지 못해 무
용지물인 휴대전화를 응시했다. 영감님의 굴피집으로 가면 누구에
게든 연락을 할 수 있을 테지만 굳이 그런 수고까지 하고 싶진 않았
다. 딱히 연락할 곳도 없었다.

석주는 호롱불을 켜고 영감님네에서 가져온 이불을 펴는 세아
를 응시했다. 그녀와 이혼을 결정했을 땐 이렇게 될 줄 몰랐었다.
그 많은 사건들이 있었는데도 고작 3개월밖에 지나가지 않았다니.

"잘 거예요? 불 꺼요?"

"벌써?"

세아가 까만 아몬드 형 눈을 크게 뜨고 그를 빤히 바라보았다.

"안 졸려요?"

"자기엔 좀 이르잖아."

손목시계를 확인했을 때 고작 10시를 넘기려는 시간이었다. 아직 자기엔 조금 일렀다. 석주는 세아를 응시했다. 호롱불은 환하지도 않아 세아의 표정까지는 자세히 읽을 수 없었다.

"피곤하면 먼저 자."

석주는 조금 피곤하긴 했지만 산책을 다녀온 이후, 정신은 말똥말똥해졌다.

"내가 자는 동안 뭐 할 건데요."

"그냥."

석주는 어깨를 들썩거렸다. 딱히 하고 싶은 건 없었다.

"아참, 장인 장모님께는 전화했어?"

"아까 저녁식사 준비하다 했어요. 내일 돌아가겠다고 했고요."

"응."

그리고 다시, 침묵.

"휴."

그의 긴 한숨에 오히려 방 안의 세아가 불을 끄지 못하고 뒤척였다. 석주는 그녀의 향을 깊숙이 빨아들였다.

"심란해요?"

"응."

"머릿속이 복잡해서? 그거 나 때문이죠?"

석주는 부정하지 않았다. 세아가 말했다.

"하석주는 한 가지만 결정하면 돼요. 이세아랑 살지 안 살지."

내 아내는
짐승

"아이. 키워야 하잖아. 구미호들은 성장이 느리다며? 그런 건 어떻게 할 건데?"

"하루 이틀 살아온 것도 아니고 뭐."

세아가 어깨를 으쓱했다.

"위치는 말할 수 없지만 구미호들이 모여 사는 촌락이 있어요. 그곳에서 몇 년 정도 살다가 애기가 사람의 모습을 할 수 있게 되면 그때 움직일 거예요. 이민을 가도 되고 다른 곳에서 새로운 이름으로 출발해도 되고."

뭔가 이상한 기분이었다. 이세아가 말하는 미래 속에 석주의 자리는 없는 느낌. 이대로 그녀를 놓치면, 영구히 만날 수 없다는 느낌.

"날 좋아한다면서 그렇게 할 수 있나?"

순수한 궁금증이었다. 세아는 아무렇지 않다는 듯 어깨를 으쓱했다.

"석주 씨, 우리는 오래 살아요. 그냥 얼굴 안 보고 멀리 떠나 있으면 언젠가 잊는 거 가능해요. 시간이란 그런 거니까. 아주 오랜 시간이 지나 마음이 편해지면 당신을 다시 만날 수 있을지도 몰라요. 그땐 당신이 날 알아보지 못할 수도 있고, 이세아란 이름을 내가 사용하지 않을지도 모르죠."

석주의 심장이 덜컹했다. 그에게 총을 쥐여주고 방아쇠를 당기라 종용하는 건 그녀였다. 관계를 끝낼 칼자루를 떠넘긴 것도 그녀다. 석주는 저와 그녀의 손가락에 끼워진 결혼반지 한 쌍을 응시했다.

"잔인해. 이세아."

불빛을 등진 세아가 희미하게 웃는 것 같았다.

"늙지 않고, 오래 사는 생물들은 인간의 모습을 하고 있지만, 인간과는 다르니까."

"그럼 당신이 선택하라는 건, 내가 당신과 살 건지, 아니면 영원히 헤어질 건지 둘 중 하나? 헤어지는 걸 선택한다면 앞으로 영원히 못 본다는 거지?"

"맞아요. 하석주 씨."

그녀가 제 목을 졸라 오는 기분이었다. 하지만 선택을 강요하는 세아의 얼굴도 서글퍼 보였다.

문득 석주의 뇌리에 스치는 것이 있었다.

세아는 이혼 당시, 임신한 걸 알고 있었다고 했다. 아마도. 그쯤에서 그들은 말로는 별거를 했지만 석주가 세아의 집에 들어가 얹혀 지내는 반동거의 상황이었다.

그녀가 이혼을 서둘렀던 건, 어쩌면 그를 쳐내고 완전히 연을 끊기 위해서였을지도 몰랐다.

"나랑 이혼하면, 나 다시는 안 볼 생각이었겠군. 아이 임신한 거 말하지도 않고."

세아는 부정하지 않았다. 몇 번이고 짐작했지만 직접 확인하는 것은 달랐다. 석주의 얼굴에서 핏기가 사라졌다.

"나랑 있었던 이 년에 가까운 시간들이 그렇게 아무렇지도 않게, 버릴 수 있는 건가?"

"석주 씨에겐 고작 이 년에 가깝겠지만 난 이백 살이에요. 나한테 당신과 보낸 시간은 내 생애의 백 분의 일에 불과해요."

그 순간 그들의 격차가 뼈저리게 다가왔다. 하지만 그녀는 석주

를 선택했다. 그의 아이도 놓지 않았다. 그 마지막 선택마저 그에게
주었다. 그가 버리지 않는다면, 이세아가 어쩌면 그를 놓는 일 따윈
없을 것이다. 아니, 그녀는 자신의 전부를 까뒤집어 보여준 건지도
몰랐다.

"끔찍해요? 서글퍼요?"

석주는 그 자리에 고정되어 있었다.

"이리 와요."

그녀가 두 팔을 벌리며 석주를 작은 방 안으로 끌어들였다. 방
안에선 특유의 황토와 흙냄새가 났다. 미리 깔아둔 이불 위로 석주
를 끌어당긴 세아가 석주를 껴안았다. 그녀의 체온이 좋았다. 석주
는 그녀의 체향을 담뿍, 들이켰다.

그때였다.

세아가 그를 갑자기 벽으로 밀어붙이며 저돌적으로 키스해 왔
다. 그녀의 두 팔이 그의 목을 강하게 휘감았다.

눈을 감자, 희미한 어둠 속에서 그녀의 움직임만이 느껴졌다.
석주는 제게 익숙한 그녀의 보드랍고 탄탄한 몸을 감싸 안았다. 입
술과 입술이 벌어지며, 혀가 만나고 서로 싸움을 걸듯 뒤엉켰다.

석주는 세아의 치열을 핥고 그녀의 혀를, 그녀의 입안을 헤집었
다. 얼마 만의 키스일까, 얼마 만에 맛보는 세아의 입안일까.

"하아아."

그녀의 신음소리마저 달콤하다.

그리운 품이었다. 눈을 감자 그녀의 향기를 담뿍 들이킬 수 있
었다. 세아에게선 희미한 꽃향기가 섞였다. 그녀의 보드랍고 탄탄하
고, 동시에 가녀린 육체가 그의 손끝에 와 닿았다. 석주는 굶주린

듯 그녀의 입술을 탐하며 그녀를 더 제게로 밀어붙였다.

"하아."

잠깐 떨어진 입가에서 열기 섞인 한숨이 새어나왔다.

"졸리면…… 자요."

석주는 제가 잘못 들었나 싶었다. 그의 반응속도가 느렸다. 하지만 그녀의 입가에서 뜨겁게 새어나오는 숨소리. 그를 일깨우는 목소리에 귀를 기울였다.

"이불 쪽으로……."

"지금…… 자자고 했어?"

석주는 그녀의 다리를 벌리며 제 남성을 그녀의 허벅지 사이에 비볐다. 그것은 날카로운 흉기가 되어 그녀의 안으로 들어가고자 날뛰고 있었다.

"잠이…… 올 것 같아?"

어둠 속에서도 그의 몸을 타고 흘러내리는 그녀의 유연한 움직임을, 그는 고스란히 느꼈다. 여우가 뱀과 같은 족속이었던가. 아니었던가. 그의 생각이 마구 흐트러졌다. 하지만 그녀에 대한 확신이 생기기엔 충분했다.

세아가 그의 상반신을 손으로 마구 더듬으며 훑더니 이윽고 지퍼를 내렸다. 아주 조심조심 터지지 않게. 그의 드로즈를 내린 그녀가 그의 부푼 남성을 마구 움켜쥐었다.

"윽!"

"석주 씨."

욕망에 사로잡힌 구미호의 목소리는 희미한 미명을 울렸다.

"나, 석주 씨가 필요해. 석주 씨 거시기도 있으면 좋겠어."

"거시기…… 고상하지…… 않아!"

"그럼 남근 씨라고 불러요? 석주 씨 링가라고 해줘요?"

"흑…… 존슨이라던가…… 페니스라던가 그런 말도 있어……!"

움켜쥔 악력이 너무 세어 석주의 남성이 끊어질 것만 같았다. 그녀의 손안에 쥐어진 것뿐인데 그녀의 통로에 진입한 것처럼 어지럽다. 금방이라도 터져버릴 듯 했다.

"여, 여긴 나, 남의 지, 집이야."

"그러니까 스릴 있잖아요."

잔뜩 발기한 그의 남성을 움켜쥔 세아가 그의 남성을 꼬집어댔다. 석주의 몸이 저도 모르게 튀어 올랐다.

사악한 마녀, 혹은 제 몸을 멋대로 구는 사악한 구미호.

눈앞에 있는 건 제 본래의 아내, 이세아다. 그녀가 혀를 날름거렸다. 저돌적이고 탐구정신이 막강한, 그의 아내로 되돌아가 있었다. 석주의 몸 위로 슬그머니 세아가 올라탔다. 그의 몸 위를 그녀가 장악하는 건 하루 이틀의 일이 아니었다.

"난 당신 몸 위에서 당신을 받아들이는 게 좋아요. 하석주가 제일 깊이 내 안으로 파고 들어오니까. 당신이 내 안으로 가장 깊이 들어오는 순간이니까."

그 말을 듣고서 가만히 있을 수 있는 남자는 없다. 그녀가 그의 욕망에 불을 붙였다. 그녀의 온기와 그의 품에 쏙 들어오는 가녀리고도 탄탄한 몸, 말랑거리는 가슴과 엉덩이. 석주가 모두 꿈꿔왔던 모든 것이 그의 품 안에 있었다. 참을성이고 인내심이라고 모두 꺼져버리라지.

석주의 손이 그녀의 등곡선을 타고 흘러내렸다. 운동으로 탄탄해진 그녀의 등골을 더듬으며 석주의 손끝이 마침내 목적지에 도달했다. 그의 손이 그녀의 엉덩이를 움켜쥐었다.

"하아."

저녁때 그녀가 뭘 입고 있었지? 아아, 얇은 여름용 치마였다. 무릎까지 오는 면치마. 석주의 손이 다급히 그녀의 치마를 허벅지 위로 걷어올렸다. 그녀의 맨 다리가 드러났고 대번에 그녀의 팬티 레이스가 끝이 석주의 손에 잡혔다.

벗겨내자, 얼른 벗겨내자. 석주의 거친 손아귀에 그녀의 팬티가 찢겨 나갔다. 그녀는 이미 젖어서 그를 기다리고 있었다.

"얼른 와요, 석주 씨."

잔뜩 발기한 석주의 그것이 세아의 손 안에서 더욱 팽창했다.

"기다려요, 석주 씨."

그녀가 그의 남성을 조금 느슨히 놔주며 애완동물 마냥 쓸었다. 가벼운 산들바람 같은 손짓에 그는 더 흥분했다. 긴장한 온몸에 핏발이 솟아올랐고 그의 남성은 더욱 빳빳하게 고개를 쳐들었다.

그녀의 음모가, 그녀의 검은 숲이 슬쩍 그의 복부를 스쳤다. 어둠 속에서 유난히 빛나는 세아의 눈이 평소의 검은색과는 달랐다. 그 눈의 색을 제대로 파악하려는 순간 그녀의 촉촉하게 젖은 동굴로, 그녀가 석주의 남성을 잡아다 끌었다. 무리 없이 그녀의 몸 안으로, 석주의 남성이 흡수되듯 빨려 들어갔다.

그의 발기한 남성을 대번에 흡수한 세아가 그의 몸 위로 산들바람처럼 내려앉았다. 그는 그녀의 무게감조차 느끼지 못했다.

그를 뿌리 끝까지 다 삼키고 내려앉은 세아가 탄식 같은 숨을 토했다. 그녀의 양손이 석주의 어깨를 짓눌렀다. 석주는 자신을 죄

내 아내는
짐승

여오는 그 아찔한 감각에 그녀를 더 깊이 껴안았다. 그녀의 몸이 위로 튕겨져 오를 때마다 그녀의 봉긋한 가슴이 그의 얼굴을 스친다는 것이 정말 마음에 들었다.

단단히 그녀의 허리를 부여잡은 그의 손은 그녀의 몸을 움직였다. 그녀가 자발적으로 허리를 들어 움직이려는 것을 기다리지 못했다. 서로의 치골이 맞닿았다. 방아를 찧듯이 높이 쳐들린 그녀의 허리가 쿵떡, 하고 그의 몸 위로 내려앉았다. 차가운 여름밤의 공기에 노출된 그의 남성이 이내 그녀의 안으로 신나게 흡수되었다.

"서, 석주 씨!"

하반신에서 불이 났다. 석주는 저를 죄어오는 감각에 이를 악물었다.

너무 짜릿하다. 쾌감에 돌아버릴 것 같았다.

그녀의 몸 깊은 곳까지 질척질척하게 자신을 쏟아 붓고 마는.

아아. 다른 생각을 할 수 없다.

절정에 다다른 그녀가 석주의 어깨에 손톱을 넣어 그의 등을 할퀴었다. 어디선가 피냄새가 나는 것 같았지만 그 쾌감에 석주는 자신의 몸이 흉터투성이가 되는 것도 알지 못했다.

"아악! 핫! 학!"

서로의 땀에 절은 몸이 마찰한다. 가장 은밀한 곳이 이어져 생경한 쾌락을 이루어냈다.

한 차례의 파정을 맞았지만, 그는 멈추지 않았다.

가장 그리웠던 곳. 그녀의 안. 석주는 그녀의 거추장스런 상의를 벗겨내려 고군분투하다 그녀의 옷 위로 봉긋한 가슴을 깨물었다. 그녀는 가슴이 깨물릴 때마다 신음을 내었다. 그러다 어느새 쾌감을 이기지 못했는지 그녀의 엉덩이 쪽에서 무언가가 튀어나왔다.

바로, 여우 꼬리였다.

절정에 휩싸였는지, 세아는 그 꼬리가 나온 것도 몰랐다. 석주는 그녀가 제 어깨를 누르며 할퀴는 아픔만큼이나 강하게 그녀의 꼬리들을 잡아당겼다. 그 고통마저 쾌감으로 그들의 신경을 마비시켰다.

세아의 부채꼴처럼 퍼진 꼬리들은 장관이었다. 세아가 그의 몸 위에서 그의 어깨를 내리누르며 움직이는 데도 무게감은 없었다. 다만 그녀가 움직일 때 마다 그 꼬리들이 산들산들, 석주의 몸을 쓸듯이 간지럼을 태웠다. 그녀의 허리를 단단히 붙잡고 그녀와 함께 움직이는 석주의 온 신경이 흐트러졌다.

"이세아! 그, 그만!"

"꼬리가, 훗! 유, 유용하긴! 하, 하네요! 악!"

"간질이지 마!"

꼬리들은 교묘했다. 그녀의 손이 마치 여러 개로 분열한 것 같았다. 그것은 세아가 기억하는 석주의 성감대를 찾아 그의 단단한 몸을 배회하며 간질였다. 그녀의 몸과는 별개의 생명체마냥 움직이는 꼬리들이 석주를 자극했다.

그는, 예상보다 빨리 절정에 달했다. 그녀의 안에서 또 폭발했다.

"하앗!"

콘돔도 없었기에 다급히 그의 남성을 빼내려 했지만 세아가 그의 허리에 다리를 감아 꼼짝도 하지 못하게 했다. 그녀의 안에서 갇힌 남성이 그대로 마지막까지 분출했다. 세아의 허벅지를 타고 그녀

내 아내는
짐승

의 애액과 그의 정액이 한데 뒤섞여 흘러내렸다. 하지만 축 늘어진 세아와 석주 모두 그것을 닦아낼 생각도 하지 못했다.

두 사람의 계속된 정사 덕에 뜨거워진 공기가 비릿한 내음과 함께 작은 황토방을 달궜다.

"이부자리 엉망 되었을 텐데, 빨고 가야 하려나."

석주가 멍하니 중얼거렸다. 세아가 그의 몸에 기대어 키득거렸다.

"석주 씨. 간지럼 많이 타네요."

세아가 제 꼬리 하나로 석주의 옆구리를 간질거렸다. 다른 꼬리 하나는 솜씨 좋게 그의 셔츠를 슬그머니 들추고 있었다. 꼬리에 손이라도 달린 건가.

"간질이지 마. 이세아. 할 말이 있어."

"무슨 얘기?"

현실을 외면하려는 듯 보이는 세아의 배위로 석주가 손을 얹었다. 그들의 꼬물이가 있는 곳. 그가 그 배를 조심스럽게 문질렀다. 그리고 그의 확신이 섰다. 제가 어쩌면 당연하게 해야했을 일이었다.

"이혼 안 해. 당신이랑 꼬물이 혼자 두지 않아."

"석주 씨."

석주는 그녀를 헝클어진 이부자리 위에 눕혔다. 어둠 속에서 그녀의 정확한 표정은 읽을 수 없었다.

"결정 내리는 데 시간이 걸려서 미안해. 하지만 난 이세아가 나와 다르다는 걸 인정하기 싫었어. 당신이 계속 내 옆에서 날 떠날 궁리만 한다는 건 더 싫었어."

"하지만."

"이제부턴 비밀 따위 만들지 마. 숨기지 말고 다 얘기해. 당신과 같은 날 죽진 못할 테지만 최대한 오래도록 살 거야. 그건 약속해."

"하, 하지만 석주 씨 이거 문제 될지도 몰라요. 나 처벌 받을지도 몰라."

"무슨 처벌? 뭐든 함께 해. 절대 숨기지 마."

석주는 그녀를 껴안았다. 제 아내, 제 사랑하는 아내. 사랑한다는 말을 몇 번이고 천천히 속삭여주며 그녀의 등을 쓰다듬어주었다. 세아는 잠시 몸부림치다가 어느새 천천히 흐느껴 울었다. 석주는 그녀를 다시 토닥였다.

너무 먼 길을 돌아 이제야 그녀의 옆에 온 것 같았다.

세아와 석주는 새벽까지 서로를 껴안고 이야기하다 새벽녘에야 잠이 들었다. 그래서 구미호 청년 율이 그들을 깨우러 올 때까지도 깊은 단잠에 빠져 있었다.

"흠흠. 기침하셨습니까?"

율이 황토방을 노크하며 문 앞에서 말했다.

"피곤하신지 늦잠을 자는 것 같아서 아침상을 봐 왔습니다. 준비하시고 언제든 내키는 대로 돌아가셔도 될 겁니다. 차는 아래에 주차시켜놨습니다."

율이 차려놓고 간 정갈하고 소박한 밥상을 받은 그들은 세수도 하지 않고 식사부터 했다. 고기반찬은 계란 프라이가 전부에 오이장아찌, 된장국, 김치와 나물무침에 잡곡밥이 다였지만 식욕이 돋은 그들은 고봉밥을 전부 해치웠다. 숭늉까지 모두 비운 그들은 얼

내 아내는
짐승

굴을 마주 보며 빙그레 웃었다.

서로 평생 함께하기로 하고 맞은 첫 아침.

말을 하지 않아도 서로의 얼굴만 마주 보아도 모든 것이 충만해진 아침.

석주는 새로 태어난 기분이었다.

"돌아갈까? 돌아갈 준비 하자."

"응."

깔끔한 두 사람이 차례로 샤워를 하고 나갈 채비를 마쳤을 때는 여전히 해가 높은 오전이었다.

구미호 영감과 구미호 청년 율은 그들에게 강원도의 어린 배추와 채소 몇 가지를 선물로 주며 배웅했다. 등짐을 진 구미호 영감이 세아에게 경고를 주는 것도 잊지 않았다.

"구미호 장로들이 알고 있더구나. 네년. 그 아이 낳을 거냐?"

세아는 으쓱했다.

"낳을 거예요, 영감님."

"그럼 구미호 장로들이 움직일 게다. 평소라면 쉬쉬하고 넘어가도 되지만 네년이 너무 시끄럽게 만들었어."

그 말속에 뾰족이 박힌 가시에 석주마저 흠칫거렸지만 세아는 표정 하나 변하지 않았다.

"기대할게요, 영감님."

"저런 망할 것."

세아는 손을 흔들었다. 석주는 그녀의 뒤를 따라나섰다.

"구미호 장로들도 있었어?"

"있어요. 나이가 많아 움직이는 걸 싫어하고 엉덩이도 무겁지만 문제는 내가 너무 소문이 나버렸달까. 아무래도 경고 차원에서 처벌을 주긴 할 거예요. 아이를 낳을 수 있는 구미호 암컷은 희귀하니까 직접적으로 나나 꼬물이에겐 손을 대지 못할 테니까."

그 화살이 돌아갈 수 있는 건 그녀의 가족들이나 곁에 있을 석주란 뜻이다. 세아가 그를 걱정했지만, 석주는 아무렇지도 않았다.

"내가 옆에 있다는 거 잊지 마."

석주의 한마디에 세아가 마음이 놓였는지 피식 웃었다. 그녀의 말간 얼굴에 생기가 돌자 석주도 행복해졌다. 물론 그들 부부를 보는 구미호 영감만이 혀를 찼다.

"나중에 다시 올게요, 삼촌."

"그러든가 말든가, 흥!"

석주는 그들이 묵었던 고랭지 밭 가운데 선 강원도의 오래된 가옥을 응시했다. 두건을 뒤집어쓴 구미호 청년 율이 그들을 석주의 차가 주차된 곳까지 안내했다.

당분간 강원도와는 안녕이었다.

내 아내는
짐승

13. 태교를 합시다!

세아의 예상대로 강원도를 다녀온 이후, 구미호 장로들의 즉각
적인 움직임은 없었다. 다만 소문이 파다해졌는지 세아의 임신과 그
사고를 모르는 이가 없을 정도였다. 그 와중에도 하루하루는 느긋
하게 흘러갔다.

끝나지 않을 것 같은 여름이 절정에 달하고, 더위도 어느새 한
풀 꺾여갔다.

그 여름 동안 그들의 일상에는 크고 작은 변화들이 있었다.

석주는 구미호 가족들과 함께 단체로 여름휴가를 갔다.

이종족들 일부가 애용한다는 고급 펜션에서 그는 처가 식구들
구미호들이 단체로 꼬리를 내놓고 일광욕을 하는 진풍경을 구경할
수도 있었다. 꼬리털이 달린 짐승들이라서일까, 그들은 대체로 여름
을 타는 경향이 있었다. 그래서 처가 식구들은 에어컨을 무척이나
사랑했다.

여름휴가가 끝날 무렵, 석주는 호텔에서 세아의 오피스텔로 돌
아왔다. 새로운 집을 알아보려 했지만 오피스텔에 정이 많이 들기도
했고 아직 마음에 드는 집이 나오지 않은 탓도 있었다.

세아의 오피스텔에는 무아가 종종 출현했다. 무아는 에어컨을

작동시킨 뒤 멋대로 꼬리를 내놓고 활보했다. 세아도 가끔 꼬리를 자연스럽게 내놓는 적이 많아졌는데 석주는 그때마다 잔소리를 해야 했다.

"털이 너무 많이 빠지잖아. 게다가 욕실에 채워 넣은 샴푸와 트리트먼트 너무 빨리 닳아! 꼬리 빨 땐 쓰지 말랬지!"

"하아. 잔소리쟁이!"

좁아터진 거실에는 두 자매의 꼬리털을 잡기 위해 성능 좋은 로봇청소기가 두 대나 굴러다녔다.

세아는 가끔 반인반수 꼬리털 전용 미용실에 들러 아홉 개의 꼬리들을 관리받기도 했다. 그 꼬리털 미용실도 웃기긴 했지만 석주에게 가장 충격을 준 곳은 아니나 다를까, 병원이었다.

세아는 한 달에 한두 번 산부인과 정기검진을 위해 일산의 반인반수 병원으로 향했다.

석주가 병원 주소를 내비게이션을 찍어도 입구가 나오지 않는다 했더니 사람들의 눈을 피하기 위해 결계나 전자파 감지 같은 괴상한 장치를 했다는 모양이었다.

병원의 외관은 역시 다른 병원들과 크게 다를 바 없었다. 석주는 그녀와 함께 병원 가장 깊숙한 VIP 진료실로 향했다.

그곳에서 그는 신세계를 경험했다.

그 진료 대기실에는 온갖 반인반수들이 꼬리와 귀를 드러낸 채 활보했다.

토끼, 고양이, 늑대, 혹은 개, 그냥 여우, 혹은 조류 외 기타 등등 기타 등등. 병원의 특수진료과 중에는 아가미과도 있었다. 석주는 이해하는 것을 포기했다.

내 아내는
짐승

다행히도 반인반수들의 산부인과는 일반 산부인과의 기계들이나 분위기와는 크게 다르지 않았다. 진료 전 산부인과 의사는 구미호의 특수성과 임신 기간에 대해 석주에게 일장연설을 늘어놓았다.

"남편 분이 인간이라고 하시니 짤막하게 설명하겠습니다. 인간과 구미호의 혼혈은 아주 특이합니다. 전례가 드물지요. 출산 시기도 현재로선 정확히 가늠하기 힘듭니다만, 이 정도 크기라면 임신한 지 구 개월령 정도로 추측 가능합니다."

석주는 세아가 임신했다는 아기가 최소 9개월이라는 소리를 듣고 머리가 멍했다. 세아가 임신한 것은 더 이른 시기였을 수도 있다는 뜻이었는데, 어쨌든 세아가 그와 결혼한 지 얼마 안 되어 꼬물이를 가졌다는 뜻이기도 했다.

정작 초음파 검사를 시작했을 때, 석주는 초음파 화면 속의 검은 점을 빤히 바라보았다. 처음 사진으로 보았을 때보다 그것은 커진 것 같았다. 그것의 심장소리가 더 크게 박동했다.

"오, 맙소사."

"이상해요?"

세아의 아미가 일그러졌다. 그녀가 걱정스럽게 석주의 안색을 살폈다. 석주는 그녀의 손등 위로 제 손을 겹쳤다.

"그게 아니야. 우리 꼬물이가 예뻐서."

제 아이다. 이것은 세아와 자신의 아이다.

아이가 어떻게 어떤 모습으로 태어날진 모르겠지만, 괜찮을 거란 생각이 들었다.

어쩌면 그녀가 기억을 잃었던 것도 하늘이 다시 한 번 시작하라 기회를 준 건지도 모른다. 그들의 재결합을 위해서.

그는 마음을 굳혔다.

석주의 마음먹기야 어쨌든 다음날도 그들의 아침은, 이혼 전과 별반 다를 바 없었다.

아침식사를 준비하는 쪽은 석주였다.

그는 아침 일찍 일어나 오피스텔 주변을 한 바퀴 뛰고 와선 빵집이나 마트에서 사온 재료들로 아침을 준비했다. 간혹 소화하기 쉬운 죽을 사 오거나 만들기도 했는데 그가 먹고 싶거나 내킬 때마다 재료는 바뀌었다. 세아는 잡식성 여우답게 가리는 것은 없었다. 그녀는 고기를 너무 사랑하긴 했지만 한 끼 정도 고기가 올라오지 않는 정도로는 분노하지 않았다.

세아는 '여우는 야행성 동물이야.'라고 중얼거리며 그새 침대 위를 뒹굴었다. 꼬리를 넣는 것도 까먹어 침대 위엔 하얀 꼬리털이 흩어지거나 묻어나기도 했다.

석주는 간단한 식사를 차린 뒤 세아를 식탁으로 불러냈다.

"아침 먹자! 이세아!"

세아가 느릿느릿 식당으로 오며 찢어져라 하품을 했다. 그러곤 석주가 대충 차려놓은 빵과 베이컨, 계란 프라이 등을 응시했다. 세아는 두 사람 분의 주스를 커플 잔에 따라 부었다.

여느 때와 다를 바 없는, 느긋한 아침.

빵 뜯는 구미호와 베이컨을 씹는 인간이 함께하는 아침식사였다.

"집 알아보는 건 어때?"

세아가 빵을 삼키기 위해 입을 쩍 벌렸다가 멈췄다. 그녀가 오피스텔을 둘러보았다.

"이 집도 뭐 살기는 나쁘지 않은데."

세아의 오피스텔 주변은 오피스텔과 상가가 적절하게 모여 있었고 세아의 요가 스튜디오나 석주의 회사와도 30분 거리라 이동하기도 편했다. 석주는 작은 식탁에 그녀와 나란히 앉아 있으면 서로의 무릎이 부딪칠 정도로 작고 가까운 건 좋아했지만 그것 외엔 여러 가지로 걸리는 게 많았다.

"수납이 좀 더 컸으면 하는 생각도 있고. 보안도 딱히 마음에 들진 않아. 처제가 와서 묵어갈 방도 없고."

"무아까지? 무아는 신경 안 써도 돼요. 게다가 무아 있으면 석주 씨도 불편하잖아."

"누구한테 자기가 구미호란 거 보여주기 싫어서 그래. 나야 이젠 상관없지만 외부에 드러나는 건 곤란하다며?"

"그렇긴 하지만."

"임 여사가 찾아오는 게 성가셔서 그래."

석주는 세아의 정체를 들키고 싶어 하지 않았다. 오피스텔은 살기엔 나쁘지 않았지만 좀 더 안전하고 눈에 덜 띄는 공간이 필요했다.

아직 석주는 그녀가 구미호란 게 믿어지지 않았다. 하지만 그 정체가 무엇이든 세아를 향해 치밀어 오르는 성욕을 무시하기 어려워진 것도 사실.

석주의 시선이 세아의 하얀 목덜미에 꽂혔다. 그녀의 쇄골 주변은 성감대여서 그곳을 깨물거나 핥으면 세아는 가는 한숨 같은 신음을 내었다. 그 신음소리가 석주의 애간장을 태우곤 했다. 벌써부터 그의 아랫도리가 목직해졌다.

침대에서는 짐승스러운 그녀지만 겉모습은 연약해서 보호본능을 자극했다. 만약 그가 이혼을 한다 쳐도 아이 엄마인 그녀를 원하는 인간은 많을 터였다. 구미호의 순혈이라 하니 반인반수들 중에서도 그녀를 가지려드는 놈들도 많을 터였다.

석주는 세아를 원할지도 모르는 불특정 다수의 놈들에게 맹렬한 질투심을 느꼈다. 세아가 그가 아닌 누군가와 짝을 이룰 수 있다는 가능성만으로도 도저히 참을 수 없는 기분이었다.

"석주 씨 얼굴 이상해요."

이세아는 자신보다 훨씬 오래 산다. 석주는 그게 억울해졌다.

"이세아. 나랑 사는 동안 다른 남자 쳐다보지 마."

"응."

"아니, 내가 죽은 뒤엔 뭘 해도 상관없어. 내가 사는 동안엔 절대 안 돼."

이세아는 하석주 거다. 이세아는 석주의 거시기와 몸을 좋아한다. 물론 먹진 않지만 간도 좋아한다.

세아가 생글생글 웃었다.

"당연한 소릴."

그녀가 일어나 석주에게 다가왔다. 그러곤 의자에 앉은 그를 껴안았다. 세아, 나의 아내.

그는 저보다 조금 눈높이가 높아진 그녀의 앞머리를 쓸어 넘겼다. 화장기 없는 얼굴, 앙증맞은 이마가 옹그려져 있었기에 그것을 펴주었다. 손끝에 와 닿는 그녀의 피부가 아기처럼 보드라웠다. 구미호라지만 그녀에게선 그윽한 플로랄 향이 풍겼다.

내 아내는
짐승

"이혼은 안 해, 이세아. 너랑 같이 살 거야."

세아의 얼굴에 느리게 미소가 번지더니 그의 목을 껴안았다.

"좋아요, 남편 씨. 정말 좋아요."

감동의 순간들이 지나고, 그들은 다시 정신을 차려 식탁에 앉았다. 세아는 눈시울마저 촉촉해져 있었다. 그녀가 문득, 입을 열었다.

"하석주 씨, 나 궁금한 게 있어요."

"뭔데?"

"내가 원한다면 다 버릴 수 있어요? 떠나자고 하면 나랑 같이 다 버리고 떠날 수 있어요?"

그녀가 고개를 갸웃거렸다. 콧잔등에 작게 모인 주름조차 예뻐 보이고 그녀의 꼬리들조차 사랑스러워 보이는 건 석주의 눈에 제대로 콩깍지가 씌웠기 때문이리라.

"그 이름도 가족도 모두 다. 당신이 하석주로서 살고 있는 삶 전부 다."

"그건 생각 좀 해봐야겠는데."

아버지와 형들과 헤어지는 건 조금 시원섭섭한 정도겠지만 애착이 크진 않았다. 외려 떠오르는 건 어쩌면 미국의 어머니 정도일까? 그의 짧은 고민을 헤아려서일까, 세아가 약간은 타협했다.

"단 한 사람 정도에게만 귀띔할 수 있다면요."

"어머니. 어머니라면."

"정말, 나 때문에 다 버리고 갈 수 있어요? 당신이 가진 모든 것들. 모든 부유함, 그것들 전부 다?"

"맹세를 원해?"

"글쎄요."

세아는 말을 흐렸다.

"물어보고 싶었어요. 나는, 하석주 씨를 사랑하지만 하석주 씨가 없어도 평생을 살아요. 내 인생에서 하석주라는 사람을 만난 건 이백 년의 인생 중에 백 분의 일도 안 되는 이 년도 모자란 기간일 뿐이니까. 하지만 당신에게 나는, 삼십삼 분의 이. 그 시간과 기간의 차이가 달라요. 그래서 알고 싶었어요."

무거운 아침식사였다. 석주는 그녀와 제 시간의 무게감의 차이에 묘하게 짓눌리는 기분이었다.

출근 시간. 석주는 세아가 골라준 옅은 네이비 색 셔츠에 바지를 입은 캐주얼한 차림이었다. 너무 강렬한 여름인지라 재킷과 넥타이도 일단 생략. 심지어 구두마저 샌들로 신은, 이사님치고는 꽤 파격적인 모습이었지만 몸매는 여전히 탄탄했다. 물론 아침의 대화가 충격적이어서인지 그의 얼굴 표정은 좋지 못했다.

아슬아슬한 출근길. 인사를 하러 이사실로 쑥 들어온 강 비서가 수심에 잠긴 석주의 얼굴을 살피며 물었다.

"하이요, 이사님."

"하이, 강 비서."

조금 수심에 잠긴 석주의 모습을 살피며 강 비서가 물었다.

"고민 있으신가 봐요. 얼굴이 썩으셨네요."

"……표현 참 심플하니 좋네."

"참신하다고 해줘요."

거침없는 강 비서의 얼굴은 여전히 선크림도 바르지 않은 민낯이었다. 그녀는 주근깨가 난 얼굴을 마냥 걱정스러워하며 석주가 보는 앞에서도 천연덕스럽게 화장품 케이스들을 꺼냈다. 석주의 사무실에 딸린 작은 화장실에서 그녀가 화장을 하는 건 어느새 일상이었다.

"고민 있으시면 털어놓으세요. 제가 해드릴 수 있는 충고는 해드릴 수 있는데. 밤일 쪽만 아니라면요."

"밤일은 여전히 환상적이지. 세아는 멋져."

강 비서의 얼굴이 찌그러졌다.

"아, 고민은 그런 게 아니고. 내가 회사를 관둬야 한다면 어떻겠어? 나 청아에 그렇게 중요한 사람일까?"

"이사님은 회사의 마스코트죠."

"그래, 마스코트."

고개를 끄덕이려다 석주의 표정이 다시 일그러졌다. 일 안 하는 식품회사 청아의 얼굴마담일 뿐이라는 소리 아닌가? 물론 일하는 게 귀찮아 따로 전문 경영인을 고용해 사장을 삼긴 했다만.

강 비서는 그걸 왜 묻느냐며 고개를 들고 있었다. 석주는 다시 한숨을 쉬었다. 어쩌면 제 질문이 잘못된 것일지도 몰랐다.

"그게 아니라. 사랑을 위해 모든 걸 버릴 수 있다고 생각해?"

"음? 질문이 이상한데요? 이사님 아버님. 그러니까 하 회장님이 상속포기하시래요?"

"그게 아니라. 가정과 회사 중 하나만 선택해야 한다면 어떨까?"

석주가 내는 질문 모두가 그의 상황에 적절하진 않았지만, 강 비서는 성심성의껏 대답했다.

"음. 청아의 입장에선 마스코트 씨가 없어지면 아쉽겠죠. 하지만 하석주 이사님에게 회사가 중요해요? 꼬물이와 세아 씨가 중요해요? 전 제 직장도 하 이사님도 다 마음에 들어요. 하지만 가정과 직장 중에 반드시 하나만 선택해야 한다면 가정, 내 아이들을 택할 거예요. 그건 이사님도 마찬가지 아니세요?"

"맞아."

"그런데 뭘 고민하세요?"

"글쎄."

"세아 씨가 기억 되찾으셨나요?"

석주는 가볍게 고개를 끄덕였다. 석주의 결혼은 처음부터 하 회장도, 임 여사도 달가워하지 않았다. 세아는 시부모님이 원하는 대로 움직여주지 않았기에 임 여사는 늘 욕설을 퍼붓거나 저주를 하기도 했었다. 그 일련의 사정들을 익히 아는 강 비서가 혀를 차며 고개를 끄덕였다.

"무슨 사정인지는 모르겠지만 이사님, 회사 관두시면 모두 슬퍼할 거예요."

"얼굴 마담이 사라져서?"

"그런 뜻 아니란 거 아시죠? 언제 사모님이랑 한번 자리 마련해주세요. 밥은 제가 한번 쏠게요."

"생각해보지, 강 비서."

해답을 얻은 석주가 느긋하게 강 비서를 향해 대꾸했다.

하얀 무명 잠옷을 입은 무아가 푹신한 러그 위에 배를 깔고 엎드린 채 노트북을 건드렸다.

무아가 손톱 하나를 길게 뽑아내어 따각따각, 방향키를 눌러대는 모습이 참으로 만사가 귀찮은 것처럼 보였다. 노트북 옆에는 세아와 석주가 새로 이사갈 장소로 고려하고 있다던 고급 아파트나 맨션, 부촌 이름이 갈겨져 있었다.

무아가 이것저것 검색을 해보다 눈을 반짝이며 고개를 들었다.

"언니, 이 동네 어때? 여기 가수랑 연예인들 많이 산다네? 뒤에 공원도 있고. 아니면 여기 전원주택은 어때? 매물로 나온 게 있대. 교통은 불편해도 산비탈에 있어서 언니도 차 새로 뽑으면 될 것 같은데. 아, 맞다. 언니 차도 뽑아야 하네. 무슨 차로 뽑을 거야? 기왕이면 튼튼하고 잘 빠진 스포츠카로 뽑아서 나 빨리 시승시켜줘."

요구사항도 많은 무아의 말에 세아는 생각을 포기했다. 그나마 차를 사달라고 조르지 않는 게 다행이려나?

무아도 개인 재산은 꽤 많았고 차를 살 돈은 충분했지만 면허가 정지된 상태인지라 소용도 없었다.

이게 다, 무아가 몇 년 전 술을 마시고 음주운전을 했기 때문이었다. 사정이야 어쨌든 면허도 없는데 장식인 차를 살 필요는 없었다. 무아는 차보다는 다른 것들을 사랑했다.

"언니, 그래도 돈이 많은 건 좋아."

바닥을 굴러다니는 무아는 행복해 보였다. 세아는 무아가 하석주라는 물주, 혹은 용돈을 주는 인간 형부가 생겨서 기쁜 게 아닐까, 멋대로 추측했다.

"나도 언니 집 새로 사면 거기 데려가. 나 언니보다 요리 잘하잖아. 언니가 인도 왔다 갔다 하면서 요가나 배우고 있을 동안 나 온갖 요리들 다 섭렵한 거 알지?"

알다마다. 세아는 한숨을 쉬었다. 무아의 변덕이 죽을 끓었던 시절이었다. 그렇게 신나게 배워놓고는 언젠가부터 모든 것이 귀찮아졌다며 부엌에는 얼씬도 하지 않았다. 심지어 지금은 설거지조차 하려 하지 않았다! 어쨌든 남이 차려주는 밥상이 제일 행복하단다!

세아는 굴러다니는 동생을 바라보며 발로 툭툭 차보았다.

"음식은 됐고 취직은 언제 할 거야?"

"새 집에 나 안 데려갈 거야?"

"귀찮게시리 왜!"

무아가 팩 토라져 고개를 돌렸다. 그러다 슬쩍 세아의 눈치를 살폈다.

"그런데 언니, 앞으로도 계속 형부랑 살 거야?"

"살면 어때? 넌 일 년도 안 되어서 꼬박꼬박 형부라고 잘만 부르더라. 네가 석주 씨한테 돈 뜯어간 게 얼마야!"

무아는 헤헤거리며 머리를 긁적거렸다.

"그래도 나 형부는 마음에 들어. 그 배경은 별로 마음에 안 들지만."

"돈을 잘 쓰니까?"

"아니, 그것보다 우리 가족들이랑 잘 놀아주잖아. 우리가 구미호란 걸 알고도 이젠 달관하고 무시하는 경지에 이르렀고. 털 날린다고 구박하는 것만 빼면."

"아아, 시월드도 빼자."

"그건 동감."

그들이 근엄한 얼굴이 되어 머리를 끄덕였다. 그러다 무아의 얼굴에 잠깐 먹구름이 끼었다. 무아가 상체를 일으켜 세아를 빤히 바라보았다.

내 아내는
짐승

"그런데 형부랑 같이 살 거면 시댁 어떻게 할 거야? 꼬물이도 그렇고 언니가 안 늙는 것도 문제긴 하지만 가장 큰 적은 시댁이잖아. 그 미친 시어머니 임 여사도 그렇고."

임 여사. 세아는 빙그레 웃었다. 기억을 잃기 전, 세아를 임 여사는 고깝게 보고 덤볐지만 세아는 쉽게 당하지 않았다. 기억을 되찾은 지금은, 당할 이유조차 없다.

"너 이백 년 먹은 구미호의 원한이 얼마나 깊은지 알고 있니?"

무아가 도리질을 쳤다.

"시부모님과 만나기로 약속 정해놨어."

무아가 침을 꿀꺽, 삼켰다. 세아는 피식 웃었다.

"무, 무슨 말을 하려고?"

"글쎄. 귀찮은 거 질색이니까. 난 질척질척한 게 제일 싫어. 그래서 화근은 먼저 뿌리째 없애버리려고."

"뭔진 모르겠지만 언니답다. 그런데 형부는 알아?"

"몰라. 모르는 게 좋아."

세아가 빙그레 웃었다.

하 회장의 회장실 앞. 세아는 노크를 하고 들어가기 전 제 모습을 살폈다. 오랜만의 정장 차림에 갑갑한 화장, 하이힐까지. 격식을 차린 제 모습이 조금은 어색하게 느껴졌다.

세아는 긴 심호흡을 했다. 그녀를 안내하려던 하 회장의 비서가 세아를 돌아보았다.

"회장님께서 사모님과 함께 기다리고 계십니다."

세아는 회장실로 들었다. 절제된 모노톤 일색으로 꾸며진 회장실은 차분하고 격조 높았다. 그 상석 의자에 앉은 석주의 아버지, 하현록 회장이 근엄한 표정으로 자리했고, 그 옆에는 임만희 여사가 새침하게 앉아 있었다.

"새아가, 네가 무슨 일이냐?"

하 회장은 엄격하다. 새아가로 지칭하곤 있지만 목소리엔 정감이 없다. 하석주와 닮은 얼굴이고 그가 30년쯤 더 나이를 먹으면 하 회장과 비슷한 모습이 될 거라고 생각하지만, 표정이나 분위기는 영판 달랐다. 바늘 하나 들어갈 것 같지 않은 단호한 모습이었다.

하지만 기억을 되찾은 뒤 보게 된 하 회장은 묘한 감이 있었다.

그는 하석주만큼이나 동물 족들을 매료시키는 묘한 페로몬을 풍겼다. 말 그대로 반인반수들을 홀리는 듯한 향기.

반백 살이 넘은 지금도 그 페로몬은 꽤 강한 편이었는데 젊은 시절에는 얼마나 더 강했을지 상상도 가질 않았다. 젊은 시절엔 하석주를 뛰어넘는 마력남이었을 것이다. 그래서 어쩌면, 저런 게 붙은 걸까. 세아는 임만희를 바라보았다.

임만희는 값비싼 화장품과 독한 향수 냄새를 풀풀 풍겼다. 그녀의 체향을 알아채지 못할 정도의 독한 향기. 그녀가 하 회장의 옆에 붙어서 푸념했다.

"여보, 새아기는 집으로 불러도 연락도 받지 않아요. 시어머니 체면이 도통 서질 않네요. 이혼도 하지 않으면서 대체 왜 이러는지 모르겠네요."

하 회장은 과묵하게 말을 아꼈다.

"이혼 언제 할 거냐?"

흥. 세아는 몰래 콧방귀를 뀌며 임만희 여사를 응시했다.

내 아내는
짐승

"그이가 말씀드리지 않던가요?"

"무슨 말을 했다는 거니? 석주가 저 불여시에게 홀려서 집에는 발걸음조차 하지 않는데."

불여시는 아니지만 구미호니까 비슷한 여우 종류긴 하지. 세아는 고개를 끄덕이려다 말았다.

"아드님 저 주세요."

"뭐?"

"그 댁에 기거하는 임선혜 양과 제 남편, 하석주는 결혼할 생각 없는 거 아시죠? 그깟 돈이 얼마나 되는 건지 모르겠지만 저 하석주 씨 한 몸 정도라면 먹여 살릴 수 있어요."

넋이 빠진 임 여사가 중얼거렸다.

"쟤 지금 뭐래는 거니."

"기둥서방 만들어서라도 충분히 먹여 살릴 수 있다고요. 석주씨 품위 유지비 적당히 들여가면서요."

임만희 여사가 콧방귀를 뀌었다.

"그깟 요가원 하나로 네 남편 먹여 살리겠다고? 하석주가 아무리 그래도 재벌 2세야, 2세!"

"그 댁에 함께 기거하는 임선혜 양과 석주 씨 결혼시키려는 시어머니보단 낫죠."

"너보단 내 조카가 훨씬 낫겠다! 넌 얼굴도 안 되잖니."

두 사람의 대화를 듣던 하 회장의 표정이 일그러졌다. 게다가 세아는 임 여사를 보며 활짝 웃었다.

"임 여사님. 향수가 너무 짙어서 제가 잘 몰랐는데 생각해보니 파충류 혼혈과시더라고요."

"뭐?"

"제가 무엇으로 보이세요?"

세아는 여우의 기백을 온몸으로 한데 내뿜었다. 임만희는 움츠러들었지만 하 회장은 그닥 놀란 기색은 없었다. 역시, 하고 세아는 납득했다.

"아무리 이혼을 한다 쳐도, 제 남편에게 아무리 인간이라도 뱀의 친척을 갖다 붙이려는 시어머니는 이해 못 하겠더라고요. 게다가 아드님은 더 이상한 냄새가 났어요. 그 습성이나 모습을 보면 외래종이라고는 믿기 어렵겠지만."

"석신이? 그놈이 왜?"

하 회장의 관심을 끌어내었지만 그의 표정은 불쾌해진 참이었다.

"외래종이라니?"

"임석신이 분명 인간이 아닌 건 아시죠?"

하 회장은 놀란 기색도 없었다. 심지어 이런 말까지 했다.

"내 아들이 아닌 것도 맞고 동물 족이라는 건 맞긴 하지. 헌데 외래종이라는 건?"

"아아. 그 인간의 종족상 학명은 학명이 Rana Catesbeiana. 일명 American Bullfrog. 양서강, 무미족 개구리과에 속하죠."

하 회장의 얼굴에 경악이 어렸다. 그는 아메리칸 불프로그의 해석을 하며 도저히 제 귀를 믿을 수 없어 했다.

"황소, 개구리?"

"아. 보통 개구리들은 인간화해도 수명이 되게 짧지만 임 여사의 종족이 파충류와 인간이 믹스되시다 보니 그게 개구리와 다시 섞여서 독특해진 것 같더라고요. 뱀은 생각 외로 수명이 기니까요. 어떻게 생각하세요, 임 여사님?"

임만희는 팔짱을 끼며 콧방귀를 뀌었다.

"맙소사, 내 아들이 고도비만이라고 해도 어째서 하필이면 황소개구리 따위와 비유를 해?"

"비유요?"

세아는 황금색 눈을 떴다. 구미호로서의 살기를 사방에 뻗치자 임 여사도 눈을 치켜떴다. 그녀 역시 쉭쉭, 거리는 소리를 냈다.

그냥 뱀이 아니라 코브라나 방울뱀과였나? 아무래도 임 여사역시 국내산은 아닌 듯 보였다.

"우후후후. 구렁이들이면 우호적이기라도 하죠. 이무기들이면 고귀하기나 하지. 생태계를 파괴시키는 외래종 주제에!"

아무리 어린 구미호라 한들 이미 꼬리 아홉 개인 성체! 세아는 애써 꼬리들을 꺼내지 않았다. 아무리 그래도 시아버지가 있는 앞에서 아홉 개의 꼬리를 꺼낸 채 전투 선언을 할 필요도 없이 경고만으로도 충분했다.

"전 여우과죠. 여우는 개구리도 먹죠. 맛은 없어도, 딱히 먹고싶지 않아도 물어죽일 순 있죠. 뱀도 먹어요. 그렇게 따지자면 우리는 천적 아닌가?"

세아가 눈을 부릅뜨고 임 여사를 응시했다. 임만희도 눈에 힘을 주고 쉭쉭, 괴상한 소리를 내었다. 그렇게 얼마를 대치했을까.

기가 죽은 임 여사가 슬그머니 시선을 피했다. 그녀가 구원 요청을 하듯 하 회장에게 작은 목소리로 말했다.

"저, 저기 여, 여보."

하 회장은 굳은 얼굴이었다. 세아는 거칠 게 없었다.

"아버님, 임 여사님 좀 물려주시겠어요?"

하 회장이 임 여사를 향해 고갯짓했다.

"나가."

"여보!"

임 여사가 매달렸지만 하 회장은 단호했다.

"글쎄, 나가보래도! 내가 봐주는 것도 한계가 있어!"

임 여사의 얼굴이 파르르, 떨렸다. 하 회장이 뜻을 굽히지 않자 임 여사는 힘없이 어깨를 떨구고 밖으로 나갔다. 맙소사, 인간인데 아무리 혼혈이라도 독뱀 반인반수를 꼼짝도 못하게 할 줄이야. 세아는 시아버지의 존재에 경탄하며 바깥의 소리에 귀를 기울였다.

인기척이 완전히 들리지 않자 세아는 입을 열었다.

"회장님은 제가 인간이 아니란 거 처음부터 아셨나요? 그래서, 결혼 반대하셨던 건가요?"

하 회장은 긍정도 부정도 하지 않았다. 하지만 이 말은 한마디 했다.

"종족까지는 몰랐다. 후각이 발달하지 않았으니까. 의심했을 뿐이지."

하 회장의 목소리는 생각보다 태연했다. 그는 아주 오래전부터, 반인반수들의 존재를 너무 잘 아는 것처럼 보였다.

간혹 인간들 중에는 이종족의 존재를 눈치 채거나 알고 있는 사람들이 있긴 했다. 물론 반인반수들은 인간들보다 수백 년을 살다 보니 세계사의 흐름에서 되도록 벗어나려 하고 있지만 인간들의 역사와는 떼려야 뗄 수 없이 밀착되어 있다. 한 나라의 흐름을 바꾸지

내 아내는
짐승

는 못한다 해도 적어도, 마음만 먹는다면 하 회장이 소유한 K그룹 정도는 뒤흔들 수 있을 것이다.

반인반수들 중에서도 구미호는 특히 비밀에 부쳐진 존재. 하지만 정재계와 여러 곳까지 깊숙이 손이 닿아 있는 하 회장이라면 이 종족들의 협력자인 셈이었다. 어쩌면 세아를 묵과해온 건 하 회장이 그녀가 누군지 눈치 채고 있어서일지도 몰랐다.

몇 년에 한 번씩 구미호들은 신분 세탁을 한다. 그것이 한국에서 살기 위해 벌이는 일. 누군가들의 도움이 없다면 불가능한 일일지도 몰랐다.

"내 아들을 달라고 한 게냐."

세아는 고개를 끄덕였다. 가볍게 한숨을 내쉬던 하 회장이 입을 열었다.

"헌데 새아가는 무슨 종족인 게냐. 아까 분명 여우과라고 한 것 같은데."

"제가 여우처럼 보이나요?"

"그래."

"비슷한 거라고 생각하시면 돼요."

세아는 웃었다. 하 회장은 한숨을 쉬었다.

"내 아들이 네 정체를 안다면 난 더 할 말은 없다. 인생을 책임지든 말든 그건 너희 몫이다. 하지만."

하지만? 세아는 고개를 들었다. 하 회장이 뭔가 회심의 미소를 짓고 있었다.

"넌 석주가 뭔지 아직 모르는 게지. 아암. 아직은 모르겠구나."

"네?"

"나중이면 알게 될 거다. 나가보거라. 배웅은 하지 않으마. 처리해야 할 일이 있어서 말이다."

인자해 보이던 하 회장의 얼굴이 한데 일그러졌다. 세아가 회장실을 나오기 무섭게 벽력같은 목소리가 비서실까지 메아리쳤다.

"임만희 들어오라고 해! 그 망할 것 빨리!"

입구에 서 있던 임 여사가 몸을 움찔거렸다. 그녀가 세아를 보며 쉑쉑, 혀를 내밀었지만 세아는 콧방귀를 뀌었다. 알 게 뭔가.

좋은 날씨였다. 아기와 산책하기엔 딱 좋은 날이었다.

14. 세 가지 내기

세아는 오전과 오후, 요가 스튜디오에서 시간을 보내고 오피스텔로 돌아와 찢어져라 하품을 했다. 잠깐 낮잠을 자다 보니 어느새 저녁이 되어 있곤 했다.

그날도 요가 스튜디오에 들렀다가 오후에 돌아온 길. 온몸이 피곤해져 잠깐 눈을 붙인 것뿐인데 어느새 사방이 캄캄해져 있었다.

휴대전화에는 석주의 부재중 전화가 여러 건 떠 있었다. 귀를 쫑긋거리자 그녀의 남편 석주가 막, 문을 열고 들어오던 참이었다.

그의 손에는 제법 깊게 우려낸 사골 냄새가 났다.

"음. 이거 먹어도 괜찮으려나? 당신이 국밥 먹고 싶다고 해서 사 왔어."

세아가 배고파서 벌떡 일어났다. 그러곤 다급히 식사 준비를 했다. 그나마 밥은 있었지만 그 외에는 하나도 준비가 되어 있지 않아서 세아의 얼굴에 당혹감이 스쳤다.

세아는 석주가 사온 국을 저녁으로 삼아 준비하며 냉장고에 있는 밑반찬 몇 개를 꺼냈다.

석주가 손을 씻고 와 막 식탁에 앉으려던 참이었다. 세아는 수저를 놓으며 말했다.

"당신 아버지에게 당신 달라고 했어요."

"뭐?"

석주가 잠시 생각해보다 키득키득 웃었다.

"아버지 얼굴 볼 만할 것 같은데. 아버지가 뭐래?"

"별말 안하시던데요. 그냥 고까워하시는 듯?"

"뭐, 나도 우리 아버지지만 잘 모르겠단 말이야. 어머니 미국으로 내치신 거 보면 딱히 알고 싶지도 않지만 뭐."

석주는 어깨를 으쓱했다.

세아는 임 여사와 임석신의 정체는 일단 덮어두기로 했다. 새어머니와 피는 섞이지 않은 남동생이라 해도 그들 전부가 파충류였다는데 얼마나 놀랄 것인가. 하 회장이 그것을 알고도 그들 전부를 받아들였다는 건, 차라리 석주의 입장에선 모르는 게 나았다. 석주의 어머니를 위해서도 그게 좋았다. 남편이 인간이 아닌 것에 홀려서 자신을 버린다는 그런 얘기 따위.

"헌데 정말, 일이 잘못되면 석주 씨 다 버리고 가야 하는데 괜찮은 거예요? 나 때문에 모든 거 다 버려도 돼요?"

"이백 년 묵은 구미호 양께서 걱정이 많네. 일단 눈앞에 있는 것부터 걱정하자고. 그 구미호 장로인가 하는 여우들 허락만 받으면 될 거 아냐? 나머지는 나중에 생각하자고."

세아는 그의 말이 틀리지 않다 여겼다. 게다가 일단 꼬물이의 태교를 위해서도 현 상황은 그리 나쁘지 않았다.

세아는 환한 거실의 불빛으로 석주의 얼굴을 살폈다. 꽤나 사내다운 인상의 그는 키에 비해서 훨씬 날렵하고 늘씬한 몸을 갖고 있었다. 허나 그 아래의 몸이 단단한 근육질이라는 것은 눈치 채고 있었다. 그가 자신을 볼 때마다 뜨거운 시선으로 가끔 바라보고 있다는 것도. 그래서 세아의 몸이 전기에 감전된 것처럼 저릿해진다는 것도.

그와 함께 잠을 자고 난 강원도의 그 밤 이후, 나머지 기억들도 천천히 돌아왔다. 모두가 행복한 그런 날들이 되기를, 세아는 바랐다. 그래서 그녀는 제 몸을 짜릿짜릿하게 만드는, 사랑하는 하석주와 함께하고 싶었다.

세아는 다음날 아침 눈을 떴다.

석주와 그녀가 침대가 아닌 거실의 푹신한 러그 위에서 잠들어 있었다. 탁자와 소파 주변에는 그들이 신혼 시절, 무자비하게 사진을 찍고 만든 앨범과 사진들이 널려 있었다.

석주와 자신이 만든 아기. 그 아기 때문에 요즘은 아침잠이 많긴 했지만 요즘은 수시로 졸렸다. 딱히 배가 나온 것도 아닌데 일단 임신을 하게 되면 사이클이 변하게 되는 모양이다.

세아는 티셔츠 아래 제 복부를 들여다보았다. 아직은 납작하다. 임신한 티가 나는 것 같지도 않다. 분명 초음파를 찍으면 그 안에 검은 점으로 숨 쉬고 있는 아이의 형상이 보이긴 하지만 육안으로는 잘 모를 일.

"흐음."

석주가 제 옆에서 눈을 뜨며 바라보았다. 그의 얼굴은 험상궂은 것 같기도 한데 지독하게 개성적이고 매력적인 마스크였다.

"자기, 배 보고 있어? 아직 꼬물이 표시 나려면 멀었는데."

"그냥 궁금해서요."

"우리 아기. 구미호 아기."

석주가 손을 뻗어 세아의 말랑말랑한 볼을 잡고 흔들었다.

"우리 아기가, 꼬물이 임신한 거 궁금해쩌요?"

남자의 말투가 이상해졌다. 세아는 한숨을 쉬었다.

"누워봐."

석주는 제 무릎을 툭툭 쳤다. 거기에 머리를 대고 누워보라는
뜻일 게다.

세아가 냉큼 눕자 석주가 그녀의 복부에 손을 얹고 천천히 문질
러보았다.

"꼬물이 놀랄 텐데?"

"복부 마사지라고 들어봤지? 살살 하는 거야, 살살."

꼬물이를 눌러주기는커녕, 배꼽 위에서 가슴 쪽으로 슬그머니
전진하는 나쁜 손. 그 커다란 손이 누워서 평평해진 그녀의 가슴을
모아 움켜쥐며 조물조물 마사지를 시작했다. 점점 자극을 받아 뾰
족하게 솟아나는 유두를 느끼며 세아가 머리를 젖혀 석주를 빤히
올려다보았다.

"예쁜 내 마누라. 이거 천연이지?"

"……이백 년쯤 가슴 모으기 운동하면 없던 가슴도 생기겠죠."

"오오."

"그런데 지금, 아침인데? 석주 씨 회사 지각해도 되나요?"

"강 비서보고 기다리라고 하지 뭐."

석주가 씩 웃으며 그녀를 덮쳤다.

욕망이 실린 손이 그녀의 온몸을 배회했다. 그의 손이 그녀의
하얗고 가는 목덜미를 움켜쥐었다.

내 아내는
짐승

그들의 아침은 끝내주는 섹스로 시작되었다.

주말이 가까워진 목요일이었다. 갑자기 한동안 조용하던 아버지에게서 전화가 왔다. 현축은 세아에게 통보했다.

- 세아 너. 하 서방이랑 같이 내일 내려오너라.

"네? 왜요?"

- 할 이야기가 있다.

"무슨 얘긴지 귀띔이라도 해주시면 안 되나요? 설마, 혹시 장로들이 움직인 건가요?"

이현축은 말이 없었다. 세아는 구미호 보존협회에 석주를 데리고 갔던 일을 떠올렸다.

나이 든 구미호들은 아직 별반 움직임이 없었다. 그 새 이세아는 기억상실증에 걸린 구미호로 반인반수들 사이에서 유명인이 되었고 그녀를 보기 위해 많은 이들이 요가 스튜디오에 몰려왔다. 그 반인반수들은 한데 모여 요가를 수강하곤 했다.

곧 반인반수 협회나 구미호 측에서 세아에게 처벌이나 징계를 내릴 거라 예상도 했다. 허나 그 수위가 가늠이 가질 않아 고민은 깊었다.

"장로들이군요. 구미호 장로 노인네들이 뭐라고 했어요?"

- 일단 와서 얘기하자꾸나.

세아는 마냥 투덜거렸다. 통화는 그것으로 끝이었다. 전화로도 이야기하기 곤란하거나 민감한 문제일 터.

세아는 고민하다 석주와 함께 그 주말, 바른마을로 내려갔다. 친정에 도착하게 무섭게 석주와 세아는 그녀의 부친 이 교수와 마주했다.

이 교수는 꽤나 심각한 표정이었다. 석주는 질문했다.

"대체 무슨 일입니까?"

"말 그대로 구미호 장로회의가 소집되었다네. 그냥 넘기려 했지만 이세아 네 년이 워낙 말썽을 피우고 다녀서인지 문제였더구나. 거기에 무아가 세아 너랑 싸웠던 김일선인가 하는 늑대 계집애 쪽을 손보는 바람에."

"그래서요?"

세아는 아버지가 하석주를 마음에 들어하는 걸 알고 있었다. 그러니 이 교수가 그들을 불렀다면 징계든 처벌이든 최소한으로 줄여서 그들에게 유리하게 만들었을 거라는 것도 짐작했다. 그들은 구미호였으니까. 구미호들은 아부에 약했고 처벌에 관대한 편이었다.

"그래서 아버지, 어떻게 하시기로 하셨어요?"

"내가 구미호 장로들과 사흘 밤낮을 대작하며 허락을 받아냈단다."

"무슨 허락이요?"

이 교수는 마구 자랑스럽게 으스댔다.

"그건 딸, 네 알 바 없다. 다만 이미 물은 엎질러졌고 아기가 임신한 지 만 일 년이 가까워오는지라 없앨 수도 없다. 인간은 한시적이지 않느냐. 같이 살아보아야 오십 년 아니더냐. 그동안 저 원하는 대로 살 수 있게 두고 싶다, 뭐 이런 식으로 읍소했더니 구미호 장로들이 자넬 세아의 짝으로 허락하시겠다고 하시네. 대신 그분들이 낸 시험에 통과해야 한다고 하네."

석주는 길어야 50년 동안 같이 산다는 것이 마음에 들지 않았던지 마구 인상을 일그러뜨렸다. 아니, 그것보다 세아는 '시험들'이라는 단어가 마구 신경 쓰였다.

까다롭기로 손꼽자면 지구 최강의 생명체들 구미호가 아닌가!

"그 시험이란 게 대체 뭡니까?"

석주는 정좌를 한 채 되물었다. 세아는 그 옆에서 귀를 쫑긋거렸다. 그 웃기는 구미호 장로들이 또 어떻게 굴었을지 눈에 선했다. 나이가 천 살쯤 먹은 구미호들은 사고가 유연하지 못한 벽창호들이었다. 물론 그들의 기준에서 세아는 새파랗게 어린, 새끼에 불과했다. 그것도 천적인 인간과 함께 살며 새끼까지 낳겠다는 발칙한 것.

시험들을 전제로 이 교수가 구미호들의 부분 승낙을 받아낸 것만 해도 신기했다.

"하아."

그러니까, 그 시험이란 것은 거의 불가능한 것에 가깝지 않을까. 세아가 우울해진 가운데 이 교수가 손가락을 하나하나씩 꼽았다.

"구미호 장로들이 내건 테스트는 세 가지. 첫 번째는 체력, 두 번째는 지능, 세 번째가 지략이라네."

지능과 지략 테스트가 과연 얼마만큼 큰 차이가 있는지 세아로서도 알 수 없다. 석주는 넋이 나간 듯 보였다가 재빠르게 정신을 수습했다.

"그럼 그 시험을 통과해야 세아와 살 수 있단 겁니까?"

"그렇지. 그 시험들만 통과하면 자네는 구미호 장로가 인정한 우리의 진짜 가족이 되는 것일세."

"으음."

석주의 미간에 깊은 내 천(川) 자가 새겨졌다.

"같이 살겠다는데 왜 이리 난관이 많을까요."

세아는 이 우스꽝스런 연극에 석주까지 동원해야 한다는 사실에 우울해졌다. 세아가 고개를 숙이며 한숨을 짓는 사이, 석주가 흐트러진 정신을 수습하며 현축을 바라보았다.

"시험은 알겠습니다만 세 번째 지략 테스트는 뭔가요?"

"그건 나도 모르네. 자세한 세부 일정, 세부 시험은 구미호 장로들이 주관할 걸세."

"구미호 장로? 그런 게 실제로 있습니까?"

석주가 침을 꿀꺽 삼켰다. 세아는 구미호 장로들의 나이가 너무 많아 그들이 치매 증상을 보이는 건 아닌지 걱정되었다.

"자네 며칠 정도 휴가 뺄 수 있겠나."

"뭐 며칠 정도는 괜찮긴 합니다."

"그럼 좋네. 일단은 체력 테스트라고 하더군. 지리산 종주가 첫 번째일세."

"네?"

석주의 머리가 멍해졌다.

"지리산이네. 지리산 종주."

"전 길도 모르는데요."

"안내 도우미는 지리산 산신령께서 해주실 걸세."

음? 으으으음……? 산신령? 세아의 표정도 함께 오묘해졌다. 석주는 아예 턱이 빠질 것 같았다.

"저, 정말 사, 산신령이라는 게 있습니까? 유령 같은 건 아니고?"

"무슨 소릴! 분명 실체화 할 수 있어. 지리산이 한두 해도 아니고 정기가 수천 년간 압축된 산인데 인간의 모습으로 변하는 것쯤 이야 껌이지! 그리고 이번엔 특별히 지리산 산신령께서 허락하신 것 이니 취소는 되지 않을 걸세.”

아버지의 일그러지는 표정을 보며 세아가 번쩍 손을 들었다. 산신령이라니! 하필이면 그 고약하고 짓궂은 산신령!

“저기 아버지, 저도 가요!”

이현축이 그녀를 노려보았다.

“넌 임신했으니까 새끼나 키워. 넌 지리산 입산 금지야!”

“아버지!”

“여튼 그렇게 알아! 다음 주 주말! 지리산행이네. 선약 있어도 펑크 내게.”

“아버지 저도 가요! 저 잔머리 하나 끝내주잖아요! 아버지. 내 결혼인데!”

세아의 울부짖음에 현축이 머리를 싸맸다.

“넌 한번 사고를 치면 핵폭탄급이야! 너 때문에 머리가 아파 죽겠다!”

한 주가 빠르게 지나가고, 그 끝의 주말.

추석이 다가오고 있었다. 많은 이들이 추석을 앞두고 벌초를 한다며 고향에 내려가는 사이. 석주는 지리산 종주를 위해 지리산까지 내려가야 했다. 차를 타고 몇 시간. 벌초로 교통대란인지라 그들은 밤에 출발해 새벽에 지리산 근처에 떨어졌다.

근처 동물 족 반인반수들의 마을에 숙소를 잡고 잠깐 눈을 붙인 다음날 아침 일찍. 그들은 산신령과 대면하기 위해 등산을 나섰다. 세아도 아버지를 겨우 졸라 따라나선 참이었다.

석주는 지리산 산신령에게 잘 보이기 위해 잔뜩 기합을 주었다. 백화점에서 새로 뽑은 등산용품으로, 그리고 가벼운 다운재킷까지. 세아도 여성용의 등산복으로 뽑은 참이었지만 석주와는 비견할 바가 못 되었다. 그는 표정까지 비장해 금방이라도 히말라야를 정복할 기세였다.

물론 석주의 등산 가방에는 산신령을 위한 금칠을 한 모과 떡에 최고급 수정과, 비싼 전통주들이 들어 있었다.

석주는 단단히 마음을 먹고 모두와 함께 너른 지리산 근방의 한 산자락으로 향했다. 미리 약속이라도 한 듯 이 교수의 발걸음은 날듯이 가벼웠다.

그들은 3, 40분 정도 등반을 하고 벤치 몇 개와 휴식처가 있는 작은 쉼터에서 잠시 호흡을 고르며 쉬었다.

"세아야, 괜찮아?"

"괜찮아요."

석주는 연신 세아가 걱정되는 듯했지만, 세아는 정말 아무렇지도 않았다. 오히려 잠을 설친 석주가 걱정이었다. 그리고 이미 울퉁불퉁한 바위 위에 불량하게 걸터앉은 누군가가 보였다. 긴가민가하던 이 교수가 다가가 그를 반갑게 맞았다.

"오오, 산신령. 오랜만이군요."

"네놈은 누구냐?"

이 교수가 휴대전화를 들고 말했다.

"연락 못 받으셨습니까? 산신령님. 이번에 구미호 장로회에서 제 사위 놈의 체력 테스트를 부탁드렸는데."

"아 맞다. 그 인간 놈은 누구야?"

이 교수는 산신령을 세아와 석주의 앞으로 데려와 소개했다.

"인사하게, 이분이 지리산 산신령이시네."

세아는 아니꼬운 시선으로 지리산 산신령을 응시했다. 옆에서 등산복으로 무장한 남편, 하석주는 그 지리산 산신령을 보자마자 쇼크 상태에 휩싸인 듯 보였다. 그의 표정을 읽고 요약하자면 이랬다. 세상 말세다.

턱이 빠져라 입을 벌리고 있는 하석주를 본 산신령이 퉤엑, 하고 바닥에 침을 뱉었다.

"뭐야, 그 반응은?"

반말지거리를 툭툭 내뱉는 산신령은 석주보다 키가 20센티미터는 작았다. 세아가 50년 전 마지막으로 보았을 때, 청학동 동자의 모습이더니 지금도 하나도 자라지 않아 보였다. 물론 지금은 긴 머리를 노랗고 붉게 멋대로 물들이고 헐렁한 힙합 바지에 곰방대를 입에 문 괴팍하고 버릇없는 미소년의 모습이었다.

"머리가 왜 그런 색깔입니까?"

석주가 정신을 수습하고 빠르게 물었다. 빨갛고 노란 빛깔이 뒤섞인 화려한 긴 머리꼬리를 들어 보이며 산신령 소년이 씩, 웃었다.

"곧 가을이잖아? 단풍 맞이. 온 산에 단풍!"

"……."

그럼 눈이 오면 백발 탈색인 거냐. 세아의 한숨이 깊어졌다.

산신령이 커다란 바위 위에 양반다리를 하고 걸터앉아 곰방대를 툭툭 쳤다. 물론 그 곰방대에는 산불을 우려해서인지 불을 붙이지도 않았다. 산신령이 툴툴거렸다.

"기가 막힌 건 이쪽이라고. 저놈이 구미호 애기 남편이라니. 거 참."

"그 애기가 벌써 이백 살입니다."

"이백 살? 피도 안 말랐잖아. 그리고 저 여잔 누구야?"

"그 애기가 저 애긴데요."

"아."

뭔가 어이없는 모노드라마가 이어지는 기분이었다. 산신령 소년은 무릎을 쳤고 곧 세아를 본척만척했다. 산신령이 그녀의 아버지 현축을 보며 말했다.

"하긴 네놈도 많이 늙었다. 네놈의 새끼들이 벌써 새끼 낳을 때가 되다니. 게다가 뭐 인간. 구미호 장로들이 부탁했으니 몸 좀 풀자고. 괜찮지? 가볍게 암벽 등반으로 시작하는 건 어때? 음. 어느 봉우리가 좋으려나. 요즘 클라이밍인지 뭔지 해서 절벽 타기 많이 하더라고. 안전장치 없이 해보는 것도 좋을 것 같은데, 물론 떨어지면 죽을 거야. 운이 좋으면 치명상?"

"……"

"요즘은 올레길이니 뭐니 산책로를 제법 근사하게 만들어놨더라고. 거길 통해서 등반하는 것도 나쁘지도 않고."

한참을 이것저것 재보며 고민하는 산신령을 앞에 두고 석주는 혼란에 휩싸였다. 심지어 생명의 위협까지 느꼈다.

"아, 달리기도 좋겠지. 빨리 끝나잖아."

석주가 현축을 이끌고 쑥덕거렸다.

"장인어른. 지리산 종주가 아니라 지리산 산신령과 달리기라뇨? 그것도 지리산에서? 이건 불공평하잖아요."

내 아내는
짐승

지리산 산신령이 지리산에서 함께 내기를 하자니 누가 봐도 이길 수 없는 게임이었다. 지리산 산신령이 봐준다면 몰라도 지금의 산신령은 승부욕에 절어 불타올랐다. 이러다 산불 낼 기세다!

"지리산 산신령에게 여긴 홈그라운드긴 하지."

세아도 고개를 끄덕였다. 그래서 석주에게 손짓했다.

"그전에 뇌물을 써야죠. 석주 씨."

"아, 그거. 정말, 효과 있을까?"

석주가 불길한 눈으로 세아를 응시했다. 하지만 도전은 아름답다. 아니, 도전 정신은 어디까지나 아름다운 것이다.

"꼬물이를 위해서 뭔들 못 해요."

"그렇지."

왠지 바보 같은 문답을 반복하며 석주가 깊게 심호흡을 했다. 남편 님 파이팅.

석주가 제 품 안에서 서울에서 2주에 가까운 시간 동안 빠르게 준비해 온 선물을 내놓았다. 모과 떡과 수정과는 일차 뇌물이었으나, 산신령은 본척만척했다.

"아참. 지리산 산신령님께서 더 좋아하실 만한 선물을 준비했습니다."

"오! 뭔데, 뭔데?"

지리산 산신령이 개암나무 빛의 눈을 반짝거렸다.

석주는 품 안에서 시디 한 장을 꺼냈다.

"걸스 시대 사인 시디입니다."

"흐으음?"

산신령이 눈을 뱅글뱅글 돌리며 기뻐해야 하나, 좋아해야 하나 고민하던 찰나였다. 석주가 하나를 더 빼들었다.

"피겨스케이팅 선수 이윤아의 싸인 코팅과 팬 미팅 참가권입니다."

"우우아아아아아!"

잠시 산신령이 이성을 잃었다. 그는 미친 듯이 달려들었지만 석주가 제 키를 이용해 티켓을 높이 쳐들었다. 산신령이 콩콩, 제자리 뛰기를 하며 티켓을 잡기 위해 안간힘을 썼다.

"그거 줘. 아니면."

크르르르르. 산신령이 제 본모습으로 현현하기 직전이었다.

뭔가 바람이라도 빠진 듯 푸쉬쉬쉬. 제자리 뛰기를 그만둔 산신령이 일시에 찌그러졌다.

"아, 맞다. 팬 미팅이 서울이면 나 서울까지는 못 가. 어차피 족자 속의 그림이라고!"

난 지리산을 못 벗어난다고! 지리산의 지박령 같은 존재라고! 산신령의 처절한 절규에 모두가 안타까워질 시점이었다. 석주는 다시 티켓을 흔들었다.

"틀려요. 지리산에서 캠핑도 하며 팬 미팅도 같이 하는 티켓입니다."

순간 번득, 고개를 돌린 산신령이 눈을 빛냈다.

"오? 그런 신개념의 발상이!"

홈그라운드다. 여기는 내 영역이다! 우와아아! 산신령은 이미 맛이 가 있었다.

세아는 이마를 짚었다. 어쩐지 요즘 들어 환경오염이 심각해진 모양이었다. 산신령이 저렇게 맛이 가 있다니. 예상은 했지만 혹시

나 긴가민가했었는데, 산신령의 아이돌 편애는 극에 달했다.

그리고 달리기나 지리산 종주는커녕, 그들은 오후, 지리산 산신령이 안내하는 맛집으로 천천히 이동했다. 아름다운 산야를 풍경삼아 동동주 한 사발과 파전을 맛보며 그들은 청풍명월을 즐겼다.

"오오, 애기 여우 남편 너 이긴 걸로 하자."

"그래도 달리는 척이라도 해야."

"에너지 낭비하게 왜 그래?"

산신령은 티켓에 얼굴을 부비며 아주 행복해 죽으려고 했다. 그러다 석주의 냄새를 킁킁 맡으며 뭔가 알겠다는 표정을 지었다.

"새끼 구미호는 아직 눈치 못 챈 모양인데, 이봐 구미호 남편아."

"하석주란 이름 있습니다."

"알아 구미호 남편 놈아. 너 맘에 들어. 구미호랑 헤어지면 여기와서 살아. 내 산자락 하나 내줄게. 구미호랑 안 헤어질 거면 같이와서 살아도 돼. 너희는 허락할게. 이름도 하석주라니, 진짜 기억하기 쉽게 지었네."

산신령은 지나칠 정도로 석주의 주변을 맴돌았다. 세아는 이러다 남편을 빼앗기는 게 아닐까 잔뜩 불안해졌다. 눈을 반달 모양으로 만든 산신령이 키득거렸다.

"심심하면 놀러 와. 아니, 자주 놀러 와. 애기 낳아도 보여주러오고."

"왜요?"

이번엔 세아가 물을 차례였다. 산신령은 그것도 모르느냐며 눈웃음을 쳐 보였다.

"그런 게 있어. 새끼 구미호야. 나 너희 남편 만나서 너무너무 행복해. 사실 팬 미팅 뇌물 없었어도 네 남편이 누군지 알았다면 허락했을 거다? 그러니까 너희들 아기에게 혹시 대부가 필요하다면 내가 해줄 수 있어! 아니, 그 애 태어나면 꼭 보여줘야 돼? 꼭이다!"

더불어 지리산 산신령은 석주와 세아의 손바닥에 제 손바닥을 대고 복사, 지장, 코팅까지 중얼거리며 아주 심각하게 손장난을 마쳤다. 그러곤 세아의 배를 두들기며 '나중에 보자, 아가야.'란 말까지 덧붙여주었다.

귀갓길이었다. 석주는 아주 복잡한 심경으로 앞좌석에 몸을 기대며 중얼거렸다.

"뭔가 아주 복잡해. 머리가 터질 것 같아."

석주는 산신령이 그렇게 세속적이라니, 라는 말을 반복했다. 세아는 그의 구시렁거림을 외면했다. 세아 역시 혼란스러웠다. 산신령은 왜 그리도 세아의 아기를 보고 싶어 하는지, 세아도 석주도 알수 없었다. 어쩌면 산신령이 아기를 좋아하는 남다른 성격인지도 몰랐다.

"뭐 그래도 좋은 게 좋은 거잖아요."

"그렇긴 한데."

석주는 한숨을 쉬었다. 세아는 뒷좌석에서 잠든 이 교수를 돌아보곤, 다시 생각에 사로잡혔다. 일단 지리산 산신령이란 급한 불을 끄긴 했는데.

"그럼 지능 테스트랑 지략 테스트 남았네요."

"지능테스트는 뭐지?"

"말이 지능 테스트지, 멘사 같은 시험 아니에요. 그냥 간단한 시

내 아내는
짐승

험일 테니까 벼락공부해요. 아마 이종족, 반인반수에 대한 간단한 상식 퀴즈나 생활 패턴 습성 같은 거 시험 치는 거예요. 문제지는 뽑아났고요."

"하아. 벼락치기야?"

세아가 고개를 끄덕였다.

"하지만 운전면허 필기시험보다 쉬울걸요?"

하지만 시험이란 말에 석주의 미간이 찌푸려졌다.

세아의 예상대로 두 번째 시험은 이종족에 관한 가벼운 상식들과 거기에 간단한 아이큐 테스트를 겸한 것이었다.

시험 시간은 대략 세 시간. 이종족에 관한 시험 문제지와 아이큐 테스트를 두 시간에 걸쳐 보았다. 나머지 한 시간은 지리산 산신령이 펑크 내었던 관계로 가벼운 신체 반사 능력을 시험했다. 그 이유는 비인간적인 구미호들과 어울려 살기 위해서, 기본 이상의 체력과 힘이 기본적으로 필요하다는 설명이 뒤따랐다.

석주는 만점까지는 아니더라도 가볍게 기초점을 넘었다.

잔뜩 두려워했던 것과는 달리 너무 쉬웠기에 오히려 석주의 어깨에 힘이 빠진 듯했다.

"으음."

그가 저녁 무렵. 식탁에 턱을 괴고 앉아 세아가 내주었던 이종족 시험 문제지를 뚫어져라 응시했다.

"이거 다 진짜야?"

석주가 가리킨 쪽은 각 종족의 종족별 특성이 갈겨진 요점 정리 시험지였다. 포유류와 조류, 인어까지의 종족 전부가 망라되어 있었다. 그중 구미호는 한국 자생 국제 보호종에 속하는데 일제 시대 수탈에 의해 그 수가 절반 이하로 줄었다고 했다. 세아로선 다 아는 내용이었지만 석주는 죄다 신기한 것투성이인 듯했다.

"뭐가 이해가 안 가요?"

"아니, 그냥 죄다 생소해서."

세아는 난감해하는 석주에게 단칼에 말했다.

"그냥 다 암기해요. 구미호들은 오래 사는 편이라 연도나 날짜를 따지지 않는 편이거든요. 그냥 무시하고 외우니까 잘 나왔잖아요, 점수."

"그렇긴 한데."

석주는 계속 뭔가 찜찜한 얼굴이었다. 세아는 그의 어깨에 힘을 주었다.

"나랑 꼬물이랑 같이 살려면 무조건 해요. 알겠어요?"

"알았어."

석주는 마지못한 얼굴이었지만 고개를 끄덕였다. 어쨌든 석주는 최선을 다할 터였다. 세아는 아버지와 의논한 대로 일종의 꼼수를 쓰기로 했다. 정확히는 아버지의 호언장담과 석주 씨의 주정만 믿었다.

마지막 시험은 지략 테스트. 그건 세아의 예상대로, 혹은 모두의 예상대로 허를 찔렀다. 말 그대로 지략 테스트와는 관계가 없었다.

오피스텔을 방문한 아버지 현축이 마지막 테스트를 통보해주었다.

"일명 순발력 테스트 겸 면접을 겸해 지략 테스트를 하기로 했단다."

순발력과 면접은 지략과 무슨 상관인 걸까. 석주가 멍하니 있다가 되물었다.

"누구와 면접을 하는 겁니까?"

두 구미호가 나란히 석주를 응시했다.

"그거야 당연히 구미호 장로들."

"장로들?"

"구미호를 보고 당황하면 아마 테스트 탈락일 텐데?"

"으음."

석주는 오묘한 표정을 지었다. 그의 친화력은 갑이지만 세아가 알기로 석주는 어릴 때부터 동물을 키운 적은 없다고 했다. 실제 그는 동물과도 귀엽다고는 생각하지만 딱히 기를 생각은 하지 못했다.

"구미호 장로들은 어떤 여우들이지?"

"겉모습은 아마 생각보다 훨씬 젊을 거예요. 일단 겉보기와 달리 나이는 많고 움직이는 거나 변화 자체를 별로 좋아하지 않는 분들이시고. 성격들이 꽤나 완고하죠. 총 다섯 분이신데, 두 분은 여자. 나머지 세 분은 남자. 평균 나이는 아마 팔백에서 천백 세 사이세요. 그 외에 천이백, 천삼백 년 사신 분도 계시긴 한데 너무 오래 사셨다며 장로직에서도 은퇴하신 분들도 있고."

석주는 혀를 내둘렀다.

"일단 생각 좀 해보고 쇼핑을 해야겠어요."

"쇼핑? 어떤 거?"

세아는 곰곰이 생각에 잠겼다. 역시 잡식성의 늙은 여우들이 좋아할 만한 건 술과 거기에 곁들일 제격의 안주들이 최고였다.

"아버지, 그 면접일이 언제죠?"

"이번 주 일요일이란다."

"그럼 그때까지 준비해야겠네요."

세아는 회심의 미소를 보였다.

세아는 석주에게 최대한 단정하게 양복을 입혀주었다. 완벽하게 격식에 맞춘 쓰리피스 양복에 행커치프, 장식 없는 명품 구두, 거기에 평소와 달리 무늬 없는 무지의 넥타이. 은색 시계가 포인트가 되긴 했지만 전체적으로 평소 차림과 달리 석주는 꽤나 우중충해 보이는 느낌이었다.

하지만 이번만큼은 어쩔 수 없었다.

"이거 가져가요."

세아는 몇 군데 백화점과 주류 코너를 쓸고 다녀온 결과물인 양주 다섯 병과 더불어 고양이 마약, 개다래나무를 안겨주었다. 기타 뼈다귀와 기타 등등 개들의 간식도 떠넘겼다.

석주는 미심쩍은 눈으로 무거운 쇼핑백 안을 들여다보았다. 양주와는 달리 못내 수상해 보이는 포장들의 무언가가 잔뜩 들어 있었다. 세아는 회심의 미소를 지었다.

"이건 뭐지?"

"펫 숍에서 제일 고급으로 쓸어 왔어요."

석주는 봉지 속을 들여다보며 침묵했다.

"거기에 비싼 한우 선물세트 추가하면 완성."

그 옆에서 지켜보던 무아가 군침을 흘렸다. 세아가 경고하지 않

내 아내는
짐승

았다면, 당장 개 껌에 올 인할 기세였다.

"파이팅."

세아는 그의 뺨에 키스했다. 그나마 석주의 기분은 꽤 나아진 것처럼 보였다.

"최선을 다하고 올게. 좀 이상한 면접이지만."

그렇게 석주를 배웅했다.

구미호 장로들은 오랜만에 서울 나들이를 했다고 했다. 만남의 장소는 예전, 조선시대 말엽에 요정으로 쓰였다던 장소.

세아는 좀처럼 귀가하지 않는 남편을 밤늦게까지 기다렸다. 분명 면접 시간은 저녁식사를 하기 전인 오후 6시 경이라고 했는데 석주는 밤 11시가 되도록 귀가하지 않았다. 결국 그녀는 동석한 아버지와 겨우 밤 12시에야 통화를 할 수 있었다.

"아버지 어떻게 된 거예요?"

– 하 서방이 술에 잔뜩 취해서 이성을 놓았구나.

어쩐지 재미있어 하는 목소리였다.

– 이 세상에서 둘도 없는 필살 애교를 보았다.

"……."

그러니까 그게 뭐야?

"결과는요?"

계획대로다. 쿳크. 세아는 키득거렸다. 그 모습에 무아가 세아의 옆구리를 찌르려 했다.

"나 임신했거든?"

"됐어. 언니가 제일 사악해 보여."

"흥."

석주는 그녀의 예상대로 하룻밤을 자고 돌아왔다. 숙취에 절은 얼굴로 그는 잔뜩 피곤해 보였다. 세아는 꿀물을 타주고 그를 쉬게 했다. 더 정확히는 한없이 정신줄을 놓다가 이제야 정신을 회복하는 중이었기 때문에 앞으로 몇 시간 동안 석주는 제정신이 아닐 예정이었다.

"나 잘하고 왔는지 모르겠는데."

"일단 자요."

잘하든 못하든 알 게 뭐야. 내가 데리고 살 건데. 세아는 이제 제법 든든해진 배를 두드렸다.

"어서 푹 쉬어요. 신경 쓰면 간에 더 나빠."

석주가 그 마지막 말을 못 들은 것 같았다. 그는 곯아떨어졌다. 그대로 두면 하루 정도는 꼬박 깨지 않을 것도 같았다.

세아가 현축에게 고개를 돌렸다.

"아버지, 어떻게 됐어요?"

"몰라. 장로들이 모두 술에 취해 있어. 더 정확히는 술과 함께 개다래나무를 단체 복용해서 맛이 가 있다고 해야 하나. 제정신이 돌아오려면 시간이 꽤 걸릴 게다. 다들 보기보다 나이들이 있어서 회복이 빠르지 않거든."

"그래서 각서는요?"

"용의주도한 것."

그녀의 아버지는 툴툴거리면서도 각서 사본과 작은 메모리카드를 하나 내밀었다.

내 아내는
짐승

"구미호 장로들이 보통 장로들이냐. 그래서 각서 원본은 내가 아무도 모르는 곳에 숨겨놨지. 그리고 메모리카드엔 녹음한 복사본이 들어 있단다."

키키키. 키득키득키득. 두 구미호 부녀가 마주 보며 웃었다. 그들은 서로를 보며 용의주도한 것들이라고 생각했다. 구미호, 여우는 누구나 한 번쯤 장로들의 뒤통수를 칠 수 있는 거 아닌가?

"사랑해요, 하석주 씨. 우리 꼬물이와 잘 살아야죠."

세아의 꼬리 아홉 개가 살랑살랑 춤을 추었다.

15. 출생의 비밀도 있습니다!

석주는 점점 불러 오는 세아의 동그란 배를 바라보았다. 세아는 사람 기준으로 따지자면 이제 임신한 지 4, 5개월 정도 되는 태가 났다.

하지만 둥그스름하게 차오르는 복부를 제외하고 나머지 부분은 살이 찌거나 몸이 붓는 기색은 없었다.

세아는 제가 원래 입던 옷들을 입었다. 겨울이라 카디건이나 외투를 입으면 임신한 것도 알 수 없었다. 겨울이라 조금 품이 넉넉한 옷들이 많거나 신축성이 좋은 니트류가 많았기 때문이다.

심지어 요가복도 한 사이즈를 크게 입으면 벗겨지기 일쑤인지라 결국 그녀는 제가 입던 요가복들을 그대로 입거나 옆구리를 살짝 터서 입을 예정이었다. 하지만 바싹 달라붙는 요가복 나시티와 팬츠를 입으면 유독 배가 강조되는 느낌이었다.

석주는 풍만한 가슴골을 내보이며 요가복 나시티를 입고 있는 세아를 흘겨보았다.

왜 저런 걸 운동하면서 꼭 입어야 해? 왜?

"그거 안 입으면 안 돼?"

"그럼 요가 할 때 뭐 입어요? 그리고 이 위에 겹쳐 입는 얇은 카디건 같은 것도 있어요."

"망사나 레이스잖아!"

세아는 기막혀했다. 그럼 난방 빵빵하게 틀어주는 요가 학원에서 운동하면서 대체 뭘 입으란 것인가. 요가 하니까 요가복을 입는 건 당연한 거 아닌가!

"신축성 있어서 이게 제일 편하다고요."

"하지만 몸에 너무 달라붙잖아! 게다가 그 요가 학원엔 남자도 있다며!"

"남자 회원은 저녁 반에만 있는데? 그리고 나 저녁 반 수업은 안 하잖아요."

사소한 말다툼을 주고받던 세아가 문득 되물었다.

"그런데 내가 왜 석주 씨에게 반말 쓰지? 나 석주 씨보다 백칠십 년은 연상인데."

"나이 많은 거 유세하냐? 이세아. 억울하면 반말 까."

석주는 당당했다. 말 그대로 같이 살기로 한 뒤 거칠 것이 없었다. 심지어 장모님도 이런 조언을 하지 않았던가. 여우의 10년은 인간의 1년이라고.

세아는 인간으로 따지면 스물. 무아는 낭랑 18세 정도였다. 석주는 갓 성체가 된 구미호 암컷을 홀랑 채간 인간이었다. 그 점을 생각하면 장모와 장인이 그를 더 타박해야 할 텐데 싶었지만 의외로 그들은 다정하기까지 했다. 혼혈이든 뭐든 건강하게만 태어나라, 라고 아이를 걱정할 정도였으니까.

세아는 여전히 태평스러웠다. 임신했다는 것만 빼면 움직임이나 행동 또한 예전과 다를 바 없었다. 아니, 정체를 거리낌 없이 드러낸 뒤론 싸울 일도, 이혼하네 마네 핏대를 높일 일도 없으니 만족스러웠다. 사소한 충돌이나 말다툼은 흔했지만 그것 역시 애정을 전제로 했다.

세아의 오피스텔은 침대가 하나뿐이라 으르렁거리다가도 다음 날이면 같이 자고 일어나 화해의 분위기가 났다. 세아의 오피스텔이 점점 작아지는 느낌이었지만, 작은 집의 장점은 충분했다.

세아는 신나게 잘만 움직이다 피곤해졌다며 필름이 끊긴 채 툭 누워 곯아떨어졌다. 임신의 영향 탓인지 몰라도 야금야금 뭔가를 수시로 자주 먹었고 또 그만큼 움직이고 잤다. 원시적인 하루하루였지만 적어도 아이에게 해는 없어 보였다.

겨울. 그 겨울을 넘기면 그는 세아가 활동하기 좋은 집으로 이사를 갔다가 다시 그녀와 함께 해외로 간 뒤 2년 뒤쯤 돌아올 생각이었다. 아기의 뒤늦은 출생을 속이거나 혹은 사정이 좋아지면 그곳에서 뿌리를 내릴 생각도 있었다.

세아 역시 출산과 육아, 요가 스튜디오까지 병행하기엔 바쁠 테니, 출산이 가까워지면 요가 학원을 늑대녀 지수에게 맡기는 쪽으로 고려하던 참이었다.

어쨌든 계획은 확실하지 않았다.

석주와 세아가 당장 신경을 쓰는 건, 아기의 사진이었다. 보통 임신 초기와 중기에 찍는 입체초음파 사진을 찍는 것이 관건이었다. 물론 구미호의 임신 기간이 정확하지 않으니 사진을 찍을 시기를 정확히 가늠할 순 없지만, 보통 다른 케이스들보다 돌연변이에 대한 주의를 기울여야 하는 것은 사실이었다.

다행스러운 것은 구미호의 피가 섞인 아이들이라면, 보통 인간의 아이들보다는 몇 배는 훨씬 더 강할 거라는 것. 성장은 느리다 해도 강하다는 것은 최대의 장점이었다. 물론 예측할 수 없는 돌연변이가 아니기만을, 빌어야 했다.

어쨌든 석주는 아이 사진에 지나칠 정도로 관심이 많았다.

"내일, 정기검진일이지?"

"그래요."

"입체초음파 사진인가 찍는 거 맞지?"

"응."

세아가 대답하자 석주는 마냥 신나 했다. 입이 귀에 걸린 얼굴 같기도 했다.

가을 무렵, 지리산에서 산신령을 만나고 온 지 얼마 되지 않아, 첫 번째 태아 입체초음파 사진을 찍었을 때에는 석주는 그리 관심을 두지 않았다. 심지어 무려 3D로 나온다는 그 촬영에서도 아이의 모습은 너무 작고 한데 뭉쳐진 진흙덩어리처럼 보였다. 꼬리나 무엇이 따로 있는지는 구분되지 않았다.

하지만 정작 그 사진을 본 석주는 열광적이었다.

검은 점으로만 보이던 시커먼 초음파 사진과 달리, 피부색과 아이의 형상까지 찍힌다는 입체초음파 사진은 그에게 아이란 확신을 주었던 모양이다.

그리고 두 번째 입체초음파 사진을 찍는 오늘.

석주는 세아를 병원으로 에스코트하기 위해 회사를 쨌다. 심지어 아이와 첫 대면을 해야 한다며 새로 사 입은 정장에 아끼는 넥타이, 실크 셔츠까지 받쳐 입었다. 그 위로 멋 부림을 한다며 멋들어진 겨울 코트를 더하는 것도 잊지 않았다.

"넌 유난스러운 거 아니에요? 석주 씨?"

세아가 그를 타박했지만 석주는 아무래도 좋았다. 세아는 제 임부복을 내려다보며 인상을 썼다. 입고 벗기 편한 니트 원피스를 걸쳤더니 그녀의 복부가 더 도드라진 것 같았기 때문이었다.

"하여간 비교되잖아!"

"저번엔 나한테 말도 하지 않고 입체초음파 찍었잖아."

"그럼 그걸 일일이 다 말해요? 귀찮아 죽겠네."

세아는 심드렁했지만 아기와 만나려면 엄마가 예뻐야 한다는 석주의 닦달에 마지못해 화장을 했다. 꼬물이 얼굴을 제대로 보겠다며 신난 석주를 보던 세아는 아차, 싶었다.

"······걔 눈 안 떴는데. 아니, 눈알은 있을까요?"

"됐어! 꼬물이 욕하지 마!"

"실망이나 하지 마시죠."

석주의 지나친 설레발에 세아가 절레절레 머리만 흔들 뿐이었다.

보통 인간 여자들의 입체초음파 촬영 시기는 전 임신 기간에서 단 두 번 정도. 초기와 중기에 국한된다. 하지만 9개월 뒤 아이를 출산하는 인간 산모와 달리 구미호 산모는 그 배, 혹은 세 배의 시간이 걸린다. 즉, 성장이 더디기에 돌연변이나 기형의 문제는 장기적으로 살펴봐야 하는 일이었다. 따라서 입체초음파도 몇 번 더 거쳐야 할 예정이었다.

처음과 달리 꼬물이는 이제 꾸준히 자란 모양이었다.

석주와 세아는 영상 속에서 움직이는 꼬물이와 대면했다.

내 아내는
짐승

얼굴이 제대로 보이지 않았던 첫 번째. 심지어 진흙을 뭉쳐놓은 듯했던 그때와 달리 지금의 꼬물이는 제법 아기의 모습이 갖춰진 상태였다.

아이는 섬세해 보이진 않았지만 발달은 빨랐다. 부끄러운 듯 손으로 얼굴을 가린 꼬맹이는 각각 다섯 개의 손가락들과 발가락들까지 정상이었다. 아기의 분홍빛 몸은 적당히 통통해 보였고 엉덩이 끝에 앙증맞은 꼬리 하나가 튀어나온 것이 인상적이었다. 물론 구미호들의 거대한 꼬리다발과 비교하자면 터무니없이 귀엽기만 한 꼬리였다.

석주가 그 화면 속 아기에게 말을 걸었다. 더 정확히는 세아의 배를 향해서였다.

"아빠, 아빠 왔어. 꼬물아. 얼굴 좀 보여줘. 아빠가 널 처음 보는 날이잖아."

그 상냥한 남자의 물음에 화답하듯 작은 아이가 몸을 움직였다. 아이에게 기형이 있는지 그 모양새를 유심히 살피던 토끼 족 산부인과 여의사의 표정이 뭔가 어색했다.

"초음파 사진을 보시지요."

그제야 아이의 얼굴이 보였다. 아이의 얼굴에 음영이 져서일까. 누굴 닮았는지는 모르지만 제법 이목구비가 선명하고 또렷했다. 말그대로 이대로 성장한다면 참으로 잘생긴 아이가 될 터였다.

아이는 눈을 꼭 감고 살짝 입을 벌린 표정이었다.

"눈매가 어머니를 닮으셨고, 입매는 아버지를 닮으신 것 같은데요."

"오오."

세아와 석주가 화면을 보던 중, 토끼 족의 여의사가 하던 말을 멈추고 화면과 카메라를 조정했다. 화면을 뚫어져라 살피던 그녀가 괴상한 신음소리를 내었다.

"으으으음?"

"뭔가 무슨 문제가 있나요?"

그녀가 한참이나 미간을 찌푸리다 의문을 제기했다.

"이게 무엇처럼 보이나요?"

여의사가 아이의 정수리를 가리키자 석주와 세아 역시 그 머리를 유심히 살폈다. 아이의 머리가 정확히 둥그런 곡선을 그리고 있지 않은 상태였지만 뭔가 이상한 부분이 있긴 했다.

여의사는 제대로 된 대조를 위해 개월령이 비슷하거나 크기가 엇비슷한 아이들의 입체초음파 사진을 보여주며 비교를 했다. 그 아이들과 달리 세아의 뱃속 아기의 머리에는 뾰족하게 솟아오른 안테나 같은 무언가가 자라나 있었다. 정확히 그것은 두개골을 뚫고 자라나와 현재 피막에 감싸인 모양으로 보였다. 게다가 그 형태는 분명…….

"뿔처럼 보이지 않나요?"

세아가 잘못 본 게 아닌가 하며 되물었다. 한참의 관찰 끝에 여의사가 진단을 내렸다.

"맞습니다. 아이에게……, 뿔이 있군요."

"어?"

세아와 석주는 너무 놀라 두 손을 맞잡고 말았다. 뿔이라니, 맙소사, 뿔이라니! 구미호 한 마리와 한 인간은 너무나도 큰 충격에 휩싸였다.

내 아내는
짐승

여의사가 다시 세아를 향해 되물었다.

"저기, 구미호 순혈족이라고 알고 있습니다만, 선대에 다른 뿔이 있는 종족이 섞였다거나 한 적은 있습니까?"

세아가 격하게 도리질을 쳤다. 구미호의 혈통에 여우가 아닌 다른 피가 조금이라도 섞이면 꼬리는 성체로 자라나도 꼬리가 아홉 개가 되지 않는다. 세아는 아홉 개 꼬리의 주인이었다.

"제 꼬리 분명 아홉 개예요. 전 구미호 순혈족이라고요!"

"가끔 순록이나 다른 뿔이 있는 종족들의 피가 섞이면 뿔이 자랄 수도 있는데요. 일단 이 경우는 선천적이라 곤란하군요."

"후천적으로 뿔이 뒤늦게 나는 경우도 있습니까?"

석주는 기절하고 싶은 것을 참으며 물었다. 여의사도 덩달아 심각해졌다.

"아아. 사람사람 열매라는 전설의 열매를 먹었다는 순록이 사람의 모양을 취했다는 이야기가 있죠. 뭐 그건 지금 이세아 씨의 경우와는 전혀 관련이 없습니다."

정신을 수습하고 석주가 화면 속 아이의 얼굴을 바라보았다. 그 윤곽만으로도 너무나 예쁜데! 그래서 당장이라도 깨물어주고 싶은데! 그런데 뿔?

"저기, 애가 정상이 아니란 건가요?"

"일단 뿔을 빼고는 다른 부분은 정상적인데요. 정말 뿔인지 아니면 아이에게 종양이 뿔처럼 붙어서 태어났는지 확인을 해봐야 할 것 같네요. 남자 분은 인간 맞으시죠?"

"네."

석주는 멍청한 얼굴이 되어 고개를 끄덕였다.

눈이 셋도 아니고 팔이 네 개도 아니고. 일단 모든 신체가 멀쩡해 보이는 데다 단지 뿔 하나만 추가되었을 뿐이었다. 하지만 세아는 걱정이었다.

아이가 정상이 아닌 건 아닐까. 어딘가 문제가 있는 것은 아닐까.

조금 걱정한 문제이긴 했지만 왜 구미호와 인간의 아이에게 '뿔!'이라니. 이런 기형은 어디서도 듣도 보도 못한 거였다.

아이의 뿔에 대한 미스터리가 풀리기도 전, 며칠 뒤였다. 그간 아이에 대해 고민에 빠진 석주가 심란한 표정을 지으며 생각하는 사람의 로댕 코스프레를 했다. 세아는 그 틈을 놓치지 않고 셔터를 눌렀고 그가 제 휴대전화를 심각하게 노려보고 있다는 사실을 깨달았다.

"석주 씨, 무슨 문제 있어요?"

석주가 뒤늦게 정신을 차렸다. 그가 고개를 들며 대꾸했다.

"아, 어머니가 한국에 오실 거라고 해서."

"석주 씨 어머님?"

석주의 친모, 박정숙은 하 회장과의 이혼 후 한국으로 온 적이 없었다. 덕분에 석주는 1년에 두어 번 정도 미국을 방문했다. 세아와 결혼한 뒤엔 혼자 충동적으로 갔다 온 것이 다라, 석주의 모친과 세아는 아직 직접 만난 적이 없었다. 그녀는 석주의 결혼식에조차 참석하지 않았다.

"그런데 어머님이 오신다고요? 언제?"

"다음 주쯤?"

그녀의 방문은 급작스럽기도 했고, 세아로선 얼떨떨하기도 했다. 왜 아니겠는가. 벌써 그들이 결혼한 지 1년이 훌쩍 넘었는데 세아는 석주의 모친과 화상통화를 한 것이 전부였다.

"갑자기 왜?"

"그냥. 당신이 임신한 거랑 해서 이것저것 걱정된다고 했더니."

"아, 그래서."

세아는 혼란스러워하며 박정숙을 떠올렸다. 하석주와 어머니 박정숙은 척 봐도 닮은 데가 없어서 모자지간이 맞긴 한지 의심스러웠다.

심지어 그녀는 육십 대라기엔 주름 하나 없는 인위적인 얼굴에 눈빛은 오래된 생물처럼 묘한 인상이었다. 물론 그것만 제외하면 온화하고 품위 있는 인상의 귀부인이었다.

"어머니가 첫인상이 어렵긴 하시지만 좋은 분이셔."

"아아."

"어머니도 스케줄이 있으시니 최대한 빨리 오셔도 아마 일주일은 걸릴 거라고 하시더군. 아무래도 한국 오시면 여기랑 가까운 호텔이나 숙소를 잡아야 할 것 같아."

문제는 세아와 석주가 사는 오피스텔이나 그 오피스텔에 탑을 이루듯 쌓여가는 아기 선물들이 아니었다. 물론 이사를 가기 전, 어수선한 집구석 따위보다 더 중요한 게 있었다.

200년 묵은 구미호가 인간 남편의 시어머니를 어떻게 대해야 하는가. 게다가 가장 큰 문제는 이것이다.

"나, 어머니에게 구미호인 거 말해야 할까요?"

이번엔 석주가 깊은 시름에 빠졌다. 며느리가 200년 묵은 구미호라는데 쌍수 들고 환영할 시어머니가 어데 있으랴. 그것만이 문제는 아니었다.

"석주 씨 일단 애기 사진도 보여드려야 할 것 같은데 애기 뿔만 포토샵으로 지울까요? 아니면 뿔이 없는 각도로 보여드리는 게."

별것 아닌 것에 심각하게 고민하는 세아를 보며 석주가 말했다.

"뿔이 안 나온 각도로."

그 단순한 주문에 세아의 근심이 개었다. 그녀는 정체를 고백하는 것이나 아이의 뿔 문제 역시 당분간 잊어버리기로 했다. 아이는 어쨌든 잘 자라주고 있고 문제가 있으면 그 뒤에 생각해도 늦지 않으니까.

"일단 어머니 오시면 그 시간에 맞춰서 공항에 가요. 나도 석주 씨 어머니 보고 싶어요."

석주는 세아의 웃음이 더해지자 사르르 녹는 듯했다.

이렇게 예쁘고 앙증맞고 섹시하기까지 한 구미호 아내를 제 어머니가 미워할 리 없다는 생각. 게다가 인간이 아니란 걸 들켜도 어쩌겠나. 이미 그녀의 뱃속엔 꼬물이가 있다. 세아가 사고를 당했을 때도, 그들이 이혼을 하려 할 때도, 그녀의 기억이 없을 때도 그들을 이어준 장한 아들, 꼬맹이!

그러니 제 어머니도 세아를 좋아할 것이다. 석주는 그리 믿었다.

"그런 뜻에서 가슴 한 번 더 만져봐도 돼? 요즘 자기 가슴 민감하고 풍만해지고 있잖아."

"……."

"자기가 매일마다 한 시에 그 예쁜 젖가슴을 보여준다면, 난 정오가 될 때부터 심장이 뛰고 행복해질 거야."

내 아내는
짐승

"하아."

"당신은 여우니까 난 여우의 D컵 젖가슴을 보고 싶어 하는 어린 왕자지."

너무나 잘생긴 면상에 모델 포스로 페로몬까지 흩날리며 사람을 녹이는 꿀 미소까지 더해주는 하석주의 모습에, 세아는 그만 주먹을 날리고 싶어졌다.

석주의 모친 박정숙이 한국, 인천공항으로 날아온 것은 그로부터 딱 일주일 뒤였다. 워싱턴에서 곧장 날아왔다는 그녀는 조금 쌀쌀한 날씨에도 하얀 자수 면 티에 털조끼 하나에 청바지, 갈색 웨스턴 부츠를 신은 가벼운 차림이었다.

그녀가 몇 개의 캐리어 가방이 쌓인 카트를 끌고 출국장에서 나왔다.

"오, 아들!"

명랑한 그녀의 말에 석주가 대뜸 한눈에 그녀를 알아보았다. 석주의 얼굴 가득 웃음꽃이 피었다.

"어머니!"

산뜻한 라이트네이버 색의 정장을 빼입은 석주가 한걸음에 박정숙을 껴안았다. 아무리 봐도 모자지간이라기보단 누나와 동생, 혹은 이모와 조카뻘로밖에 보이지 않는 그들인지라 주변인들 모두 고개를 갸웃거렸다. 동시에 패셔너블한 그들의 옷차림과 늘씬한 기럭지로 보건대 마치 모자 화보집을 찍는 기분이었다.

그리고 그들을 지켜보던 세아는 뭐랄까. 마른하늘에 날벼락도 모자라 우산도 없이 폭우까지 뒤집어쓴 기분이었다.

먼저 박정숙이 정신을 차렸다. 기껏해야 사십대 후반으로밖에 보이지 않는 그녀가 눈가에 잔주름을 만들어내며 웃었다.

"내 정신 좀 봐. 석주야, 네 아내는?"

"아, 이쪽이요. 이세아라고."

세아와 박정숙은 서로 마주 보며 한참을 얼어붙었다. 시각, 후각과 청각에 의존해 둘은 상대의 정체를 단 1초 만에 파악했다.

"헐."

"어머나."

석주의 어머니와 세아가 서로 마주 보자마자 뱉은 말들이었다.

세아는 머리가 띵해져 왔고, 박정숙도 미간을 짓눌렀다.

"석주야, 지금 저게 네 아내라고? 어째서 저런걸?"

그건 세아가 할 말이었다.

"저기, 시어머님은? 인간도 짐승도 아니시잖아요!"

"흥, 천박한 짐승은 아니지!"

이건 내 상상과는 다르잖아! 세아는 속으로 절규했고 박정숙은 이내 세아의 슬쩍 부른 배를 노려보며 눈이 튀어나올 듯 커졌다.

"맙소사! 이, 임신! 부, 분명히 임신했다고 했었지."

그녀가 석주의 등을 마구 때렸다.

"너 어떤 혼혈을 낳으려고 구미호랑 짝이 된 거야? 이건 듣도 보도 못한 시나리오라고!"

석주는 반년 만에 만난 자신의 모친 박정숙을 맞으려 했다가 들은 그녀의 말에 얼어붙었다. 이건 묘한 기시감이었다. 세아가 기억상실증으로 입원했을 때 장인어른이 했던 말과 비슷하지 않은가. 뭐랄까, 그가 믿었던 세계가 송두리째 와르르, 무너지는 느낌이었다.

내 아내는
짐승

"어, 어머니. 저기, 그러니까 이건 대체 무슨?"

박정숙은 석주가 말을 붙일 사이도 없이, 단호하게 말을 이었다.

"여기서 이럴 게 아니라 일단 너희들 집이나 호텔로 가서 이야기하자꾸나. 아참, 네 장인어른도 날 만나고 싶다, 약속을 잡지 않았니?"

"그게 내일 저녁 약속인데."

"지금 부르렴. 최대한 빨리. 어서!"

석주는 이해할 수 없었지만 모친은 정말 화가 나 있었다. 그 날선 모습 자체가 석주로선 꽤나 낯설었다. 그의 어머니는 자주 만나진 않지만 한 번씩 보는 만큼이나 애틋하고 절실한 모자지간이었다. 심지어 석주가 세아를 그리워하자 포기하지 말라 격려해주었던 것도 어머니였다.

그래서 이런 사태가 더더욱 이해가 되지 않았다.

"참네, 구미호들과 사돈을 맺을 줄은 몰랐네. 게다가 꼬리 아홉의 순혈이라니."

그녀의 혼잣말은 석주의 귀에도 똑똑히 들렸다. 어머니가 세아의 정체를 알고 있는 것도 모자라, 순혈이라니. 심지어 세아는 말도 없이 식은땀만 주룩주룩 흘리고 있었다. 석주가 보기엔 한눈에 기가 죽은, 꼬리를 내린 모습이었다. 심지어 세아는 당장 사돈들의 얼굴을 봐야 한다는 박정숙의 말에 다급히 제 부모들에게 문자를 날렸다.

석주가 미리 예약해둔 호텔로 가는 차 안에서 끔찍한 침묵이 흘렀다. 앞좌석에 앉은 세아는 합죽이가 되어서 구슬려도 입을 열지 않았다. 토라진 박정숙 여사가 뒷좌석에서 팔짱을 끼고 앉아 세아와 석주의 뒤통수를 마구 노려보았다.

대체 무슨 일인 것일까. 석주는 도통 감도 오지 않았다.

세아의 느닷없는 호출에 이 교수와 송 여사도 빛의 속도로 날아와 도착했다. 그들은 이미 세아의 연락을 받고 호텔의 커피숍에서 목을 축이던 차였다. 세아는 석주의 모친 박정숙과 석주와 함께 커피숍으로 들어섰다. 놀란 이 교수와 송 여사, 덤으로 따라온 무아까지도 모두가 놀란 얼굴들이었다.

"세아야, 대체 무슨 일이니?"

"언니 나도 왔어! 그런데 저 뒤의 분은?"

"석주 씨, 어머님."

다급히 달려와 박정숙을 대면한 장인과 장모님의 반응도 꽤나 격했다. 말 그대로 새하얗게 얼어붙은 두 중년 구미호들을 본 석주도 할 말을 잃었다.

박정숙은 450년과 500년 묵었다는 구미호들을 보며 가소롭다는 듯 피식 웃었다. 어린 시절, 석주는 까불다가도 어머니의 저런 얼굴을 보기만 하면 그대로 얼어붙곤 했다. 심지어 500년 묵었다는 구미호, 이 교수마저도 식은땀을 훔쳐내고 있었다.

"여, 역시 보는 눈이 있으니 자리를 옮기는 게 낫겠습니다."

그가 사방을 살폈으나 그 주변의 테이블에는 사람이 없었다. 박정숙도 전혀 움직일 생각을 하지 않았기에 석주만이 의아해 구미호들을 살폈다. 제 모친이 의기양양한 얼굴이었다면 네 마리의 구미호들은 모두 꼬리를 말고 항복 선언 직전이었다.

석주만이 절대적으로 이 상황을 이해할 수 없었다.

이 교수가 박정숙에게 입을 열었다.

내 아내는
짐승

"저기, 그것보다 이번엔 뭐라고 부를까요?"

"박 여사니 뭐니 아무렇게나 불러."

"그, 그러나 저러나 진짜 하석주 모친 맞으십니까? 그러니까 의붓아들이라거나, 주워서 기르신 게 아닌가 하여."

"아아. 저놈. 내가 내 배로 낳은 자식 맞아."

구미호들이 전부 절규했다. 석주만이 혼란스러워하며 세아를 슬쩍 찔러보았다.

"다들 왜 그래? 어머니가 인상이 강하시긴 한데, 왜들 이렇게 기가 죽어서?"

"우리보다 강한 존재가 나타났을 때 이런 반응이에요."

"뭐?"

"석주 씨 어머니, 엄청 강하다고요!"

무려 경외감까지 엿보이는 호들갑스런 외침에 석주만이 더 혼란스러웠다. 어머니의 정체가 무엇이기에? 처가 식구들 전부가 모친의 눈치만 살피는 것인가.

이 교수의 입에서 나온 외침은 석주를 까무러치게 만들기에 충분했다.

"어째서 한국 도깨비의 대모께서 인간인 하석주의 모친이라고 하시는 겁니까? 그럼 하 회장과 결혼이라도 했단 말입니까."

"하면 또 어때? 우린 종족 구애 따위 안 받아. 게다가 하 회장의 페로몬은 상당히 달콤하지."

석주는 휙휙 날아다니는 대화에 정신을 차릴 수 없었다. 게다가 뭐?

"석주 군 친모가 정말 맞으시나 보군요."

"그럼. 석주는 내 사랑하는 막내아들이지. 도깨비 피가 발현되지 않아 보통 인간들과 구분할 순 없지만 훌륭한 뿔을 갖고 태어났었지. 이름도 알기 쉽게 석주(石柱)로 지었잖아?"

"도깨비? 뿔?"

세아를 포함한 구미호들 전부가 무릎을 쳤다. 아기가 가진 뿔에 대한 미스터리가 풀렸다.

"아, 그래서 뿔이구나."

"뿔?"

이번엔 박정숙이 끼었다. 석주에겐 이 대화를 전부 이해하기 난감해졌다.

"뿔이라니 무슨 얘기니? 설마 세아 뱃속 아기에게 뿔이 있어?"

세아가 고개를 끄덕이자 박정숙은 우아하게 손을 내밀었다.

"그럼 사진 좀 보여주렴."

세아가 부랴부랴 뿔 아기의 사진을 보여주자, 박정숙은 탄성을 자아냈다. 그녀가 석주를 보며 아이와 석주가 빼닮았다고 칭찬했다.

"어머, 석주야. 너 어릴 때랑 똑같아. 기억 안 나니? 너 네 살 때까지 머리에 뿔 달고 있어서 늘 모자 씌웠던 거 생각 안 나? 거기에 리본을 달면 예쁜 포인트였지. 네 형들에게 보이면 곤란하니까 매번 갈아줬지만 그놈의 뿔이 왜 그리도 빨리 자라는지 원. 쯧쯧. 크니까 사라지더군. 아마 반은 인간이라서 그럴 게다."

"……."

석주는 제가 서너 살 때까지의 일은 너무 어려서 기억나지 않았다. 하지만 제 아이에게 왜 뿔이 있는지는 이해가 갔다. 어머니가

내 아내는
짐승

도깨비라니, 뿔이라니!

"어째서 뿔이?"

"뿔은 우성인자지. 구미호의 꼬리보다 뿔이 우선이야."

너무나 당연한 박정숙의 발언에 석주는 혼백이 이탈할 것 같았다. 이후 박정숙이 뿔 예찬론을 벌이자 그의 머릿속에는 시베리아 광풍이 불어들었다.

난 인간이 아니었던가? 내 어머니의 정체는 뭐지? 난 또 무언가.

인간 하석주로 살아온 33년, 아니, 해가 바뀌어 34년의 전 일생이 부정당하는 느낌이랄까.

아니, 뭣보다 자신이 도깨비란 걸 믿을 수 없었다!

"아, 아버지는 인간이시잖습니까?"

"그렇지. 그렇게 따지면 너도 혼혈이긴 하네."

박정숙의 말은 시원시원했다. 석주는 여전히 반쯤 넋이 나가 있었고 상태가 위중해 보였다. 박정숙이 세아와 석주를 살피더니 한숨을 쉬었다.

"음. 한국산 순혈 구미호와 한국 도깨비의 대모인 내 아들이 결혼하다니, 태어날 아이는 아주 한국적이겠군."

욕인지 진담인지 알 수 없는 말이었다. 하지만 석주를 바라보는 박정숙의 눈매에 한껏 애정이 어렸다.

"아들, 놀랄 거 없어. 도깨비와 인간의 피가 섞이면 보통 티가 안 나거든. 넌 내가 백오십 년 만에 얻은 아이라서, 감회가 새롭단다."

문득 석주는 도깨비의 이야기를 떠올렸다.

"그럼 제가 도깨비 방망이를 들고 설쳐야 하는 겁니까?"

"천박하게시리! 일본 오니(鬼)의 이야기가 잘못 이 나라의 것처럼 와전된 거란다. 우린 천박한 일본 오니와는 달라. 이래서 역사 교육이 중요하지. 아암."

"그렇지요! 전통이란 중요합니다."

이 교수까지 거들었다. 이후 자리를 옮겨 박정숙은 도깨비의 이야기를 풀어내었다. 도깨비는 정확히 오래 살고 신비한 힘을 가진 존재를 의미한다. 뿔은 한국 도깨비들 기준으로 도깨비들이 어릴 적에만 나는 고로, 성체가 되면 보통 흔적으로만 남는다. 하지만 도깨비마다 특별한 능력을 갖게 된다고도 했다. 비교하자면 초능력 같은 종류지만 그 능력이 개체마다 달라 소원을 이뤄주는 능력으로 오해받기도 한다고 했다. 도깨비들은 스스로를 반인반신으로 생각하며 인간의 피가 섞인 혼혈 도깨비라 해도 특수한 능력은 없지만 인간의 목숨보다는 훨씬 오래 산다.

석주는 그 말을 듣고도 멍한 느낌이었다. 어떻게 제가 도깨비야?

어째서 어떻게? 왜?

하지만 생각해보니 수명이 늘어날 수도 있다는 건 좋긴 한데. 나머지는 케세라 세라라는 느낌이었다. 알 게 뭔가, 머리 아파 죽겠다!

하지만 세아는 마냥 기쁜 느낌이었다. 그녀가 석주를 헹가래 칠 듯이 마구 들어 올리며 기뻐했다. 경박한 구미호였다.

"우와아! 석주 씨 오래 살 거다! 오래 산다!"

"그, 그만!"

"이 사실을 알면 구미호 장로들이 배 아파 죽을 거예요! 석주 씨 허락한 건 수명이 짧은 인간이라서 허락한 건데 기껏해야 구미호랑 사오십 년 살겠지 해서 허락한 건데! 푸하하하!"

석주는 그냥 식은땀만 흘렸다.

며칠 후, 박정숙의 호텔 방을 누군가 노크했다. 박정숙은 문을 열었다가 의외의 사람이 있는 것을 발견하고 코웃음을 쳤다.

"오랜만이네, 석주 아빠. 당신도 많이 늙었어."

박정숙이 하 회장을 놀리듯 말했다. 하 회장은 한숨을 쉬었다.

"들어가도 되나?"

박정숙은 옆으로 비켜섰다. 그녀는 말도 하지 않고 하 회장에게 차를 타주기 위해 느긋하게 움직였다. 그녀가 아끼는 티 포트에 급하게 백화점에서 장만한 웨지우드 잔에 하 회장에게 줄 원두를 우려냈다.

호텔 방의 작은 티 테이블에 앉은 하 회장은 박정숙이 건네는 잔을 받아들며 한숨을 더했다.

"임만희와 임석신 모자를 한국에서 완전히 쫓아냈지."

"흐음. 이제야?"

박정숙의 콧소리가 높아졌다. 그녀가 작은 바람을 일으키며 페이즐리 무늬의 스카프를 다시 고쳐 맸다.

"왜 알려주지 않았지? 내가 그들에게 홀려 있는 십여 년 동안 말이야. 뱀 족들이 강한 암시를 걸어 사람을 멋대로 지배할 수 있다는 걸 왜 알려주지 않았지? 게다가 그들의 종족이라도 알았다면 뭔든 행동했을 텐데. 파충류 주제에 심지어 황소개구리면서 한국산

두꺼비 행세를 했다고."

박정숙이 웃었다.

"하현록 씨. 참고로 말하자면 그 계집의 능력치는 형편없었어. 즉, 그년의 암시에 걸렸다는 건 당신이 그년에게 이미 마음을 줬고 기울었다는 뜻이지. 내 남편이 뱀에게 홀린 건 수치였어. 게다가 정말 바람을 피운 건 그쪽이잖아? 그래서 엿 먹으라고 뒀어. 난 그 시점에서 하현록 씨에게 정나미 떨어졌어. 내가 애정이 있는 건 내가 키운 아들들뿐이지. 아, 물론 그 계집에 대한 내 원한은 깊어. 그 계집이 어디에 있든 미국으로 오지 않았으면 해. 같은 땅을 밟고 있다는 것만으로도 불쾌해지니까."

하 회장은 스스로를 도깨비라고 칭했던 여자와의 만남을 회상했다.

그녀와 처음 만났을 때 하 회장은 박정숙을 저보다는 훨씬 연상이라고 생각했다. 그녀는 겉모습은 제 또래들과 비슷했다 해도 촌스럽고 어색하기 짝이 없는 또래와 달리 세련되고 멋을 알았다. 눈빛도 풋내기들과 달리 참으로 노련했고 삶의 방식들도 그랬다. 너무 오래 살아서 무뎌지고 무던해진 모습이랄까.

그 초연함에 오히려 하 회장의 시선이 오랫동안 머물렀다. 그녀를 잡기 위해 그가 얼마나 부단히 노력을 했던가.

정작 박정숙이 하 회장을 받아들인 것은 그가 두 번의 결혼에 실패한 다음이었다. 그렇게 그의 배다른 두 아들을 기르며 석주를 낳아 키우던 삶 동안 박정숙은 그의 현모양처로 살았다. 그런 하 회장은 도리어 이상한 뱀에게 홀려 그녀를 배반했다. 아니, 정확히는 어리고 제법 쓸 만해 보이는 딸 같은, 임만희에게 시선을 두었다. 그리고 흘렸다.

박정숙은 그런 하 회장을 탓하지 않고 그를 붙잡지도 않았다. 오히려 조용히 그를 떠났고 이혼을 요구했다. 그 모습이 하 회장의 심기를 더더욱 자극했다.

지금 박정숙 역시 세월을 비껴간 듯 초연해 보였다. 하 회장은 조바심이 났다.

"우리, 다시 합치는 건 어때?

"글쎄. 뱀에게 홀려 나간 전남편을 받아들일 생각은 없는데."

"하아."

"하지만 친구라면 환영하지. 곧 석주와 세아의 아기가 태어날 테니 그 손주 앞에서 싸워 보이는 건 싫어."

"좋아."

하 회장이 박정숙을 향해 웃었다.

그리고 1년 뒤.

"아아악! 이 자식아아아!"

세아는 석주의 머리털을 오지게 쥐어뜯으려 했다. 석주는 머리카락을 아낌없이 내주는 남편이 되어 같이 비명을 질렀다. 쓰리피스 양복을 멋들어지게 차려입은 남자는 분만실과는 전연 어울리지 않았지만 제 머리카락은 내어주며 산모와 함께 비명을 질렀다.

"세. 세아야! 사, 사람 살려어어어어!"

"네가 어떻게 사람이니? 반 사람이고 반이 도깨비지."

팔짱을 끼고 뒤에서 출산을 관망하는 박정숙이 말했다. 그녀는 천 년 넘게 산 도깨비답게 느긋하게 티타임을 즐기던 중이었다. 물론 박정숙은 패션 리더답게 베르사체 정장으로 한껏 멋을 낸 다음이었다. 분만실에서 그녀가 벌이는 티타임은 어딘가 생뚱맞았지만 아무도 그녀를 말리진 못했다.

"으으음."

박정숙 옆에서 무아는 심각하게 석주의 탈모를 걱정하기 시작했다. 멋들어진 양복에 긴 기럭지를 가진 하석주는 분만실에서 양복 화보집을 찍을 듯이 멋졌지만, 그것 역시 머리카락이 쥐어뜯기기 전의 이야기였다.

무아가 고개를 갸웃거리며 박정숙에게 질문했다.

"도깨비도 탈모 와요?"

"글쎄, 모르겠는데. 하지만 하석주 쟨 강골이라 탈모 정돈 걱정 안 해도 될 거야. 강하게 키웠거든."

"끄아아아아아!"

그들의 대화는 이어지지 못했다. 수시로 상태를 체크하던 간호사가 달려왔다.

"양수 터졌어요! 자궁문이 더 열렸어요!"

"산모님 힘 주세요!"

세아가 힘을 주는 와중에 꼬리 아홉 개가 산발적으로 튀어나왔다. 그 꼬리에 양수며 혈액이 잔뜩 튀었지만 그것은 중요하지 않았다. 의사도 한껏 기합을 넣었다.

석주는 제 머리털 대신 제 손을 주었다. 세아가 격분한 나머지 송곳니를 세워 석주의 손을 힘껏 물었지만, 모두가 아기를 걱정했다.

그렇게 한참이나 세아가 신음한 뒤였다. 그녀가 축 늘어질 즈음.

내 아내는
짐승

그녀의 하반신 쪽에서 무언가가 모습을 드러내었다. 석주마저도 그녀를 응원했다.

"자기야! 힘내, 곧 나와!"

세아가 남편 하석주를 노려보았다.

"이게 다 네놈 때문이야! 네놈 때문이라고! 내가 왜 이 고생을 하는데! 이 남편 노므 시키야! 이게 다 네놈이 피임 안 해서 그런 거라고!"

석주는 외쳤다.

"임신 안 될 거라고 했잖아! 그래서 마음껏 했잖아!"

"이 자식아, 죽여버릴 거야아아!"

"알았어! 내가 다 잘못했으니까 힘 줘!"

세아가 한참이나 석주에 대한 욕지거리를 하더니 이내 축 늘어졌다. 석주가 그녀의 땀에 흠뻑 젖은 얼굴을 쓰다듬어주었다.

"조금만 더 힘내. 조금만. 우리가 만든 애기잖아. 사랑스런 꼬물이."

"아, 알았어요."

간호사들이 이어 응원했다.

"산모님! 아기가 나와요! 힘, 힘 주세요! 힘! 라마즈 호흡 잊지 마세요! 순산, 기원! 순산!"

세아가 다시 힘을 주었다. 그러자 아이는 별 고생 없이 세상 밖으로 모습을 드러냈다. 핏덩어리 아이를 들고 의사가 엉덩이를 때리자 뿔과 작고 앙증맞은 꼬리 하나가 달린 아이가 거세게 울음을 터트렸다. 의사는 아이를 닦아 산모에게 보여주었다. 축 늘어진 세아가 아이를 보며 감격에 휩싸였다.

아주, 천사 같은 아이였다.

그리고 그들의 아들이었다.

"아들이래!"

"아싸, 태어났다!"

박정숙, 그리고 구미호 세 가족들이 얼싸안고 방방 뛰었다. 얼마나 기뻤던지 구미호들은 자신들의 꼬리가 나온 줄도 모르고 방방 뛰었다. 이족들의 병원에서 구미호 세 마리가 함께 꼬리를 다 내민 장관은 처음인지라 모두가 그들을 구경하기 위해 몰려들기도 했다. 구미호와 반쪽 도깨비의 아기 탄생을 축하하기 위해 구경 온 이들도 있었다.

물론 뒤늦게 축하화환을 보낸 구미호 장로들은 한국 도깨비의 대모 도 여사의 아들이면 수명도 길지 않느냐며 땅을 치고 후회하기도 했다. 그리고 아이의 대부로 삼아달라며 지리산 산신령이 영상통화를 청해 오기도 했다.

기쁜 집안의 경사였다.

내 아내는
짐승

에필로그

육아란, 전쟁이다.

세아는 초토화가 된 너른 거실을 바라보았다.

한때 이곳은 북유럽풍의 인테리어를 지향하며 우아하고 고급스런 베이지 톤의 소파와 가구들이 있었고 그 위에 지브라 무늬의 러그가 깔려 고개를 들면 보이는 녹색 안뜰과 어우러졌다. 최대한 눈에 편하게 뒤덮인 거실에 녹색의 안뜰. 세아는 거실에서 보이던 정원의 모습을 좋아했었다.

그 안뜰의 모습은 변함이 없는데, 지금 그 공간과 마주한 거실은 이런저런 것들이 어지럽게 굴러다녔다. 이건 뭐 인테리어의 문제를 떠나 애초의 우아함을 떠올릴 수 없게 아기 전용으로 변화했다.

바닥에는 아기용 매트가 잔뜩, 그 위에 아기 딸랑이들과 기저귀들이 놓여 있었고 매트와 블록은 널브러져 있었다. 그 외에 애기용 책과 장난감들과 한쪽에는 아기 침대까지. 심지어 거실 벽에는 아기 보행기가 얌전히 주차되어 있었다.

거실과 이어진 화이트 톤의 깔끔했던 주방 또한 사정은 다르지 않았다.

"역시 아이는 누워 있을 때가 좋았어."

주방 개수대에는 설거지가 탑처럼 쌓여 있다. 이게 다 무아 탓이다. 유아식을 만들어준다고 테러를 한 뒤 설거지도 하지 않고 도주한 그 여우 탓이다.

그 여우가 한 그릇의 유아식을 만들기 위해 얼마나 많은 재료와 그릇을 희생했던가. 물론 입맛이 누굴 닮아서인지 지독하게 까다로운 아기 님의 비위를 맞추는 건 쉽지 않다. 하지만 몇 시간 동안 부엌을 초토화 시켜 만든 무아의 역작은 고작 브로콜리 스프였다. 그 아기 님은 그 한 그릇을 뚝딱한 뒤 저녁에는 쳐다보지도 않았다는 슬픈 전설이 있다. 녹색의 괴스프를 거부한 아기는 자신이 사랑하는 분유 한 통을 먹어치우고 석주의 저녁을 탐냈다.

세아는 그 일을 떠올리며 이를 갈았다. 목이 말라 물 한 모금 마시러 나온 것도 어쩐지 다 짜증이 났다.

집이 너르면 이래서 귀찮았어.

바지런한 성격이긴 했으나 설거지할 그릇의 탑을 내려다보는 세아의 분노만이 더 극심해졌다.

"아기 놈아, 주면 주는 대로 먹으라고."

설거지를 해야 하나 말아야 하나? 고민하던 세아는 오랜만에 회식을 하고 돌아온 남편 석주에게 맡기기로 했다. 물론 옆집의 어머니는 남편 도깨비 밥도 안 챙겨주고 해장국도 안 끓여준다고 한마디 하겠지만, 너무 피곤했다.

이놈의 육아가 뭔지. 덕분에 반쪽 도깨비 한 마리와 구미호 한 마리가 죽어나고 있다. 구미호는 꼬리에 탈모가 오기 직전이었고 반쪽 도깨비는 보약을 먹어야 할 참이다. 아니, 이참에 단란하게 한의원에라도 갈까.

내 아내는
짐승

어른들은 잘도 먹는데 애기 주제에 왜 그리도 까다로운 것인가.

아기가 누워 있을 때가 좋았다는 말은 종족과 상관없는 불변의 진리였다. 아기는 누워서 젖이나 분유를 먹는 때가 좋았다. 세아는 아기가 이불 위를 굴러다니던 좋은 시절을 회상했다. 물론 뱃속에 있을 때가 가장 행복했지만, 그건 접어두자. 어쨌든 기고 잡고 걷는 지금보다 아기가 이불 위에서 꼬물거리던 시간들은 아름다운 추억이었다.

"아아."

세아는 찬물을 들이켰다. 그리고 다시 하품을 했다.

거실의 시계가 어느새 새벽 3시를 알렸다.

내일 아침 눈을 뜨려면 지금은 다시 자야 한다. 그나마 밤은 평화로웠다. 아들은 잠투정은 했지만 새벽에 일어나 모두를 괴롭혀대진 않았으니까.

세아는 발에 걸리는 아기용 딸랑이를 주워 아기 침대 옆 박스에 던져 넣었다. 거실의 불을 끈 그녀가 안방으로 되돌아갔다.

안방에도 거실만큼이나 아기 물건들이 산발적으로 흩어져 있었지만 일단 모양새는 그들의 방이 맞았다. 그리고 그녀는 남편 석주의 제안대로 아주 커다란 침대를 주문하길 잘했다고 생각했다. 청소할 때 고역이긴 했지만 어쩌겠는가.

세아는 휘적휘적 침대 위로 가 뻗었다. 사지를 길게 뻗고 힘을 빼자마자 그녀는 그대로 잠이 들었다.

그녀가 잠이 들기 무섭게 석주는 누군가의 기척에 눈을 떴다. 그의 눈 밑에 퀭한 다크 서클이 옵션처럼 따라다녔다. 석주의 옆에 대 자로 뻗어 있던 아이가 작게 옹알이를 했다. 아기는 자기주장이 아주 강력하고 확실한 생명체였다. 그리고 그것은 저를 꼭 닮은 아들이었다.

하지만!

석주는 그녀와 제 사이의 38선이라도 되는 듯 자리 잡은 제 아들을 아니꼽게 바라보았다. 일명 반쪽 도깨비와 구미호의 혼혈. 그 정체불명의 아이에겐 뿔과 꼬리가 둘 다 있었다.

그 아이가 보행기를 타고 걷기 시작하자 모든 것이 무서워졌다. 뿔과 꼬리를 모두 가진 아이를 뭐라고 부를지는 몰랐다. 어차피 종족 구분 따윈 상관없었다. 이 아이는 인간과 도깨비, 구미호가 쓰리썸으로 섞인 탓에 장난과 파괴력 역시 세 배 이상. 즉 말하자면 파괴의 화신이었다.

석주는 평화만이 절실했다. 그 밤은 그가 쉴 수 있는 유일한 시간이었다.

아니, 회사가 도피처였고 집은 육아의 전쟁터였다.

"아아. 세상이 노랗다."

그가 간만에 조용해진 제 아들의 머리카락을 쓰다듬었다. 정수리에 난 뾰족한 뿔이 살짝 손바닥에 걸렸다.

생긴 건 정확히 그와 세아를 반쯤 섞어놓은 아이는 천사처럼 귀여웠다. 하지만 성격은 왜 그리도 드세고 고집이 센지. 아이가 누워서 뒤집기를 하고 분유를 먹는 동안은 차라리 손이 덜 갔다.

이제 기고 밀고, 보행기를 태울 즈음이 되어 이유식을 시작하자마자 문제가 발생했다. 이유식이라고 만들어주는 건 죄다 뱉어버리는 난폭한 성격. 그건 누굴 닮은 걸까? 게다가 먹는 것을 거부하며 배가 고프다고 사흘 밤낮을 울어대는 체력이라니.

"끄응."

밤일도 아니고 석주와 세아가 둘 다 육아에 항복 선언을 할 줄은 몰랐다.

주중에는 한국에 머무는 박정숙 여사와 송 여사가 교대로 아이를 봐주고, 그들 부부는 저녁이나 밤에만 아이와 대면하는데도 이 모양이라니. 박 여사와 송 여사의 얼굴이 점점 누렇게 떠가고 있다. 석주는 아이의 머리를 토닥거리며 충고했다.

"세주야. 아빠 힘들다, 오늘은 그만하고 자자. 오늘 밤엔 잠투정하지 마라. 응?"

정확히 세아와 석주의 반반인 미니미라서 둘의 이름을 섞었다. 그래서 아이의 이름은 세주.

남자아이치고 여성스러운 이름이었지만 아이의 얼굴을 보면 여자아이의 이름을 붙인다 해도 납득하게 되었다. 보기 드물게 너무 예쁜 아이였다.

심지어 무아마저도 조카에게 한눈에 뿅 가선 매번 하트를 날려대질 않는가.

종족 불명이었지만 아이는 귀여웠고 도깨비든 구미호든 오랜만의 자손인지라 양쪽 집안의 관심은 참으로 지대했다. 모든 양가의 일상이 세주 하나를 두고 돌아가는 느낌이었다.

그들이 새로 입주한 저택은 각각 따로 독립되어 있었다. 심지어 출입구도 따로였다.

완벽한 방음 효과로 세워진 집은 급하게 이 교수가 급하게 만들어내긴 했지만 제법 인상적인 백색 외관의 건물들이었다. 그 집들은 정원과 길을 한데로 공유했다.

그 집들 중 하나에 이 교수네와 무아가, 그리고 다른 한 곳에는 미국과 한국을 계속 오가는 박정숙 여사가, 중앙의 집에는 세아와 석주가 살았다.

다음날 석주가 피곤한 모양새로 출근을 했다. 그나마 옆집 송 여사가 공수해준 아침으로 배를 채우고 출근하는 그의 모양새는 꽤나 흐트러져 있었다.

아마도 하석주는 출근한 뒤엔 '어딘가 피곤하지만 수심에 가득한 남자'로 불릴 터.

세아도 하품을 하고 스트레칭을 했다. 슬슬 준비를 하고 요가 스튜디오에 나가야 했다. 송 여사가 와주자 환호를 부르고 싶은 마음뿐이었다.

"엄마, 나도 출근!"

겉모양은 천사 같지만 하는 행동이 악마 같은 세주. 하지만 그들의 아이.

세아는 아이의 보드라운 볼에 가볍게 키스했다.

"엄마, 갔다 올게."

옹알거리던 아이가 양손을 맞대고 머리를 숙였다. 그 모습이 마치 요가의 합장 자세를 취하는 것처럼 보였다. 세아는 키득거렸다.

그러고 돌아온 오후였다. 세아의 집 안을 장악하던 무아가 또 설거지를 한바탕 해치우고 자신의 뱃속을 채우고 있던 시간이었다. 그녀의 앞에는 푸짐한 소고기 육회가 잔뜩 쌓여 있었다. 그 모든 육회가 전부 무아의 뱃속으로 흡입될 것이 뻔했다.

세아가 돌아와 타박했다.

"넌 왜 식사를 우리 집에서 해?"

"여긴 세주가 있잖아!"

보행기에 앉은 세주가 이모와 엄마의 싸움을 빤히, 올려다보고 있었다. 무아는 뭔가 부아가 난 듯 아기에게 고개를 돌렸다.

"세주야, 맛있는 고기 먹을래? 사랑스런 고기야."

붉은 소고기 육회에 시선을 빼앗긴 세주가 저도 모르게 입을 아, 하고 벌렸다. 젓가락으로 작은 육회 한 점을 먹이려던 무아가 세아에게 뒤통수를 후려 맞았다.

"이무아! 그만해! 세주에게 날고기 먹이지 마! 벌써부터 회충약 먹이기 싫다고."

"하지만 짐승이라면 강하게 키워야지! 구미호는 고기를 사랑해!"

"넌 생간을 사랑하는 거겠지. 선지 같은 거. 약국에서 사온 애견용 레볼루션 당하기 싫으면 세주한테 날고기 먹이지 마, 이건 경고야."

무아가 툴툴거렸다. 그러곤 육회 접시와 젓가락을 들고 튀었다. 아기 세주는 그 붉은 고기에 애절함을 담아 시선을 던졌다. 맘마, 맘마, 하는 입모양으로 세주가 무아가 사라진 방향을 가리켰다.

세아는 한숨을 쉬었다. 왜, 벌써부터 고기를 밝히는 거니. 내 자식 아니랄까 봐서.

"하지만 야생성을 기르려면 강하게 커야 해서, 육식을!"

"애기 회충약 먹일 나이 아니라니깐!"

"흥!"

고민하던 무아는 결국 소고기 육회 한 접시를 고스란히 해치운 뒤 요리에 전념했다. 한참이나 부엌을 장악한 채 또 지지고 볶고 장난을 치더니 또 산더미 같은 설거지의 탑을 만들고 깨알 같은 접시 하나를 내놓았다.

"자, 이건 익혀서 잘게 갈아 만든 거야. 일명 햄버거 패티! 아이의 입맛을 고려해 간도 하지 않고 밍밍하지만 먹기엔 괜찮을 거야. 아주 잘 갈았어."

세아는 이번엔 덩어리가 크다며 태클을 걸었다. 아직 세주는 이가 나지도 않았다.

"이무아!"

"그럼 뭘 먹이라고?"

"그냥 멀건 거 먹이면 되지."

결국 그 모든 것을 포기하고 세아는 서툰 솜씨로 미음을 만들었다. 세주는 밍밍한 미음이 마음에 들지 않는 눈치였지만 먹지 않으면 굶겨버리겠다는 세아의 포스에 눌려 마지못해 한 숟갈씩 받아먹었다.

그리고 세아는 또 아이와 함께 석주가 올 퇴근 시간을 기다렸다.

날렵한 페라리 대신 카시트가 달린 튼튼한 세단 하나가 그들이 집으로 달려왔다. 석주가 활짝 웃는 아기와 예쁜 미인 아내, 세아를 보며 웃었다.

"나, 돌아왔어."

석주가 세아와 세주에게 키스를 퍼부었다. 이웃들이 단란한 세 가족들을 보며 달콤한 한숨을 더했다.

며칠 뒤면 세주를 보며 찬사를 퍼붓는 할머니, 박정숙이 돌아올 것이다. 그렇게 되면 친정과 시어머니, 세아네가 아기 하나를 사이에 두고 엄청난 쟁탈전을 벌이게 될 것이다.

아이는 오늘 하루의 일들을 이야기하고 싶은 듯 석주와 세아를 계속 반복해서 돌아보며 웅얼거리는 소리를 냈지만 아직 그 이야기가 무엇인지 세아와 석주는 알지 못했다.

그리고 다시 아기와 전쟁 같은 저녁을 치른 뒤 깊은 밤.

잠이 들었던 세주가 반짝, 눈을 떴다. 아이의 눈이 노랗게 빛났다.

"마마, 파파."

세주는 어둠 속에서도 제 엄마 아빠를 볼 수 있었다. 시체처럼 뻗어 있던 엄마와 아빠에게 오늘 하루도 수고한다는 듯 엄마와 아빠의 손을 끌고 와 그 손등을 가볍게 툭툭 두드렸다.

아이가 만족스러운 얼굴로 잠을 청했다.

곯아떨어진 세아의 등 뒤에서 마침 꼬리 아홉 개가 피어올랐다. 그것이 살랑살랑 기분 좋게 꼬리 춤을 추었다.

- fin.

작가 후기

지면을 통해 인사하기는 참 오랜만입니다.

아마 '적도의 밤' 이후 거의 10개월 만인 것 같네요.

'내 아내는 짐승'은 라이트하고 즐겁게 가보자는 생각으로 쓴 글입니다.

하지만 가볍게 시작한 것치고는 제법 오래 걸렸습니다. 하하.

실제 이 책의 출간예정일은 3월이었습니다만, 네이버 연재를 결정하고 그 연재를 병행 후 다시 출간일을 잡고 진행하다 보니 이제야 책이 나오게 되었네요.

제법 오래전, 로맨스에 처음 발을 디디고 나서 이북 연작을 쓴 적이 있었습니다.

'만월과 빛나는 밤 사랑하는 달'이라는 것이었죠.

모습을 숨긴 채 인간인 척 행세하는 온갖 반인반수들이 산다고 설정하고 그중 주인공을 고양이족 남매로 삼았지요. 그들이 보름밤 발정해서 일어나는 소동을 다뤘습니다.

이때까지만 해도 서툴렀고 센스가 부족했어요.

내 아내는 짐승

몇 년 뒤. 문득 저 이야기들이 떠올랐습니다. 저 세계관을 이용해 등장하지 않았던 한국 희귀종을 주인공으로 등장시키면 어떨까.

제목은 몇 번의 변경 끝에 '내 아내는 짐승'으로 결정되었습니다.

제목을 정하는데 많은 도움을 주신 작가분들께 감사드립니다.

'내 아내는 짐승'을 쓰다보니 연작이 있으면 좋을 것 같다는 생각을 했습니다.

본편 상으로는 전혀 내용이 연결되거나 하진 않습니다. 하지만 같은 세계관을 가진 다른 종족의 이야기로 또 하나를 더 쓰고 싶었죠.

그래서 '내 남편은 맹수'를 썼습니다.

'내 아내는 짐승'이 있으면 맹수도 한 마리쯤 있어야 할 것 같아서 말입니다.

이쪽 역시 한국 희귀 맹수족의 이야기입니다.

맹수답게 최상위포식자로 등장시켰습니다.

정작 완결한 지는 몇 달 전인지라 지금에서야 뒤늦게 후기를 쓰려니 얼떨떨하네요.

더운 한여름, 짐승과 함께해주셔서 감사합니다.

다시 찾아올 맹수 한 마리도 즐겁게 감상해주셨으면 합니다.

이래저래 잔소리를 해주신 로협 작가분들. 앞으로도 많이 갈궈주세요.

짐승과 맹수를 받아주신 용감무쌍한 도서출판 가하에게도 감사의 말씀 올립니다.

2014년 여름,

효진

내 아내는
짐승